KB272831

능파각 凌波閣

정수인 장편소설
능 파 각
곰곰나루

차례

프롤로그: 독을 훔치는 유혈목이

인사동. 골목 끝에 있는 오래된 한옥.

대청마루와 마당의 외등까지 환히 밝혀두었지만 깊은 밤, 굳게 빗장이 걸린 대문을 밀고 들어올 사람은 없다.

"그래, 여기까지야! 안녕, 조은대!"

한 손에 술잔을 높이 들어 짐짓 호기를 부리지만 집 안팎을 둘러보는 눈시울은 이미 붉어져 있다. 조은대(鳥隱臺)는 대문간 현판에 새겨진 이 집의 상호다. 평생을 살 것처럼 정열을 쏟아부었던 보금자리에 작별을 고하는 여인의 눈빛은 이내 분노로 활활 타올랐다.

"절대, 절대 용서하지 않겠어!"

고통스런 신음이 흘러나왔다.

"용서는 없어! 그이가 받은 만큼 아니, 몇 곱절 더 처절하게 응징할 거야!"

"그런 짐승만도 못한 놈이 여태까지 멀쩡하게 살아있다는 것은 말도 안 되는 일이야. 더더구나 청정비구 종단인 조계종 사찰의 주지로 행세하고 산다는 것은 놀라운 기적이 아니라 20세기의 마지막 비극이야.”

여자의 한은 오뉴월에도 서리를 내리게 한다.

해가 짧아진 늦가을, 자정을 넘긴 늦은 시각이라 주변은 적막하다. 직원들이 퇴근할 무렵에 찾아와 하늘과 땅이 무너지고 뒤집히는 비밀을 전해 준 사람이 돌아간 지도 오래다.

웃는 것인가? 씰룩거리는 입술, 여자의 얼굴은 귀기 서린 듯 서늘하다.

절대로 혼자서는 술을 마시지 않겠다는 금기가 마침내 깨졌다. 아니 스스로 그 맹세를 깨뜨리기 위해 아무도 봐줄 사람이 없는 밤인데도 아끼던 벨벳 드레스를 떨쳐입고 공들여 색조 화장까지 했다. 한껏 독기를 쏟아내고 있지만 검푸른 술병을 들어 술잔에 따르는 손놀림은 연인을 애무하듯 가볍고 우아했다.

치자꽃 향기가 코끝에 감겨왔다. 언젠가 가장 행복한 날 마시자며 그가 들고 왔던 레미 마르탱. 오랜 세월을 숙성된 이 꼬냑의 깊은 맛을 제대로 즐기려면 음악을 곁들이며 천천히 음미해야 한다고 했다.

그래! 내 평생의 한이 부글부글 괴여 술이 되었고, 뼛속에서 우러나온 내 한숨이 가장 어울리는 음악이다!

늘 함께해 온 사람. 은근하고 뜨거운 그의 사랑에 넘치게 행복했다. 남편 있는 여자의 몸으로 사람들의 질시를 받으면서도 그의 곁에 있고 싶었다.

누구보다도 믿고 의지했는데, 내가 목숨처럼 사랑했던 사람의 인생을 송두리째 망쳐버린 악마였다니!

어렵고 힘든 날들은 그저 전생에 지은 죄 갚음처럼 어쩔 수 없는 운명이라 여기며 살아왔다. 그런데 갑자기 나타난 퍼즐 한 조각이 모든 상황을 전혀 딴판으로 바꿔버렸다.

도저히 믿을 수가 없었다. 아니라고 악을 쓰며 온몸으로 부정하고 싶었다. 그러나 뜬금없이 나타난 그 퍼즐 한 조각은, 마스터키처럼 모든 상황을 완벽하게 꿰어 맞춰버렸고 그가 바로 장본인이었다. 멀쩡한 사람을 폐인으로 만들어놓았으며, 가증맞게도 그의 아내까지 자신의 품에 가두고 빼앗아버렸던 것이다.

사랑이란 이름으로 독을 먹여왔으니, 나 또한 달콤한 독으로 되갚을 것이다. 30년이나 숙성되었다는 꼬냑처럼 정요의 한은 부글부글 괴며 독한 향을 뿜어내고 있었다.

하지만 더러운 것이 정이었다. 그토록 독하게 마음을 다잡고 다잡았는데 사이사이 환하게 웃는 지선의 얼굴이 그림자처럼 따라붙는다. 흔들려서는 안 된다. 그 흔들림에 마침표를 찍어야 한다. 자리에서 일어선 정요는 술잔을 들고 소리 내어 건배사까지 했다.

"헛꽃 같은 날들의 종식을 위하여!"

진한 황금빛 액체가 몸을 태울 듯 목줄기를 타고 내렸다.

"내 사랑하는 사람의 복수를 위하여!"

"나의 이 쓴 잔을 위하여!"

독처럼 쓴 잔을 거푸 들이부었다. 이 밤 자신을 둘러싸고 있는 허공이 기억하고 증명케 할 것이다.

스스로는 독을 만들어내지 못하는 꽃뱀은 피부에서 맹독을 분비하는 두꺼비를 잡아먹은 뒤 생성된 독을 자체 가공해 강력한 독을 만들어낸다. 어떤 두꺼비는 산란기가 되면 자진해서 뱀에게 잡혀 먹히기도 한다. 두꺼비의 독 때문에 뱀이 죽으면 그 속에서 두꺼비 알이 부화를 하고 두꺼비 새끼들은 뱀의 사체를 먹이로 삼는다. 두꺼비의 독을 취하려다가 오히려 뱀이 죽을 수도 있는 것이다.

그저 넘치는 사랑으로만 줄 알았었는데 사실은 뱀탕집 주인에게 사육당하는 유혈목이 신세였다. 지금 그네가 할 수 있는 일은 주인에게 복수하기 위해 두꺼비를 잡아먹는 유혈목이처럼 독을 훔치는 것뿐이다. 향기로운 독주를 삼키며 독기를 뿜어내는 것도 처참한 살육에 나서는 전사의 비장한 출정식이나 마찬가지.

"내 목숨을 걸고서, 반드시 응징하고 말 거야!"

청정해야 할 출가 사문은 여인을 심중에 품는 것만으로도 죄가 된다. 어떤 경우에도 남을 해쳐서는 안 된다. 더더구나 형제처럼 가까웠던 사제(師弟)를 사지(死地)로 몰아넣고 그의 아내까지 취한다는 것은 상상조차 할 수 없는 일이다. 천번 만번 고쳐 생각해 보아도 용서할 수도 없고 용서해서도 안 되는 일, 그 가증스러운 자를 생지옥으로 밀어넣어야 한다. 법복 안에 숨겨진 그 더러운 위선을 낱낱이 까발리고 피를 토하게 만들 것이다. 모든 사람들이 손가락질을 하고 침을 뱉도록 만들어야 한다.

1장

구층암 모과나무

스물셋의 봄.

그것은 바람이었다, 흔들리는 바람.

홀로 일어서지 못하고 스치는 바람에 묻어가는, 아지랑이처럼 흔들리는 봄바람.

일요일 이른 아침, 다급한 볼일이라도 있는 것처럼 택시까지 타고 역으로 달려간 정요는 여수행 열차에 올랐다.

제 안에서 소용돌이처럼 일어난 바람을 따라 무작정 떠난 터라, 어디서 내릴지 몰라 종착역인 여수까지 표를 샀을 뿐이다. 가다가 내리지 못하면 발에 익은 오동도도 나쁠 것이 없고, 늘 그랬듯이 배를 타고 몇몇 섬들을 돌아보고 오는 것도 좋을 것이다.

차라리 현충원에나 갈 걸! 언젠가는 가봐야겠지만 아직은 생각조차 싫었던 현충원이 문득 떠오른 것은 남원역에서 올라온 중년사내 때문이었다. 청바지에 가죽 잠바를 걸치고 낯짝에 개기름이 흐르는 사내가 통로 건너편 자리에 앉자마자 사냥감이라도 발견한 것처럼 탐욕스런 눈길로 훑어

내렸다. 차가운 눈빛으로 응수했지만 사내는 오히려 누런 이빨을 드러내며 히죽거렸다. 턱없이 당당한 낮짝은 주택복권에 당첨된 것일까? 아니, 순진한 사람들을 속여먹었거나 협잡질로 한몫 잡았는지도 모른다. 정요는 창 바깥으로 고개를 돌렸지만 아름다운 섬진강도 제대로 눈에 들어오지 않았다. 끈적거리는 사내의 눈길이 벌레처럼 스멀스멀 온몸을 기어다녔다.

"구례구, 구례구. 이번 정차 역은 구례구 역입니다."

언제나 똑같은 억양의 안내방송이 노래하듯 흘러나왔다.

"구례구 역에서 내리실 손님, 잊으신 물건 없이 가시는 목적지까지 안녕히 가십시오. 구례구, 구례구. 이번 정차 역은 구례구 역입니다."

묵은 땀 냄새가 풀풀 나는 쉰 목소리가 고장 난 유성기판처럼 돌아가고 있을 때 가슴이 벌렁벌렁 뛰었다. 벌떡 일어나 통로를 내달렸고, 끼이익 쇠를 긁어대는 마찰음이 끝나자 앞사람 등을 떠밀어가며 길고 칙칙한 기차에서 해방되었다.

개찰구를 빠져나와 대합실에 들어서면서부터 마중 나온 사람을 찾기라도 하는 것처럼 사방을 둘러보았지만 기다리는 사람이 있을 리 없다. 사람 찾기를 포기한 것처럼 코트를 여민 뒤 비로소 생소한 역 구내를 빠져 나왔다.

사람들은 어디론가 가고 있었지만 자기가 가는 길의 전체를 볼 수는 없을 것이다. 그리고 자신이 내려야 할 종착역 또한 목적지와는 다를 수도 있을 것이다.

어디로 갈까?

갑작스럽게 뛰어내린 곳 낯선 풍경 속에서 쉽게 갈피를 잡을 수가 없다. 종일 기차를 타고 달려왔지만 정리된 생각은 아무것도 없었다. 잔뜩 구름을 머금었던 하늘, 끝내 빗줄기가 쏟아지기 시작했다.

"화엄사요."

"비도 오는데, 아가씨 혼자 화엄사를 가셔?"

백미러를 통해 뒷자리의 승객을 살피는 택시기사의 시선에서 문득, 기차 안에서 불쾌했던 기억이 되살아났다.

"다른 이들은 먼저 도착했고 나 혼자만 늦었어요. 기차를 오래 타서 좀 피곤해요."

관광지 택시기사의 친절한 호의마저 성가셔서 대충 둘러대고는 차창 밖으로 시선을 피해버렸다.

화엄사로 행선지를 정했지만 화엄사가 지리산 대표 사찰이라는 것밖에 달리 기억나는 것이 없었다. 정요는 진학을 위해 입시지옥을 겪지 않게 된 첫 세대였다. 대대로 유교 집안에서 자랐지만 가문과 개인의 의지 따위는 상관없이 무작위 추첨을 통해 기독교재단에서 운영하는 여고에 배정됐다. 일주일에 한 번 채플시간은 휴식시간으로, 부활절이나 성탄절 행사도 친구 따라 장에 가듯 참여했다. 종교, 특히 불교와 사찰에 대해서는 접할 기회가 없어서 윤리와 지리 시간에 배운 게 전부였다. 사찰은 그저 나이 든 할머니들이 심심파적으로 자손들을 위한 치성을 드리러 다니는 곳이라고밖에 모를 만큼 무지했고 무엇보다 관심 자체가 없었다. 누가 불교나 사찰에 대해 묻는다면, 돌이나 흙, 나무 따위에 금칠을 한 불상 앞에 엎드려 절하고 복을 비는 것은 우상숭배며 우매한 일이라고 즉석에서 대꾸했을 것이다.

서울을 떠날 때는 낮은 구름만 끼었을 뿐 화창하던 날씨였다. 하나둘 차창에 빗금을 그리던 빗줄기가 바람까지 가세해 변덕스런 사월의 맨얼굴을 여지없이 내보이고 있었다.

봄날과 젊은 처자의 맘은 믿을 수 없다던 외할머니 말씀은 언제나 틀리는 법이 없다. 숲길이 환하게 빛나던 꽃잎들이 비바람에 속절없이 흩어져 날렸다. 연분홍 꽃잎들이 봄비와 함께 흩날리는 모습이 작은 나비들의 군무 같다고 생각하는 순간, 어린 나비들은 달리는 자동차 바퀴 아래로 거침없이 뛰어들었다. 아! 한숨인지 한탄인지 모를 소리가 절로 흘러나왔다.

비가 그친 것인지 부지런히 움직이던 와이퍼 속도가 뜸을 들이듯 늦어졌다. 조금씩 흐려지던 풍경이 한꺼번에 밀려날 때마다 마술처럼 맑아지고 있었다. 이 아름다운 풍경이 갑자기 끝나버리면 너무 서운한 일이다.

"다 온 심이여. 바로 저 앞잉게, 조심히 가서."

조금이라도 거리를 줄이게 된 기사의 덕담을 뒤로 하고 택시에서 내렸다. 비는 완전히 그쳐 있었다.

떨어진 꽃잎들을 품어 안고 흐르는 계곡을 거슬러 걷던 정요의 발걸음이 문득 멎었다.

난 · 왜 · 여기 · 와 있는 · 거야?

여행을 떠나 낯선 길을 걸을 때마다 버릇처럼 튀어나오는 의문이었다.

아직까지 답을 얻지 못했고 단 한 번도 그럴 듯한 핑계마저 찾아내지 못했다. 낯선 길 위에 섬으로써 자신의 존재를 의식할 수 있었고 신선한 생명수를 마신 것처럼 생기가 돌았다. 아무것도 할 수 없을 것 같은 무력감에 시달리다가도 여행 가방을 챙기다 보면 저도 모르게 손이 빨라지고 어느새 콧노래가 나왔다. 해묵은 고질병이 도지듯 봄이면 어김없이 찾아오는 우울과 무력감에서 벗어나는 유일한 탈출구는 어딘가로 떠나는 것뿐이었다.

감당할 수 없는 바람이 일 때마다 길을 나섰고 가끔은 가뭄 끝에 단비를 머금은 풀잎처럼 싱싱하게 돌아왔지만 그것으로 온전한 치유가 이뤄지는 것은 아니었다. 삶은 늘 모순으로 가득 차 있고, 삶이 그러하듯 여행 또한 끊임없이 모순과 대면하는 일이다.

'결국 떠났던 자리로 다시 돌아오기 위해 길을 떠났는지도 몰라….'

독백을 해보지만 스스로도 멋쩍은 해명일 뿐이다.

떠나올 때보다 더 지치고 까매진 얼굴로 돌아오지만 길 떠남은 어떤 의식이라도 된 듯 거부할 수 없는 봄 앓이가 되었다. 역마살이니, 방랑벽이니 걱정하는 사람도 있지만 아무래도 상관없었다.

하늘이 울어도 울지 않는다는 어머니의 산. 산세가 높고 웅대하여 수백 리에 웅거하는 지리산은 희부연 비안개에 윤곽조차 가늠키 어렵다. 바다처럼 크고 어둑한 지리산, 갑자기 깊은 산 속에 홀로 갇힌 것처럼 무서운 생각마저 들었다.

어느새 비가 다시 시작되었나 보다.

"봄비라고 얕보다가는 감기 걸리기 십상이요."

불쑥 상념을 깨우는 목소리, 훤칠한 키에 이목구비가 번듯한 스님이 환하게 웃으며 옆으로 다가섰다.

"좀 작긴 하지만 이거라도 같이 써봅시다."

파란 비닐우산을 내미는 시늉에 정요도 엉거주춤 스님의 우산 안으로 어깨를 들이밀었다.

가까운 거리, 함께 받쳐 쓰는 작은 우산이 그리 고마울 것은 없지만, 마음 써주는 누군가가 옆에 있다는 것에 울컥 마음이 뜨거워졌다.

"고맙습니다, 스님."

"애기보살은 어디서 오시는 길인가? 이렇게 비까지 오는데 혼자서 왔어요?"

"네, 스님은 여기 화엄사에 사시나요?"

“여기 사냐고? 그렇다고 볼 수 있지요. 정확하게 말하면 사는 게 아니라 잠시 머문다고 봐야지요. 언제라도 떠나는 것이 우리 스님네들 살림살이니까.”

“스님, 옷이 다 젖겠어요.”

“괜찮아요, 나는.”

둘이 쓰기엔 턱없이 작은 우산에서 떨어지는 빗물이 스님의 한쪽 어깨를 적시고 있었다. 민망해진 정요가 밀어낸 우산은 이내 다시 머리 위로 돌아왔다.

지명이라는 법명을 가진 스님의 목소리가 먼 곳에서 들리는 것처럼 나직한 울림으로 말을 걸어왔다.

울림이 깊고 낮은 목소리를 가진 나이를 가늠할 수 없는 스님과 어깨를 나란히 한 채로 비안개 자욱한 산길을 오르는 그 짧은 시간은 영겁처럼 느껴졌다. 어쩐지 이 세상이 아닌 다른 세상으로 건너가는 아득한 착각마저 들었다. 지명스님이 묻는 말에 유순한 아이처럼 또박또박 대답을 할 뿐, 일주문을 지나 금강문에 이르는 돌길을 오르는 동안 아무 생각도 일지 않았다. 험상궂은 사천왕상이 지키는 천왕문을 지나 살림채에 도착했다. 처음으로 접하는 낯선 절집이었으나 오랜 세월이 느껴지는 툇마루에서 까닭 모를 안도감이 밀려왔다.

지리산도 화엄사도 초행이라는 정요에게, 하루쯤 쉬어가도 좋다며 지명스님은 방 하나를 내주었다.

“좀 작지만 이 방이 따뜻하고 조용해서 좋을 거요.”

요사채 툇마루 맨 끝의 방을 지목하고는 편히 쉬라는 말도 없이 가버렸다. 길게 이어진 툇마루, 방마다 섬돌 위에 가지런히 놓여 있는 하얀 고무신들, 꿈속처럼 아련하고 시골 외갓집이라도 온 것처럼 푸근하고 정겨운 풍경이었다.

툇마루로 올라서 창호지를 바른 외짝 방문을 열었다. 아직까지 추적추적 내리는 봄비 때문에 대낮에도 어둑해서 겨우 스위치를 찾아 불을 켰다.

어머나, 세상에!

정말 작은 방이었다. 사이가 좋은 두 사람이라야 겨우 나란히 누울 수 있을 정도의 공간은 지금까지 보았던 어떤 방보다 작고 단출했다. 한눈에 들어오는 방안에 가지런히 개켜진 갈색 이불 위로 방석과 베개 하나가 오도카니 놓여 있을 뿐 가구는 물론 어떤 장식이나 소품도 없었다. 이불 밑으로 두 발을 넣어보니 발끝에 온기가 전해졌다. 벽에 기대앉았던 몸이 스르르 무너지자 코트를 벗어 덮고 누웠다. 두 팔을 쭉 뻗으니 손끝이 양쪽 벽에 거의 닿을 정도였다. 처음에는 너무 작아서 놀랐던 방인데 이제는 작은 새둥지에 들어앉은 듯 아늑해졌다.

애당초 무슨 빛깔이었는지 알 수 없는 무채색 벽지였지만 천장에 매달린 알전구가 뿜어내는 불빛으로 좁은 공간이 더욱 포근했다. 차가운 봄비에 으슬으슬 움츠러들었던 몸이 성에처럼 녹아내린다. 계곡물 소리가 갑작스럽게 들려오고 있었다. 머지않은 곳인 듯 저들끼리 두런두런 떠들어대며 흐르는 계곡물은 온몸이 부서지고 비산하며 떨어졌다가 다시 몸을 추슬러 한 몸이 되어 흘렀다. 다가오다 멀어지기를 반복하는 물소리에 함께 파도를 타듯 흔들리던 정요는 몽롱한 잠 속으로 빠져들었다.

부대 위병소를 나와 강둑을 따라 걷다 보면 철길 건너에 구멍가게를 겸한 식당이 있다.

"이쁜 색시가 또 면회를 왔구먼."

"예. 할머니 맛있는 밥 좀 주세요, 우리 색시가 배고프대."

인화의 맞장구가 능청스럽다.

할머니가 차려주는 늦은 점심을 먹고 예전처럼 강을 따라 느릿느릿 걸으며 행복한 시간을 만끽했다.

강물 위로 햇살이 반사되어 은빛으로 부서졌다. 한탄강(漢灘江)이라는 이름 그대로 은하수 같은 강, 아쉬움을 묻어두고 다시 돌아가야 할 시각이어서인가? 이 순간이 이대로 영원이었으면!

"정요야, 나 오늘 도저히 너 못 보내겠다."

어깨를 감싸안은 인화의 팔에 점점 힘이 가해졌다.

"안 돼. 아직은 아니야. 아니라고! 안 돼! 안 돼!"

그러나 목소리는 한 마디도 입 밖으로 새어 나오지 못했다. 안 된다는 거부도 품에서 빠져나가려는 저항도 못한 채 그저 숨이 막힌다. 캑캑거리는 숨소리에 화들짝 놀란 인화가 그제야 팔에 힘을 풀었다.

스물둘. 적지도 많지도 않은 나이지만 아직 남자와 밤을 보낸 적은 없었다. 오빠 내외의 참견보다, 연애결혼을 한 언니의 혼사를 두고도 대소가 여인네들이 쑥덕일 정도로 엄한 가풍 탓에 면회를 올 때마다 정요는 막차 시간에 맞추려고 달음박질을 했었다.

해가 저물어가는 강둑을 되짚어 걷는 그네의 작은 심장이 할랑거렸다.

전방에 있는 한적한 면 소재지, 호텔은커녕 변변한 여관도 없다. 간이역 앞에 있는 허름한 여인숙도 주말 면회객들로 이미 만원이었다. 서울 가는 막차는 이미 끊겨버렸다.

조급하게 뛰어다니던 인화가 정요의 손을 잡아끌고 간 곳은 오늘 낮에도 점심을 먹었던 구멍가게. 겨우 방을 구했다지만 물건을 쌓아두고 창고처럼 쓰는 곳이다. 아무렇게나 쌓인 상자들로 어두침침한 방, 불을 켜자 전구 위에 뽀얗게 내려앉은 먼지에 절로 눈살이 찌푸려진다. 인화가 성큼 들어가 라면이며 과자상자를 번쩍번쩍 들어서 다른 박스들 위로 올려놓았다. 앞쪽으로 이불을 펼 만한 공간이 생기자 할머니가 걸레로 대충 훔쳐냈다.

"미안해서 어쩐데. 그래도 구들만 뜨뜻하면 하룻밤은 지낼 만해. 주말이라 이 동네 어디에도 빈방은 없어."

이불 한 채를 방안으로 들이민 할머니가 머쓱하니 웃었다.

"방이 차니까 우선 이불을 깔고 앉아 있어. 내가 얼른 불 때줄게."

얼룩지고 누렇게 바랜 벽, 권하는 대로 방안에 들어서기는 했지만 외투를 벗을 엄두도 나지 않는다. 아무리 좋아하는 사람이지만 이렇게 꼬질꼬질하고 후줄근한 곳에서 어떻게 하룻밤을 보낸단 말인가? 엉거주춤 서 있는데 인화가 맥주와 과자를 한아름 안아 들고 왔다.

"미안하다. 이럴 작정은 정말 아니었는데 미안해, 대신 다음에 휴가 나가면 우리 서울에서 젤 좋은 무궁화 다섯 개짜리 호텔에서 자자. 오늘 딱 한 번만 봐주라, 응?"

"싫어. 어떻게 이런 데서 자라고. 나 그냥 서울 갈래."

"약속해. 다시는 널 이런 곳에 재우지 않을게. 딱 한번만 이해해 줘. 응?"

정요의 어깨를 감싸안아 이불 위에 앉혀두고 안절부절못하는 모습이 애처롭다. 택시를 불러 타고서라도 서울로 돌아가겠다는 소리가 목구멍까지 차올랐지만 차마 나오지는 못했다.

아랫목은 차츰 따뜻해졌지만 달콤하고 낭만적인 분위기 대신 좁은 방안을 채우고 있는 서먹한 공기만 더욱 짙어질 뿐이었다.

'이게 뭐야, 이런 한심한 꼴로 내 처녀 시절을 끝내다니!'

시간이 갈수록 화가 나고 서글펐다. 허망한 희망처럼 차오르던 하얀 거품이 사라진 맥주잔에 분노 같은 작은 기포들이 솟아올랐다. 무안한 술잔만 연거푸 들이키던 인화가 정요를 끌어안고 이불 위로 쓰러졌다. 얇은 이불 한 장이 깔린 방바닥은 뜨겁고 딱딱했다.

"싫어, 여기서 이렇게는 싫단 말이야!"

그러나 한 번 시작된 강물의 범람을 막아내기엔 속수무책이었다. 조급한 손길이 정요의 몸을 탐했다. 그의 짧은 머리칼에 풍기는 마른 풀냄새가 코끝에 스쳤다.

하아!

야생마처럼 날뛰던 그가 한순간 비명 같은 긴 숨을 토해내며 정요 가슴에 얼굴을 묻었다.

한참을 그렇게 숨을 고르는가 싶더니 가슴에 뜨듯한 물기가 전해졌다.

점령군처럼 당당하고 거침없이 질주하던 그가 흘리는 눈물의 의미가 혼란스럽다.

"미안하다. 정말 미안해. 정요야, 고마워. 사랑한다, 사랑해."

단숨에 폭포처럼 쏟아지는 소리.

무엇이 미안하고 무엇이 고맙다는 걸까?

같이 밤을 보내주어서인지, 그네의 첫 남자인 것이어서인지 알 수 없었다. 잡지나 영화처럼 아름답고 황홀하거나 신비롭지도 않았다. 짜릿한 통증을 수반한 격정, 이름 지을 수 없는 설렘과 서러움, 그리고 상실감.

부드럽지도 달콤하지도, 신비한 환상과는 거리가 먼 첫 그네의 첫 경험은 뜨겁고 딱딱한 이 방과 비슷했다. 새벽녘 전쟁을 치르듯 또 한 번 거칠고 성급하게 몸을 나누고 날이 밝았다. 안개 자욱한 강둑을 걸어 정요는 첫 기차를 타고 서울로 돌아왔다.

그날 이후, 은하수처럼 유장하게 흐르는 강물은 여전히 바다를 꿈꾸며 흘러갔고, 그 강물에 뿌리내려 자라는 수초가 되어버린 정요의 한탄강 행보는 더 잦아졌다.

"앓던 이가 빠진 거야!"

제대를 하면 결혼부터 하자던 약속이 아니더라도 정요는 제 사랑에 자신이 있었다. 김인화, 그가 제대를 하려면 반년쯤 더 기다려야 했지만 어떤 것도 두 사람의 사랑을 흔들지 못할 거라는 턱없는 믿음이었다.

인화가 성탄절 이벤트로 부대 내에서 애인 사진 콘테스트에 입상해 특별휴가를 나왔던 날은 하필이면 회사의 송년 파티가 있던 날이었다. 궁여지책으로 거래처 친구 하나를 내보낸 정요가 파티 도중 빠져나와 숨 가쁘게 달려갔지만 약속 장소에 두 사람의 모습은 보이지 않았다.

다음날 퇴근 시간이 다 되어서야 걸려온 인화의 목소리는 전화선 너머로 아득히 멀어지고 있었다. 어젯밤 지나치게 과음한 탓인지 늦잠이 들었다고. 일어나 보니 귀대시간이 다 되어 허겁지겁 청량리역으로 왔다. 못 보고 가서 미안하다, 부대에 들어가는 대로 편지하겠노라. 평소의 그답지 않게 제 말만 하고는 전화가 끊겼다.

부대에 들어가는 대로 편지하겠다고 했지만 해가 바뀌도록 소식이 없었고 보름이 더 지난 뒤에야 편지를 보내왔다.

무슨 말이 하고 싶을까? 아니, 할 말이 있기나 할까 싶었다.

기다림이 분노로 변한 지 오래였는데도, 알 수 없는 불안감에 편지봉투를 여는 정요의 손가락이 가늘게 떨렸다.

미안하다, 미안하다는 말로 편지는 시작했다.

실수였다고, 정말이지 마음에 없는 실수였으니 그냥 한 번만 눈 감고 다시 시작하자 했다. 기다리는 시간이 지루해진 두 사람은 술을 마셨고, 택시를 잡지 못해 통금에 걸린 두 사람은 할 수 없이 밤을 같이 보내게 되었다. 통금에 쫓기기도 했지만 술김에 저지른 마음에도 없는 실수, 머리뚜껑을 열어 저 차고 맑은 한탄강 강물에 헹구어 내고 싶다고 했다. 하지만 아직도 너를 사랑하고 그 사랑은 아무것도 변하지 않았다고, 그저 술김에 일어난 실수일 뿐이라고. 우리 사랑이 그렇게 쉽게 변하거나 깨어질 만큼 약하지 않다고 믿는다 했다. 보고 싶다, 정말로 보고 싶다. 너를 사랑하는 꼭 그만큼, 미치도록 보고 싶다는 말로 끝맺었다.

흥, 사랑한다고? 그 여자한테도 그랬니? 사랑한다고, 미치도록 안아보고 싶다고?

실수했다고 여긴 순간 냉큼 고하지 않고, 가슴이 타서 재가 되도록 소식이 없다가 편지 한 장으로 미안하다 사랑한다는 말로 넘어가려는 게 너무 미웠다. 아니, 납득이 되질 않았다. 머리와 가슴의 생각은 서로 달라서 세상에서 가장 먼 거리가 머리에서 심장이라고 했다. 사흘이 멀다고 편지는 계속 날아들었지만 열어보지도 않고 서랍 속에 쌓아두었다.

열어보지 않은 편지 대신 어느 날 엽서 하나가 날아들었다. 제대하는 대로 미국 유학을 떠날 거라며 마지막 인사를 전했다. 개봉하기도 전에 가슴을 뛰게 했던 편지들과 개봉조차 하지 않고 쌓아두었던 편지들을 작은 상자에 쓸어 담아 우체국으로 갔다.

"손을 다쳐서요. 고맙습니다."

돌려보내는 소포에 필적을 남기기 싫어서 지어낸 거짓말이었다.

우체국을 나서다 달려오는 택시를 보자 저도 모르게 번쩍 손을 들어 택시를 세웠다.

"한탄강으로 가주세요."

엉뚱한 행선지를 말하고 도착한 곳이 그의 부대로 면회를 다니던 한탄강 들녘이었다. 추수가 끝난 지도 오래인 마른 들판에 두루미 무리들이 먹이를 찾아 서성이고 있었다. 날렵한 다리와 길고 우아한 목, 이마에 붉은 댕기를 두른 매혹적인 자태의 두루미를 처음 본 것도 이곳 한탄강이었다.

그는 긴 목과 다리를 가진 정요가 두루미를 닮았다며 별명으로 삼았고, 정요는 두루미라는 어감에서 풍기는 탈속한 이미지가 좋았다. 두루미는 한 번 짝을 맺으면 절대로 바꾸지 않는 지조와 정절의 상징이었고 천성이 깨끗하고 무리의 질서가 정연해서 수묵화 화재로도 즐겨 쓰인다.

언제라고 다를 리 없지만 혼자서 바라보는 두루미는 쓸쓸하고 애처롭기만 했다. 두루미의 발길을 거부하듯 강물은 얼어붙었고 들판 마른 풀에도 하얀 눈으로 덮여 있었다. 발갛게 익어가는 저녁놀을 배경으로 두루미의 비상이 시작되었다. 둥지로 돌아가는 두루미를 따라 정요도 발길을 옮기고 있었지만 막상 그의 부대가 멀리 보이자 못 볼 것이라도 본 것처럼 다급히 돌아섰다. 어둠이 내리기 전에 자신을 추스르고 돌아가야 했다.

"앓던 이가 빠진 거야!"

그때 저도 모르게 내뱉던 소리가 나중에도 문득문득 튀어나오곤 했다.

유난히 춥고 길었던 겨울, 추위가 기세를 부릴수록 모피의류를 만드는 정요네 회사는 호황이었다. 전화기와 텔렉스는 연일 비명을 질러대고 유럽 각지에서 찾아오는 바이어의 발길도 빈번했다. 휴가는 물론 병가조차 내기 힘들었다. 감기약을 쌍화탕과 함께 쓴 입에 털어넣고 출근해야 했지만 어쩌면 그것이 정요를 버티게 해줬는지도 몰랐다.

긴 겨울을 보내며 상처는 조금씩 회복되었지만 극심한 불면증에 시달리며 박제된 새처럼 메말라갔다. 매끄럽게 빛나던 얼굴과 머리카락은 윤기 없이 푸석해지고 눈동자는 힘을 잃었다. 힘없는 미소에서 바스락거리는 가랑잎 소리가 날 것 같다며 간호사로 있는 영선이 바륨을 가져다 주었다.

약국에서 파는 수면제가 듣지 않아도 강력한 신경안정제 바륨은 효과가 있었지만, 바륨은 의사의 처방 없이는 구할 수 없었다. 그때마다 영선에게 엄살을 해댔다.

"나, 죽고 싶어. 아니, 차라리 죽는 게 나을 거야. 영선아, 나를 재워주든지 아님 아예 죽게 해주든지, 어떻게 좀 해줘!"

실연으로 인한 불면의 고통에 시달리는 친구가 딱해서 몰래 쥐어주긴 했지만 바륨은 중독성이 강한 약품이었다.

"정량 꼭 지키고 웬만하면 참아봐. 습관이 되면 너 정말 힘들어진다. 이번이 마지막이다."

매번 마지막이라며 협박하는 영선의 당부가 등 뒤에 달라붙었다.

고충을 해결해 준 고마운 친구와 커피 한 잔 나눌 여유도 없었다. 병원 비상계단에서 영선에게 바륨을 건네받기가 바쁘게 도망치듯 집으로 돌아와, 반 알씩 쪼개 먹으라는 당부도 아랑곳없이 한 알을 통째로 삼키고 이불을 쓰고 누웠다.

봄은 이미 오래전, 새해 시무식이 끝나자마자 목련껍질 같은 두터운 모피를 벗고 화사하고 날렵한 봄옷을 갈아입은 마네킹에서 시작되었다. 유리창에서 반사된 햇살을 받아 다른 곳보다 먼저 피어났던 벚꽃들이 하나둘 바람결에 날리던 오후였다.

경비실의 연락을 받은 정요의 고개가 갸우뚱 넘어갔다. 사전에 전화나 약속도 없이 회사로 찾아올 사람은 없다. 현관 유리에 비치는 푸석한 제 모습이 마뜩찮아 눈살을 찌푸리다가 벚꽃나무 그늘 아래 서 있는 재연을 보고 화들짝 놀랐다. 인화의 단짝 친구인 재연은 정요와 셋이서 함께 만났던 사이였다. 반가워하는 정요와 달리 제 발로 찾아왔으면서도 재연은 억지로 웃으려다가 그만둔 것처럼 떨떠름한 얼굴, 머리에도 어깨에도 나비처럼 하얀 꽃잎이 내려앉고 있었다.

26

“무슨 일이야, 연락도 없이?”

“나, 지금 인화 보내고 오는 길이야. 그 자식 오늘 먼 길 떠났다.”

“간 거야? 아이구 참, 내 정신 좀 봐. 그 사람이 어딜 갔는지 무슨 상관이라고. 습관이란 참 무섭다. 설마 유학 떠난 옛 애인 소식을 전하려고 온 거야?”

본디 말이 많은 사람은 아니었지만 재연의 입이 무거울수록 정요가 팔랑팔랑 가벼워진다.

“그러니까, 정요야. 일이 좀 있었어.”

“그 사람에 관한 일이라면 알고 싶지 않아. 알 필요도 없고. 나하고 끝난 거 재연 씨도 잘 알잖아.”

“고민 많이 했어. 나라면 어땠을까? 내 생각엔 인화 그놈, 정요 너한테 작별인사를 하고 싶었을 거 같았어.”

“정말 다 끝났대도. 다 잊었으니까 내 앞에서 이름도 꺼내지 마.”

차갑게 쏘아붙이고 벌떡 일어서는 정요를 재연이 붙잡아 앉혔다.

“잠깐… 잠깐만, 정요야. 그러니까… 실은 인화한테 사고가 있었어.”

“사고? 무슨 사고?”

무슨 사고가 있거나 말거나 이미 헤어진, 생각조차 하고 싶지 않은 사람이다. 전혀 관계없는 사람의 일을 묻는 것처럼 건성으로 되묻고 있지만 갑작스럽게 어지러워진다. 바람결에 떨어지던 꽃잎들이 어지럽게 춤추며 뱅글뱅글 맴돈다.

“어디야? 어느 병원이야?”

궁금해서 묻는 물음이 아니다. 회오리바람에 휘감긴 듯 자꾸만 흐려지는 의식의 끝, 그 절박감에서 나오는 반사작용일 뿐이다.

제대를 앞둔 마지막 훈련 중에 인화가 탄 군용트럭이 산굽이를 돌다 전복되는 사고가 났다는 것이다. 면회를 다니며 숱하게 지나다녔던 굽이굽이 아슬아슬했던 한탄강의 절벽들.

"얼마나 많이 다친 거야?"

제대로 중심을 잡지 못하고 허깨비처럼 일어서는 정요를 재연이 다시 붙들어 앉혔다.

"정요야, 인화… 인화는 이제 이 세상에 없어. 그 녀석 죽었어."

사고 후 병원에서 집중치료를 받았지만 의식은 끝내 돌아오지 않았고, 오늘 현충원에서 안장식을 치르고 오는 길이라 했다.

맴돌던 벚꽃들이 이젠 하얀 너울이 되어 펄럭이고 있었다.

잊었다고 생각했었다. 어쩌다 생각이 나더라도 이미 지나간 일일 뿐이라고, 전생의 기억처럼 아득한 과거 속의 일이라고 수없이 자신을 타일렀다.

"… 바보같이… 왜? 왜 죽었대?"

당당한 야생마 같던 사람이 죽었다는 것이 믿어지지 않았다. 헤어진 연인의 갑작스런 사고와 부음을 전하는 단어들이 바람에 날리는 꽃잎과 뒤섞여 허공을 맴돌았다.

"나쁜 사람, 정말 나쁜 놈이네. 겨우 그렇게 갈 거면서 나한테 왜 그랬대? 왜, 왜!"

"다 지난 일이지만 인화도 많이 힘들어했어. 순간의 실수라고, 정말로 자기 뇌를 꺼내 한탄강 차가운 얼음물에 씻어내고 싶다고 했어. 그러니까 정요야, 이제 그만 인화를 풀어줘라."

"허공이 들었나? 그 사람 죽었으면 좋겠다고 날마다 내가 저주를 퍼부었거든. 그랬구나, 그래서 그렇게… 아, 정말로 그런 건 아니었는데!"

"자책하지 마. 그저 사고였을 뿐이야. 인화 그놈, 편히 잠들 수 있게 딱 한 번만 찾아가 줘라. 부탁이다. 동작동 현충원이야."

꼭 한 번 찾아가 보라며 묘역 번호가 적힌 쪽지를 손에 쥐어주고 돌아서는 재연의 등 뒤로 꽃잎들이 분분히 날리고 있었다. 애써 지켜보던 꽃잎도 바람에 날려 섞여버리면, 순식간에 알아볼 수가 없어졌다. 갈수록 꿈이라도 꾸고 있는 것처럼 의식이 흐려졌다.

"앓던 이가 빠진 거야!"

"앓던 이가 빠진 거야!"

그냥 앓던 이가 빠졌을 뿐이라고 어설프고 헤식은 주문만 외웠다. 영험도 효험도 없었지만 달리 생각나는 주문이 없었으므로.

누군지 알 것 같은 낯익은 이의 뒷모습을 따라 끝없이 이어지는 길을 가다가 어느 순간 앞서가던 이의 모습도 이어지던 길도 가뭇가뭇 멀어지고, 천지를 분간할 수 없는 안개 속에 두려움으로 달랑 남겨진 조그만 아이.

예닐곱이나 되었을까? 짧은 단발머리 계집아이는 막막하고 무서웠다. 소리를 지르고 싶었지만 어떤 것도 몸 밖으로 나오지 못한 채 안으로만 들끓었다. 목까지 꽉 찬 울음은 그날도 터져 나오지 못하고 숨통을 졸랐다.

한참을 컥컥거리다 정요는 잠에서 깨어났다.

또 꿈이다. 힘들게 뒤척이다 간신히 잠이 들면 상황은 달랐지만 비슷한 이미지의 무채색 짧은 꿈이 남기는 여운은 길었다.

갇혀버린 울음. 한 번만이라도 시원하게 소리를 지르며 울고 나면 후련해질 것 같은데 어째서 울지 못하고 숨이 막혀오는가. 가위에 눌려 깨어나기는 했지만 약도 없이, 작고 낯선 방에서 그리 쉽게 깊은 잠이 들었던 게 의아하기만 했다.

똑 또르르 똑

똑 또르르 똑

처음에는 새 소리인가 했으나 목탁소리였다.

똑 또르르 똑 또르르 똑똑똑

계속될 것 같던 목탁소리가 문득 그치고 방문 밖에서 목소리가 들려왔다.

"애기보살, 저녁 공양해요"

우산을 씌워줄 때 애기보살이라 불렀으니 저를 불러내는 소리가 분명했다. 달랑 이부자리 한 채뿐인 방안에 여인네를 위한 거울이 있을 리 없었다. 헝클어진 머리를 대충 쓸어 넘기고 방을 나서자 툇마루 끝에 지명스님이 보였다.

저녁을 먹기엔 너무 이른 시간일 텐데 벌써 식사를 하는 모양이다. 다른 스님들은 보이지 않았고 절에 기거하는 듯이 보이는 사람들이 밥상에 앉아 있었다.

"내 속가 집안 조카아입니다. 자, 인사하고 이리 앉아."

"네?… 안녕하세요?"

조카라는 뜬금없는 소리에 당황했지만 시키는 대로 꾸벅 인사를 하고 자리에 앉았다. 스님과 단둘이 겸상으로 먹는 것도 부담스러웠지만 그 또한 따르는 게 옳을 것 같았다.

처음 접하는 사찰음식이었다. 김치와 이름을 알 수 없는 나물 두 가지, 두부조림에 된장국뿐인 소박한 밥상이지만, 오랜만에 밥을 남기지 않고 달게 먹었다. 잠깐 단잠을 잔 덕인지 몸도 마음도 한결 가볍고 상쾌했다.

식사를 끝내고 나오자 비 개인 하늘에 분홍 노을이 깔렸다. 법당에 가야 한다며 바삐 움직이는 사람들을 보며 정요는 은근히 불안해졌다.

"스님, 저도 저녁 예배 참석해야 하나요?"

"뭐, 그냥 마음 내키는 대로. 그리고 예배가 아니라 예불이라고 하는 거야."

다행이다! 생소한 예불의식보다 절 주변이 궁금했다.

절 마당을 한 바퀴 돌아서 대웅전 뒤쪽의 길로 들어섰다. 키를 넘는 시누대(시죽矢竹: 화살을 만드는 주재료) 숲 사이로 이어진 오솔길에 조금 숨이 차 오르기 시작할 즈음 대숲의 두런거림인 듯 노랫소리가 들렸다. 부드러운 저음의 바리톤이 속삭이듯 청원하듯 아니 누군가의 혼을 불러낼 것처럼 간절했다.

그대는 차디찬 의지의 날개로
끝없는 고독의 위를 나르는 애닯은 마음
또한 그리고 그리다가 죽는 죽었다가 다시 살아
또 다시 죽는 가여운 넋은 가여운 넋은 아~ 닐~ 까~

단조 특유의 애잔함과 비장한 노랫말이 서정적인 가곡 수선화다.

한참 예민한 여고 시절, 비련의 상처로 창백하게 여위다가 끝내 죽고 만 애절한 주인공을 상상하며 부르던 수선화. 노을에 물든 하늘을 향해 아련한 추억을 깨우듯 온몸으로 노래를 부르는 사람은 뜻밖에도 깎은 머리가 하얗고 나이가 지긋한 노스님이었다.

비 개인 봄날, 호젓한 산사의 숲에서 울리는 아름다운 노랫말은 예리한 가시가 되어 가슴을 파고들었지만 행여 방해가 될세라 인기척을 죽이고 노래가 끝나기를 기다렸다. 아니, 노래가 끝나지 않고 계속 이어지기를 바라며 숨을 죽인 채, 다음 대목이 이어지기를 기대하고 있었다.

부칠 곳 없는 정열을 가슴에 깊이 감추고
찬바람에 쓸쓸히 웃는 적막한 얼굴이여~

아~ 아~ 내 사랑 수선화야

나도 그대를 따라 저 눈길을 걸~으~리~~

"후우….."

여운을 남기며 노래가 끝났고 정요는 간신히 참았던 한숨을 불어내고 말았다.

"거, 숨어 있지 말고 그만 나오시오."

이미 기척을 알아채고 있었던지 노스님이 손짓을 하며 불러냈다.

"죄송합니다. 스님 노래가 너무 좋아서….."

나쁜 짓 하다 들킨 아이처럼 머쓱해졌다. 미안할 일은 아니고 차나 한잔 하자는 권유에 스님의 뒤를 따라갔다.

"스님, 이 노래에 무슨 사연이 있으신가요? 너무나 간절하고 슬퍼 보이셨어요."

"사연은 무슨! 보살은 이 노래가 아름답지 않소이까? 허허."

노스님이 껄껄 웃었다. 그 밝은 웃음소리에, 드라마틱한 이야기 만들기 좋아하는 세인들의 통속한 호기심을 들켜버린 것 같아 민망했다.

차를 마시러 가자는 노스님을 따라 시누대 숲을 벗어나 작은 계곡을 건너자 커다란 기와집이 나타났고 그 기와집 모퉁이를 돌아서자 구층암 전경이 한눈에 들어왔다. 정면으로 둥그런 산 아래 자리한 아담하고 단아한 천불보전이라는 전각이 보였다. 천불보전 앞으로 너른 마당이 있었고 그 양쪽으로 요사채 두 개가 마주 보고 있는 전형적인 사찰 배치였다. 방금 모퉁이를 돌아선 요사채를 마주 보며 서 있는 요사채 처마 밑에 구층암(九層庵)이라는 현판이 걸려 있었다.

천불보전으로 오르는 계단 앞 양쪽에 하나씩 서 있는 키 작은 모과나무가 보였는데 볼수록 엄청난 연륜과 생명력이 느껴졌다. 오랜 세월 모진 세파에 원줄기는 구새 먹어 없어지고 잔 줄기 몇 개로 살아남았는지, 싹둑 잘려 나간 그루터기에서 새로 돋아난 작은 줄기들인지 알 길 없지만 저들끼리 서로를 붙잡고 위안하듯 따로 자란 줄기들이 다시 한 몸으로 붙어가며 꿋꿋하게 살아가고 있었다. 강진 백련사에서 다산초당으로 가는 산길을 걷다가 길 아래로 연리지가 많이 보여서 놀란 적이 있는데, 울퉁불퉁 온통 옹이투성이 모과나무들은 저 혼자서 헤이락모이락 아예 몸뚱이 전체가 연리지인 셈이다.

모과나무를 살피던 구경꾼의 눈길이 전각 마루에 있는 기이한 나무기둥에 멎었고, 발길이 절로 그리 향했다. 마루 앞에 스님이 등을 보이며 서 있었으나 정물처럼 미동도 없었으므로 별다른 생각 없이 나무기둥 곁으로 다가섰다. 울퉁불퉁한 나무를 조금도 다듬지 않고 껍질만 벗겨 사용한 듯 작은 나뭇가지까지 그대로 붙어 있었다. 다른 기둥 하나는 밑동에서 갈라져 자란 두 개의 줄기를 그대로 가져다 도리를 받치는 기둥으로 삼았다. 어쩌다 통째로 잘려 나와 힘겹게 들보를 떠받치고 서 있는 기둥이 되었을까? 안쓰러운 마음에 가만가만 손으로 쓰다듬어 본다. 다듬지 않고 나무등걸에 붙어 있는 짧은 가지들, 대패질이나 인위적인 가공을 하지 않은 투박한 몸피였으나 거칠기는커녕 매끄럽기만 했다.

"무슨 나무가 이렇게 제 멋대로일까?"

저도 모르게 엉뚱한 소리가 나왔다.

"모과나무입니다."

정물처럼 붙박이로 서 있던 스님의 대꾸였다.

"그럼 저 법당 앞에 분홍 꽃 핀 나무랑 같은 건가요?"

"이 암자가 지어진 지 사백 년쯤 되니까, 아마 저 모과나무의 3,4대조

할머니쯤 될 거요."

"어머, 정말요?"

놀라지 않을 수가 없었다. 사백 년이라니? 그게 정말이라면 자신이 눈비를 맞으며 살았던 세월보다 수십 배나 더 오랜 시간을 모과나무 기둥은 자손들이 철 따라 꽃 피우고 열매 맺는 것을 지켜보고 있었던 셈이다. 그러고 보니 조금 전 매끄럽고 보드라웠던 감촉들이, 마루에 붙박이로 선 채 눈앞에서 거친 풍상에 시달리며 자라는 작은 나무를 내려다보며 손을 뻗어 쓰다듬고 어루만지는 어미의 간절한 손길이었던 것처럼 느껴졌다.

그래서인가? 마치 사람이 나무를 베어 기둥으로 세운 것이 아니라 모과나무 두 그루가 처음부터 그곳에 뿌리를 내린 채 살아 있다가 그대로 기둥으로 굳어진 것으로도 보였다. 단순히 들보를 떠받치는 기둥이 아니라 처음부터 이 전각의 주인이었던 것처럼.

"어디서 오셨습니까?"

"서울에서 왔어요."

"이 시각에 어떻게…."

"요 아래 큰 절에서 묵는답니다. 자, 애기보살. 차 마시러 갑시다."

그네가 뭐라고 대꾸하기 전에 노스님이 먼저 대답했다.

정요는 노스님을 따라 구층암이라는 현판을 달고 있는 맞은 켠 전각으로 향했다. 이곳 마루에서도 모과나무 기둥 하나가 다듬어지지 않은 모습 그대로 도리를 받치고 있었다. 노스님을 따라 들어간 방안에는 투박한 찻상 위에 다구 한 벌이 갖춰져 있었다. 서너 배쯤 더 넓었을 뿐 조금 전 잠들었던 방과 별반 다르지 않다는 느낌. 양쪽 벽에 긴 대나무를 걸쳐 만든 횃대에는 회색 걸망 두 개가 댕그라니 걸려 있었다. 노래하던 스님과 비슷한 연배의 스님이 두 사람을 보고 반색을 했다.

"어서 오시게나. 그러잖아도 혼자 마시는 차가 좀 싱거웠는데, 이렇게 어여쁜 애기보살까지 같이 오다니. 이제야 차 맛이 제대로 나겠는걸."

여기서도 댓바람에 애기보살 소리를 듣는다.

두 분 스님은 도반이라 했다.

"도반이 뭔가요?"

"같이 공부하는 동무를 도반이라고 하지"

"네? 스님들이 학교를 다녀요?"

"학교가 아니라 우리는 선방에서 같이 공부를 하는 도반이야."

도반(道伴)이란 은사가 같은 사형 사제를 이르기도 하지만, 진정한 의미의 도반은 선방이나 강원에서 함께 수행하며 자신의 참모습을 찾아가는 마음공부를 같이 하는 사이를 통상 그렇게 부른단다.

공부 또한 학문이 아니라 마음공부라는 것이다. 인연에 따라 발생하는 모든 현상에 대한 인연법과 그 반대의 개념인 무위법에 대한 설명도 보탰다. 하나같이 처음 듣는 이야기들이라 이해하기가 어려웠지만, 그동안 정요가 인식하고 있었던 숨 막히고 무미건조한 공부라는 낱말에 풋풋한 생명이 느껴졌다. 인연의 화합에 의해 만들어진 것이 아닌 세계 즉, 생멸의 변화를 떠나 인위나 조작이 없는 무위법이 스님들이 추구하는 마음공부라는 말 때문이었다.

과문한 탓에 스님들의 말을 다 알아들을 수는 없었지만 어떤 일들이 서로 원인과 결과가 되어 나타나는 현상이 업인과보라는 대목에는 얼핏 수긍이 갔다. 또한 그것이 오늘 그네를 이곳으로 이끌어 오게 한 것이라는 말도 정말인지 모른다.

"허허, 참! 내 오늘 어쩌자고 이리 망상을 피워대는고? 어린 처자를 붙잡고 별별 궤변을 늘어놓고 있으니…. 자, 이제 우리 애기보살 이야기나 좀 들어볼까?”

차를 권하는 노스님에게서 좀 전의 낭만적인 모습은 찾아볼 수 없었다.

이 암자에 가끔씩 쉬러 오는 객승이라는 스님들은 혼자서 그것도 난생 처음으로 절에 왔다는 정요의 행적을 궁금해했고, 아버지같이 나이 지긋한 스님들 앞이어서인지 그네도 스스럼없이 재잘대며 시간 가는 줄 몰랐다.

신선놀음에 도끼자루 썩는 줄 몰랐을까. 잠깐 차 한잔 하며 놀았다고 생각했는데 바깥으로 나서니 산골의 어둠은 이미 속속들이 들어차 있었다.

“원주스님, 여기 플래시 하나 빌려주시오.”

“예, 스님. 아직 안 자고 있습니다.”

노스님이 맞은 켠 전각으로 가서 소리를 지르자, 곧바로 크게 대꾸하는 소리와 함께 방문이 열리고 원주스님이 나왔다.

“여기 애기보살한테 플래시 하나 빌려주라고. 우리 원주스님이 아래 절까지 데려다주면 더 좋고.”

“밤길이 사나운데, 제가 바래다 주어야지요.”

다시 방에 들어갔던 스님이 랜턴 하나를 들고 나왔다.

“아녜요, 스님. 랜턴만 주시면 저 혼자 갈게요.”

“짐승들도 나오는데, 어쩌려고.”

원주스님이 신발까지 신고 나섰으나 정요는 도리머리를 저으며 말렸다.

“사람이 무섭다면 몰라도, 짐승 따위 뭐가 무섭다고 그래요?”

어떻게 그런 말이 나왔는지 모른다. 순진한 처녀가 아니라 세상 풍파를 다 겪은 여자 취급받기가 십상이다.

“정말 괜찮아요. 이거면 충분해요. 저 어린애 아니거든요.”

서둘러 수습한다는 게 또 오해하기 좋은 소리를 하고 말았다. 그러나 다행스럽게도 속세를 떠난 스님들이다. 더는 데려다 주겠노라 강요하지 않고 순순히 랜턴을 건네주었다.

"그러면, 조심해서 가세요."

"고맙습니다, 스님. 내일 아침에 랜턴 가지고 올게요."

용감하게 랜턴을 켜들고 밤길을 나섰으나 어두운 산길에 홀로 서게 되자 망망대해에 떠 있는 작은 섬처럼 무섭다. 마른 댓잎이 바람에 서걱이는 시누대 사잇길로 들어서자 머리끝이 쭈뼛쭈뼛 서는 것만 같았다.

못 이기는 척, 바래다 달랠걸!

숨도 쉬지 않고 마구 달려가고 싶지만 돌부리에 채여 넘어지기 십상이다. 땅바닥만 내려다보며 조심조심 어두운 산길을 내려오는데 어둠 속에서 그네의 이름을 부르는 소리가 들려왔다. 그것도 한두 명이 아니라 여기저기 다른 곳에서 불러대는 소리였으나 그 이름만은 분명 정요라는 이름이었다.

"정요 씨… 윤정요… 애기보살…."

애기보살은 오늘 얻은 또 다른 이름이다.

이 산중에 제 이름을 부르며 찾아다닐 사람이 있을 리 만무다. 제 이름을 아는 이는 지명스님과 좀 전에 만난 객스님 두 분뿐, 저를 찾을 사람도 이유도 없는 산중이라 처음엔 그것이 저를 부르는 것인 줄도 몰랐다.

무슨 일로 날 찾는 걸까? 이 밤에 그것도 큰 소리로 이름을 부르며 찾아다녀야 할 만치 긴박한 일이 무얼까.

누가, 왜 찾는지 아무리 생각해도 얼른 떠오르는 게 없다.

만물이 생동하고 꽃들은 피어나고 있었지만 세상은 늘 뒤숭숭했다. 민주화를 향한 열망으로 시위도 연일 이어졌다. 그 와중에 몸을 피해야 할 재야 인사나 운동권 학생들이 사찰에 몸을 숨긴다는 공공연한 비밀이 떠돌고 있었다. 뜬금없이 나타나 소리 소문 없이 사라져 밤이 이슥하도록 나타나지 않는 그녀의 행적을 수상히 여겼을지 모른다. 가방에서 바륨이 든 작은 약병을 발견한 순간, 죽을 곳을 찾아온 맹랑한 처녀로 간주되어 어딘가에서 약에 취해 쓰러진 그녀를 발견할 요량으로 어두워진 숲속에서 저렇게 소리쳐 부르며 찾아다니는지도 모른다. 어쨌건 밤중에 저 많은 사람들을 괴롭히고 있다는 생각에 잠깐 당혹스러웠다.

어떻게 하지?

나 여기 있노라고 소리치며 나설 수도, 그렇다고 이 밤에 산중에서 도망자 신세가 되어 숨어버릴 수는 더더욱 없는 노릇이다.

에라, 모르겠다. 될 대로 되라지 뭐!

부르는 소리에 대꾸하는 대신 정요는 랜턴에 비치는 발끝만 보며 걸었다.

"찾았어요, 여기 있어요. 여기!"

정요 얼굴에 랜턴을 들이댄 앳된 얼굴의 행자가 큰 소리로 외쳤다.

그 소리에 하나둘 모여든 이들이 그녀를 확인하고는 번갈아 안도와 핀잔을 했다. 차갑게 굳은 얼굴로 나타난 지명스님은 걱정했다는 말도, 어디를 갔다 오느냐는 질문도 하지 않았다. 처음엔 자신을 찾아다니는 걸 보며 영화의 주인공이라도 된 것처럼 재미있다는 생각까지 들다가 눈길조차 주지 않은 지명스님의 얼굴을 본 순간 정요는 움찔했다. 사람들이 돌아가자 지명스님은 주머니에서 바륨이 들어있는 약병을 꺼내 들었다.

"이건 뭐지?"

낮고 단호한 목소리, 역시 걱정했던 대로였다.

아무런 성분 표시도 약명도 없는 수상쩍은 하얀 알약이 들어 있는 작은 병.

지명스님의 눈빛은 더 이상 따뜻하지 않았다. 깊게 가라앉은 눈빛이 랜턴 불빛 아래서 곤혹스러움으로 일렁거렸다. 낮에 보았던 정 많은 삼촌이 아닌 날 선 수행자의 눈빛, 그 눈빛에 바륨이 든 약병과 도망치듯 서울을 떠나올 수밖에 없었던 인화의 죽음까지, 저간의 사정을 고해성사하듯 풀어놓고 말았다.

담담하게 듣기만 하던 지명스님의 표정이 누그러지긴 했지만 여전히 서늘했다.

"이건 당장 저기 해우소에 쏟아버리고, 내일 날 밝는 대로 떠나도록 해!"

대수로울 것 없는 고만고만한 처녀들의 고민으로 일축해 버렸다. 화엄사를 떠나라는 말로 비난을 대신하고는 휭하니 돌아섰다.

'바륨은 불면증 때문에 어쩔 수 없이 지니고 다니는 수면제였어요. 한꺼번에 먹으려는 건 절대 아니어요.'

터무니없는 오해가 억울했지만 변명도 못하고 컴컴한 해우소에 바륨을 쏟아붓고 말았다. 해우소 옆을 흐르는 계곡물 소리에 묻혀 약이 쏟아지는 소리는 들리지 않았다.

인신매매와 부녀자 납치가 유행병처럼 번지는 세태였다. 여행 중 불가항력의 사태가 생기면 자신을 지킬 수 있는 유일한 무기였고, 넘치게 좋은 풍경이나 행복한 날이 오면 주저 없이 저세상으로 데려다 줄 수도 있을 것이다. 그네가 지니고 다니는 바륨은 수면제를 넘어 수절과부의 은장도이면서 비상 상비약인 셈, 자신 있게 낯선 길을 떠날 수 있게 해주는 동반자이기도 했었다.

방에 돌아와 쉽게 잠들지 못하고 뒤척이다가 새벽녘 깜박 잠이 들었던 모양이다.

똑 또르르… 똑 또르르… 똑 또르르… 똑 똑 똑 똑.

목탁을 치며 뭐라 뭐라 와우는 염불소리가 어둠에 잠긴 정적을 몰아내고 있었다.

낯선 여행지에서 문득 깬 새벽잠은 좀체 다시 오지 않았다.

바람도 없고 어차피 다시 잠들기도 틀린 일, 정요는 밖으로 나왔다.

스님들이 하나둘씩 대웅전 계단을 올라가고 있었다. 한쪽 어깨에 다갈색 가사를 두른 스님들이 가을하늘 기러기처럼 줄지어 돌계단을 오르는 모습이 지상이 아닌 다른 세상의 풍경처럼 아득하다.

대웅전이 바라보이는 보제루 누각 앞 좁고 긴 툇마루에 걸터앉았다. 어둡고 축축한 밤공기가 을씨년스러웠다. 정요는 어깨를 감싸안고 무릎을 가슴까지 끌어올려 공처럼 몸을 웅크렸다.

둥 둥 둥… 법고가 울었다.

법고는 땅 위의 모든 중생을 구원하기 위한 소리라 했던가?

처음 느리고 둔탁하던 울림이 점차 빨라져 갔다.

심장이 뛰는 것 같은 북소리에 덩달아 정요의 심박도 빨라졌다. 가끔 하산을 하는 길에 저 북소리에 홀려서 절 마당까지 들어선 적도 있었다. 암소와 수소의 가죽으로 만든 북은 음양의 조화를 상징하기도 하지만 북소리는 심장의 고동소리와 비슷하다. 북 판에 마음 심(心) 자를 그리며 치는 북소리는 사람이거나 짐승이거나 땅에 사는 중생들을 제도하기 위함이라고 했다.

말발굽처럼 힘찬 북소리가 서서히 잦아들더니 콰앙… 콰앙… 범종이 울었다.

쇠는 흙에서 나온다. 쇠로 만든 범종소리는 땅속의 미물과 지옥 중생들을 위함이다. 저 범종소리에 이미 이승의 지옥을 살고 있는 내 마음도 위로받고 편해질 수 있을까?

사바와 지옥 그리고 수중과 허공 중생들을 위한 사물의 울림은 모두 끝났지만 소리의 여운을 끌어안기라도 하는 것처럼 정요는 계속 웅크린 채

감싼 몸을 풀지 못했다.

이른 새벽 산사에서 듣는 사물의 울림은 오래 기억될 것이다. 예불이 끝나고 그렇게 한참이나 더 우두커니 앉아 있었다. 법당에서 내려오는 스님들의 시선도 이젠 부담스럽지 않았다. 마당은 다시 텅 비었지만 그 자리를 떠나지 못했다.

어둠이 물러서고 있었다.

조금씩 엷어지던 어둠이 희뿌연해지더니 어느 순간, 부연 안개가 걷히듯 하늘이 붉으레 열렸다.

그래, 이걸로 충분해! 이 새벽, 이 느낌만으로 여행은 완성된 거야. 이제 그만 떠나도 돼.

스스로를 위로했지만 차가웠던 지명스님 얼굴이 생각나자 맘이 급해졌다. 어제와 오늘 사이에 시공을 넘어선 넓고 긴 강 하나가 놓이고 비몽사몽 꿈속의 일처럼 아련해졌다.

'하룻밤 신세를 졌으니 인사는 하고 가야겠지'

방바닥에 떨어진 머리카락을 주워 대강 청소를 마친 정요는 지명스님을 찾아갔다.

"스님… 저, 가려고요."

막 세수를 마친 맑고 여린 해가 분합문 창호지에 비껴들고 있었다.

"어, 왔어? 들어와."

처음 우산을 씌워주던 때처럼 평온한 지명스님은 문 앞에서 머뭇거리는 정요를 흔연히 맞아주었다

"안 그래도 차 한잔 하자고 부르려던 참인데 잘 왔어. 새벽에 보제루에 나와 있던데, 법당에 한 번 들어와 보지 그랬어?"

"법당에 들어가는 일이 좀…."

"새벽공기가 차갑던데, 차 한잔 해."

자애로운 낯빛으로 찻잔에 맑은 녹차를 따라주고 권했다.

"감사합니다. 덕분에 잘 쉬고 갑니다. 그리고 어제는 죄송했어요, 스님."

정요는 나름 깍듯이 인사를 챙겼다.

"그건 됐고. 그래, 이제 어디로 가려는가?"

찻잔을 내려놓으며 던지는 따뜻한 말투는 어제 보았던 자상한 아저씨, 아니 삼촌의 모습이다. 어제는 어디서 오는가 묻더니 오늘은 어디로 갈 건지 묻고 있다. 갑자기 또 막막해진다. 나는 어디서 와서 어디로 가려는 걸까?

"글쎄요, 어디로 가야 할지… 그냥… 발길 닿는 대로."

"허허허, 이 애기보살이 운수납자 같네그려!"

한참이나 너털웃음을 웃던 스님이, 창호지가 발라진 외닫이 창문을 활짝 열어젖히자 진달래꽃이 무더기로 피어 있는 후원이 와락 다가섰다. 마당보다 조금 높여 흙을 쌓고 돌담으로 둥그렇게 감싼 화단에 진달래가 가득 피어 있었다. 스님의 갑작스런 웃음소리에 머쓱해졌던 정요의 눈길을 분홍 꽃 무더기가 끌어 당겼다.

가벼운 바람에 살랑거리는 진달래꽃이 하나둘 그네에게 말을 걸어왔다. 금방이라도 터질 듯이 울먹이는 꽃망울들은 가뭇한 꿈속에서 보았던 계집아이 얼굴이다가, 어려서 홍역 앓다 죽은 남동생의 열꽃으로 붉어진 얼굴로도 보였다. 둥그런 꽃 무더기가 꽃무덤으로 보이는 순간 저도 모르게 울음이 터져버렸다.

연분홍 진달래꽃 무더기는 아픈 기억이었다. 정요가 열 살 무렵, 음력설을 쇠고 얼마 지나지 않은 이른 봄이었다. 식구들의 사랑을 독차지했던 남

동생 여훈이의 입학식이 코앞에 다가왔다. 막내아들의 가방이며 학용품을 챙기는 엄마의 손길은 자르르 윤기가 흘렀다. 위로 오빠들이 있긴 했지만 적실인 엄마의 소생이 아니었다.

혼인한 지 일 년도 지나지 않아 상처를 하고 홀아비로 지내던 아버지가 남몰래 드나들며 정을 준 사람은 이웃 마을의 젊은 과수댁이었다. 애면글면 어린 남매를 키우는 딱한 처지의 청상과 석유나 밀가루 따위의 배급품을 전달하러 가끔씩 드나들던 면사무소 직원이던 젊은 홀아비. 인정 많고 마음 여린 홀아비가 동병상련의 과수댁한테 연민을 느끼고 돌봐주다가 정분이 났던 것도 어쩌면 자연스러웠다. 하지만 남의 핏줄이 둘이나 딸린 과수댁을 받아준다는 것은 그 시절 정서로는 언감생심 어림도 없는 일. 더구나 체통이나 가문의 명예를 목숨처럼 여기던 내로라하는 완고한 집안에서는 상상조차 할 수 없는 일이다.

그러나 우물쭈물하는 사이, 소문은 온 동네를 다 덮었고 뱃속에는 이미 아이까지 자라고 있었다. 배가 불러올수록 어른들의 노여움 걱정에 아버지는 말도 꺼내지 못하고 애만 태울 뿐이었다. 모두가 쉬쉬하며 전전긍긍하고 있을 때 큰아버지가 궁여지책으로 내놓은 대책은 일이 자꾸 커지기 전에 한미한 집안 처녀에게 서둘러 아버지를 장가들이는 거였다.

아버지는 토박이 지주 집안의 막내로 신학문을 한 훤칠한 멋쟁이였다. 비록 상처를 한 홀아비였지만 딸린 소생도 없었다. 그런 불미스런 일만 아니면 더 좋은 혼처를 골라 장가들 수 있는 형편이었으나 과수댁을 임신까지 시킨 죄가 있어 꼼짝없이 엄한 큰형님의 분부를 따를 수밖에 없었다.

순박한 산골 처녀였던 엄마는 그렇게 선택되었고 벼락치기로 혼례를 치렀다. 시집도 오기 전에 시앗을 먼저 본 기막힌 형국이었지만, 물정 모르는 열아홉 산골처녀는 멋쟁이 신랑이 좋기만 했다. 복사꽃이 한창이던 봄날 혼인을 한 엄마는 그해 동짓달 잔뜩 부른 배를 부여안고 집으로 들어온 작은댁을 맞았다. 마당에 편 멍석 위에서 큰절로 폐백을 올리는 만삭의 작은댁이 엄마는 그저 안쓰럽기만 했다.

"그냥 딱하기만 했어. 남산만 한 배에 누비옷도 아닌 얇은 홑저고리가 얼매나 추울까 싶었지. 그날따라 바람이 아주 매서웠거든."

차마 투기를 할 처지가 아니었다고 아무렇지도 않게 말했다.

재혼을 하고 처첩 살림을 하면서 면사무소를 그만둔 아버지는 내어준 방앗간과 과수원을 운영했다. 한 지붕 아래서 한솥밥을 먹으며 처첩을 거느리는 두 집 살림이 시작되었다. 집 가운데 대청마루가 두 여인의 영역을 가르는 유일한 경계였다.

한없이 터도 넓은 데다 집 한 채쯤 언제든지 짓고도 남을 여력이 충분했던 집안 형편이었는데, 왜 굳이 그런 모양새로 살았는지 모르지만 정요 남매들은 누구도 그 내막을 알려고 하지 않았다. 어른들의 일을 묻는 것은 돼먹지 못한 일이라는 무언의 금기 같은 것도 있었지만, 쓸데없는 궁금증이 오히려 잔잔한 물에 돌을 던져 파문을 일으킬 수도 있다는 것을 본능적으로 알아차리고 있었던 것이다.

마을과는 작은 고개를 하나 넘어야 하는 외딴집이라 말전주하는 수다스런 이웃도 없었다. 과수원 너머는 6.25전쟁 이후 피란민들이 들어와 살다가 터를 잡아 생겨난 마을이었다.

근본 없이 떠돌다 온 것들과는 함부로 어울리지 마라!

너희는 뼈대 있는 집 자손이다!

수시로 떨어지는 아버지의 엄명은 과수원을 둘러친 탱자나무보다 더 범접할 수 없는 울타리였다. 정요네 형제들은 오리쯤이나 멀리 떨어진 큰댁 사촌들 말고는 따로 친구를 사귀거나 이웃 마실도 가지 못했다. 다른 아이들의 엄마 아빠가 한 방에서 아이들과 함께 잔다는 이야기를 들을 때면 그게 오히려 이상하다고 여겨졌을 정도였다. 아버지는 사랑채에서만 생활하는 사람으로 알고 있었기 때문이다.

두 엄마에 대한 호칭이나 지칭마저 구별 없이 똑같이 '엄마'였다. 전라도 사람들이 '거시기'라는 말을 편하게 두루 사용하듯이 가족들은 어느 분을 가리키거나 부르든지 그저 '엄마' 하나로 충분했다. 한집에 사는 두 엄마가 아이를 낳다 보니 거의 연년생 터울이라 마을에 사는 아낙들이 밭일을 오면 고만고만한 자매들을 헛갈려 했다.

"니가 이 집 큰엄마 딸이지?"

"아니야. 우리 엄마가 작은엄마야."

"바보야. 정요, 너네 엄마가 큰엄마야."

아낙들은 웃어가며 말했지만, 나이도 더 젊고 키도 작은 자기 엄마를 어째서 큰엄마라 하는지 이해할 수 없었다.

정요가 중학교에 들어가던 해, 큰언니가 결혼을 했다.

시집간 큰언니 집에 놀러 간 날 밤. 장지 문 너머로 안사돈과 엄마가 나누는 대화를 듣고서 두 엄마가 한집에 살게 된 전후 사정을 알기 전까지는 두 분이 남이 아닌 자매가 아닐까 하는 생각까지 했을 정도로 사이가 좋았다.

아버지와 엄마 둘, 거기에 형제도 열 명이 넘었다. 상주하는 일꾼 둘에 수시로 드나드는 일꾼들까지 족히 스무 명 남짓 되는 대식구가 한솥밥을 먹었다. 정신없이 일에 쫓겼을 두 여인은 분주함과 외딴집의 외로움을 견디기 위해서 시기나 질투보다 그런 모호한 연대가 필요했을 것이다. 투기가 뭔지도 모르고 시앗을 언니 대하듯 의지하는 어린 조강지처와, 아이를 둘이나 떼어놓는 생이별을 한 서럽고 신산한 작은댁의 화기 애매한 동거는 인근 남정네들이 대놓고 아버지를 부러워할 정도였다.

엄마보다 먼저 오빠를 낳은 작은댁은 기품 있는 여인이었다.

"나는 아기랑 자면 되니까 안방으로 건너가 주무세요. 외딴집이라 큰 방에서 새댁 혼자 자는 일이 무서울 테니…."

아기를 핑계로 나이 어린 엄마 방으로 아버지 등을 떠밀었고, 아들우세를 떨지도 않았다. 그이의 그런 현명하고 조신한 처신 덕분에 돌부처도 돌아앉는다는 시샘이나 노여움 따위를 엄마는 모르고 살았다. 어린 처녀를 데려다가 팔자에 없는 시앗을 보게 한 미안함에 집안 어른들의 고임을 받는 데다가 조강지처라는 이름으로 안방을 차지한 것도 한몫을 했다. 위로 언니가 둘 태어나고 정요를 낳을 동안 작은댁의 몸에서 내리 사내아이를 넷이나 낳는 걸 지켜보며 어지간히 속이 탔겠지만, 이상하게도 엄마는 아들을 낳으면 젖을 떼기도 전에 번번이 잃고 말았다. 몇 번이나 실패를 한 뒤 정요의 여동생을 낳고서야 엄마한테서도 아들이 제대로 자라기 시작했다.

"아이고, 이제는 되었다!"

엄마의 아들 여훈이가 형님들을 따라 놀러 다닐 나이가 되자 어른들은 가슴을 쓸어내렸다. 위로 넷이나 되는 오빠들이 있었지만 당시 풍습으로 서는 오빠들은 모두 서자였고 어린 여훈이가 대를 잇는 적장자였던 것이다. 여훈이가 탈 없이 건강하게 자라자 부모님은 물론 대소가 집안 어른들도 마치 첫아들을 얻은 것처럼 좋아했다. 큰댁은 물론이고 면사무소나 친구를 만나러 갈 때도 아버지는 여훈이를 자전거 뒤에 태우고 다녔다.

우리 귀남이! 귀남아!

형제들은 시샘 반 놀림 반으로 이름 대신 귀남이라 불렀다. 귀남이는 집안에서 유별나게 떠받드는 사내아이를 일러 애칭 반 놀림 반으로 쓰던 말.

그 여훈이가 일곱 살이 되고 입학식이 가까워지자 집안 분위기가 들떴다. 당시 시골 아이들은 상상조차 어려웠던 색깔이 서른두 가지나 되는 커

다란 크레용이나 만화 캐릭터가 붙어 있는 예쁜 운동화 등등 친척들이 보
내오는 선물에 다른 남매들도 덩달아 신이 났다. 그중에서도, 서울에서 큰
언니가 소포로 보내온 반짝이는 갈색 란도셀은 혼이 쏙 빠지게 예뻤지만
남매들은 그 가방을 어깨에 한 번 매어보는 것으로 만족해야 했다.

"아무것도 넘보지 마라! 다, 여훈이가 두고두고 쓸 거니까!"

크고 작은 크레용이 다섯 개가 되었고 공책 같은 것은 남매들 것을 다
합한 것보다 많았지만, 추상같은 엄마의 호령에 도화지 한 장에라도 눈독
들일 수가 없었다.

여훈이는 유별나게 정요를 따랐다. 정요가 나물이라도 캐러 나서면 나
물바구니를 들고 졸졸 따라다녔다. 노래를 좋아했던 녀석은 '빨간 마후라'
를 목청껏 불러 젖혔다. 빨간 챙 모자를 삐딱하니 눌러 쓴 여훈의 가늘고
긴 목에 애처로울 만치 푸른 힘줄이 파르르 일었다

빨간 마후라는 하늘에 사나이. 하늘에 사나이는 빨간 마후라.
빨간 마후라를 목에 두르고 구름 따라 흐른다 나도 흐른다.
아가씨야 내 마음 믿지 말아라. 번개처럼 지나가는 청춘이란다. 헤이!

가사의 의미나 유래도 모른 채 한창 유행하던 그 노래를 좋아했다. 가무
에는 전혀 소질 없는 집안 내력과 다르게 녀석의 노래 실력은 제법이었다.

나른한 봄볕이 오색비단을 걸어놓은 것처럼 퍼지는 나무 아래는 달래나
냉이 같은 봄나물이 뾰족이 올라오고 복숭아나무는 발갛게 물을 끌어올리
며 부지런히 꽃눈을 키워나가고 있던 날 오후였다. 입학식이 가까워질수
록 잔뜩 신나게 노래하던 녀석이 언제부터인지 조용했다.

"여훈아, 왜 노래 안 해?"

“누나, 그만 집에 가자. 나 자꾸 졸려.”

“너, 낮잠 자고 싶구나.”

나무 등걸에 기대고 쪼그려 앉은 여훈이 목소리에는 힘이 없었다. 반도 채우지 못한 작은 소쿠리 안에 나물 대신 부드러운 봄볕이 가득 들어찼다.

녀석의 몸에 열이 오르기 시작한 건 그날 밤부터였다.

한 번 시작 된 열은 좀체 내리지 않았지만, 김 의원은 감기라며 대수롭지 않게 해열제를 주고 갔다. 김 의원은 자신의 병원이 따로 있는 게 아니라 청진기와 체온계, 그리고 몇 안 되는 조악한 의료용 기구와 비상약품이 들어 있는 색 바랜 누런 왕진가방 하나를 자랑으로 삼고 알음알음으로 면 소재지의 마을을 돌아다니는 무면허 의사였다. 그가 어디서 어떻게 의학 공부를 했는지, 또 제대로 실력을 가졌는지는 아무도 모른 채 아이들이 토사곽란이 나거나 고열로 경기를 할라치면 누구랄 것도 없이 그를 찾았다.

환절기 감기가 오래 가서 걱정이 되긴 했지만, 김 의원의 말을 철석같이 믿었던 식구들은 대수롭지 않게 여겼다. 그러나 열은 내리지 않았고 그렇게 며칠이 지난 아침, 안방에서 들려오는 엄마의 외침은 차라리 비명에 가까웠다.

“아이고 이를 어째, 우리 아들이 벼슬을 하네!”

벼슬이라니? 남매들은 엄마가 무슨 말을 하는지 통 알 수가 없었다.

어른이 되기 위해 으레 한 번은 거쳐야 하는 통과의례 같은 병, 그래서 앓는다는 말보다는 한다고 했다. 그것도 벼슬을 한다는 홍역이었다.

누구나 꼭 한번은 해야 하는, 살아서 하지 못하면 죽어 무덤 속에서 한다는 병, 홍역. 예방접종이 없던 그 시절, 아이들은 고열과 함께 피어나는 붉은 열꽃에 고스란히 시달리며 홍역을 치르고 나면 철이 들면서 훌쩍 자랐다.

안방으로 달려가자 붉으죽죽한 얼굴과 바짝 마른 입술을 달싹이는 동생을 안고 울부짖는 엄마가 보였다.

홍역은 몸 밖으로 곱게 열꽃을 피우지 못하면 위험하다. 그러나 정요네 많은 형제들은 모두 무사히 홍역을 치렀고 홍역 따위로 병원 신세를 진 적이 없어서 애당초 병원에 갈 생각 대신 잘 넘기기만 빌었다. 재 너머 다오개 큰댁 마을에 홍역 하는 집이 있으니 조심하라는 큰아버지의 당부가 있었지만 외딴 집이라 크게 마음을 쓰지도 않았었다.

침통한 표정으로 동생의 머리맡에 앉은 아버지는 말없이 담배연기만 내뿜고 엄마는 장독대에 정화수를 떠놓고 비손을 했다. 다른 때 같으면 혀를 끌끌 차며 '거 참 쓸데없는 짓을 다 한다'고 힐난했을 아버지도 모른 척 넘어가 주었다.

신열에 들떠 헛소리하는 아들을 어쩌지 못하고 그저, 아이가 잘 견뎌 주기만 빌며 이런저런 비방을 하는 사이 고열에 시달리던 여훈이 까무룩 의식을 잃었다. 그제야, 축 늘어진 아이를 들쳐업고 읍내 병원을 찾았지만 의사는 손을 쓰기에는 너무 늦었다며 고개를 저었다. 홍역균이 이미 뇌까지 파고들어 뇌염으로 번져버린 상태였다.

밤낮없이 눈물로 치성하는 엄마의 간구가 하늘에 채 닿기도 전 홍역은 여훈을 잡아가 버렸다. 녀석을 한 번이라도 더 보고 싶었지만 안방 근처에 얼씬도 못하게 하는 바람에 처음 붉은 얼굴을 본 이후로 다시는 보지 못했다.

이제는 엄마도 죽을 것 같았다. 아들이 없는 세상이 싫다고, 죽어야겠다고, 온 집안을 뒹구는 엄마는 곧 숨이 넘어갈 듯했다. 그런 엄마의 모습은 슬픔이 아닌 두려움이었다.

다음날, 정요는 첫 시간 수업이 끝나자마자 집으로 내달렸다. 아침 일찍 큰댁에서 보낸 일꾼 둘이 짙은 감청색의 둥근 지붕을 얹은 가마를 들고 집으로 온 것을 보고 동생이 오늘 집을 떠난다는 것을 눈치챘다. 학교에서 집까지 멀지 않은 텅 빈 신작로가 햇살 아래 아득했다.

"누나가 갈 때까지 가면 안 돼!"

마지막으로 동생을 봐야만 했다. 졸졸 따라다니던 누나를 보지 않고는 여훈이도 먼 길을 떠나지 못할 것 같았다. 아득한 길을 숨차게 달려왔지만 과수원 울타리를 넘어오는 울음소리에 선뜻 집안으로 들어설 수 없었다.

토방에는 하늘빛보다 더 파란 지붕을 한 작은 가마가 놓였고, 안방에서 아버지와 남자들의 무거운 목소리가 두런두런 새어 나왔다. 낮은 소리라 내용은 알 수 없지만 아마도 동생을 보내는 마지막 의식을 하는 모양이었다. 이미 기진해 버린 엄마를 달래는 집안 여인들은 연신 행주치마로 눈물을 훔치고 기둥에 몸을 숨긴 정요는 울지 못했다.

푸른 가마가 대문을 나서는 순간 엄마가 정신을 잃고 혼절하는 바람에 집안은 북새통이 되었다. 가마를 잡으려다 쓰러진 엄마를 마루에 눕히고 샘에서 퍼온 찬물을 한 바가지나 얼굴에 뿌렸다. 물벼락을 맞고 나서야 겨우 정신이 돌아온 엄마는 실성한 듯 초점 없는 눈으로 우두커니 여훈이 이름만 불렀다. 기진맥진한 엄마는 이젠 울지도 못했다.

"쥐뿔도 모르는 게, 지 욕심 차리려고 얼른 병원 가라는 말을 안했던겨. 김 의원 그 인간, 남의 자식을 죽여 놓고도 지가 편히 살 수 있는지 내 눈 똑바로 뜨고 지켜볼겨!"

아들의 홍역과 갑작스런 죽음이 마치 김 의원 탓인 양 엄마는 두고두고 그를 원망하며 앙심을 품었다.

집안 분위기는 여전히 침울했지만 봄이 시작된 과수원은 눈코 뜰 새 없이 바빠졌다. 일벌처럼 정신없이 살아야 했던 식구들도 조금씩 충격에서 벗어나 일상으로 돌아왔다. 자라서 어른이 된 이후에도 그 앙증맞고 푸른 가마의 본래 용도가 무엇인지가 궁금했지만 누구에게도 물어보지 못했다.

한 달쯤 지나 봄은 이제 천지에 넘치게 차올랐다.

눈 닿는 곳마다 아픈 상처를 감싸주기라도 할 것처럼 그해는 별스럽게 꽃이 곱고 푸짐했다. 장독대 옆 희미한 분홍 매화가 지고 난 옆에 샛노란 형광색 단추 꽃이 피었다. 꽃봉오리가 갸름한 단추 모양인 여린 꽃잎을 한 움큼 입에 넣고 씹으면 달착지근하면서도 쌉싸름한 즙이 흘러나오는 것이 아카시아 꽃과도 흡사한 맛이다. 아직은 어떤 과일도 나지 않은 이른 봄이라 아이들의 심심찮은 간식거리로 안성맞춤이었다. 샛노란 꽃잎이 생기를 잃고 눈부신 빛깔이 갈색으로 변하면 혀끝에 감기던 단맛도 시들해진다.

꽃나무 주변을 기웃대던 일이 뜸해지던 오후, 엄마는 여훈이 물건들을 가지고 나와 나무그늘 옆으로 쌓기 시작했다.

여훈이 죽고 난 후 엄마는 늘 화가 나 있었지만, 그날은 이제껏 보았던 어떤 때보다 더 서늘해서 괴기스럽기조차 했다. 그 기세에 눌려 무얼 하냐고 물어볼 수도 없었지만 불길해 보이는 건 분명했다. 먼저 여훈이 이불과 베개를 내놓더니 뒤이어 옷가지와 가지고 놀던 새총이며 팽이 따위 자잘한 장난감을 가져다 놓았다. 집밖을 나갈라치면 버릇처럼 챙겨 쓰던 빨간 챙 모자와 신발도 차례로 들려 나왔다.

쌓아놓은 물건에 신문을 말아서 불쏘시개를 만들더니 성냥을 그어 불을 붙였다. 우리들은 입이 얼어붙은 것처럼 한 마디도 건네지 못했다.

불을 붙인 엄마는 다시 방으로 들어갔다. 이번에는 학교에 다니면 입으려고 샀던 여훈이의 새 옷과 신발을 들고 나왔다. 새 옷이 타는 것을 지켜보는 일은 두렵고 떨렸다. 이것으로 끝인가 안도하는데 무엇이 생각난 듯 엄마는 다시 방으로 들어갔다.

"안 돼!"

방에서 나오는 엄마를 본 정요는 가슴이 벌렁거렸고 저도 모르게 소리를 내지르고 말았다. 엄마의 손에 란도셀 가방 두 개가 주렁주렁 매달려 있었다.

"안 돼요. 엄마, 그 가방은!"

그 소리가 귀에 들리지 않는지 엄마는 망설이는 기색도 없이 가방 하나를 불길 속으로 던져 넣었다.

"제발! 제발요."

"안 된다! 여훈이 니가 다 가지고 가거라. 다 가지고 가."

발을 동동 구르는 다급한 정요의 외침엔 아랑곳없이 엄마는 보이지 않는 여훈이가 마치 곁에 있기라도 한 것처럼 이야기하고 있었다.

"부모 형제 다 버리고 간 놈이 행여 이것들 때문에 발목이 잡히면 쓰겄냐. 니가 좋아하던 물건들 다 가지고 좋은 곳으로 가거라. 훌훌 가거라."

더 이상 조르면 안 될 것 같았다. 엄마의 모습이 마치 딴사람인 것처럼 무서워 보였다. 그날 이후 이 세상에서 가장 무서운 여자는 자식을 잃은 사람이라는 생각이 굳어졌다.

언니들이 쓰던 책이나 학용품뿐 아니라 입던 옷까지도 줄여서 입힐 만치 살뜰한 엄마가 한 번도 쓰지 않은 아깝고 귀한 새 옷과 가방을 거침없이 불꽃에 넘겨주었다. 엄마의 말에 주문이라도 걸린 것처럼 불꽃이 환하게 커졌다.

꽃이었다.

거대하고 황홀한 꽃송이, 아름다워서 더 슬퍼지는 꽃 같은 불꽃이었다.

범접할 수 없는 결연한 엄마의 기색에 떼를 써볼 수도 조를 수도 없었다. 누구도 나서서 엄마를 제지하거나 말리지 못했다. 한시도 자리를 뜨지 않고 불꽃을 지키는 엄마만 없었다면 불길 속에 뛰어들어 건져 내고 싶은 초콜릿색 책가방이 바람 빠지는 풍선처럼 순식간에 쭈그러들었다. 안타까운 갈망도 사그라지는 불꽃과 함께 사라져갔다. 움켜쥐고 싶던 간절한 욕망이 불길 속에 한줌 재로 변해버리자 아쉽고 서운한 마음이 빠져나간 자리에 이해할 수 없는 안심과 정체를 알 수 없는 평화가 찾아왔다.

"따라오너라."

"어딜요? 큰댁에 가시게요?"

학교에서 돌아온 정요를 불러 세운 아버지는 대꾸도 하지 않고 앞장섰다. 연로하신 할머니가 계시는 큰댁에 아버지는 매일 문안을 가셨고 모자는 늘 겸상을 해서 조반을 들고 오실 만큼 효성스러웠다. 아침에 다녀오고도 오후에 또 가는 날도 드물지 않았다.

아버지의 걸음을 따라잡기 위해 정요는 종종걸음을 걸어야 했다. 술 냄새를 풍기며 성큼성큼 앞서 걷던 아버지가 접어든 길은 큰댁으로 향하는 익숙한 길이 아니었다.

사월 오후, 물을 가둬 놓은 무논 가득 쏟아지는 햇살은 흰 비단을 펼친 듯 매끄럽게 반짝였다. 인적 없는 들판을 차지한 햇살은 마음껏 제 속을 풀어내고 있었다. 논두렁길이 끝나고 한 번도 가보지 않았던 산 아래 긴 밭고랑을 따라 걸었다. 집도 과수원도 가뭇없이 멀어졌다. 어디 가느냐고 재차 물었지만 아버지는 말이 없었다. 맑은 물 소리를 내며 흐르는 개울을 만나자 정요를 번쩍 안고 한걸음에 건너뛰었다. 개울을 건너 둔덕에 올라서자 나지막한 민둥산이었다.

그늘을 만들 만한 변변한 나무 한 그루 없는, 산이라지만 언덕처럼 야트막한 그곳에는 오후의 밝은 햇살이 넘쳐났다. 볼록볼록 솟아오른 것들이 모두 무덤이겠지만, 아버지의 무릎에도 닿지 않을 만큼 턱없이 작은 것들이었다.

애장터. 아이들한테서 말로만 들어왔던 아이들의 공동묘지 애장터였다. 눈썹 없는 문둥이들이 진달래 꽃그늘이나 보리밭에 숨었다가 밤이면 죽은 아이들의 간을 빼먹는다는 곳. 날이 궂은날에는 드세기 짝이 없는 먹골 동네 사내애들마저 무서워서 멀리 돌아다닌다는 애장터다. 무엇이 드나들었는지 알 수 없지만 작은 구멍들이 숭숭 뚫려 있는 작은 무덤들이 더욱 무섬증을 자아냈다.

행여 놓칠세라 아버지의 옷자락을 꼭 잡고 따라갔지만, 아버지가 털썩 앉아버리는 통에 그만 옷자락을 놓치고 말았다. 가뜩이나 겁에 질려 무서운데다 아버지까지 놓치고 혼자가 된 정요 앞에 진달래꽃이 성큼 다가왔다.

무더기로 피어난 진달래 언덕 아래 붉은 흙더미 앞에 무너지듯 주저앉은 아버지가 누군가를 큰 소리로 불렀다.

"이놈아! 이놈아!"

아무런 표지도 없고 떼도 심어져 있지 않은 그저 붉은 흙 무더기 앞이었다.

"이놈아! 이놈아! 이 나쁜 놈아!"

욕하는 것을 한 번도 본 적이 없는 점잖은 아버지가 맨땅에 주저앉아 욕을 퍼부었다.

"여훈아, 여훈아! 이 나쁜 놈아, 애비가 왔다!"

아버지의 입에서 여훈이의 이름이 나왔다. 불쌍한 동생을 나쁜 놈이라며 혼내는 것처럼 거칠고 갈라진 음성이었다.

"여훈아, 이놈아, 이 고약한 놈아! 애비가 왔다, 애비가 왔단 말이다!"

여훈이가 아프기 시작한 후 푸른 가마에 태워 집을 떠나는 순간까지 통곡하는 엄마를 일견 나무라듯이 의연했던 아버지. 그런 아버지가 진달래꽃보다 더 붉어진 얼굴로 동생을 부르며 호통을 치고 있었다.

이름과 욕을 섞어 동생을 부르던 아버지가 담배를 꺼내 물었다. 담배연기가 아지랑이처럼 피어오르는 낮은 무덤들 사이로 진달래꽃이 흐드러지게 피어있었다. 지평선이 보이는 들녘에는 떡을 해 먹던 노란 단추꽃이나 개나리는 흔했지만 진달래는 매우 귀했다. 멀리 큰 산으로 땔나무 갔던 일꾼 아저씨들이 분홍빛에 환호하는 모습을 보려고 몇 송이씩 지게 위에 꽂아서 가져다 주던 진달래가 지천으로 피어 있었다.

누가 가르쳐주지 않아도 바로 이 자리가 동생 여훈이의 무덤이라는 것을 알았지만, 정요는 예쁜 진달래꽃에 정신이 팔렸다.

"아버지, 진달래가 정말 예쁘지요?"

한아름 꺾어온 꽃을 아버지 앞에 자랑스레 쌓아놓았다.

아버지는 진달래꽃을 봉분 앞에 둘러 가며 늘어놓았다. 뜻하지 않게 동생을 위해 꽃을 꺾는 일이 흐뭇해서 더욱 신바람이 났다.

"아버지, 여기 또 꽃…."

"저기다 얹어주거라"

아버지는 손가락으로 붉은 봉분을 가리켰다.

붉은 흙무덤이 점차 분홍 진달래 꽃 덤불로 환하게 변해갔다.

문득 어디선가 황소 우는 소리가 들렸다. 사방을 둘러보아도 소는 보이지 않았다. 누구네 소를 매어놓기에는 마을이 너무 멀었다. 뜻밖에도 황소 울음소리를 흘려내며 울고 있는 사람은 눈물범벅이 된 아버지였다.

꽃을 꺾는 일이 더는 즐겁지 않았다.

늙고 목이 쉰 황소의 울음소리.

땅을 치는 엄마의 통곡보다도 더 무겁고 무서운 울음소리. 나도 따라 울어야 했고 정말 울고 싶기도 했다. 그러나 정작 울음소리도 눈물도 나오지가 않았다.

어느새 지평선에 해가 걸렸다. 어스름 저녁의 적막을 깨고 날아오르는 새들의 날갯짓이나 풀덤불에서 들리는 바스락거리는 작은 소리에도 덜컥 두려움이 밀려왔다. 환하던 진달래 꽃나무 아래가 점차 어두워지고 꽃 무더기는 괴기스럽게 변해갔다.

"아버지, 집에 가요."

"…."

"아버지, 빨리 가요. 나, 무서워요."

"그래, 가야지… 가자."

대꾸만 그리했을 뿐 아버지는 일어서지 못했다.

해가 완전히 넘어간 뒤에야 울음소리가 멎었고, 담배를 한 대 태우고 난 뒤에야 정요가 내미는 손을 잡고 일어섰다. 마지못해 일어나 꽃으로 덮인 무덤을 한참이나 내려다보던 아버지는 무거운 발길로 돌아섰다.

어두워진 논둑을 걸어 집으로 돌아오는 길, 정요의 손을 잡은 아버지는 신신당부를 했다.

"오늘 여기 온 일을 엄마나 다른 식구에게 절대로 말하면 안 된다. 이건 너하고 나만 아는 비밀이다, 비밀. 알았지?"

아버지는 동생 무덤에 가서 울었던 것이 몹시 부끄러웠을 것이다. 정요도 그런 아버지를 지켜드리는 것이 도리라고 생각했다.

굳은 다짐을 한 아버지와의 은밀한 나들이는 그 후로도 이어졌지만 진달래꽃은 오래 피어 있지 않았다. 한 번 더 꽃으로 무덤을 덮어준 후로 진달래는 사라졌다. 어떤 날은 무덤 앞에서 가지고 온 술을 마시기도 하고, 어떤 때는 말없이 바라보다 오는 동안 작은 봉분에 연두색 풀이 돋았다. 붉은 무덤이 연한 초록빛으로 둥그렇게 변해 갔다.

애장터를 떠나 집으로 돌아온 아버지가 큰 소리로 오빠들을 불렀다.

"빨리 대문 걸어 잠거라. 그 녀석이 올까 무섭다."

다른 때 같으면 문단속할 시간이 아직 멀었다. 대문을 걸어 잠그는 것은 식구들이 저녁밥을 먹고, 과수원을 지키는 세 마리나 되는 개밥을 준 뒤, 읍내 고등학교를 다니는 작은 오빠가 막차를 타고 돌아온 후에야 하는 일이다.

죽은 여훈이가 찾아올까 무섭다는 아버지를 어린 정요는 도무지 이해할 수가 없었다. 이해할 수 없는 아버지의 행동은 애장터를 다녀오던 날마다 반복되었고, 정요가 생애 처음으로 맞닥뜨린 죽음의 기억은 봄날의 분홍 진달래였다.

어린 아들의 갑작스런 죽음 앞에서 짐승처럼 토해 내던 엄마와 아버지의 무서운 울음을 경험한 이후 정요는 한 번도 큰 소리로 울지 못하는 아이가 되어버렸다. 세상을 살면서 제대로 울지 못한 것도 그때의 처절하고 무서웠던 울음의 기억 때문일지 모른다. 마음껏 소리 내어 울지 못하고 안으로만 갇힌 울음에 가슴은 바윗돌처럼 굳어져 갔다.

김인화, 그의 갑작스런 사고 소식과 죽음을 전해 듣고도 정요는 울지 못했다. 분노와 슬픔에 발작이라도 할 것 같았고 미친 듯 고함이라도 내지르고 싶었지만 터져버릴 것처럼 먹먹한 가슴은 오히려 숨조차 쉬어지지가 않았다.

진달래는 까닭 없이 슬퍼지고 우울한 봄날의 상징임과 동시에 울음을 참게 하는 봉인이었다. 화엄사 후원의 진달래꽃 무더기 앞에서 그 봉인이 맥없이 풀렸다. 철들기도 전부터 가슴 깊이 간직해 두었던 울음보가 아무것도 아닌 일로, 그것도 젊고 낯선 스님 앞에서 터져버렸다.

이 많은 눈물이 어디에 숨어 있었을까, 계면쩍고 부끄러움을 넘어 스스로도 신기할 정도였다. 이만 그쳐야겠다고, 이쯤이면 웬만큼 추스를 수 있다고 여겨 눈물을 훔치기가 바쁘게 또 다른 물줄기가 폭포수처럼 쏟아져 내리는 것이다.

갑자기 터져 나온 울음에 당황한 건 정요보다 지명스님이었는지 모른다. 나이 어린 처녀가 젊은 스님 앞에서 통곡을 해대는 황당한 상황, 더욱이 남들의 시선이 두려울 수밖에 없는 수행자가 아닌가. 그러나 스님은 다 큰 처녀가 떼쓰는 아이처럼 끝도 없이 울어대는 울음소리를 대숲을 스쳐가는 바람 소리처럼 듣고 있나 보았다. 차를 마시고 바깥도 내다보고, 다관에서 다 우려낸 차를 꺼내고 새 차를 넣은 뒤에도 스님의 눈길은 아침햇살에 더욱 따사로운 진달래꽃 무더기에 닿아 있었다. 바깥나들이를 나서다 말고, 갑자기 다른 일이 생겨 일어나지 못하고 방안에 들어앉아 소식이 오기를 기다리는 사람처럼.

차 삼매에 빠진 것처럼 앉아 있던 스님은 울음소리가 완전히 잦아든 뒤에야 식어버린 정요의 찻잔을 비우고 차를 따라주었다.

"한잔 해. 차 맛이 좋다."

스님은 따뜻한 차를 가득가득 잔에 채워 주는 것으로 위로를 대신했다. 흘러넘치지 않도록 조심하다 보니 정요도 차 마시는 쪽으로만 정신이 모아졌다. 한 번 더 다관을 비우고 새 차를 넣은 뒤에도 침묵을 지키며 차만 따르던 스님한테서 갑작스럽게 말소리가 나왔다.

"여기, 며칠 더 있어 볼래?"

대답 대신 가만가만 고개를 끄덕이는 정요를 일으켜 세운 스님이 앞장을 섰다.

큰절은 대중이 많아서 번잡하니 엊저녁 올라갔던 암자에서 며칠 쉬어가라며 구층암으로 향했다. 구층암의 원주 지선스님은 지명스님의 사형(師

묘)이라고 했다.

"사형님, 이 철없는 애기보살 며칠 맡아주시오. 집안 조카아이인데 좀 쉬고 싶다고 대책 없이 내려왔어요. 알다시피 큰 절에는 대중이 많고 저는 맡은 소임도 있어서."

"아, 걱정 마. 사제 조카면 내 조카가 아닌가?"

지명스님의 청을 선선히 허락하는 지선스님의 둥근 이마와 쌍꺼풀진 큰 눈은 선해 보였고 목소리는 유쾌했다.

두 스님의 흔쾌한 배려로 구층암에서 며칠 묵는 동안 처음 접해 보는 예불 의식이며 불교 교리는 신선한 충격이었다. 스님이 권해준 책을 읽은 후 노스님이 말한 인연의 의미가 조금 더 이해되었다.

몸이 약해 정양 차 머물고 있다는 정란이라는 완도 아가씨와 함께 어울리기도 했다. 같은 또래라서 산책을 하거나 수다를 떨 수도 있었다.

지리산 넓은 품에 들고 나서야 왜 이곳까지 왔는지 그 이유를 알 것 같았다. 김인화, 산을 좋아했던 그 사람은 제대하고 나가면 자기가 제일 좋아하는 지리산에 꼭 한번 데려가고 싶다고 말했었다.

잊어버린 말을, 아니 미처 말로 만들어 내보내지 못하는 것까지도 심장은 기억하고 있었던 걸까. 이미 퇴색해 버린 사랑이 아니라 시간이 갈수록 더 또렷해지는 사랑이었다. 걷잡을 수 없었던 번민과 증오까지도 그것이 사랑이었노라고. 거친 파도에 흔들리는 조각배 같은 비틀거림도 결국 하찮은 것이었음을. 푸르고 큰 지리산의 말없는 가르침은 단단하게 굳어진 가슴을 두들기는 경책이었고 따뜻한 위로였다.

닷새째 되던 날, 저녁 공양을 끝내고 큰절에 놀러 갔다가 구층암으로 돌아가려는 정요와 정란 앞에 지명스님이 불쑥 나타났다.

"곡성 태안사로 달구경 하러 갈까?"

"달구경? 스님은 하나의 달이 모든 강물에 비친다는 월인천강도 모르세요? 온 산마다 강마다 뜨는 달을 보러 일부러 먼 데까지 찾아가다니?"

정란이 앞서 자르는 통에 대답할 기회를 놓치고 말았다. 정요로서야 어디든 좋고도 좋았지만 몸이 약한 정란에게는 곡성이 너무 먼 곳일밖에.

그러나 또다시 기회를 놓칠 수는 없는 일.

"월인천강이라! 하나만 알고 둘은 모르네. 어디서고 같은 달은 없어. 달을 보는 이의 마음이나 위치, 또는 시각에 따라서 달빛이 다르다는 걸 왜 몰라? 태안사 달빛은 골짜기가 깊은 화엄사하고는 달라. 백문이 불여일견이라고 직접 보면 알게 돼."

스님 말씀이 끝나자마자 정요가 나섰다.

"그런데, 이 시각에 버스가 있을까요."

"모처럼 달구경 가는데 버스라니, 비행기는 몰라도 택시쯤은 타주어야 되지 않겠어?"

그러고 보니 택시까지 이미 대기시켜 놓고 있었다. 보나마나 태안사에 급히 갈 일이 생겨 이왕 가는 김에 데리고 가주려는 심산이다. 택시를 보자 정란이도 같이 가겠다고 나섰다.

"달구경 하러 이렇게 멀리 가는 건 처음이다. 그치?"

곡성 태안사는 화엄사 말사다. 산중 절집이 다 거기서 거기고 달빛 역시 다를 게 없다. 혼자 가는 길이 무료해서 같이 동행하자는 핑계겠지만 정요는 스님이 자신을 특별 대우해 주는 것만 같아 감격했다.

역시 지명스님의 말이 틀리지 않았다. 어디서고 아름답지 않은 달이 있으랴만 스님이 권하는 대로 해회당(海會堂) 툇마루에 앉아 바라보는 달은 사뭇 달랐다. 가로등은 물론 전각의 불빛마저 거의 없는 태안사의 먹먹한 어둠을 물고 바로 코앞에 불쑥 떠올랐다. 둥그렇고 나지막한 동산 위로 솟은 달덩이가 너른 마당에 차가운 달빛을 쏟아 부었다. 마당을 가득 채운 달빛이 별스럽게 희고 창백하다. 소복한 청상의 파리한 낯빛이거나 날렵한 저고리 섶에 매달린 은장도를 떠올리게도 한다.

"어때, 따라오기를 잘했지?"

무슨 일이 그리 많고도 바쁜지, 둥근달이 중천에 올라서야 나타난 스님은 조금만 더 있다 가자는 간청에도 불구하고 나중에 한가할 때 데리고 와서 하룻밤 재워줄 터이니 그때 실컷 감상하라는 소리로 밀막아 버리고 곧바로 택시에 오르게 했다. 짧아서 더욱 아쉬운 달구경이었는지 태안사 달빛은 두고두고 잊혀 지지 않았다.

태안사에 다녀온 뒤에도 가끔 구층암까지 찾아와 안부를 묻고 가는 지명스님도 고마웠지만, 구층암 원주 지선스님의 자상하고 친절한 배려는 미안할 지경이었다. 손가락 사이로 빠져나가는 모래알처럼 시간은 빠르게 흘렀다.

"힘들거나 쉬고 싶으면 언제든지 내려와. 엉뚱한 생각일랑 하지 말고. 알겠지."

구층암에서 열흘을 머문 정요는 지명스님의 따뜻한 배웅을 받으며 화엄사를 떠났고, 그 열흘은 이제껏 어떤 여행보다 더 깊게 각인되었다.

산사의 여름

지리산에서 돌아온 정요는 사직서를 써들고 오후 느지막이 회사를 찾았다.

겨우 열흘 정도밖에 지나지 않았는데 오랜 시간 다른 세상을 다녀온 것처럼 서먹했다. 상사나 동료들에게 제대로 이직 인사도 못한 게 걸려서 찾아가기는 했지만 회사는 이미 정요의 의식 밖으로 밀려나있었다. 얼마 전까지 매일 얼굴을 맞대고 일상을 부대끼던 사람들이 그리 아득해질 수 있다는 사실에 오히려 당황스러울 정도였다. 며칠 휴가 다녀온 셈치고 다시 출근하라는 전무님의 간곡한 권유에도 마음이 흔들리지 않았던 것은 그 낯섦 때문이었다.

서울에 돌아온 지 보름도 안 되어 정요는 여행가방을 꾸렸다. 가슴속에서 일어나는 바람을 따라 훌쩍 떠나는 것이 아니다. 다시 화엄사에 가고 싶었다. 아니 가야 했다. 의식의 한끝에서 구층암 마루에 내려앉던 투명한 햇살과 대숲의 바람 소리가 주문처럼 수런거리고 있었다. 시도 때도 없이 귓가를 맴도는 범종의 울림과 심장을 두들기던 북소리가 환청처럼 들려왔다.

지난번처럼 며칠 머물다 오는 게 아니다. 스님들처럼 생활하며 아예 그곳에 눌러 살고 싶었다. 서너 달? 아니, 우선 한 달만이라도. 살다 보면 그냥 돌아오고 싶어질 수도 있고 더 머물고 싶어질 수도 있을 것이다. 기한이야 살면서 정하면 그만이다.

"허허, 이거 참!"

언제든 내려오라던 지명스님이었지만 막상 커다란 가방을 끌고 눈앞에 나타나자 별 놈을 다 보았다는 듯 혀를 찼다. 먼 길을 온 사람한테 차분하게 앉아서 차 한 잔은커녕 잠깐 회포를 풀 시간조차 주지 않았다.

"그래, 정 원한다면 내 조용한 암자는 하나 소개해 주지. 대신 오늘부터는 손님이 아니야. 아침저녁 예불 참석은 물론이고 자는 방에 불도 때야 돼. 다른 스님들 일하러 나오면 나와서 같이 농사일도 거들어야 하고. 비구니들은 비구들과 전혀 다르게 무지무지 깐깐하고 융통성이 없이 법도만 따지는 스님들이니까 거슬리지 않도록 매사에 조심조심하고."

비구니스님들이 머무는 작은 암자로 데려다 주겠다며 잔뜩 겁부터 줬다. 구층암은 객스님이나 고시 준비생들이 머무는 곳이라 절집 생활을 생생하게 경험하고 싶은 정요에게는 맞지 않다는 것이다.

금정암 가는 길은 제법 숨이 차오는 오르막이었다. 오월의 신록은 싱그러웠지만 돌아볼 새가 없었다. 무거운 가방을 들고도 성큼성큼 앞서가는 스님을 따라가기에 바빴다. 행여 놓칠세라 걸음을 재촉하면서도 정요의 가슴은 새로운 모험의 세계로 뛰어든 아이처럼 설렘으로 할랑거렸다.

그렇게 십여 분 산길을 올라가자 탱자나무 울타리를 둘러친 기와집 하나가 눈에 들어왔다. 양 옆으로 행랑채처럼 작은 방을 둔 가운데 대문 위에는 '금정암'이라는 현판이 거미줄을 뒤집어쓴 채로 낯선 방문객을 내려다보고 있었다.

듬성듬성 놓인 돌계단을 올라가 만나는 기역자 모양의 낡고 허름한 기와집이 금정암 본채였다. 골 깊은 기와지붕 위에 이름을 알 수 없는 풀들이 제 멋대로 자라는데다 지붕 한쪽이 살짝 기울고 있어 금방이라도 무너져 내릴 것처럼 위태로워 보였다. 기울어진 지붕을 반쯤 덮은 파란색 루핑에 오히려 안도감이 느껴질 정도였다.

연배가 비슷한 비구니스님 네 분이 선방을 열어 하안거 결제를 위해 들어온 것이 삼월 초순이라고 했다. 오랫동안 비어 있던 암자에 사람이 들어온 것이 이제 겨우 두 달 남짓밖에 되지 않은 것이다.

"아이고, 우리 스님들이 부지런하셔서 금정암이 아주 훤합니다. 밤잠도 안 주무시고 도량 청소에 매달리신 건 아니지요? 자주 올라와 봐야 하는데…."

암자 안팎을 둘러보며 비구니스님들의 바지런한 손길에 폐가처럼 버려두었던 도량이 사람이 살 만한 모양새를 지니게 되었노라고 연신 치하를 하던 지명스님이 안내도 받지 않고 자기 집처럼 먼저 방에 들어서는 것이 이상하다고 생각했는데 정작 놀라운 광경은 그 다음에 일어났다. 누가 권하기도 전에 지명스님이 아랫목에 자리를 잡고 앉았고, 나이가 훨씬 많아 보이는 비구니스님들이 젊은 지명스님 앞에 나란히 서서 합장하고 반배를 하더니 그대로 무릎을 꿇고 엎드려 부처님께 하듯 큰절을 올리는 것이다.

한 번.

두 번.

세 번.

"아이고, 그만 됐습니다. 그만 하세요."

지명스님이 손을 저어 말리는데도 비구니스님들의 절은 세 번을 꽉 채우고 나서도 다시 반배까지 올리고서야 끝났다.

세상에, 이게 뭐야? 말도 안 돼!

나이든 스님들이 아이들처럼 나란히 서서 가부좌를 틀고 앉아 있는 젊은 스님한테 허리 굽혀 합장한 것도 모자라 세 번씩이나 큰절을 올리다니!

스님들이 절하고 받는 동안 어정쩡하게 곁에 서 있던 정요는 놀라움을 넘어 불쾌하고 못마땅했다. 하지만 절을 하는 스님이나 절을 받는 지명스님 모두 아주 편안하고 자연스러워 보였다.

"도시에서 직장만 다녀서 아무것도 몰라요. 불법은커녕 절집 예의범절도 모르니까 스님들이 잘 좀 가르쳐 주세요"

"아이고, 걱정 마세요. 다른 사람도 아닌 우리 총무스님 부탁인데 어련할까요? 조카가 참하네요."

비구니스님들은 두말없이 처음 보는 처녀를 떠안았지만 지명스님은 못 미더운 모양이다.

"그래, 잘 지내봐. 한 번 더 말하지만 이제부터는 손님이 아니란 걸 명심해. 정 못 견디겠으면 언제라도 내려오고. 절집에는 오거나 가거나 뭐라고 할 사람 아무도 없으니까. 알았지?"

"걱정 말아요, 스님. 이래 봬도 나 독한 데가 있어서 어쩌면 머리 깎고 여기 눌러 살지도 몰라요. 후후."

"큰소리 치지 말고…."

철없는 조카를 걱정하는 삼촌의 사랑을 물씬물씬 풍겨주고 지명스님은 큰절로 내려갔다.

목탁을 치며 도는 도량석으로 금정암의 하루가 시작된다.

새벽 세 시 반이면 절간 구석구석 울리는 목탁소리가 어둠에 잠긴 도량을 깨운다. 주섬주섬 옷을 입고 나온 사람들은 해우소에 가서 미리 근심을 푼 다음 수곽에서 손을 씻는다. 차가운 샘물은 좀체 떨어지지 않는 졸음기도 단번에 몰아내버린다. 큰방으로 돌아와 부처님 앞에 나란히 서면 바로 법당이 된다. 따로 법당이 없는 작은 암자라서 스님들이 잠자며 생활하는 방에 부처님을 모신 인법당이기 때문이다. 예불이 끝나면 인법당 바로 곁에 붙은 작은방에서 공양을 하고 돌아와 지그시 눈을 내려뜨고 선정에 들면 법당은 또 그대로 선방이 된다. 인법당이 선방이면 공양간은 선방에 딸린 지대방인 셈이라 금정암에서는 식사를 하는 공양간도 지대방으로 함께 불렀다. 지대방은 본디 선방의 엄격한 계율을 벗어나 스님들이 다리를 뻗고 한담을 나누거나 편히 쉬는 작은 방을 말한다.

선방 생활이 몸에 배인 비구니스님들의 정진은 한 치의 흐트러짐이 없었다. 고요 속에 가라앉아 있는 듯 보였지만 서늘하도록 엄숙하고 이글거리는 숯불처럼 뜨거웠다. 보이지 않는 팽팽한 씨줄과 날실로 잘 짜인 촘촘한 그물처럼 긴장의 연속이었지만, 그 촘촘한 그물 사이를 자유롭게 드나드는 바람 같은 무한한 자유도 함께 느껴졌다.

열흘 동안 살았던 구층암과는 전혀 달랐다. 공양시간만 늦지 않으면 예불이나 규범에 자유롭던 구층암과 달리, 작은 실수 하나도 매섭게 나무라고 가르치는 금정암은 마치 군에 입대한 병사를 엄하게 가르치는 신병훈련소 같았다.

공양이 끝나기가 바쁘게 정요는 수곽에서 신선한 샘물을 받아다 놓고 다구를 챙겨야 했다. 바위틈을 비집고 나온 석간수는 차고 달았다. 차는 암자 부근에서 스님들이 직접 채취한 야생차를 가마솥에 덖어 만든 작설차다.

곡우와 입하 사이에 따서 덖었다는 첫물차를 스님들은 애지중지 보물처럼 아꼈지만 정요는 아직 차 맛을 구별할 수 없었다. 차 맛보다 노랑과 연두가 절묘하게 풀린 맑고 고운 비취색 찻물을 들여다보면 단단하던 마음도 부드럽게 풀리는 것 같았다. 차를 마시고 난 후 오랫동안 목젖 언저리를 맴도는 비린 듯 달착지근하고 그윽한 향미는 갓난아기에게서 나는 배냇 향이나 젖 냄새 비슷했다. 그래서일까. 오랫동안 커피에 길들여졌던 입맛도 차츰 변해갔다.

차담을 끝낸 스님들은 큰방에서 정진을 하고 정요는 책을 들고 툇마루에 나와 산과 마주 앉는다. 매 순간 일어나는 바람 따라 변하고 흩어지는 구름을 본다.

生也一片浮雲起 **생야일편부운기**
死也一片浮雲滅 **사야일편부운멸**

생이란 한 조각 구름이 일어남이고 죽음 또한 그 구름이 스러지는 거라는 경구가 머릿속을 헤집는 날에는 속절없이 한나절이 가고 만다.

적요한 산사의 한낮, 하루가 다르게 거무스름하니 변해 가는 산봉우리와 생성과 소멸을 반복하는 구름을 보며 무상의 의미를 생각한다. 변하지 않는 것은 없다. 변해 가는 것이 자연이고 그것이 우주의 숨결이고 섭리였음을 깨달으며 변하지 않으려고 아니 이미 변해 버린 것을 붙잡으려고 버둥대는 제 모습이 보이기도 했다.

나는 누구인가. 나는 이곳에서 무엇을 구하고 어떻게 변하고 싶은 걸까?

넋 놓고 구름 구경 삼매에 빠져 있는 정요에게, 사십 중반의 해정스님이 놀림 섞인 권유를 해왔다. 확고한 신념이나 신심이 있어 출가를 하겠다는 것도 아니고, 그저 무작정 좋아서 왔다는 철딱서니 없는 정요를 보면 처음 출가 당시 자신을 보는 것 같다며 속가 막내 동생처럼 챙겨주는 스님이었다.

"니 하는 꼴을 보니 딱 중노릇해야 쓰겠다."

"어휴! 농담이라도 그런 말 마세요! 전 스님들처럼 그렇게 재미없게 살기 싫어요. 멋진 남자 만나서 결혼도 하고 알콩달콩 재미나게 살 거라고요."

"어디, 함 두고 봐라. 세상에 나가서 살라치면 등때기에 콩 볶아야 하는 날이 얼매나 많은지 아나? 나중에 후회하지 말고 이참에 마, 머리 깎자!"

풍성하고 윤기 도는 정요의 머리를 한손 가득 말아 쥔 스님이 환하게 웃었다.

절집에 오기는 했지만 구도자가 될 생각은 추호도 없다. 결혼을 하지 않고 혼자 사는 것까지는 그렇다 쳐도 절제와 금기가 끝도 없이 많은 수행자의 생활은 절대 견뎌내지 못할 것이다. 수행자가 되려는 것은 아니지만 금정암의 나날은 체념이나 허탈감과는 다른 고요하고 적적한 평온함이 있었고, 무엇보다 약에 의지하지 않고도 잠을 푹 잘 수 있어 좋았을 뿐이다.

"정요, 니는 아직도 상·하복 구별도 못하나? 누구 보라고 자랑하는 거냐?"

속옷을 다른 옷과 함께 양지바른 빨랫줄에 널었다고 유나 소임을 맡은 법인스님이 또 난리법석이다. 상복과 하복은 신체의 배꼽 윗부분과 아래를 나누어서 구별하는 용어다.

상·하복의 구별은 사용하는 물건들뿐 아니라 쓰임의 구별도 확실했다.

세수를 하거나 머리를 감는 대야에 발을 씻거나 뒷물을 하면 절대로 안 된다. 양말을 머리맡에 두어도 안 되고, 수건이나 모자를 깔고 앉거나 발

밑에 두는 것도 허용되지 않았다. 속옷은 반드시 뒷마당에 있는 줄에 그것도 손수건을 한 겹 덮어서 널어야 한단다. 햇볕도 안 드는 곳에서 속옷 빨래를 말리라니. 이 좋은 봄볕을 두고 그늘에서 수건까지 덮어서 말린 눅눅한 속옷을 어떻게 입으라고!

해골바가지에 고인 물을 먹고 해탈했다는 원효스님이라도 아마 이곳 금정암 하복대야에 세수는 하지 못 할 것이다. 세숫대야에 얼굴도 들이밀기 전, 비구니스님들 지청구에 그만 귀청이 떨어져 나가고 말테니까.

절에서 대중들과 함께 살기로 한 이상 엄정한 계율을 지키라 요구했고 그때마다 정요는 곤혹스러웠다. 나는 행자도, 비구니가 될 것도 아닌데… 피이!

"괜찮다. 너무 속상해 마라. 내도 처음 절에 왔을 때 우리 은사스님께 매일 야단맞는 게 일과였다. 니도 금방 익숙해질 끼다."

해정스님이 아니었으면 아마 사흘도 못 견디고 금정암을 내려갔을 것이다. 스님은 사사건건 좌충우돌, 엄격하고 낯선 계율과 열악한 환경에 힘들어하는 정요를 따뜻하게 품어 안았고 세심하게 가르치고 다독였다.

큰절에 한 번씩 내려갈라치면 비구니 스님들의 잔소리를 귓등에 주렁주렁 매달고 다녀야 했다. 정요의 행보가 무슨 큰일이라도 저지를 것처럼 비구니스님들이 팔을 걷고 나서서 야단이다.

"가시나가 어디를 그리 팔랑거리고 댕긴다카노."

"과년한 처자가 비구스님 처소를 쓸데없이 기웃거리고 나다니는 기 아이다."

"그 펄렁이는 치마 말고 법복으로 갈아 입거라."

비구니스님들이 와글와글 떠들어대는 소리가 한여름 소나기처럼 쏟아졌다.

“알았어요, 알았다고요.”

이럴 땐 제가 쓰는 골방으로 도망치는 게 상책이다. 그나마 유일한 지원군인 해정스님이 거들어준다.

“정요야, 너 큰절에 볼일이 있다며? 법복으로 갈아입고 얼른 댕겨오너라.”

뭐, 법복? 이 더운 날 할머니들이나 입는 우중충한 회색 법복을 입으라니 말이 안 된다. 행자도 아니고 그냥 절에 쉬러온 스물셋 꽃다운 처녀일 뿐이다. 땡볕에 밭일을 할 때라면 몰라도 밖에 나갈 때까지도 발목까지 꽁꽁 싸매라니.

“교무스님이 책 몇 권 갖다 보라 해서 가는 건데 왜들 그러신대요?”

“혹시라도 어른스님들 걱정 들을까 봐 그런 것이지, 누가 널 미워서 그러겠니. 절이란 데가 원래 말이 많은 데라 조심하지 않으면 괜한 오해를 사고 여러 사람 곤란하게 되니까, 니가 미리미리 조신하게 처신해라.”

“알았어요.”

유일하게 자신을 이해해 주는 해정스님인지라 대답은 고분고분했지만 심사는 영 아니다.

펑퍼짐한 회색 법복을 입고 투덜거리며 큰절에 내려간 정요는 먼저 사자탑이 있는 탑전으로 올라갔다. 가까운 경내에 있어도 후미진 돌계단을 한참 올라가야 하는 곳이라 찾는 사람도 거의 없어 마치 숨어 있는 듯 적막한 장소다. 동백 숲 그늘 아래 이끼 낀 돌계단을 오르는 고즈넉한 길로부터 시작되는 탑전은 정요가 화엄사에서 가장 좋아하는 장소였다.

한낮에도 어둑어둑한 동백나무에 붉은 동백꽃 몇 송이가 드문드문 남았다. 네 마리 사자가 탑을 머리에 이고 바깥을 보며 앉아 있는 가운데 한 여인이 서 있다. 사사자탑을 마주한 곳에는 자그마한 석등이 있고 그 석등 아래서 무릎을 꿇고 앉아 차 공양을 올리는 이는 스님의 형상이다. 사사자 탑 안에서 스님의 차 공양을 받는 여인은 화엄사 창건주인 연기조사의 어머니라고 했다. 그래서일까. 사방을 경계하는 네 마리의 사자들은 스님의 어머니를 엄중히 모시는 호위무사처럼 보였다.

세상 인연을 모두 끊고 출가한 사문이 그 어머니를 못 잊어 아침저녁으로 향기로운 차를 다려 올리고, 천년을 두고 그 자식의 효를 받는 정겨운 모자의 모습을 볼 때마다 절로 숙연해진다. 엄마의 모습이 떠올라서다.

스물셋이 되도록 마음자리를 잡지 못하는 딸의 방황을 지켜보며, 철없는 딸이 행여 모진 맘이라도 먹을까 싶어 맘놓고 야단도 치지 못하는 우리 엄마.

'언제고 꼭 한 번, 나도 우리 엄마에게 향기로운 차 한 잔 올려야지'

뜨거운 마음으로 해보는 간절한 서원이다. 벌써 효도라도 한 것처럼 작은 위안이 되지만 그 마음이 뜨거울수록 가슴에 서늘한 바람이 일었다.

엊그제는 경찰들이 금정암까지 올라와 탐문을 하고 갔다. 보나마나 또 시골집에까지 신원조회가 넘어갔을 것이다. 아무 연고도 없는 생소한 지리산의 사찰에서 넘어온 신원조회에 엄마는 또 얼마나 가슴이 내려앉고 애가 탔을까? 해정스님의 따뜻하고 푸근한 보살핌에 가끔 울컥해지는 것도 그 때문이다.

'니는 필시 전생에 강원에서 공부하다 도망간 학승인기라. 마, 들어온 김에 아주 머리 깎고 내 상좌하자' 그 농담이 그냥 한 번 해보는 말이 아닌 것도 안다. 절에서의 단순한 일상도 좋지만, 세상을 향한 미련이 더 크고 뜨거워서 해정스님의 간곡한 권유에 마음이 흔들리지 않았을 뿐이다.

처음 접해보는 불교는 신선했다. 자신에게 일어나는 모든 일의 원인과 결과는 자신이 심은 씨앗 즉, 업으로부터 시작된다는 것. 그 업인과보를 받아들이는 것만으로도 무겁고 답답했던 가슴이 한결 가벼워졌다. 궁극적인 진리로부터 현실세계를 설명하는 것이 아니라 현상을 직시하고 바르게 이해하는 것부터 시작해서 근원적인 진리를 깨달아가는 것이다. 위로부터의 권위적인 지시나 가르침이 아닌 스스로의 깨우침이었다. 오온의 감각으로 일어나는 탐욕과 갈애로 인해 촉발되는 번뇌의 실체를 깨달아 무상의 지혜를 조금이라도 체득할 수만 있다면 얼마나 다행이랴. 누구나 내면에 참된 자아 즉, 불성을 지니고 있음을 바로 깨닫기만 하면 부처가 될 수 있다는 근본 교리부터 수많은 비유와 선지식들의 수행담은 흥미로웠다. 태어남과 죽음, 그리고 만남과 이별로 인한 번뇌와 고통에 대한 붓다의 가르침에 그동안 품었던 의문들을 조금은 풀어봄 직했다.

수많은 사람들 중에 왜 그 한 사람만을 고집했는지, 금강석보다 단단하다 믿었던 그 사랑은 어째서 한 순간에 변해 버린 것인지. 사랑의 흔적은 왜 그토록 집요하게 오랫동안 마음을 흔들었는지를 말이다.

이제 막 눈을 뜬 정요는 절집의 모든 것들이 흥미로웠고 그 즐거움에 빠져들었다.

행자와 학인스님들이 많은 큰절에는 호기심을 채워줄 책도 많았지만 그보다는 젊은 스님들과 차를 마시는 일이 더 좋았다. 철부지처럼 팔랑거리고 다니지만 충만한 호기심으로 마른 종이에 물감 스미듯 받아들이는 정요를 기특히 여긴 스님들도 보고 싶은 책이 있으면 주저하지 말고 내려오라며 친절히 대해 주었다. 사실, 융통성 없는 잔소리쟁이 비구니스님들보다는 소탈하고 거침이 없는 비구스님들의 말씀이 쏙쏙 귀에 들어왔고, 누가 보더라도 영화의 한 장면처럼 멋있는 장면이었을 터이니.

언제부턴지 정요는 무심한 듯 곁을 내주지 않는 지명스님 주변을 맴돌고 있었다. 큰절에 내려오면 일부러 스님의 처소 부근이나 업무를 보는 종무소 앞을 기웃대기 일쑤였다. 먼발치서라도 한 번 보고 싶어서다. 운이 좋은 날은 같이 차를 마시기도 했고 읍내에 나가는 스님을 따라가서 자장면이라도 함께 먹고 오는 날이면 평소 힘들었던 산길도 산새처럼 날아올랐다.

날이 가며 지명스님도 조금씩 달라지는 것이 느껴졌다. 차를 마시며 사찰 예절을 가르쳐주거나 가지고 있는 책을 내주기도 했다. 그러나 어린 조카 대하듯 하는 심상한 말투며 태도는 처음 만났을 때와 조금도 다르지 않았다. 스님의 작은 손짓 하나 언뜻 스치는 눈빛 하나에도 일희일비했지만 아직은 정요 혼자만의 속마음일 뿐이었다.

금정암에 온 지 얼마 되지 않아 부처님 오신 날이 돌아왔다. 초파일은 절집의 가장 큰 명절, 아직은 드나드는 신도들이 하나도 없는 암자였지만 궁핍한 살림에도 비구니스님들은 푸짐하게 장을 보아왔다.

사찰 음식의 기본은 산채 나물이지만 정요가 아는 나물은 고사리, 도라지, 숙주나물 등 제사 지낼 때 본 게 전부였다. 이른 봄부터 스님들이 직접 채취해서 삶아 말린 나물과 시골 장에서 사온 나물 종류가 그렇게나 많다는 게 신기하기만 했다. 이름마저 생소한 홑잎이며 고춧잎나물, 우산나물, 가죽 순, 다래 순, 머위나물, 원추리나물, 그 이름을 일일이 열거할 수 없는 아홉 가지나 되는 나물들을 고유한 향미에 어울릴 들깨나 콩가루로 찜을 하거나 갖은 양념으로 무치거나 볶아냈다.

찹쌀 풀을 곱게 발라서 말려놓은 들깨송이를 바삭하게 튀겨내면 소담한 하얀 눈꽃이 핀다. 된장국은 말린 가죽순과 다시마로 채수를 우려내서 깔끔한 감칠맛을 냈다. 말린 가죽순과 표고버섯은 속가의 고기나 멸치처럼 국수나 찌개국물을 내는 채수의 주재료다.

수곽 아래서 자라던 돌미나리에 방아잎을 넣어 부쳐낸 전은 맛보다 독특한 향이 일품이다. 마늘이나 파 같은 오신채 대신 채취한 산초나 제피 같은 향신료로 쓸 뿐, 화학조미료를 사용하지 않았다. 고소하고 맛있는 음식 냄새가 암자에 진동했다.

해가 저물고 밤이 이슥하도록 음식을 준비하던 정요는 피곤함도 잊고 소풍 전날의 아이처럼 잔뜩 들떠 있었다. 음식 준비가 거의 끝나갈 무렵, 빗방울이 투둑투둑 떨어졌다.

"부처님 오신 날, 비 때문에 연등에 불을 켜지 못 한 적은 없다. 걱정 마라."

정요는 빗방울소리에 안절부절못하며 수시로 어둠 속을 살폈지만 스님들은 태연했다.

마음을 졸인 것은 역시 기우였다. 초파일 아침. 하늘은 구름 한 점 없이 맑았고 밤비로 햇살은 다른 날보다 더 깨끗한 얼굴로 떠올랐다. 산 그리메도 한결 또렷해졌다.

새벽예불이 끝난 뒤, 색색의 종이 꽃잎으로 정성껏 만든 연등을 암자 초입에서 법당에 이르는 길을 따라 걸었다. 처음으로 산사에서 부처님 오신 날을 맞는 정요의 감회는 누구보다도 설레었지만, 날이 밝고 사시예불을 올릴 때까지도 금정암에는 새 소리만 가득할 뿐 외부인의 기척은 없었다.

여느 때처럼 사시예불을 끝내고 점심을 준비하는 스님들이 묵언수행이나 하는 것처럼 조용했다. 밥상은 풍성했지만 공양방은 외려 다른 날보다 더 적막했다.

불편한 침묵을 한 방에 깬 이는 고향이 부산인 법인스님이었다.

"시상에, 우째 이럴 수 있나! 그래, 우리 부처님이 생신 날 굶게 생겼다 아이가?"

법인스님의 선창에 모두가 기다렸다는 듯 모두가 한 마디씩 거들고 나섰다,

"그러게요. 아무리 비어 있었대도 그렇지 명색이 본사 산내 암자인데 이럴 수는 없어요. 초파일에 개미새끼 하나 얼씬 않다니, 여긴 참 별나네."

평소에 말수 적고 다소곳하던 각심스님까지 나섰다. 불편해진 심기는 급기야 호남 지역의 약한 불심에 대한 성토로 이어졌다. 다른 날처럼 스님들과 정요 이렇게 다섯이서 쓸쓸히 공양을 마쳤다.

점심시간도 한참 지나서야 큰절에 왔던 참배객이 몇몇 들렀다. 반가운 마음에 스님들은 참배객이 법당에 다녀올 때마다 정성껏 만든 음식을 한 상 가득 차려냈다.

"사찰음식은 역시 비구니 스님들 손맛으로 만들어야 제대로야."

"이런 귀한 음식은 큰절에서는 구경도 못해요."

"이럴 줄 알았으면 우리도 여기 와서 점심을 먹을걸!"

말 대접은 푸짐했지만, 이미 배가 부른 사람들은 거의가 젓가락을 드는 시늉만 하고 말았다. 어쨌거나 부처님 생일이 참배객 하나 없이 쓸쓸해지는 것은 면할 수 있어서 그나마 다행이었다.

해가 저물고 어둠이 내리자 금정암 대중들은 각자 인연 있는 이들과 자신의 연등에 초를 꽂고 불을 밝혔다. 설핏 불어오는 바람 한 자락에 연등이 흔들렸다. 연등을 흔들고 지나가는 바람은 예전 그때 그대로일 터, 그 바람에 흔들리는 것은 아마도 제 마음이다.

"백등에는 영가의 이름을 써 넣는 거야"

애써 만들었던 하얀 연등을 저렇게 빈 등으로 남길 수가 없으니, 마음에 걸리거나 생각나는 영가가 있으면 적으라는 해정스님의 채근에도 정요는 차마 그의 이름을 적어 넣을 수가 없었다.

김인화. 그는 이제 그렇게 이름 석 자로 적지 못 하는 사람이다.

김해후인 김인화 영가.

그의 이름 앞뒤로 붙어야 하는 긴 수식어가 낯설고 싫다. 그의 부재를, 아니 죽음을 인정하기 싫었다. 이름을 적지 못한 하얀 연등과 나란히 걸린 분홍 연등에도 이름표는 달지 못했다. 비록 이름은 적지 못 했지만 김인화, 그를 위해 촛불을 밝힌 하얀 연등도 환하게 피어났다.

눈부신 오월의 신록을 배경으로 피어나는 색색의 연등에 사바세상은 그대로 황홀한 연화장 세계인 듯 아름답다. 가슴에 쌓이던 슬픔과 번뇌도 오늘은 저만큼 멀어진다.

이제는 다 잊었다 생각했는데 그게 아니었다. 주머니 속에 들어 있는, 날카로운 사금파리 같던 그의 기억이 드나드는 손길에 조금 무디어졌을 뿐이다. 이름표를 달지 못한 두 개의 연등 아래를 정요는 밤이 이슥하도록 맴돌았다. 밤이 깊어지고 하나 둘 촛불이 꺼져가던 끝에 그의 하얀 연등도 붉게 타올랐다. 밑으로 타내려가던 촛불이 연등에 옮겨 붙은 것이다. 불이 붙은 연등에서 잠깐 주홍빛으로 넘실대던 황홀한 불꽃이 손을 흔들 듯 하늘로 날아올랐다.

이제야 비로소 저승으로 떠나는 인화의 안타까운 손짓인가.

뺨 위로 눈물이 흘러내렸다. 연등을 만들 때 문득 손등 위로 떨어졌던 눈물이 기다렸다는 듯 맘 놓고 방울방울 줄지어 흘러내렸다.

가슴속에 품었던 그리운 사람이 저렇게 가는구나! 잘 가라, 내 사랑!

어느새 정요는 진언 하나를 되뇌고 있었다. 무명과 슬픔에 잠긴 그의 영혼과 살아서도 미망의 지옥을 사는 자신 모두가 환한 빛으로 다시 태어나기를 기원하는 광명진언이었다.

옴 아모가 바이로 차나 마하 무드라마니 파드마 즈바라 프라바를 타야 훔

초파일 지나고 일주일 뒤 하안거가 시작되었다.

안거는 예전에 부처님과 그의 제자들이 여행하기 어려운 우기에 한 곳에서 눌러앉아 수행하던 것에서 온 것이다. 사계절이 뚜렷한 북방에서는 너무 추워서 나돌아다니기 어려운 겨울에도 안거를 하는데 여름에는 하안거(夏安居), 겨울에는 동안거(冬安居)라고 한다. 안거에 드는 것을 결제(結制)라 하고 끝나는 것을 해제(解制)라고 한다.

'결제기간에 돌아다니는 중은 때려 죽여도 된다.'는 말까지 있을 만큼 불요불급한 일이 아니면 스님들이 산문을 벗어나지 않고 오직 수행에 전념해야 한다. 하안거는 음력 사월 보름에 시작해서 칠월 보름에 해제를 하는데, 결제가 시작되기 전날 해정스님이 정요를 불러 앉혔다.

"정요 너 많이 힘들지? 요번 결제기간에 절 한 번 해 봐라."

"무슨 말씀이세요?"

"하루 천배. 한 번에 333배씩 하루 세 번, 도합 천 배씩 백일만 해봐라."

해정스님의 단호한 명이 떨어졌다.

"예? 하루에 천 배씩이나!"

"힘들 거다. 그러니 해봐라."

밑도 끝도 없이 힘들지 않느냐고 위로하는 척 물어봐놓고 더 힘든 일을 시키는 해정스님. 하루 천 배씩이나, 그것도 석 달 동안 하루도 빼먹지 않고 꼬박꼬박 해야 하다니!

"초발심시 변정각이라. 처음 발심한 지금이 공부하기에 제일 좋은 때란 말이다. 그 동안 경전을 보았으니까 탐 진 치(貪嗔痴) 삼독에 대해서는 이제 좀 알겠지? 그것이 모든 욕망과 번뇌의 씨앗이란 것도. 하니 이제는 그것으로 인해 그동안 니가 지은 모든 업장에 대해 참회를 하는 일이다. 참회를 위해서는 제일 먼저 마음을 내려놓아야 하는데 하심(下心)하기에 절보다 더 좋은 게 없어. 그러니 한 번 해봐라.”

농담 잘하고 명랑한 해정스님이 평소와 다르게 근엄했다.

인간이 가진 탐욕과 분노 그리고 어리석음은 모든 고통과 업의 근원이다. 그로 인해 지은 업의 수는 천 배보다 더 많아 헤아릴 수 없을 터이다. 하루에 세 번 333배씩, 하안거 결제부터 해제 때까지 해야 하는 정요의 천 배기도는 그렇게 시작되었다.

왜 그렇게나 많은 절을 해야 하는지 제대로 납득하지 못하고 시작한 기도였다. 스님들이 화두를 들고 좌선에 들면, 정요는 묵직한 염주 바구니를 들고 산신각으로 올라간다. 부처님께 절을 올려야 하지만 부처님을 모신 큰방에서는 스님들이 선방 삼아 참선을 하고 있어서다.

산신각에 자리를 정했지만 어쨌거나 제대로 의식을 갖춰 기도를 해 보는 것은 처음이다. 먼저 촛불을 켜고 향을 꽂은 다음 수곽에서 길어온 맑은 물을 다기에 담아 올린다. 이제 겨우 외운 천수경을 염송한 후 염주를 한 알씩 굴리며 절을 시작한다.

절은 참회진언과 함께 이마와 코가 바닥에 닿도록 오체투지를 하는 것이다. 참회진언과 함께 절 한 번에 염주 한 알, 율무로 만든 천 개의 긴 염주를 한 바퀴 다 돌리면 하루 1천 배가 완성된다. 오십 배를 지나 백 개쯤 염주가 넘어갈 때면 벌써 숨이 차고 등줄기와 얼굴에 비 오듯 땀이 흐르기 시작한다.

옴 살 바 못자 모지 사대야 사바하

옴 살 바 못자 모지 사대야 사바하

옴 살 바 못자 모지 사대야 사바하

회색 자복 위에 깔아놓은 수건이 땀과 눈물로 축축해지고, 진언소리는 자꾸 목 안으로 잦아든다. 자신도 모른 채로 말과 뜻과 행동[身口意]으로 지은 삼업과 그로 인해 상처 입고 고통 받은 삼계의 모든 인연중생을 향한 참회발원이었다.

처음 며칠은 절을 끝내고 산신각 돌계단을 내려올라치면 다리가 후들거리는 탓에 다리쉼까지 했지만 일주일쯤 지나자 차츰 편안해졌다.

산으로 들어온 지 한 달이 지났지만 아직도 정요는 슬픔과 우울감에 빠진 자신을 추슬러 내지 못했다. 자신의 번뇌가 이미 잃어버린 대상을 향한 부질없는 집착임을 모르지 않았다.

생애의 어느 한순간 별이 되었던 사람, 때론 눈물이었다가, 그리움이었다가 이제는 칠흑 같은 어둠속으로 사라져간 사람. 이미 세상을 떠난 그의 뒤에서, 혹시라도 뒤돌아볼 그를 위해 오래도록 손 흔드는 일을 멈추지 못하는 셈이다. 자신의 죽음을 예비하기는커녕 해일처럼 밀려닥친 죽음을 눈치조차 채지 못했을 그를 위해 할 수 있는 것은 기도뿐이었다. 가여운 그의 영혼이 어둠 속에서도 밝은 빛을 찾기를 눈물로 기원하는 정요의 기도는 날마다 깊어지고 길어졌다.

제가 품은 고통이 세상의 수많은 고통들 중 한 조각에 불과하다는 걸 깨달으며 기도에 차츰 힘을 얻었다. 그래도 절집 첫발이 선방인 것을 보니 전생에 지은 인연이 결코 가볍지 않을 거라는 해정스님 말을 다 이해할 수 없었지만, 이 봄 한 달 남짓 사이에 벌어진 제 변화를 설명할 수 있는 다른 방도는 없었다.

뚝 뚝 모란이 떨어져 내렸다. 산사의 뜰에 눈물 같은 꽃이 진다. 어둠이 있어 밝음이 드러나듯 암울한 눈에 비치는 신록은 찬란해서 더 선연하다. 어느 시인은 '네 눈망울에서는 초록빛 오월 하이얀 찔레꽃 내음새가 난다'

82

고 노래했지만, 이제 정요는 그의 짧은 머리칼에서 풍기던 마른 햇볕내음을 영영 맡을 수 없다.

수없이 많았을 과거, 그 어느 생에 지어진 것인지도 모를 인연법, 그것뿐이었다.

금정암에 머무는 동안 암자 주변을 산책하는 일은 정요에게 기도 못지않은 일과였다. 기도 중에 장애가 생길 수 있으니 나돌아다니지 말라는 스님들의 눈을 피해서 암자와 가까운 계곡에 내려가 발을 담그기도 하고 주변도 돌아보는 것도 한 즐거움이었다. 그러던 어느 날 밤이었다.

꿈인지 생신지 모를 그 어름에서 그네는 냇물이 흐르듯 어디론가 한없이 흘러가고 있었다. 보송보송한 햇솜에 묻힌 것처럼 편안하고 부드러운 느낌, 부지런히 흘러가야 하는데 뭔가 소중한 것을 뒤에 두고 온 것만 같다. 여긴 어디야?

정요는 냄새 맡는 강아지처럼 코를 킁킁거리며 깨어났다. 골짜기로 내려앉는 달빛 냄새였을까도 싶게 달빛을 따라 피리소리 하나가 흐르고 있었다. 아련한 기억을 더듬게 할 만한 제법 솜씨 있는 가락이었지만 산문에서는 모두가 잠들어 있는 늦은 시각이다. 아마도 산사에서 묵게 된 손님이 달밤의 정취를 이기지 못하고 객기를 부리고 있는 것이리라. 성불사 깊은 밤의 그윽한 풍경소리는 객이 홀로 듣는다고 했다. 새벽부터 부지런했던 스님네들은 곤히 잠들었고 정요처럼 잠깐 머물다가는 객들이나 호기롭게 밤 깊은 산사의 정취를 즐기는 것이다. 마루로 나가 앉아서 듣고 싶은 충동이 일어났지만 정요는 움직이지 않았다. 문을 여닫는 소리 정도에 스님들이 깨어날 리야 없었지만 아주 잠깐이라도 피리소리를 놓치고 싶지 않아서였다. 청아한 피리소리는 반시간이 넘게 들려왔고 반듯하게 누운 정요는 오래도록 행복감에 젖어들었다.

피리소리가 그친 뒤에도 정요는 오래도록 잠들지 못했다.

누가 부는 피리일까. 다음날에도 또 다음날에도 밤마다 피리소리가 들려왔고 어느새 정요는 의식을 치르는 사람처럼 반듯하게 누워 피리소리를 기다리고 있었다.

달이 없으면 소리도 들리지 않았고 달이 밝은 때에도 하루이틀 쉬는 날도 있었지만 거의 밤마다 피리소리가 들려왔다. 달빛으로 방문이 훤한 밤이면 피리소리를 기다리느라 고생이었지만 어쩌면 그것도 한 즐거움이었다.

피리소리의 정체를 밝혀보려고 했지만 도무지 감이 잡히지를 않았다.구층암, 차를 마시는 대중방에는 소리북과 크고 작은 피리도 있었고, 구층암 원주 지선스님은 간혹 판소리 한 자락도 걸쭉하게 뽑아내는 멋쟁이 스님이다. 하지만 지선스님은 대금은 물론 작은 피리도 불 줄 모른다고 했고 달빛에 취해 피리나 불며 아까운 잠을 허비할 사람이 아니었다. 정란이도 지선스님은 그런 풍류를 즐기는 사람이 절대 아닐 것이라고 했지만 따로 짐작 가는 사람이 없었다.

"어젯밤에 스님이 피리를 불었죠?"

"누가 뭘 불어?"

"에이, 어젯밤에도 원주스님이 피리를 불었잖아요,"

"어젯밤에도 원주스님이 심하게 코를 골았다면 몰라도… 생뚱맞게 무슨 피리 타령이야?"

"원주스님이 아니면 누가 그랬어요?"

"글쎄다. 곤하게 잠만 잤던 사람이 알겠냐, 잠도 안 자고 피리소리나 들었던 사람이 알겠냐?"

"그럼 제대로나 불라고 하세요. 괜히 서툰 솜씨로 잠자는 사람 방해하지 말라고."

"글쎄. 나도 그게 누군지 알아야 전해줄 게 아니야?"

구층암 원주 지선스님의 강한 부인에 정요는 더 다그치지 못했다.

신록은 점차 검푸르게 짙어져갔다.

기도를 시작한 지 한 달이 지날 무렵, 내려와서 과일을 가져가라는 지선스님의 전화가 걸려왔다. 큰절에서 쌀이나 두부 같은 찬거리는 가끔 올라왔지만 재가 들어오기는커녕 일반 참배객마저 없는 금정암 살림에 과일은 꿈도 꿀 수 없는 귀한 음식이었다. 그 사정을 잘 아는 지선스님이 과일뿐 아니라 초콜릿 같은 주전부리 간식까지 챙겨주는 것이다. 기도 중이라 한동안 큰 절에도 못 내려가고 꼼짝없이 발이 묶였던 정요는 내심 신이 났지만 겉으로는 딴청을 피웠다.

"어떡할까요, 스님?"

"글쎄다. 구층암 스님이 맘먹고 우리를 챙겨주시는데….."

"그럼요. 모처럼 챙겨주시겠다는데 무시하면 안 되지요. 제가 얼른 내려갔다 올게요."

부리나케 뛰쳐나가는 정요를 해정스님이 불러 세웠다.

"야, 걸망이라도 챙겨가야지."

큰절에는 들르지 않고 구층암에만 다녀올 것이다. 입었던 반바지차림 그대로 해정스님이 내주는 걸망을 들고 정요는 문간으로 나섰다.

"기도 중에 또 나가나? 니, 그렇게 팔랑거리고 다니믄 큰절 스님들 공부 몬 한다 안 카나. 남들 눈에 띄지 않게 퍼뜩 갔다 온나."

정요의 차림새나 행보가 늘 못 마땅한 법인스님의 볼멘소리가 뒤통수에 매달렸다.

구르듯이 한달음에 비탈길을 내려가 지름길인 계곡을 가로질러서 구층암으로 향했다.

"정요야, 와인이 한 병 들어왔는데 어때?"

주섬주섬 과일을 챙겨주던 지선스님이 장난기 가득한 큰 눈을 찡긋하며 조그맣게 물었다.

"아휴, 스님도 참! 제가 거절 못 할 거라는 거 뻔히 알면서."

와인 병을 스님의 동방자락(스님들이 입는 일상복) 안에 숨겨 위로 떨어진 봉천암으로 올라갔다. 때마침 봉천암 후원에는 모란이 흐드러지게 피었다. 비록 봉천암까지 올라와서도, 남들 눈을 피해서 굴뚝 곁에 쪼그리고 앉아 마시는 신세지만 그럴수록 호기를 부리고 싶어졌다.

"자색 찬란한 모란 아씨를 곁에 두고 마시는 와인이라! 우와, 이런 호사가 또 있을까요?"

"무슨 소리야? 난 한 번도 정요를 여자로 생각한 적 없어."

"어머, 그러는 스님은 뭐 남잔가? 스님 눈에는 이 모란꽃 아씨가 안 보여? 뚱딴지같은 소리나 하고. 에이, 낭만이 뭔지도 모르고 남자도 아닌 스님하고 도둑 술이나 마시는 딱한 내 신세도 참!"

"도둑 술이라니? 아냐, 잘 아는 신도가 외국에 출장 갔다 오면서 사온 귀한 와인이야."

"그러니까, 이 귀한 술을 옛 선비들처럼 멋들어지게 마셔 보자고요. 한 잔 먹세그려. 또 한 잔 먹세그려. 꽃 꺾어 셈하며 무진, 무진 먹세그려. 후훗."

"어허, 이런, 이런! 누가 들으면 어쩌려고… 그 목소리 좀 낮춰."

와인 한 모금에 모란 꽃잎을 한 장씩 뚝 뚝 떼가며 노래를 부르듯 음률에 손장단까지 맞추는 소리가 담장을 넘어갈 기세에 지선스님은 전전긍긍 안절부절못했고 정요의 웃음소리는 더 높아졌다.

그러고 보니 진홍빛 와인과 모란꽃잎 빛깔은 참 많이 닮았다. 와인이란 말이 반가워 덜컥 덤비긴 했지만 실은 맛도 잘 모른다. 시큼하고 달콤하면서 떫은 맛이 나는 프랑스 와인은 도무지 표현하기 어려운 애매한 맛이다. 하지만 금정암의 엄한 계율에 주눅이 들었던 차에 마시는 몇 모금의 와인은 떠나온 도시에 대한 그리움과 갈증을 채워주기 충분할 만큼 달콤한 자극이었다. 한잔 두잔 홀짝이며 마신 와인의 감미로움과 달달한 낭만에 젖은 취기가 도도해졌다.

"오늘밤에도 피리 불어줄 거죠?"

"듣고 싶어?"

역시 술기운이 최고다. 여태 모른다고 딱 잡아떼던 스님도 얼결에 걸려들고 말았다.

"우리 원주스님인줄 진작 알았다니까. 왜 자꾸 오리발을 내밀었어요? 어쨌거나 달밤에 피리소리, 정말 고마웠어요."

"그래. 대신 남들한테 소문내지 마."

"그럼요. 그 대신 꼭 불어줘야 돼요. 달밤에 피리소리보다 더 운치 있는 게 어디 있겠어요?"

"그래, 달밤에 피리소리보다 더 운치 있는 것도 없겠지."

오랜만에 마시는 술이었지만 언제까지 노닥거릴 수만은 없다. 혹시라도 공양시간에 늦으면 비구니스님들의 잔소리와 지청구가 며칠이고 염불소리처럼 쏟아질 것이다.

"슬슬 올라가서 저녁공양 준비해야 해요. 오늘 와인 고마웠어요, 스님."

"그래, 올라가 봐. 가끔씩 놀러오고."

구층암으로 내려와 걸망에다 과일을 챙겼다. 어깨에 걸망을 메고 울퉁불퉁 물 위에 드러난 돌을 징검다리 삼아 골라 디디며 계곡을 건너던 정요는 문득 제 입에서 풍길 와인 냄새가 걱정됐다. 개코에다 눈치 빠른 금정암 스님들이 알면 또 한바탕 경을 칠 일이다. 계곡물에 입을 헹굴 요량으로 몸을 숙이던 정요는, 어깨에 멘 걸망이 출렁이며 내려가는 바람에 그만 균형을 잃고 함께 물 속으로 곤두박질치고 말았다.

"아악!"

배웅해 주러 나섰다가 계곡 위에서 내려다보고 서 있던 지선스님이 한걸음에 달려왔다.

"왜 그래? 무슨 일이야!"

놀람과 걱정에 미처 아픔을 느낄 새도 없었다. 뾰족한 돌부리에 패였는지 무릎 뼈가 하얗게 드러났다. 반바지 차림이라 무릎이 더 크게 다친 것이다. 피가 나는 것은 문제가 아니지만 뼈까지 다친 거라면 심각한 일이다. 비구니스님들의 책망은 고사하고라도 당장 깁스라도 해야 한다면 이 깊은 산중에서 어떡한다!

"이런, 좀 조심하지 않고서⋯."

피가 흐르는 무릎을 감싸 쥐고 어쩔 줄 모르는 정요를 바라보던 지선스님이 돌아서서 윗옷을 벗기 시작했다. 승복뿐 아니라 아예 메리야스까지 훌훌 벗었다.

"스님 지금 뭐하는 거예요?"

지레짐작으로 놀란 정요가 엉거주춤 일어서다 말고 그 자리에 털썩 주저앉고 말았다.

"에이!" 짜증스런 소리가 먼저 나왔다. 아픈 건 나중이다.

"거 좀 가만있어 봐."

지선스님이 윽박지르며, 다시 일어서려는 정요의 어깨를 눌러 앉혔다. 웃통을 벗어부치고 바싹 다가앉은 스님이 내뿜는 거친 숨소리가 이마에와 닿았다.

"왜 그러는데요!"

잔뜩 인상을 쓰며 움츠렸으나 스님은 아랑곳하지 않고 정요의 다리를 끌어다 자신의 무릎 위에 올려놓았다.

"지혈부터 해야 할 거 아냐, 이렇게 피가 나는데."

성난 사람처럼 나무라며 벗은 메리야스를 이리저리 잡아당겼다. 생각처럼 되지 않는지 잠깐 승강이를 하던 스님이 결국 메리야스 한쪽을 입에 물고 부욱 찢어냈다.

휴우―. 정요는 한숨을 내쉬다 말고 스님의 기색을 살폈다. 공연한 상상으로 잠시나마 속을 끓이던 것이 쑥스러웠다. 지선스님은 찢어낸 메리야스를 붕대삼아 무릎 위 허벅지를 칭칭 동여맸다. 더 이상 피는 흐르지 않았다.

"꼼짝 말고 그대로 앉아 있어!"

한 번 더 다그친 스님은 근처를 다니며 주워온 반듯한 나뭇가지를 다친 무릎에 부목처럼 대고 남은 메리야스 천으로 다시 꼼꼼하게 감아주었다.

"자, 됐다. 일어나서 한 번 걸어봐."

좀 쓰라리고 무릎이 뻐근하니 당겼지만 걷지 못할 정도는 아니었다.

"다행이다. 뼈가 상한 것 같지 않으니까 걱정 안 해도 될 게다. 짜식, 아까는 그렇게 떠들더니, 피 좀 난다고 사람이 금방 죽냐?"

잔뜩 찡그린 이마에 스님의 꿀밤이 한방 들어왔다. 정말 뼈에는 이상이 없는지 절룩거리기는 했지만 어쨌든 걸을 수 있으니 천만다행이다. 뜻밖의 사고로 너무 지체했으니 공양시간에 맞추려면 서둘러야 했다.

"혼자 갈 수 있어요."

"혼자 가서 얼마나 혼나려고?"

내팽개쳐진 과일을 챙겨든 정요는 지선스님의 부축을 받으며 금정암으로 올라갔다. 스님들이 아직 마당에 있는 것을 보니 다행히도 공양 전에 도착한 모양이다. 그러나 합장으로 인사를 나누기가 바쁘게 법인스님의 일갈이 날아왔다.

"내 언제고 한 번은 이럴 줄 알았다. 마, 그리 팔랑거리고 다니더니 꼴 조오오타!"

"공양시간도 되었을 텐데, 애기보살 나무랄 새가 어디 있소? 어서들 공양이나 하시고 예불을 모셔야지. 이 일은 그냥들 넘어가시오."

"스님, 절 받으셔야죠. 마루로 올라가세요."

"서로 합장했으면 되었지, 내가 언제 절 받는 걸 보았소?"

비구니스님들한테 절을 받았다가는 큰일이라도 나는 것처럼 지선스님은 말을 끝내기가 바쁘게 뒤돌아나갔다.

모래를 씹듯 공양을 마친 정요도 옷을 갈아입고 산신각에 들어갔으나 막상 기도는 할 수가 없었다. 다친 데가 하필이면 무릎이 아닌가. 아무리 궁리를 하고 애를 써도 무릎을 굽히지 않고는 절을 할 수가 없었다. 그것도 천 배씩이나.

그냥 넘어가라고 부탁했으나, 그렇다고 지선스님이 지키고 앉아 있는 것도 아니다. 예불이 끝나고 가사장삼을 벗자마자 대중공사가 열렸다.

"기도는 오직 일념과 정성으로 해야 하는 법. 기도 중 근신하지 않고 제 멋대로 나돌아다녀 신중들이 벌을 내린 거다. 하니 기도를 중단하고 산문을 떠나는 것이 옳다."

대중들을 지도 감독하는 유나 소임을 맡은 법인스님의 따끔한 일침이었다.

아픈 다리 때문에 절을 못하는 대신 앉아서 진언을 하며 기도를 계속하고 싶었지만 대중스님들은 차갑게 묵살했다. 결제 중에 문제를 일으키면

짐을 챙겨 산문을 떠나는 것이 절집의 법도.

"구충암 스님도 특별히 부탁을 하고 가지 않았습니까. 잘못이야 있지만 일부러 그런 것도 아니고, 다른 일도 아닌 심부름 다녀오던 길이니 대중스님들께서는 너그러이 용서해 주시기를 청합니다,"

해정스님이 딱한 얼굴로 적극 두둔하고 나섰고, 그 덕분에 짐을 싸서 산을 내려가는 것은 면하게 되었다. 아픈 다리를 끌고 법당의 부처님과 대중스님께 삼배를 올리며 참회를 하는 것으로 정요의 자자(自恣)가 마무리되었다. 자자는 수의(隨意)라고도 한다. 본래의 뜻은 하안거의 마지막 날에, 모인 스님들이 안거 중에 보고 듣고 생각하는 3가지 일-견·문·의(見聞疑)-에 있어 자신이 범한 죄과(罪過)를 대중스님들에게 고백하고 참회하는 일을 말한다.

매일 천 배씩 절을 하며 올리던 기도는 그렇게 허망하게 끝났다. 중단된 산신각 기도대신 정요는 경전을 읽거나 큰스님에게 받았던 화두를 들고 참선을 하며 하안거를 나기로 했다.

대중공사가 끝나고 잠자리에 누운 정요는 버릇처럼 피리소리를 기다렸다. 그러나 맑은 밤하늘에 아직 둥근달이 환하게 떠올랐어도 피리소리는 들려오지 않았다.

약속했는데… 갑자기 무슨 일이라도 생긴 것인가?

다음날 밤에도, 다음날 밤에도 피리소리는 들려오지 않았다.

다음날도 그 다음날도 점점 늦어지는 달이 뜨기를 밤마다 기다렸으나 기다리다 지쳐 잠이 들도록 피리소리는 들려오지 않았다. 지선스님이 멀리 출타한 것인지 어디 아픈 거나 아닌지 궁금했지만 누구에게 물어볼 수도 없는 일이었다. 구충암에 다녀올 핑계쯤 못 만들어낼 일도 아니었지만 그것만은 웬일인지 망설여졌다.

결제 사흘 전, 해정스님은 정요를 데리고 지리산을 내려와 대전까지 먼 길을 갔었다. 큰스님의 하안거 결제 법문을 듣고 화두(話頭)를 받기 위해서였다.

대전에서 찾아간 곳은 비구니스님들의 선방으로 유명한 세등선원. 작지만 태산 같은 무게로 앉은 큰스님은 인자한 할아버지처럼 온화해 보였다. 정요의 삼배가 채 끝나기도 전에 칼칼한 음성이 떨어졌다.

"지금 절하는 놈은 누구인고?"

"예? 제 이름은…."

"이름을 묻는 게 아니다. 지금 이 자리에 너를 끌고 와서 절을 하는 그 몸뚱이의 주인이 누구냐! 이 말이다. 이것이 이제부터 풀어야 할 화두다."

큰스님이 내려준 화두는 '이뭣고'였다.

화두는 불교의 대표적 수행방식의 하나인 참선의 요체다.

이뭣고, 이것은 무엇인가? 하는 의문이다.

이것은 또 무엇인가? 이뭣고 화두를 들고 앉아 있는 나는 무엇인가? 나라는 것이 있기나 한 것인가? 의심하고 또 의심하라 했다.

나는 무엇인가?

그건 언제부터인가 정요의 내면에서 자라던 의문이기도 했다. 나는 누구인지 어디에서 와서 어디로 가는 것인지? 이 세상에 태어난 이유와 목적은 무엇인가? 종잡을 수 없는 의문에 꼬리를 잡혀 밤잠을 설치던 그 집요한 숙제를 다시 받아든 것이다.

이 천지가 시작도 되기 전, 부모 미생 전에 한 물건[有一物]이 있으니 본디 형태도 없고 적요하며 능히 모든 물건의 으뜸이 되고도 남음이 있는데 이것은 과연 무엇인가?

보고 듣고 냄새 맡고 말하며 느끼는 감각이 아닌 내 몸의 주체[眞我]의

성품 중 어느 것이 참 나인가 하는 의문을 이치나 논리가 아니라 그저 오롯이 의심 하나로 풀어내야 했다.

선(禪)의 요체는 간절함이다. 모든 생각과 분별을 떠난 마음이 깨끗해지면 밝은 거울에 만상이 비치듯 일시에 깨달음에 이룰 수 있다지만 생각처럼 화두는 쉽게 잡아지지 않았다.

"스님, 화두가 자꾸 도망가요. 화두만 들고 앉으면 오만가지 망상이 일어나서 도무지 어찌해야 할지 모르겠어요. 이 화두가 내게 잘 맞지 않는 건가 봐요."

화두 탓을 하며 투정을 하는 정요가 딱하기만 한 해정스님이 끌끌 혀를 찼다.

"임마야. 니 근기가 고것밖에 안 돼서 그런 기라. 선근이 작아서 화두가 들리지 않는 건데 왜 화두 탓을 하는 거야? 떡 못 만드는 년이 안반 탓 한다더니 딱 그 짝이다. 하면 자다가 떡 얻어먹는 것맨키로 참선이 그리 쉬운 줄 알았나?"

전생에 공부하던 습이 적고 근기가 작아서 그렇다지만 잡으려 할수록 더 멀리 도망가는 화두의 꼭지는 여전히 잡혀지지 않았다. 그래서 옛 선사들도 두고두고 말했을 것이다. 화두를 들고 하는 참선은 눈을 퍼다가 우물을 메우는 것처럼 막막한 일이라고.

막막하기만 한 화두를 애써 쫓아가는 날이 길어지다 보니 언제부터인가 정요는 화두보다는 흐르는 구름을 따라서 그늘진 산길을 걸으며 새 소리, 바람 소리를 듣거나 나뭇가지 사이로 비껴드는 햇살을 바라보는 일상으로 빠져들고 있었다.

녹음이 울울창창하게 짙어진 숲속은 한낮에도 어두침침했다. 여느 날처럼 점심공양을 끝내고 암자를 나온 정요는 작은 합죽선을 들고 늘 다니는 익숙한 산길로 접어들었다. 그악스레 울어대는 매미소리 탓인지 암자를 나설 때보다 무더위의 기세가 더 강하게 느껴졌다. 연신 부채를 흔들어 보지만 중복거리의 후텁지근한 더위를 몰아내기에는 역부족이다. 깊은 숲을 벗어나자 나뭇잎 사이로 내리쬐는 뙤약볕이 머리를 쪼아댈 것처럼 날카로워서 차마 고개를 들 엄두조차 낼 수 없었다. 나무 그늘은 어쩌다였고, 오솔길에도 땡볕이 가득 내려앉았고 발걸음도 무거워졌다.

매미 소리가 차츰 멀어졌다. 무더위에 질렸는지 바람도 숨을 죽이고 나뭇잎 하나 까딱하지 않는 숲 속은 무서울 만치 고요했다. 정요는 천천히 숨을 쉬었고 발걸음은 점점 더 느려졌다.

삐-익.

푸른 정적을 깨고 산새 한 마리가 푸르르 날아올랐다.

작은 새가 일으킨 미세한 바람에 어깨위로 노란 나뭇잎 하나가 살포시 내려앉았다.

아하! 마치 혼곤한 잠에서 깨어나듯 나른하고도 상쾌했다. 한동안 멎었던 숨을 다시 쉬듯 크게 심호흡을 하며 주변을 둘러보던 정요는 한 번도 온 적이 없는 희미하고 낯선 길 위에 서 있는 자신을 발견했다.

'대체 여기가 어디지? 내가 잠깐 졸면서 길을 걸었었나?

펼쳐진 합죽선이 그대로 손에 들려 있는 것을 보면 졸거나 잠이 들었던 것은 건 분명 아니다. 산책을 즐기느라 나름 익숙한 길이었지만 어쩌다 사람이 다닌 흔적만 남아 있는 작은 오솔길이다. 사실 말이 좋아 오솔길이지 여기저기 돌부리나 나무뿌리 같은 것이 드러나 있어서 자칫 한눈팔았다가는 넘어지거나 길을 잃기 쉬운 그런 위험한 길이었다.

이글거리던 햇살이 한결 순하고 부드러워졌다는 생각에 다시 둘러보니 정수리에 뜨겁게 내리쬐던 해가 어느새 서산 위로 옮겨가 있었다. 아주 잠간 사이였는데 대여섯 시간이나 훌쩍 지나가 버린 것이다.

처음 걷는 낯선 길이었지만 뒤돌아오는 길은 두려움 대신 알 수 없는 고요와 평화가 가득한 길이었다. 어딘지는 몰라도 오랜 시간 길을 걸었던 만큼 어둠이 내리기 전에 돌아갈 가능성도 없어 보였지만 웬일인지 조금도 걱정되지가 않았다.

천천히 10분도 걷지 않았는데, 날마다 산책하다가 되돌아서던 커다란 참나무가 보였다. 엄청 멀리 와버린 줄 알았는데… 늘 그랬던 것처럼 나무 밑에서 버릇처럼 잠시 걸음을 멈추고 웅장한 자태를 올려다보는데 타드락 타드락 화엄사에서 법고소리가 올라왔다. 어느새 저녁예불을 알리는 법고소리다. 법고소리가 끝나면 쿠웅 쿠웅 범종소리가 골짜기를 울리고 목어소리와 운판소리가 뒤를 잇는다. 저녁공양까지 끝낸 산내 모든 암자에서도 예불 준비를 마치고 법당에 앉아 운고각과 범종각에서 울리는 사물소리가 그치기를 기다려야 한다. 서둘러야 했지만 범종의 느린 울림처럼 정요의 발걸음은 느긋했고 예불이 시작되고서도 한참 뒤에야 금정암에 도착했다.

종일토록 어디를 쏘다니다가 예불시각도 못 맞추었느냐는 대중스님들의 비난도 산들바람 같았고, 지청구 속에 혼자서 늦은 저녁공양을 마치고 난 뒤에도 뭔지 모를 뿌듯하고 행복한 느낌은 계속되었다.

"니, 저 새 이름이 뭔지 아나?"

"네?"

산새들의 울음소리는 날이 밝을 무렵과 해질 무렵에 제일 요란하다. 설거지를 끝내고 공양간에서 마루로 나온 정요가 산새들의 울음에 넋을 놓고 있는 보고 해정스님이 위로하듯 말을 걸었으나, 막상 뭔지 모를 행복하고 뿌듯한 충만감에 취해 있는 정요다.

"기생새다. 봐라. 술 먹고 가 ~ 요, 술 먹고 가 ~ 요, 하고 울지?"

끝말을 '가 ~ 요!' 하고 길게 빼는 게 마치 노래라도 하는 것만 같다.

"술 먹고 가 ~ 요!"

"술 먹고 가 ~ 요!"

해정스님은 선잠에서 깬 듯 어리둥절한 정요를 놀리는 것처럼 '술 먹고 가 ~ 요!'를 연창했다.

"기생새 옆에서 '호호 히호'하고 방정맞게 소리 지르는 놈은 또 먼지 아나?"

호 호 호 히~호.

호호 히호.

그러고 보니 '호 호 호 히~호' 하고 맑은 소리로 노래하는 기생새 옆에서 '호호 히호' 하고 다소 빠르게 울어대는 새 소리가 하나 더 있다.

"홀딱벗고새다. 봐라. '홀딱 벗고, 홀딱 벗고'. '술 먹고 가~요!' 하니까 바로 받아서 '홀딱 벗고, 홀딱 벗고' 하는 기다. 참말로 재밌제?"

술 먹고 가~요! 술 먹고 가~요!

홀딱 벗고! 홀딱 벗고!

"자알 한다! 수좌라는 기, '홀딱 벗고 술 먹고 가?'. 아무 것도 모리면 가만히 있는 기 양반이다, 안 카더나?"

마른하늘에서 날벼락이 떨어졌다.

"해정수좌, 그 입 당장 깨끗이 몬 씻나? 정요도 귓구멍 깨끗이 씻고!"

"예, 예! 갑니다!"

쏟아지는 불호령에는 그저 놀란 토끼처럼 달아날밖에! 그러나 벌떡 일어선 두 사람을 법인스님은 그대로 놓아 보낼 생각이 없다.

"어딜 내빼나? 거그 앉아바라. 내가 제대로 가르쳐줄 테니께. 다 무식한

기 죄다. 부처님도 모르고 짓는 죄가 더 크다고 안 했나.”

한바탕 야단이 쏟아진 뒤에야 전설이 나왔다.

며느리는 늘 배를 곯아야 했다. 흉년이 든 것도 집에 양식이 모자라서도 아니다. 끼니때마다 다른 식구들이 먹을 밥을 푸고 나면 며느리 먹을 게 거의 없었다. 밥을 지을 때마다 시어미가 쪽박 가득 식량을 내어주지만 그 쪽박이 작았던 것이다.

‘쪽박이 조금만 더 컸으면 내가 먹을 밥도 있으련만…’

쪽박이 작아 배를 곯던 며느리는 끝내 굶어죽고 말았다. 죽어서 새가 된 며느리는 오늘도 저리 서럽게 울어대며 산천을 헤맨다.

쪽박 바꿔! 쪽박 바꿔!

쪽박 바꿔! 쪽박 바꿔!

밥이 조금 적다고 해도, 밥을 푸면서 며느리는 얼마든지 제 몫을 챙길 수가 있다. 혹시, 며느리는 밥을 짓기만 하고 배식은 시어미가 도맡아서 했었나? 그러나 그런 의심이 끼어들 틈도 없이 다시 불호령이 떨어졌다.

“몬되어 처먹은 인간들 만나서 고된 시집살이하다가 굶어죽은 불쌍한 쪽박새한테, 머? 홀딱 벗고? 퍼뜩 가서 귓구멍 입구멍 몬 씻나?”

게으른 낮달마저 없어지는 그믐이 지나고 다시 떠오른 달이 저 혼자 보름달이 되고 반달이 되어 커졌다 스러지기를 반복했다. 밝은 달이 떠오를 때마다 지리산 계곡은 그윽한 달빛 정취로 가득했지만 지선스님의 피리소리는 다시 들을 수가 없었다. 그저 달 밝은 밤이면 밤이 깊도록 눈을 부미며 기다려도 보았지만 하안거가 끝나고 금정암을 떠나는 날까지도 피리소리는 두 번 다시 들려오지 않았다.

칠월 보름날은 영가천도를 위한 우란분제이지만 석 달 동안 하안거에 들어갔던 스님들에겐 안거가 해제되는 날이다. 하안거 해제를 하고 금정암을 내려 온 정요는 버스터미널에서 전주행 버스를 기다렸다. 기차시간을 맞추기가 어려워서 서울행 고속버스가 많은 전주를 경유하기로 한 것이다.

그러나 버스시간도 한참이나 멀었다. 여름 휴가철이 지나 한산해진 터미널 텅 빈 주차장에는 뜨거운 햇살만 하얗게 쏟아져 내리고 있었다.

어지러이 봄비가 흩뿌리던 날, 꽃비에 젖은 머리에 우산을 씌워주었던 지명스님은 이미 화엄사를 떠나고 없었다. 제비와 스님들은 올 때는 알아도 갈 때는 아무도 모르는 법, 해제와 함께 지명스님도 다른 스님들처럼 행선지나 목적지도 알 수 없는 만행을 떠났다고 했다.

구름 따라 물을 따라 흐르는 것이 운수납자들의 만행이다.

지명스님과 작별 인사도 못하고 떠나는 가슴이 추수를 끝낸 텅 빈 들판처럼 쓸쓸하고 섭섭한 정요 앞에 걸망을 메고 불쑥 나타난 사람은 명연스님이었다.

"이제 집에 가는 건가, 애기보살?"

"예, 저 오늘 서울로 가요. 스님도 만행을 떠나시나요?"

"만행? 허허, 만행이라는 말도 틀리지는 않지. 지금 곡성 가산사에 가는 길인데 어때, 애기보살도 나 따라서 만행 한번 가 볼래?"

"스님도 아닌 제가 무슨 만행… 스님이나 잘 다녀오세요."

지명스님의 처소와 구층암에서 몇 번 차를 마신 적이 있는 명연스님을 만난 건 반가웠지만 그렇다고 따라 나서고 싶은 생각까지는 전혀 아니었다. 그러나

"지명당도 아마 거기 있을 걸."

"네?"

지나는 말처럼 툭 던지는 한 마디에 정요는 벌떡 일어나 표를 파는 곳으로 달려갔다. 지명스님을 못 보고 가는 길이라 못내 서운하던 터에 스님의 소재를 알게 되었으니 더 생각하고 자시고 할 것 없었다.

전주행 차표를 무르고 따라 나선 가산사는 방금 지나온 곡성 읍내의 여느 민가와 다를 게 없이 작고 허름했다. 선방이나 강원에서 공부하던 스님들이 해제기간 동안에 쉬기도 하고 약을 달여 먹으며 휴양을 한다는 곳. 그래서인지 일주문이나 사찰 현판마저 없는 한적한 시골집이었다.

"아니, 여긴 어떻게…?"

우물가에서 상추를 씻던 지명스님이 싱겁게 웃었다. 명연스님을 따라 들어서는 정요를 보고도 놀라기는커녕 매일 보던 사람 대하듯 했다.

"화엄사에서 나오다가, 길에서 울고 있는 애기보살이 불쌍해서 내가 걸망에 넣어왔지"

정요가 뭐라 말을 꺼내기도 전에 명연스님이 미리 알아서 정리를 해주었다.

"어때? 내가 오늘 보살행을 한 거 맞지?"

두 사람을 번갈아 보며 장난스럽게 웃었다.

"치이, 구름이라도 타고 바다 건너 멀리멀리 가신 줄 알았더니 겨우 여기 계셨네요."

저도 모르게 투정이 나왔다. 멀리 만행을 떠난 것도 아니면서… 이렇게 가까운 곳에 있는 것도 모르고 저 혼자 끌탕을 했던 게 약올라서였다.

처음엔 지명스님 얼굴만 잠깐 보고 갈 생각이었다. 그러나 대중의 눈을 의식하지 않아도 되는 오붓한 공간에 있다 보니, 하루이틀만 묵어가겠다던 생각은 가뭇없이 사라지고 은근슬쩍 눌러앉고 말았다. 딱히 서울에 가서 볼일이 있는 것도 아니었다.

가산사에 살다 보니 지선스님에게는 구층암에서는 전혀 몰랐던 아주 고약한 버릇이 하나 있었다. 바로 방귀였다. 방귀가 비록 아무리 어쩔 수 없는 생리현상이라고는 하지만 내놓고 뿡뿡거릴 수는 없는 일이다. 아무리 허물없는 사이더라도 가능하면 참아내는 게 미덕이고 할 수 있으면 다른 곳으로 가서 뀌고 오는 것이 예의다. 그러나 지선스님은 무슨 자랑이라도 하듯 끙끙 힘을 써가며 방귀를 뀌는데, 앉아서 방귀를 뀔 때는 한쪽 무릎을 들고 하필 곁에 있는 사람 쪽으로 방귀를 내보내는 것이다. 가부좌나 반가부좌로 앉아 있던 지선스님이 한쪽 궁둥이를 들기만 해도 정요는 비명을 지르며 달아났지만 그러나 그 정도는 약과였다.

"에-엑!" 마루에 앉아서 독서삼매경에 빠져있던 종인스님이 비명을 지르며 벌떡 일어나 마당까지 달아났다. 책을 들여다보고 있던 지선스님이 자기 손바닥에다가 슬그머니 방귀를 뀌더니 그 손바닥을 종인스님의 코에다 들이댄 것이다.

"큰일났네, 큰일났어. 우리 큰 사형님 창새기가 다 썩어버렸네, 다 썩어버렸어. 아이고, 맥없는 내 코도 다 썩겄네."

지선스님 방귀가 나오는데 지명스님도 명연스님도 보이지 않아 대신 날벼락을 맞게 된 종인스님의 사설이 장황했다. 지명스님이나 명연스님은 방귀를 손바닥에 받아 지선스님 코에 들이대는 복수를 반드시 하고 말았지만, 열 살이나 나이가 적은 죄로 꼼짝없이 당하기만 해야 했던 억울한 종인스님은 그저 입으로만 걸쭉하게 분풀이할 수밖에.

"사형님, 내가 탁발을 해서라도 멜치꼬랑댕이라도 괴기 안주에다가 소주도 받아주고 막걸리도 받아줄 텡게, 암만 배가 고프고 목이 타도 지발지발 썩은 갈치젓이나 똥물 썩은 것은 먹고 댕기지 마쇼. 농사꾼들도 농사를 지어야지 사형님이 똥물을 다 먹어버리면, 비료도 비싼디 어떻게 농사를 짓는대여?”

썩어서 내버린 갈치젓이나 밭 가장자리에 구덩이를 파고 분뇨 삭히는 것까지 퍼먹어서 방귀냄새가 독하다는 억지소리까지 하며 성토를 해보지만 지선스님의 눈길은 책 속에서 빠져있다. 우이독경 마이동풍이 따로 없다.

“정요보살, 오늘이 곡성장이다. 장에나 가자.”

“그래요? 잘됐어요. 좋아요. 지명스님!”

장 구경 소리에 정요의 목소리가 높아지며 지명스님을 찾는데, 종인스님의 다급한 소리가 앞을 막는다.

“보살, 우리끼리만 가자. 공부하는 사형님들 방해하지 말고.”

“지명스님은 주무시는데, 뭐.”

“지명스님이 제일 싫어하는 게 뭔지 몰라서 그래? 보살, 나하고 둘이 나가는 게 싫으면 아예 그만두고.”

종인스님이 단칼에 잘라내는 소리를 했다. 지명스님이 홀로 따라나서지 않고 명연스님과 지선스님까지 끌어낼 것이 뻔해서다. 그리되면 지선스님과 정요 두 사람은 얼씨구 좋아라하겠지만 술을 입에 대지 못하는 다른 스님들은 좌판에 앉아 술판벌이는 술꾼들을 지켜야 하는 따분한 신세가 될 수밖에 없다. 싫으면 그만두라는 소리에 다급해진 정요가 앞장을 섰고, 곁에서 무슨 소리가 나거나 말거나 지선스님은 끝까지 미동도 하지 않고 독서삼매경에 빠진 사람이다.

사흘째 되던 날 오후 2시경이었다. 숨이 턱턱 막히게 달아오른 햇살 속으로 한 사내가 걸어왔다.

“아이고, 처사님 어서 오시오.”

“명연스님, 안녕하시오.”

명연스님이 반갑게 맞았고 곁에 있던 종인스님도 아는 체를 했다.

“형님 오셨소?”

“그래! 잘 지냈냐?”

종인스님이 대꾸 대신 냉장고에 있는 물을 꺼냈고 사내가 벌컥벌컥 시원스럽게 물을 들이켜고 땀을 추스르는 사이 명연스님의 빠른 설명이 보태졌다. 사내는 종인스님의 형님이란다. 종인스님이 태어나 자란 곳은 광양군 봉강면이라 순천보다도 가까웠지만 출가한 뒤로 고향에는 아예 발길을 끊었으므로, 고향집을 지키고 사는 형님이 이렇게 찾아다닌다는 것이다. 그런데 막상 가산사에 와서는 종인스님은 보는 둥 마는 둥 하고 삯일꾼처럼 부지런히 일만 하고 간다고 했다. 초등학교를 졸업하고부터 농사를 지어오고 있다는 서인국은 혼자서도, 가산사 대중을 모두 합한 것보다 더 많은 일을 해낸다고 했다.

“아이고, 우리 막둥이가 또 왔구나. 고맙다. 잘해 주는 게 아무것도 없는데 이렇게 큰형님 찾아다니며 안부를 챙기다니 고맙다, 정말 고맙다.”

낮잠 자던 지선스님도 두런거리는 소리에 문을 열고 나왔다.

“막둥아, 여기 정요보살한테 인사혔냐? 정요보살, 서인국이라고 우리 막둥이야.”

“안녕하세요? 윤정요입니다.”

“서인국입니다.”

“지선스님 동생이면 종인스님하고는 사촌간인가요?”

“상철이는 제 동생입니다. 우리 같은 양반 집안에 어쩌다 태석이같이 형님도 몰라보는 버르장머리 없는 애가 나왔는지 도무지 모를 일입니다.”

지선스님과 같은 서씨이지만 촌수도 가릴 수 없을 만큼 멀었고 그저 초등학교 때 동기동창일 뿐, 나이도 자신이 지선스님보다 두 살 더 많다고 했다. 유치원이 뭔지도 몰랐던 시골인지라 학교가 있는 동네에서 살았던 지선스님은 일곱 살에 학교에 입학을 했고, 자신은 학교까지 십리 길이 짱짱한 먼 마을에 살았으므로 아홉 살에야 초등학교에 들어갔기 때문이었다. 두 살이나 많은 데다 덩치도 훨씬 컸던 자신이 태석이(지선스님)를 어리광 부리는 동생처럼 보살펴주었는데 그게 지금까지 버릇으로 남아 매사에 아망을 부리고 우겨대기만 한다는 것이다.

"야, 막둥이! 너는 임마, 우리 엄마가 안 낳았대."

나이도 두 살이나 적다는 것까지 밝혀버린 게 약올랐는지 지선스님이 엉뚱한 소리를 해댔다.

"내가 며칠 전에 꿈속에서 어머니를 만났는데 모처럼 만난 김에 내가 투정 좀 했지. 막둥이 저놈은 큰형님 말도 안 듣는데 어머니는 막둥이 저놈을 멀라고 낳았어요? 그랬더니 뜻밖에도 어머니 말씀이 '막둥이는 내가 안 낳았다.' 그러시는 거야. 그러면 막둥이를 누가 낳았어요? 그랬더니 어머니는 또 '나는 모른다. 그렇지만 그놈은 철들면서부터 지 에미가 누군지 알고 있었을 것이다.' 이러시는 거야. 사람이 인력으로는 천륜을 끊지 못하는 법이라고 하면서. 어머니는 그리도 우리가 어려서부터 형제로 자랐응게, 막둥이는 그냥 막둥이잉게 서럽게 하면 안 된다고 하시더라. 아무리 막장 드라마가 유행이라지만, 우리 막둥이한테도 출생의 비밀이 있었다니 그저 기가 막힐 뿐이지."

두 사람이 가족관계가 아니라는 것은 이미 정요까지도 다 알아버린 사실이다. 뻔히 아는데도 저렇게 청산유수로 읊어대니 잘 모르는 사람이 들으면 꼼짝없이 속아 넘어가겠다.

"야, 막둥이! 너는 임마, 우리 엄마가 안 낳았대!"

"아이고, 스님이라는 게 저래 가지고 언제 철이 드나!"

지선스님은 그때부터 '너는 우리 엄마가 안 낳았대!'를 입에 달고 살았지만 서인국은 별로 반박하지도 않았다. 초등학교 때부터 두 살이나 어린 지선스님에게 져주며 살았던 것이 커서도 어쩔 수 없는 버릇으로 남은 모양이다.

불쑥 나타나 남새밭은 물론 집 안팎까지 이곳저곳 돌아치며 일하던 서인국이 이틀 밤 묵고 떠났을 뿐 별다른 변화 없이 무심히 흐르는 강물 같은 가산사의 나날이 이어졌다.

가산사는 법당에 부처님을 모신 엄연한 사찰이었지만 찾아오는 신도들은 없었고 몇몇 스님들만 자유롭게 드나들었다. 스님들의 정근수행은 물론 공양시간마저 자유로웠다. 유일한 규율인 새벽예불이 끝나면 차를 마시며 다담을 나눈 뒤 각자 자기 처소에서 하고픈 일을 하면 그만이었다.

가산사 주지 격인 명연스님은 틈틈이 집 안팎의 자잘한 일을 챙겼고, 지명스님은 남새밭에 나가 나무와 채소 가꾸는 걸 즐겼다. 책을 읽거나 붓을 잡고 글씨를 쓰는 막내 종인스님은 절 뒤 동산을 오르내리거나 오일장에 나가 민초들의 삶을 기웃거리기도 하고, 좌판을 벌린 할매들과 수다를 떨어주며 천진한 손자처럼 곰살갑게 굴었다.

딱히 사찰이라는 규범에 얽매이지 않고 승속의 구별도 없이 비승비속의 소탈한 가산사는 새벽예불 시간에 딱 한번 승복을 갖춰 입을 뿐이다. 작업복이나 운동복이 스님들의 일상복이었다. 그것도 점잖은 회색이 아니고 되는 대로 울긋불긋 제각각 빛바래고 허름한 운동복은 밭일은 물론 장바닥 좌판에 앉아서 색다른 음식을 먹기에도 제격이었다.

비구니 스님들의 깍듯한 법도에 주눅 들었던 정요에게 가산사는 자유롭고 신선한 별세계였다. 무엇보다 지명스님과 서로 숨소리가 들릴 만큼 가까웠다. 처음엔 공양주도 없이 비구스님들만 머무는 한미한 처소에 머물겠다는 정요를 마뜩찮아 했지만 하루 이틀 지나면서 깜냥껏 찌개며 나물반찬을 만들어 상을 차려내자 대견해했다.

"어쭈, 제법이다. 밥도 할 줄 모르는 날라리 아가씨인 줄로 알았는데, 너무 맛있다."

다른 스님들도 은근히 좋은 눈치였다. 한술 더 떠 공양간은 제 소관이라며 아예 발도 못 들이게 하는 정요의 정성에, 아무 때나 자유롭게 혼자서 대충 때우던 스님들도 공양시간을 지켜주었다. 비구니 스님들 어깨너머 배운 요리법을 이렇게 요긴하게 써먹게 될 줄은 생각도 못했다.

정요가 가산사에 들어간 지 열흘째 되던 날 점심 공양시간 때였다. 밥상머리에 앉으려던 종인스님이 갑작스럽게 벽에 걸려 있는 죽비를 들어 손바닥에 한 번 치더니 자리에 앉아 밥그릇을 머리 위로 들어올렸다.

計功多小 量彼來處 **계공다소 양피래처**
忖己德行 全缺應供 **촌기덕행 전결응공**
防心離過 貪等爲宗 **방심이과 탐등위종**
正思良藥 爲療形姑 **정사양약 위료형고**
爲成道業 應受此食 **위성 도업 응수 차식**

이 음식은 어디에서 왔는가?
내 덕행으로는 받기가 부끄럽네.
마음의 온갖 욕심을 버리고
몸을 지탱하는 약으로 알아
깨달음을 이루고자 이 공양을 받습니다.

"스님, 뜬금없이 무슨 일예요?"

금정암에서는 하루 세 번 식사 때마다 해왔던 의식이지만, 아마도 매사에 유난 떠는 비구니스님들이었기 때문일 것이다. 그동안 스님들이 지대방처럼 편히 지내는 가산사에서는 물론 구층암에서도, 심지어 화엄사 큰절에서 밥을 먹을 때에도 하지 않았던 일이다. 가산사뿐 아니라 화엄사에서도 공양게송 오관게(五觀偈)는 항상 식당 벽에 걸어놓은 게송이었을 뿐이다.

"우리 정요보살이 해주는 밥을 그냥 앉아 먹기가 미안해서."

"그래도, 여기서는 스님들이 다 농사지어서 먹는 거잖아요?"

"우리가 벼농사까지 다 짓는 건 아니잖아. 그보다 내가 농사지어 밥을 먹는다는 그릇된 자만심이야말로 우리 수행자가 항상 경계하고 조심해야 할 진짜 마군(魔軍)이 아니겠어?"

뜬금없이 막내인 종인스님이 여러 사형들을 앞에서 설법이라도 하는 것인가? 그러나 지선스님이 맞장구쳤다.

"맞아. 듣고 보니 사제 말이 옳아. 출가승은 먹고 마시고 잠자는 것까지도 모두 수행인데 이것저것 따질 것이 없지. 더구나 여기는 우리끼리 편하게 지내는 가산사가 아닌가? 우리끼리 정하면 그만이지."

우리끼리라지만, 혼자서 다 결정해 버린 지선스님의 선언에 지명스님과 명연스님은 물론 정요까지 밥그릇을 머리에 이고 오관게를 독송해야 했다. 종인스님이 손바닥에다 죽비를 세 번 내리친 뒤 식사가 시작되었고, 공양게송 오관게 독송은 그날부터 가산사의 공양의식이 되었다.

자연의 한 부분인 듯 어느 것도 거스르지 않고 바람처럼 자유롭고 구름처럼 넉넉한 기운이 흐르는 가산사의 가을이 무심히 흘러갔다.

　지명스님은 다른 스님과 다를 바 없이 무심도 관심도 아닌 딱 그만큼의 거리에 있었다. 드물기는 했지만 바람 선선한 날이면 섬진강으로 나가 작은 배를 타기도 했다. 강물에 배를 띄우고 강을 따라 흘러가며 강변 경치를 구경하는 것도 재미였고, 힘들지만 삿대질로 배를 이리저리 움직여가는 것도 또 다른 즐거움이었다. 오일장이면 사람 북적이는 노점 좌판 앞에 앉아 노는 것도 빼놓을 수 없는 재미였다. 술꾼이 지선스님과 정요 둘뿐이라서 크게 아쉬웠지만 다른 스님들도 스스럼없이 쪼그리고 앉아 순대나 전, 튀김 따위를 집어먹으며 함께 어울렸다. 알아보는 이가 아무도 없다는 익명성에 맘껏 자유를 누릴 수 있는 날들은 깨고 싶지 않은 꿈처럼 아련하고 동화처럼 순정하고 행복했다. 매일 아침 눈을 뜨면 지명스님을 바로 곁에서 볼 수 있다는 것만으로도 가산사는 극락이 되었다.

　정요는 더 있고 싶은 것을 자존심 때문에 꾹 참고 서울로 올라갔지만, 가산사는 어느새 엄마가 있는 고향보다도 더 그리운 곳이 되었다. 우물가에서 자라는 무화과를 먹으러 오라던 명연스님의 언질을 핑계로 한 달을 못 채우고 다시 가산사로 돌아오고 말았다.

　강낭콩만 하던 무화과가 호두알만큼 커지고 검붉게 익어가고 있었다. 무화과는 모양이나 빛깔이 그리 탐스럽지 않지만 배꼽처럼 슬쩍 벌어진 틈새를 쪼개면 작은 꽃들이 촘촘히 박힌 부드러운 과육과 달콤한 향기가 이국적인 과일이다. 처음 맛보는 그 향과 맛에 반한 정요는 눈을 뜨면 무화과나무부터 찾았다. 무화과 몇 개로 아침밥을 대신할 만치 무구한 정을 주었지만 한 차례 무서리가 내리고 난 후로는 자줏빛 열매의 자취를 찾을 수 없었다.

　하루하루가 새롭고 충만한 날들이었지만, 가산사는 해제기간 동안에 스님들이 쉬어가는 지대방 같은 곳이다. 하안거 동안 선방을 찾지 않고 가산사에서 농사지었던 스님들은 동안거가 다가오자 때를 놓칠세라 저마다 선방을 찾아 떠났다. 지명스님도 운수납자가 딱히 정처가 있겠냐며 걸망을 메고 길을 떠났다. 어느 선방에 방부를 드리러 가는 것이 뻔했지만 어디로 가느냐고 묻지 못했다. 푸른 대숲에 참새들만 남아서 산사를 지킬 뿐, 입정에 든 스님처럼 겨울 가산사는 고요히 텅 비었다. 정요도 깊고 긴 겨울잠에 들어가는 가산사를 떠나 서울로 돌아왔다.

3장

발 달린 미꾸라지

다시 봄이다. 봄은 사람을 안절부절못하게 한다.

빌딩 숲, 그늘 짙은 도시에서 조금이라도 더 멀리 가야 한다. 물을 올리는 나무처럼 한 뼘이라도 더 햇볕을 찾아 어디론가 떠나게 했다. 겨우내 꽁꽁 싸매 둔 가슴에도 풋풋한 바람 한 줄기를 불어넣어야 했다.

어디가 좋을까, 궁리하던 정요에게 날아든 정란의 편지는 꽃소식 못지않게 반갑다.

동백과 바람의 땅, 제일 먼저 봄을 만날 수 있는 곳. 연둣빛으로 물결치는 남도의 끝자락 완도로 봄맞이 오라는 그녀의 유혹에 마음이 요동을 쳤다. 예전 같으면 곧바로 떨치고 나섰을 길을 정요는 선뜻 떠나지 못했다. 어쩌면 그곳에 가지 못할 핑계를 찾느라 골똘했다.

"왜 안 오는 거야, 동백꽃 다 지는데?"

전화선 너머서 정란의 재촉이 이어졌다.

"아직은 너무 이르잖아? 서울은 소소리바람이 여간 사납지가 않아. 게다가 요즘 컨디션이 안 좋은지 안 하던 차멀미를 다해서 종일 버스를 타는 일이 겁도 나고."

"그럼 광주나 여수에서 만날까? 기차는 괜찮지?"

버스 타기 어렵다는 핑계에 정란이 먼저 반보기를 제안했다.

"그럼 차라리 구례 화엄사가 낫잖아? 오랜만에 스님들도 볼 겸."

정란도 순순히 응했다. 다행이다! 화엄사에서 만나 가산사로 가는 핑곗거리는 천천히 생각해도 된다. 약속을 잡은 정요는 단짝인 명화와 함께 가고 싶었다.

"또 화엄사? 싫어. 넌 허구한 날 산속에 처박혀 있는 절이 지겹지도 않니?"

"화엄사가 내키지 않음 잠깐만 들렀다가 여수 오동도 가자. 너 바다 좋아하잖아?"

"그렇담 한 번 생각해 보고"

선심이라도 쓰는 것처럼 명화가 반승낙을 했다. 등산길에나 잠깐 들를 뿐 사찰을 여행 목적지로 삼아 떠나는 일은 없었던 명화였다.

"난 스님들만 보면 이상하게 비위가 상한단 말이야. 가끔 우리 집에 빡빡머리 스님들이 다녀가는 날은 밥도 못 먹는다니까. 절에 가서 몇 달씩이나 사는 너를 보면 정말 신기해."

엄마가 독실한 불교신자임에도 절이라면 절레절레 고개부터 흔들어대는 명화다. 오동도 동백꽃은 더 나이 먹기 전, 가슴이 뜨거울 때 꼭 한 번 봐야 한다는 꾐에 명화도 화엄사 행에 따라나섰다.

가끔 서울의 공원이나 식물원에서 만나는 동백은 태반이 홑꽃이 아닌 겹꽃이었다. 북방 한계선의 추위를 견디고 꽃을 피우기 위해 품종을 개량했는지 겹겹이 푸짐한 꽃잎과 선명치 않은 빛깔이 헤픈 여자 같아서 고아한 동백의 참모습은 느낄 수가 없었다.

동백은 역시 남도의 바닷가 오동도가 제일이다. 한 겹 도톰하고 붉은 입술 안에 샛노란 꽃술을 품고 있는 오동도 동백은 그 차고 매서운 바닷바람 속에서도 의연하게 피어나는 기품 있는 꽃이다. 동백은 시들어가는 뒷모습을 보여주지 않는다. 꽃잎이 마르거나 하나둘 흩어지지 않고 어느 날 갑자기 통째로 툭 떨어져 내린다. 그 붉은 꽃들이 나무 밑을 붉게 물들이는 모습은 또 얼마나 가슴 저리던지. 동백은 세 번 피는 꽃이다. 나무 위에서 한 번, 그 나무 아래를 곱게 수놓으며 또 한 번, 그리고 비장한 낙화가 안쓰러워 곱게 받아든 이의 두 손에서 동백은 마지막으로 붉게 피었다 진다. 동백의 낙화는 시절을 잘못 만난 불우한 미인의 자진 같았다.

아무리 흉허물없는 친구지만 스님을 좋아한다는 말은 차마 할 수가 없어 짐짓 목적지를 화엄사로 잡았을 뿐이다. 오랜만에 만난 정요와 정란은 지선스님과 어울려 지난 이야기를 하느라 시간 가는 줄 몰랐지만 명화는 달랐다.

"오동도 언제 갈 건데? 동백꽃 다 지겠구먼!"

구층암에서 이틀 밤을 자고도 떠날 생각을 않는 정요를 보다 못해 짜증을 냈다.

"응, 가야지. 탑전 동백꽃도 오동도 못지않게 예쁘던데 뭘…."

"대체 언제? 나 먼저 서울 갈 테니까, 스님들이 그렇게 좋으면 넌 여기서 아주 눌러 살든지 맘대로 해."

엉뚱하게 죄 없는 스님들한테 불똥이 튀었다.

"그러지 말고 내일 가산사에 가자. 오랜만에 사제들도 보고 싶고. 요즈음 섬진강변에 매화가 그만일 거야."

지선스님의 한마디는 불감청이언정 고소원이고 지성이면 감천이었다.

"아, 매화, 매화가 폈겠다. 가면서 예쁜 섬진강 구경도 하면 정말 좋겠다!"

풍광 좋은 유명한 절도 아닌 작고 허름한 절, 특별히 볼 것도 없는 가산사에 가자는 말을 못하고 미적거리던 차다. 어느 선방에선가 동안거를 지냈을 지명스님이 화엄사에 없는 걸 보면 가산사에서 쉬고 있을 것이다. 물론 지선스님이 정요의 속내를 짐작하고 제안한 것은 아니겠지만 더없이 고마웠다. 명화의 성화도 한풀 꺾였다.

다음 날 아침, 섬진강을 거슬러 가산사로 향하는 정요는 물오른 꽃망울처럼 터질 듯 가슴이 울렁거렸다. 따사로운 봄볕에 몸을 불리며 뒤척이는 강물은 옥빛으로 여울지며 흘렀다. 섬진강 맑은 햇살을 따라 간지럼 태우는 봄바람에 이제 막 꽃잎을 연 어린 매화가 수줍은 몸을 맡기고 온몸으로 웃는다.

"아이구, 사형님과 선녀 같은 애기보살들이 들어오니까 가산사가 훤해지네그려. 언제들 내려온 거야?"

"보살들이 가보고 싶다 졸라서 엉겁결에 오다 보니 빈손으로 오고 말았네그려. 명연당은 언제 오셨는가?"

"동안거 해제하고 나서 지명이하고 바로 왔지요."

일행을 반기는 명연스님의 환대가 귀에 들어오지 않는 정요의 눈이 바빴다.

"지명스님은 필요한 책이 있어서 광주 간다고 방금 전에 나갔는데, 엇갈린 모양이네. 광주에서 만날 사람도 있다고 했으니까 좀 늦을 거야."

"누가 지명스님 궁금하데요? 우린 명연스님이 보고 싶어서 왔는데… 안그래요?"

제 속을 들켜버린 것이 겸연쩍어 정요는 어물쩍 딴청을 피워댔다.

"이것 참, 큰일이네. 모처럼 귀한 손님들이 오셨는데 마땅히 대접할 것도 없고 어쩐다? 알다시피 이 절 살림이 워낙에…."

"걱정 마세요. 우리 오늘은 읍내로 나가서 맛있는 거 먹어요. 스님들도 드시고 싶은 거나 생각해 두세요."

"그럼 그럴까? 급할 거 없으니까 우선 차 한잔 하면서 천천히 생각하지."

스님들과 둘러앉아 이야기를 나누던 중에 지선스님이 토굴 자랑을 했다.

"나, 얼마 전에 만복대 아래 토굴이 생겼어. 마을에서 쑥 떨어진 곳이라 조용하고 토굴 바로 곁에 옹달샘도 있어서 수행처로는 아주 그만이야."

"그래요. 잘 됐습니다. 그런데 어떻게 거기까지…."

"아, 우리 지율당 알지? 그 도반이 묻어놓은 토굴인데 자기와 인연이 다 됐다고 나한테 넘겨줬어. 소임만 끝나면 나도 이제는 들어앉아서 공부 좀 해야지."

"좋은 토굴이 생겼다니 정말 부럽습니다."

"먼 데 있는 토굴이 좋으면 뭐해요? 가까이 있어야 고구마도 넣고 김장도 넣을 수 있지."

정요는 토굴이 먼 데 있어서 쓸모가 없다지만, 몸이 약한 정란은 건강 걱정부터 했다.

"아니, 이렇게 좋은 절들을 놔두고 뭐 하러 땅속에 들어가 살아요? 습기 찬 굴속에 오래 있으면 몸에 해롭고 병이 걸린다는데."

"혹시, 그거 예전에 지리산 빨치산들이 파놓은 땅굴 아닌가요?"

토굴이라는 소리에 명화는 까마귀고기라도 먹은 듯 자다가 봉창 뚫는 소리를 해댔다. 공군 대령으로 예편한 아버지를 둔 군인 가족이라서 그런지도 모른다.

"아니. 빨치산이 아니라 도반 스님이 판 땅굴이라잖아."

그래도 절밥을 먹은 정요가 도반이란 말을 알아듣고 좀 더 아는 체를 했다. 대단한 금광이나 되는 것처럼 스님들이 토굴 이야기를 주고받는 소리에 각자 나름대로 추리를 해본 것이다.

"땅굴? 그것도 빨치산이 판 땅굴? 하하하."

"토굴에다가 뭐를 넣어? 고구마? 김장? 허허허."

정요와 친구들이 주고받는 엉뚱 생뚱한 소리에 웃느라고 스님들은 토굴 설명도 제대로 못했다. 토굴은 땅굴이 아니라 스님들의 개인 수행처를 말한다. 마을과 외따로 떨어진 산속이거나 인적이 드문 조용한 곳에 작은 집을 마련하는 것을 통상 '토굴을 묻는다'고 한다. 수행과 휴식을 겸할 수 있는 아담한 토굴을 갖는 것이 대부분 스님들의 선망이라는 설명도 덧붙였다.

"말 나온 김에 우리 사형님 토굴 구경 한번 갈까요?"

"뭐, 작은 토굴이라 구경이랄 것까진 없고. 마을 전체가 산수유 꽃 속에 묻히는 지금쯤이면 아주 장관이라는 게야."

"깊은 산골이라면서 무슨 꽃이 있어요? 아직 진달래도 안 폈는데."

"토굴이 있는 산동은 척박한 곳이라 논도 거의 없고 그나마 조금 있는 밭뙈기도 돌투성이라 농사를 짓기가 어려운 곳이야. 오죽하면 골짜기 이름마저 돌 석(石) 자 석산골이겠어."

해서 척박하고 돌이 많은 땅에서도 잘 자라는 산수유나무를 온 마을에 심게 되었다는 것이다. 집집마다 산수유 농사를 지은 지 오래여서 마을이 아예 산수유나무 속에 파묻히게 되었고, 이른 봄 노란 산수유꽃이 필 때면 장관도 그런 장관이 없단다.

"와, 정말 이쁘겠다. 나는 노란색이 제일 좋던데" 정란이가 먼저 반색을 했다.

"난 아직 산수유꽃은커녕 나무도 본 적 없는데, 그렇게나 좋아요?"

시큰둥하던 명화도 관심을 보였다. 섬진강변의 매화가 장관이라고 했지만 매화는 이제야 조금씩 피어나고 있는 중이다.

산수유라니! 아직 한 번도 본 적 없었지만 산수유라는 어감마저 맑고 신비스러웠다. '산에는 꽃 피네 꽃이 피네. 갈 봄 여름 없이 꽃이 피네.' 때아니게 소월의 시까지 연상되는 산수유에 대한 호기심이 커졌다. 깊은 산골에 있는 마을이 온통 노란 산수유 꽃으로 장관을 이룬다며 신바람 난 지선스님의 말에 모두 맞장구치며 환호했다.

"와! 우리 다 같이 스님 토굴 구경 가요."

토굴 구경을 가자는 일행의 청에 한층 으쓱해진 지선스님의 토굴 자랑이 다시 이어졌다.

"그럼 아예 소풍 삼아서 점심을 거기서 먹으면 어떨까? 언제라도 들어가 살게끔 살림살이는 다 준비되어 있으니까, 시장이나 좀 보아 가지고 가면 될 거야."

읍내에서 간단한 먹거리와 과일을 사들고 일행은 비좁은 대로 다섯 명이 택시 한 대로 출발했다. 곡성에서 산동까지 직접 가는 버스 편도 없거니와 구례에서도 하루에 서너 번밖에 버스가 다니지 않는 두메산골이라고 했다.

택시가 산동면 면소재지를 지나자 드문드문 노란 꽃나무가 보이기 시작했다.

"저 노란 꽃나무가 산수유인가? 정말 예쁘다!"

"감동은 아직 일러. 조금만 더 올라가면 아마 모두들 턱을 잘 챙겨야 할 걸!"

지선스님의 주의가 채 끝나기 전에 이미 마을을 뒤덮은 꽃의 도발이 시작되었다. 현란하고 황홀한 노란색의 공습.

“와! 와!”

겁에 질린 것처럼, 경쟁하듯 비명을 질러댔다.

차를 타고 오는 동안 이젠 절도 모자라 토굴까지 가느냐고 투덜대던 명화도 연신 감탄사를 쏟아냈다. 눈을 들어 바라보는 곳마다 누군가 노란 물감을 풀어 장난하듯 아무렇게나 붓질을 한 것처럼 마을 전체가 온통 노란 물결로 환하게 빛나고 있었다. 산수유 꽃속에 파묻힌 마을은 물론, 맑은 물이 흐르는 계곡을 따라서도 노란 물결이 출렁거렸다.

맑고 순정한 노란 꽃은 골목을 둘러친 검은 돌담마저 은근하고 따스하게 감싸안았다. 온통 주위를 에워싼 노란 산수유 꽃의 호위를 받으며 밭 가운데 울룩불룩 솟은 바위들이 오히려 당당해 보였다. 밭갈이하는데 애물단지일 수밖에 없는 크고 작은 바윗돌이었지만 노란 산수유 꽃나무와 어우러져 그대로 한 폭의 수채화가 되었다.

천지에 가득한 현란한 노란빛이 어지러워 눈을 들어보니 저 멀리 눈 덮인 만복대가 보인다. 만복대는 지리산 10승지 중의 하나로 인정된 명당으로 많은 사람이 복을 누리며 살 수 있다는 곳이다. 산아래 마을에는 꽃들이 가득 피었고 산등성이에는 하얗게 눈이 덮인 모습은 화보나 달력에서나 보았던 이국적인 풍경, 순간 아주 먼 땅으로 떠나온 착각마저 들었다.

산수유 꽃으로 뒤덮인 마을의 이름은 월계라고 했다. 월계(月溪), 그 이름만으로도 넘치게 아름다운 달 계곡 마을. 샛노란 꽃 무더기 위로 둥근 보름달이 뜨는 밤의 정경은 상상만으로도 흐뭇하다. 마을 길이 끝나고 더 이상 차가 올라갈 수 없었다.

“아이고, 이 무거운 것을 지가 아니면 누가 들겠어요!”

택시기사가 선뜻 장바구니 하나를 들고 따라 나섰다. 너무나 한적한 시골 동네, 혼자서 무작정 기다리는 것보다는 일행과 함께 어울리는 것이 몇

배 나은 일이다.

"나도 이렇게 꽃이 피고 좋은 동네는 첨 본당게요. 덕분에 고맙구면요. 나중에 올 때도 지가 친절하게 모실 것이니께 꼭 읍내리 강 기사를 찾아주시요, 잉"

입심 좋은 기사는 그렇게 다음 행차까지 예약을 받아냈다.

월계마을을 발 아래로 두고 좁은 농로를 따라 걷는 내내 계곡이 보이지 않는데도 맑은 물 소리가 들려왔다. 조각보처럼 이어진 다랭이밭을 지나 산길로 접어들었다. 낙엽이 수북하게 쌓인 길은 희미한 자취만 겨우 남았다. 소리만 들려오던 계곡물은 이제 바로 왼쪽 곁에서 흐르고 일행은 계곡을 거슬러 올라갔다.

계속되는 오르막에 숨이 차오르고 다리까지 아파질 무렵, 계곡을 뒤로 두고 야트막한 산모퉁이를 돌아서자 아담한 집 한 채가 불쑥 나타났다.

"다 왔어. 여기야."

"솔바람 소리 외엔 들리는 게 없는 흰 구름 이는 깊은 골짜기 띳집을 엮었네. 세상사람 길 알까 도리어 걱정된 건, 바위 위 이끼가 더럽혀질까 봐서이다. 옛 스님들이 부른 토굴가 한 대목 딱 그대로일세그려. 수행처로는 아주 그만입니다."

명연스님은 지그시 눈까지 감으며 감탄사를 연발했다.

전설 따라 삼천리에나 나올 법한 깊은 산 속 작은 집. 도시 처녀들은 놀라 벌어진 입을 다물지 못하는데 눈치 없는 스님들만 저들끼리 신이 났다.

"그래? 괜찮아 보이는가?"

"아, 그럼요. 이만하면 토굴이 아니라 별장이지요."

"그럴 것까지야 뭐…."

말로는 그래도 은근히 뻐기는 낯빛까지 감출 수는 없다.

금방이라도 방안에서 산짐승이 뛰쳐나올 것같이 허름한 시골집 하나를 두고 뭐가 그리 좋다는 것인지, 두 스님이 주고받는 말마디는 잔칫집 고방만큼이나 푸짐했다.

부지런한 나무꾼의 집처럼 반듯하게 자른 장작을 사람이 드나드는 앞쪽만 남겨놓고 바람벽을 따라 처마에 닿도록 가득 쌓아 놓았다. 솜씨 자랑을 하려는 것이 아니라 찬바람과 한기를 막을 겸 땔감을 쌓아두는 것이라고 했다.

멀리 양철지붕을 이고 앉은 작은 집을 내려다보는 눈 덮인 만복대가 마치 머리에 흰 수건을 쓴 채, 혼자 놀고 있는 어린아이를 지켜보는 어른처럼 보였다.

지선스님이 부엌문 위로 손을 더듬더니 금방 열쇠를 찾아냈다. 부엌문에 채운 자물통을 벗겨내고 들어가더니 곧 방안에서 문을 열고 나왔다. 부엌에서 방으로 통하는 문이 있는 것이다. 가운데 부엌이 있고 양옆으로 방이 하나씩 있는 소박한 세 칸 집이었지만 방문 앞마다 작은 툇마루가 있어 더욱 정겨운 풍경이었다.

"어때, 괜찮지? 나는 여기만 오면 그리 좋을 수가 없어. 이번 소임만 끝나면 바로 들어와 살 거야. 그물에 걸리지 않는 바람처럼 말이야."

주위를 둘러보다 말고 꿈을 꾸듯 지그시 눈을 감은 지선스님의 표정이 더없이 행복해 보인다.

"와! 정말 좋다! 스님, 우리 여기로 놀러 와도 돼요?"

처음 볼 때보다는 많이 나아졌지만 정말 좋은 것은 아니다. 공치사를 하느라 불쑥 나온 말이었는데 새삼스럽게 지선스님이 정색을 하고 받았다.

"정요는 특별 손님이니까 쉬고 싶으면 언제든 와. 하지만 혼자는 절대 안 돼!"

혼자서 나돌아다니는 습성을 잘 알기에 하는 말일 것이다.

'피이, 아무려면 내가 이 깊은 산속에 혼자 올 일이 무에 있을까?'

샐쭉해졌지만 그래도 지선스님의 기분을 다칠 수 없어 내뱉지는 못한다.

집안은 수행자의 처소답게 정갈했다. 지난가을부터 비어 있었다지만 사람이 살던 흔적은 곳곳에 그대로였다. 책꽂이를 얹은 앉은뱅이책상 앞에 두터운 밤색 자복과 침구가 있었다. 밥상과 찻상으로 두루 쓰임 직한 둥근 탁자에는 다관과 찻잔을 얌전하게 포개두고 갈색 다포로 덮어두었다. 다포 위에 놓인 마른 국화꽃 몇 송이가 주인 없는 빈방을 지켰을 것이다.

마을에서 꽤나 멀리 떨어진 외딴집이다. 산을 올라오는 내내 전봇대는 구경조차 못했는데, 뜻밖에 전기가 들어오고 작은 냉장고까지 있었다. 단출한 살림이지만 시장이 워낙 먼 산골이라 냉장고는 꼭 필요했던 모양이다. 냉장고 위 라면박스에는 수건과 비누, 예비용 전구와 랜턴, 소형 라디오 같은 생필품이 담겨 있고 감기약과 진통제 등 상비약의 목록까지 적어서 붙여 두었다.

이 집에 들어와 살게 될 도반을 위해 살뜰하게 챙겨놓고 떠난 자상한 마음이 손에 잡힐 것처럼 보였다. 이렇게나 세심하고 아름다운 도반이 있다니! 지선스님이 새삼 멋져 보였다.

노란 비닐 장판을 깔아놓은 방안은 햇살이 만들어내는 무늬만으로도 꽃잎을 뿌려놓은 것처럼 환했다.

부엌 왼쪽의 큰 방은 호미며 삽, 괭이 등 농기구가 있고 누에를 칠 때 사용하는 누에 틀과 장작을 차곡차곡 쟁여 둔 것이 예전엔 잠실로 쓰인 모양이다. 가지런하게 자른 장작으로 온 집을 둘러싸고도 창고에도 땔감을 쟁여두었다.

부엌문을 열자 아궁이의 매캐한 재 냄새가 코끝을 스친다.

보자기를 덮어둔 사과상자 안에는 라면과 쌀을 비롯해서 고추장 된장 같은 조미료와 양념, 거기에 커피까지 제법 구색을 맞춘 부엌살림이 야무졌다.

흙물을 곱게 발라 마감한 부뚜막에는 나무꾼에게 붙들려온 선녀 같은 빨간 석유곤로에 양은 냄비를 포개놓고 그 안에 수저와 젓가락을 넣어두었다. 비닐장판을 잘라 덮은 부뚜막 위에 대나무로 얽은 시렁을 걸고 도마와 칼 같은 부엌세간과 이 집과 전혀 어울리지 않는 고급스러운 꽃무늬 접시도 여남은 개나 보였다. 도시의 호텔이나 연회장에서나 쓰임 직한 저 화려한 접시들은 어쩌다가 이 깊은 산 속에 흘러왔을까.

아궁이는 싸늘하게 식었지만 불을 지피면 금방이라도 온기가 돌아오고 방구들도 따뜻해질 것 같았다. 양은냄비에 쌀을 안치고 석유곤로 심지를 돋우면 금방 김이 오르고 구수한 밥 냄새가 풍길 것이다.

크기가 다른 두 개의 가마솥 뚜껑에 보얗게 먼지가 앉았다. 손가락으로 슬쩍 먼지를 쓸어보니 기름을 먹여놓은 듯 반질반질 까만 윤기가 흘렀다.

돌투성이 밭 끝에는 분홍빛 꽃망울을 잔뜩 매단 매화나무 네 그루가 작은 숲을 이루고 있었고 그 곁에는 함지박만 한 옹달샘과 빨래터도 있었다. 플라스틱 바가지가 동동 떠 있는 샘가에는 돌에 파놓은 홈을 따라 맑은 물이 흘러내려 빨래터로 쓰이는 웅덩이로 이어졌다. 물웅덩이 곁에는 커다란 북처럼 생긴 바위도 있었다.

흘러내리는 물은 깨끗해 보였지만 가까이서 들여다 본 샘 바닥에는 낙엽이 시커멓게 가라앉아 있었다. 샘물 속에서 거무스레한 물체들이 언뜻언뜻 움직였다.

"여기 샘물에 뭔가 움직이는 것들이 있어요!"

정요의 호들갑스런 비명에 일행이 샘으로 달려왔다. 지선스님이 옹달샘

안을 힐끗 보더니 별일 아니란 듯 싱긋이 웃었다.

"아! 공룡들이 살고 있었군."

"공룡? 공룡이라고요? 에이, 거짓말! 멸종된 지가 언제인데 무슨 공룡이 있다고. 공룡이 살아남았다고 해도 그렇지. 초식공룡이건 육식공룡이건 초원에서 살았던 공룡이 어떻게 물속에서 들어가 산다는 거야? 더구나 그 큰 공룡들이 이렇게 쪼끄만 옹달샘에 어떻게 들어갈 수가 있다는 거야?"

"최강자로 군림하던 공룡들이 멸종된 원인도 못 들어봤어? 살아남으려면 덩치부터 줄여야 했을 것이고 물속으로 들어가 숨는 것이 더 안전해졌을지도 모르지. 저놈들이 공룡의 후손인지 아닌지 직접 확인해 보면 알겠지."

지선스님이 물컹해 보이는 생물 하나를 샘에서 건져냈다.

"어머! 징그러워. 발 달린 미꾸라지라니, 정말 흉측해!"

뒷걸음치며 정요가 비명을 질렀다.

"아이구, 말이 되는 소리를 해. 미꾸라지한테 무슨 발이 있어? 정요보살은 사족이라는 말도 몰라?"

"사족이고 뭐고, 눈으로 보면서도 그런 소리를 해요? 봐요, 저렇게 분명히 다리가 네 개나 달렸잖아, 발가락도 있고."

미꾸라지든 뭐든, 스님 손바닥 안에서 탈출하려고 용을 쓰는 녀석한테는 발가락까지 분명한 다리가 달려 있었다.

"에이, 그건 도마뱀이잖아요. 세상에, 스님이 못생긴 도마뱀을 가지고 공룡이라고 뻥을 치시네."

명화도 정요를 거들고 나섰다.

"아이구 아이구, 이런 서울 촌놈들 하고는! 뭐? 발 달린 미꾸라지? 도마뱀? 물속에서 사는 도마뱀도 다 있냐?" 한심하다는 듯이 혀를 차던 지선스님이 자상한 선생님처럼 설명을 했다.

"이건 도마뱀이 아니라 도롱뇽이야, 이름을 크게 세 번만 불러봐. 그러면 애들이 공룡으로 변신을 할 거야. 도 - 롱 - 뇽, 도 - 로 - 공 - 룡, 도로 공룡. 어때, 이제 공룡이 되었지? 하하하."

도로 공룡이 되었다며 도롱뇽을 두 손안에 올려놓은 지선스님이 장난스럽게 웃었다.

"이래 봬도 도롱뇽은 아주 맑고 깨끗한 일급수에서만 서식하는 생태 깃대종 생물이야. 이 샘물이 깨끗한 생명을 품어서 기르고 있었던 거지."

토굴에 이처럼 귀한 생명들이 살고 있었다는 건 상서로운 징조라고 했다.

"그래, 발 달린 미꾸라지, 아들 낳고 딸 낳고 잘 살아라."

지선스님이 손안에 붙잡고 있던 도롱뇽을 다시 샘에 넣어주며 덕담을 했다.

"'새끼 쳐 가며'라고 해야지, 아들 낳고 딸 낳고. 미꾸라지가 뭐, 사람이에요?"

"미꾸라지가 발까지 달렸다며? 발 달린 미꾸라지가 무슨 도술을 못 부리겠냐? 보살들, 조심해. 훤칠하게 잘생긴 왕자님이 나타나거든 밤에 촛불을 들고 잘 살펴보라고. 여기서 만난 발 달린 미꾸라지들이 왕자님으로 변신해서 찾아갈 수도 있으니까."

"훤칠하게 잘생긴 왕자님이라면 개구리라도 발 달린 미꾸라지라도 나는 좋아."

명화가 지선스님의 농담에 맞장구를 치고 나섰다. 깊은 산 속에서 평온한 나날을 보내던 도롱뇽은 그렇게 지선스님 손에 올라앉아 정요네와 첫 대면을 했다.

겉보기에는 징그럽지만 깨끗한 일급수에서만 사는 생물이라는 설명에
소리에 비로소 안심이 된 정요는 그제야 발 달린 미꾸라지가 살림을 차리
고 사는 샘 안을 자세히 들여다보았다. 작은 우물 안 돌 틈마다 손가락만
한 풍선 같은 알집들이 매달려 있었다. 투명한 알집 안에는 까만 알들이
콩깍지 속의 콩처럼 나란히 누워 따뜻한 봄볕에 몸을 키우며 꼬물꼬물 세
상 구경을 준비하고 있었다.

지선스님이 커피포트에다 물을 끓여 내왔다.

햇볕은 따사롭지만 품 안을 파고드는 바람은 아직 차갑다. 겨울날 산 정
상에 올라 호호 불어가며 마시는 것처럼 뜨거운 커피 맛이 일품이었다. 깊
은 산 속 오막살이 토방에 쪼그리고 앉아 마시는 커피였지만 호텔커피숍
보다 훨씬 더 멋지고 그럴듯한 분위기다.

"점심밥은 여기 마당에서 먹어요. 따뜻한 햇볕이 사람을 행복하게 만드
는 호르몬을 합성해 준다잖아? 우리는 햇볕도 행복도 모두 절실한 중생들
이니까."

명화의 제안에 갑작스런 시장기가 돌았고 모두들 커피 향에서 깨어나
부지런히 움직였다.

"스님, 우선 모닥불을 피워주세요. 실은 아까 장볼 때 우리가 고기를 좀
샀거든요."

고기라는 소리에 스님들은 황당한 표정을 지었지만 동행한 택시기사는
신나는 얼굴이었다.

"아따, 서울 아가씨들은 역시 센스가 있단 말이여. 고기는 들에서 직접
불에 구워 먹는 게 최고로 게미가 있지. 암만!"

신 기사는 쩝쩝 입맛까지 다셔가며 집 근처의 작은 나뭇가지를 모아다
불을 지폈다.

"저희들이 앉을 반반한 돌도 몇 개 주워다 주실래요?"

"아따, 걱정을 마시오. 이렇게 어여쁜 아가씨들을 맨땅에 앉게 할 만치, 나가 그렇게 뻔뻔한 놈은 아닝게."

택시기사의 찰진 우스갯소리와 함께 불어온 바람에 꽃송이 같은 불꽃은 춤을 추고 일행은 신바람이 났다.

처음에는 데면데면한 얼굴로 어정쩡하던 두 스님도 장작을 가져다 모닥불을 키워냈다. 부엌 시렁에 걸려 있던 석쇠를 달궈진 돌과 숯불에 얹어 고기를 굽는 동안 석유곤로에 올려놓은 양은냄비에서 구수한 밥 냄새가 진동했다. 준비해 온 채소와 쌈장으로 차려낸 밥상이 제법 푸짐했다.

"우와! 화창한 봄날, 깊은 산 속 토굴에서의 만찬이라. 아이고, 아쉽다! 명색이 지선스님 토굴 집들이인 셈인데 그것 하나만 있으면 구색도 맞고 금상첨화인데….."

못내 아쉬워하는 정요의 표정에 집주인 지선스님이 팔을 걷고 나섰다.

"정요야, 그게 뭔데? 뭐가 더 필요한 거야? 말만 해, 내가 찾아다 줄게."

"좀 어려울걸요."

"뭔지 말만 하라니까."

"곡차요! 곡차만 있으면 아주 완벽한 집들이인데. 안 그래요?"

"곡차? 허허 참! 연목구어라는 말은 있지만 중이 사는 토굴에 와서 고기에 곡차까지!"

황당하다는 듯 너털웃음을 짓다가는 이내 작심한 듯 다시 입을 열었다.

"내가 이러면 정말 안 되는데 말이야. 누가 저 뒤꼍으로 가서 항아리 하나 찾아봐. 이 집 주변에 열리는 실한 매실이 아까워서 해마다 술을 담근다고 했는데, 그 도반이 술을 한 모금도 입에 대지 않는 율사거든. 잘 찾아보면 술꾼들을 기다리는 매실주 항아리가 있을지도 몰라."

지선스님의 말에 일제히 환호성이 터졌다.

"이런 꿀단지가 시 개나 있어요, 시 개나."

귀도 밝고 발도 빠른 택시기사가 장독대에서 항아리 하나를 보듬고 오며 술항아리가 아직도 두 개나 더 남았다고 한다. 항아리를 열자 새콤한 향기가 진동했고, 내미는 잔마다 산수유 꽃을 닮은 향긋하고 노란 매실주가 채워졌다.

"이렇게 경치 좋은 곳에서 판을 벌이는데 우리끼리만 먹으면 안 되지요. 버르장머리 없다고 지리산 산신님이 노하시면 안 되니께 고시레부터 허십시다."

국자를 들고 술을 퍼 담아주던 택시기사가 권하는 소리에, 지선스님이 여기저기 술을 뿌리며 고수레를 했다.

"자, 기본 예의범절을 마쳤으면 다시 잔을 들어주세요. 이 토굴에서 우리 지선스님의 안목이 시원해져서 멋진 첫 노래가 터지기를 발원하며 다 같이 건배할까요?"

정요가 건배를 제의했다.

"지선스님이 노래도 잘하셔?"

"노래뿐 아니라 덩실덩실 춤을 추실지도 몰라."

"정말? 그럼 오늘 맛보기로 한 소절만 불러보세요, 지선스님."

"그렇게 가볍게 청할 노래가 아니야. 내가 듣고 싶은 노래는 지선스님의 오도송이거든!"

"뭣! 오도송? 도레미송이 아니고 오도송이라니? 생전 처음 듣는 노래 제목인데."

"난 너희 둘 하는 말을 도무지 못 알아먹겠다. 지금 스무고개 하는 거야?"

정요와 명화가 주고받는 말에 정란이 참견을 해왔다. 거의 석 달 동안이나 구층암에서 살았던 정란이지만 몸이 약해 정양에만 힘썼으므로 불교에 대해서는 거의 모르는가 보았다.

"오도송은 일반적인 노래가 아니야. 마음공부를 해서 자신의 본래 면목을 깨우치고 보면 지금껏 보아온 것과 다른 멋진 경지가 보인다거든. 그 환희와 열락이 게송이 되어 터져 나오는 것이 오도송이야. 이 토굴에서 우리 지선스님이 부처를 이루기를 발원하는 거지. 자 그럼 우리 모두 마음을 모아서 건배합시다. 건배사는 다 아시겠지요."

명연스님은 물 채운 술잔을 높이 들었고, 정요의 선창으로 모두가 입을 모아 큰 소리로 건배사를 외쳤다.

"성불하십시오, 지선스님!"

"성불하십시오, 명연스님!"

장난처럼 시작된 술자리가 순간 스님들의 성불과 토굴을 축원하는 자리로 변했다.

"성현도 시속을 따른다 했어요. 절도 아니고 토굴이잖아요? 스님들도 그 칙칙한 옷은 그만 벗으세요."

철없는 보살들이 손사래를 치는 스님들의 승복을 벗겨서 감나무가지에 걸었다. 그야말로 야단법석. 시끌벅적 유쾌한 웃음소리가 푸르른 창공에 퍼져나갔다.

"스님, 이렇게 좋은 날 주인공의 법문 한자리 있어야지요."

정요의 요청에 잠시 머뭇거리던 지선스님이 자리에서 일어섰다.

"이거, 참. 이 자리가 그대로 법문인걸! 이미 천지와 허공에 가득 찬 두두물물(頭頭物物)이 아름다이 법문을 하고 있지 않은가? 새들의 노랫소리, 계곡의 물 소리와 바람 소리, 꽃과 구름이 전하는 수승한 법문 위에 아둔한 내 말은 도리어 누추한 군더더기일 뿐이지. 맑은 향기가 가득한 봄날, 좋은 도반들과 어울려 두 발로 딛고 선 지상의 이 자리가 바로 화엄세계, 극락이고 피안이 아니겠는가?”

지선스님의 목소리가 가볍게 떨렸고 떠들썩하던 자리도 일순 숙연해졌다.

야단법석(野壇法席), 야외에서 부처님의 설법을 듣던 자리. 지선스님의 토굴 마당이 근사한 야단법석이 되었다.

지명스님은 하필 오늘 같은 날 외출을 한 거야? 이 자리에 함께 왔으면 얼마나 좋았을까!

“자, 어서 한잔 쭉 들이켜고 시원스럽게 노래도 한곡 하세요.”

밀려드는 아쉬움에 정요의 목소리가 공연히 높아졌다.

“자, 점심을 잘 먹었으니까, 이제부터 차 공양은 내가 하지.”

지선스님이 다구를 챙겨들고 나올 때, 샘에서 설거지를 마치고 매화 꽃가지를 꺾어온 명화가 계속 감탄사를 연발했다.

“우와! 정요야, 이 향기 좀 봐. 기가 막혀!”

“잘 됐다. 녹차는 아침에 마셨으니까 우리 멋스럽게 매화꽃차를 마시면 어떨까요?”

매화꽃차라니!

정요의 제안에 아취가 있겠다며 모두가 반겼다.

사그라지던 모닥불에 마른나무를 올리자 불꽃이 다시 살아났다.

찻자리가 펼쳐지자 어수선하던 분위기도 차분히 가라앉았다. 술 대신 맹물로 채운 잔을 들고 건배를 해야 했던 명연스님이 팽주를 자처하고 차를 우려냈다. 술을 아예 못하는 만큼 차에는 조예가 깊은 것이다.

끓인 물을 한 김 식힌 뒤, 녹차를 조금 넣어 우려낸 순한 차에 찻잔마다 매화 몇 송이를 띄웠다. 물 온도가 너무 높으면 매화는 미처 피어나지 못하고 갈색으로 죽어버린다. 알맞은 온도의 찻물에 띄운 매화가 입술을 열 듯 수줍게 꽃잎을 열면 맑고 진한 향기에 헉! 숨이 막혔다. 꽃가지에 코를 대고 맡는 것보다 훨씬 더 달콤하고 진한 향이다.

타오르는 불꽃에 하늘이 저만치 더 깊어졌다.

"오늘이 지나면 이 자리도, 함께한 이 시간도 모두 잊혀지겠지. 하지만 법계의 모든 만물들은 여기 이 자리를 두고두고 증명할 거야. 비록 조촐한 자리였지만 쓸쓸하고 막막해지는 날, 이 매화차의 맑은 향기를 떠올린다면 이 작은 마당이 더없이 아름다운 야단법석으로 기억되겠지. 아까 꽃차를 마시는 일이 잔인하지 않은가 물었지? 얼핏 그런 생각이 들겠지만 좀 더 깊이 생각해 보면 그것은 매화의 거룩하고도 아름다운 소멸. 꽃은 지는 것이 두려운 것이 아니라 제대로 꽃 피우지 못하는 것이 진정 두려운 일이니까. 이생을 사는 우리도 자신을 어떻게 꽃 피울 것인가를 생각하고 발원해야겠지. 생사해탈의 대 자유를 얻고 열반적정에 이르는 것은 저 매화나무가 꽃을 피우는 것과 다름없을 테니까."

지선스님의 마무리 멘트는 좌중을 숙연하게 했고 가슴은 형언할 수 없는 희열과 감동으로 벅차올랐다. 손에 든 찻잔마다 향긋한 매화차가 익어갔다.

다음날 오동도에 갔다가 기차를 타며 정란과 헤어졌고, 서울에 와서 명화와 헤어진 정요는 되짚어 서울역으로 갔다.

"오동도도 갔다가 돌산 향일암에 가서 해돋이도 보고…."

가산사에 간 정요는 이틀 동안 친구들과 함께 여기저기 돌아다니다가 헤어지고, 서울로 올라가는 길에 가산사에 들른 것처럼 꾸며댔다.

점심을 먹은 뒤 마루에 찻자리를 폈을 때 정요는 아예 대문 쪽을 등지고 앉았다. 진즉 돌아왔어야 했을 지명스님이 나흘째 돌아오지 않고 있었기 때문이다. 저도 모르게 대문 쪽으로 눈이 가기 십상이고 짓궂은 스님들의 입에 오르기 마련이다. 언제나처럼 종인스님이 행주를 맡았고 한 시간쯤 지나 찻자리가 끝날 무렵이었다.

"아이고, 우리 효자 막둥이가 또 큰형님 찾아왔구나! 어서 오거라."

지선스님의 큰 소리를 따라 서인국이 성큼성큼 마당을 건너왔다. 토방에 자루 하나를 내려놓았는데 남새밭에 심을 씨감자라고 했다.

"막둥아! 너는 임마, 우리 엄마가 안 낳았대!"

자리에 앉은 서인국이 찻잔을 입에 대자마자 지선스님의 희롱이 시작되었다.

"나는 그런 것도 모르고, 막둥이 저걸 업어 키우느라 내 등이 다 휘었다니까. 지금은 멀끔허지만 우리 막둥이가 얼매나 코를 많이 흘렸는지 막둥이를 업어주고 나면 바로 옷을 벗어서 빨아야 했다니까. 그래도 그 코흘리개를 애지중지 키워놓으니 하늘 같은 형님 은혜 잊지 않고 찾아댕기는 것을 보면 참 기특한 노릇이지만."

형님들 놀음에 끼어들 처지가 아닌 종인스님은 귀를 틀어막고 더욱 정성껏 차를 우려내었고 서인국은 어디서 무슨 바람이 부느냐는 듯 눈을 감고 차를 음미하는 모양새였다. 쇠귀에 경 읽기가 되거나 말거나가 아니다. 지선스님의 흰소리는 처음부터 관객들을 위한 것이었으니 갈수록 신바람이 올랐다.

"우리 어머니가 '불쌍한 우리 막둥이!'를 입에 달고 살았는데, 알고 보면 다 그런 사연이 있었던 것이여."

"전주 막걸리가 유명하지 않습니까? 지가 지난 만행 때 전주에 갔을 때 전주 막걸리 구경을 갔지요."

명연스님이 뜻밖의 소리를 하고 나섰다. 전주 음식이나 인심이야 이미 유명하지만 전주 막걸리까지 유명하다는 것은 모두가 처음 듣는 소리다.

"용기를 내어 들어섰지만 지가 술집은 처음이라 잠시 망설이고 있는디 어떤 노처사 한 분이 저를 부르더라고요."

맥주 한잔도 못 마시는 명언스님의 술집 나들이라니, 짓궂은 장난에 끼어들 처지가 아니어서 귀를 틀어막고 더욱 정성껏 차를 우려내던 종인스님은 물론 지선스님까지 입을 닫고 귀를 쫑긋 세웠다.

"노처사가 혼자 적적하게 술 마시던 차에 먹물옷 입은 저를 보고 궁금한 것이 많아서 그런 줄 알았지요. 그런디 그 서씨 성을 쓴다는 노처사는 순전히 자기 자랑만 하더라고요. 젊었을 때 얼매나 재주가 좋았던지, 쌀 씻을 때 나오는 뜨물만 가지고 손가락으로 애기를 만들었다고 허드라고. 손가락으로 애를 만든다는 것도 그렇지만 뜨물로 어떻게 사람을 만들어요? 그리서 지가 물어봤지요."

말도 안 되는 터무니없는 소리였으나 오히려 그것이 더욱 다음 소리를 궁금하게 했다.

"그러면 지금도 뜨물만 가지고 애를 만들 수 있어요?"

"자, 바! 손꾸락 열 개가 이렇게 다 멀쩡헌디, 그때 허던 것을 지금이라고 못 허겄어? 그런디 그런 쓰잘디없는 짓, 다씨는 안 헐 거여."

"아니, 그런 아까운 재주를 왜 묵혀요? 노처사님, 지발 한 번만 더 만들어봐요."

"아새끼를 뜸물로 맹글어놓게 그것이 어른이 되어서도 영 싱겁기 짝이 없더라고. 사람 구실도 지대로 못허는 것을 또 만들어서 멋허겄어. 내가 이 시상에 죄나 짓는 짓이지."

"노처사님, 암만 그리도 뜨물로 애를 만든다는 것 자체가 말이 되지를 않아요. 누가 그런 황당한 소리를 믿겠어요?"

"아, 진짜 정말이랑게. 그때 내가 뜸물로 만들어놓은 아새끼가 커가지고 지금은 경상돈지 전라돈지 몰라도 좌우지간 지리산에서도 젤 유명헌 절에서 주지스님 노릇까지 허고 산다고. 스님네가 돼가지고 어째 사람 말을 못 믿고그려? 혹시 스님도 아버지가 존 물로 안 맨들고 뜸물로 맨든 거 아녀?"

덤터기를 씌우는 바람에 명연스님도 더는 묻지 못했다.

"아새끼를 뜸물로 맨들어 놓게 사람이 싱거서, 방구를 뀌어도 지 방구를 꼭 넘한테 멕인당게. 어린 아새끼들 장난질도 아니고 다 큰 어른이 지 똥꾸렁내를 넘한테 멕이고. 그것이 먼 지랄이여."

서씨 성을 쓰는 노처사의 방귀 어쩌고는 뜨물로 만들었다는 스님네가 누군지 짐작할 수 있는 확실한 단서가 되는 셈이다.

"부처님 전에 올리는 감로수나 밥허고 차 우리는 것은 물론이고 설거지 허고 걸레 빠는 것도 다 깨끗허고 좋은 물로 히야 허는디, 어떻게 사람새끼를 뜨물로 맨들었디야! 사형님, 앙 그려?"

명연스님이 대들 듯 물었으나 지선스님은 아무런 대꾸도 하지 못했다.

"앙 글기는, 왜 앙 그려."

잔뜩 인상만 구기고 있는 지선스님을 대신해서 서인석이 나섰다. 고개를 갸웃거리며 듣기만 하던 서인석도 마침내 어느 골짜기로 불어가는 바람인지 감을 잡은 것이다.

"그렇게, 머시든 뜸물로 허지 말고 존 물로 히야 된당게. 조온 물로!"

명연스님은 그렇게, 지선스님의 못된 버릇을 잡아버렸는데 그냥 잡아버린 정도가 아니었다. 무심코 한쪽 궁둥이를 들었다가도 누가 곁에 있으면 지선스님은 벌떡 일어나 자리를 피했다. 몇 걸음 걷기도 전에 뽕 뽕 뽕, 방귀가 연달아 비집고 나올 수는 있어도 그것은 절대 고의가 아니라 그야말로 어쩔 수 없는 생리현상이었다.

지명스님은 날이 어두워지고 나서도 두 시간이 더 지나서야 돌아왔지만, '어, 애기보살이 왔네.' 했을 뿐이다.

가산사 툇마루에 앉으면 대숲 아래 작은 연못에 연분홍 수련 몇 송이가 떠 있었다.

"미인은 잠꾸러기란 말이 맞다. 수련도 잠을 자고 나니까 어제보다 더 예뻐졌잖아?"

"에이, 거짓말. 무슨 꽃이 잠을 자요?"

"정말이야, 저 연꽃도 애기보살처럼 밤마다 잠을 자고 아침이면 일어나는 수련이야."

지난해 여름 처음 왔을 때, 밤이면 꽃잎을 살며시 오므리고 잠을 자고 아침에 다시 피어나기 때문에 수련(睡蓮)이라는 지명스님의 설명을 듣기 전에는 수면에 붙어서 피는 연꽃이라 수련(水蓮)인줄로만 알았었다.

새벽 예불이 끝나면 정요는 연못가 길게 늘인 버드나무 아래에 놓인 평평한 바위에 앉아서 수련이 피어나기를 기다렸다.

햇살이 퍼지면서 바위가 서서히 따뜻해지고 손에 든 차는 감미롭다. 해맑은 아침 해가 나뭇가지 사이로 오색실타래를 펼쳐 걸면 지상의 순간은 영겁으로 이어지는 착각에 빠져든다. 수련은 소리를 내지 않고 가만히 피어났다. 수련이 피는 동안 연못은 숨을 죽였다.

가산사의 하루는 꿈결처럼 흘렀지만 젊은 비구스님들만 머무는 한미한 절에 나이 찬 처녀가 언제까지고 눌러앉아 살 수도 없는 일이다. 뭐라고 할 사람은 없지만 하루하루 날이 지나다 보면 스스로가 가시방석이다.

가산사 앞에는 저수지라기엔 조금 작은 방죽이 하나 있었다. 물가를 따라 한 바퀴 도는 길은 한적해서 가볍게 운동 삼아 산책하기에 좋았다. 해 질 녘 노을도 좋았고 잔잔한 물위로 달빛이 내리면 그윽한 정취가 아주 그만이라서 저녁식사 후 습관처럼 나가곤 했다. 매번 보디가드를 핑계로 정요는 지명스님을 불러냈다.

"애기보살, 내일 올라간다며?"

연못을 한 바퀴 다 돌도록, 두어 걸음 앞서 묵묵히 걷던 지명스님이 결국 아는 체를 해왔다. 이른 저녁을 먹고 나온 터라 아직 해가 한 뼘쯤 남아 있었다.

"더 있고 싶지만 눈치도 보이고….."

"누가 눈치를 한다고? 공연히 죄 없는 스님들 잡지 말고."

'나도 안 가고 싶어요. 어제부터 소문을 내고 혹시라도 스님이 붙잡아줄까 하고 얼마나 기다리고 있는데….'

그러나 속마음을 함부로 드러낼 수는 없는 일이다. 앞서 걷는 스님의 커다란 등이 절벽처럼 느껴진다. 스님의 걸음이 느려지면서 나란히 보폭을 맞추었다.

"저, 말이야. 이 말을 해도 될까 모르겠네."

"무슨 말인데요?"

"그러니까 오해는 하지 말고 들었으면 해."

며칠 더 있다 가라는 말 한마디 하는 일이 저리도 어려울까?

"알았어요. 스님 말씀이라면 팥으로 메주를 쓰라고 해도 할 거니까 편하게 하세요."

지명스님은 걸음을 멈추고도 선뜻 입을 열지 못하고 망설였다.

"대체 무슨 말인데 그렇게 어려워요? 제가 스님 청하나 못 들어드릴까?"

운을 떼지 못하는 걸 보면 말하기 어려운 부탁이라도 있는 건가, 혹시 돈이 필요하신가? 내가 해결할 수 있는 액수라면 좋을 텐데….

"얼마나 필요하신데요? 일단 말씀을 해보세요."

참다못한 정요가 다시 채근을 했다.

"그런 게 아니라. 정요야….""

스님은 다음 말을 잇지 못하고 또 더듬거렸다. 그리고 보니 애기보살 대신 이름을 부른 것도 처음이다. 처음부터 줄곧 애기보살이라고만 불렀다. 나이 찬 처녀를 언제까지 애기취급 할 테냐고 투덜대면 기껏해야 '정요보살'이라고 불러주었다.

'정요야' 하고 이름을 불러주자, 가슴이 덜컥 내려앉았다.

더는 재촉도 못하고 스님의 입이 열리기만 기다리는 그 짧은 순간은 숨이 막힐 듯했다.

"그러니까, 정요를 이렇게 보내고 나면 두고두고 후회를 할 거 같아서…."

적어도 돈이 필요하다는 말은 아닌가 보다. 딱 잘라 한 며칠 더 있다 가라면 될 걸 가지고 저렇게 뒤 마려운 강아지처럼 쩔쩔매다니 용맹이라고는 서푼어치도 없는 딱한 양반. 자의건 타의건 술 한잔도 못하는 굴뚝 샌님이 그렇지, 어련하겠어? 술에 자유로운 지선스님과는 다르게 지명스님과는 단 한번도 대작을 못해 서운했던 감정까지 뜬금없이 일어난다.

"알았어요. 저 며칠 더 있다 갈 테니까 인상 좀 피세요. 그렇게 심각한 얼굴을 하니까 피에로 같잖아요. 후후후."

"정요야… 나… 나 좀, 풀어줘!"

놀림에도 아랑곳없이 진지한 얼굴로 점점 이해할 수 없는 엉뚱한 소리를 하는 스님의 표정을 본 순간 정요도 웃음기가 싹 가셨다.

스님의 낯빛이 너무 굳어 있었다.

처음으로 불러주는 이름. 그 이름을 불러주었을 때 무언지 분명하지 않은 기다림과 기대가 있었지만 무엇을 풀어달라는지 도무지 종잡을 수가 없다.

"믿지 않겠지만 나 아직 한 번도 여자를 안아본 적이 없어. 그렇다고 초연하다는 건 아니야. 보이지도 만져지지도 않는 그 올가미에 걸려 있을 뿐이지. 그건 외면하거나 피하는 것으로 결코 해결되지 않았고 나는 비겁한 겁쟁이가 되어 도망만 다녔어. 이제 그 굴레를 벗어나고 싶어. 그래야만 걸림 없이 이 길을 갈 수 있을 거 같거든. 정요가 나를 이해하고 도와줄 수 없을까?"

뉘엿뉘엿 지던 해가 산마루에 손톱만큼 걸렸다. 마침내 해가 저물고 주홍빛 노을이 빠르게 번져갔다. 정요를 바라보지도 않고 한 마디 한 마디를 허공에 내뱉는 스님의 목소리가 땅끝에서 울리는 소리인 양 아득하게 들렸다.

그늘 깊은 그의 눈빛이 안타깝게 흔들렸다. 농담 좋아하는 노스님들은 가끔 우스갯소리로 자신들을 총각이라고 지칭하기도 했지만 지명스님은 농담으로 그런 말을 할 사람이 아니다.

이젠 정요도 지명스님을 바라볼 수가 없었다. 서쪽 하늘을 붉히며 타오르는 장엄한 노을을 노려보며 가슴만 콩닥거리고 말문은 막혔다.

얼마나 간절히 그를 바라보았고 얼마나 많이 그리워하며 애를 태웠던가?

그럼에도 저를 안고 싶다는 그 말에 설레거나 행복하지가 않았다. 화가 나거나 불쾌한 것도 아니다. 그저 가슴이 벌렁거리면서 먹먹하고 머릿속에서 수많은 벌떼들이 윙윙거렸다.

그는 수행승이다. 계율을 위해선 목숨조차 가볍게 내던질 불제자가 수행에 걸림이 된다며 자신의 동정을 버리겠다는 것이다. 남자들이 군 입대전, 친구들과 어울려 집창촌으로 몰려가서 부스럼 딱지를 떼듯이 동정을 팽개치기도 한다지만 청정한 수행자인 그에게는 지엄한 계율의 하나인 불사음(不邪淫)의 계를 범하는 행위다. 거추장스런 허물을 벗어던지듯 동정을 버리겠다는 것이 아니라 육신의 욕망에 사로잡히지 않고 걸림 없이 자유롭기 위해 파계를 하겠다고 한다. 더더구나 파계행위를 할 수 있도록 도와 달라고 어처구니없는 주문을 하고 있는 것이다.

먹물이 제대로 든 중!

주변 사람들이 한 마디로 지명스님을 일컫는 말이기도 했다. 먹물옷을 입은 수행승이 받을 수 있는 최고의 찬사였다. 어른스님들이 입을 모아 그를 장래의 총무원장 감이라 기대를 걸 만큼 선망과 관심을 받는 승려다. 강원과 선방을 거치는 동안 모든 계율과 규범에 엄격한 그의 청정한 생활은 승가의 모범이 되었다. 절에 드나들던 몇몇 처자들도 그저 흠모의 정을 가슴에만 품을 뿐, 쉽게 말을 붙이지 못했다.

나이 서른 중반 사내의 동정에 그리 대단한 의미를 부여할 것은 아니지만 가볍게 넘길 일 또한 아니었다. 더욱이 그는 총무원장 감으로까지 장래가 촉망되는 수행자가 아닌가.

누군가를 가슴속에 들이는 일은 추운 겨울 눈 속에서 여린 꽃눈 하나를 품는 일이다. 작은 씨앗 하나를 가슴에 품어 따스한 햇살과 자양분을 그 뿌리에 닿게 정성으로 키워가는 일이다. 섣불리 이름 부를 수 없는 사람을 가슴속에 묻었던 것만도 두렵고 떨렸다.

이런저런 상상을 해본 적도 있었지만 이건 달랐다. 아무리 수행을 위한 명분이라지만 결코 옳은 일이 아니다.

왜, 왜 하필이면 나를 선택했을까?

차라리 니가 좋다고, 너무 안아보고 싶다고 입에 발린 말이라도 그렇게 말해 주었으면 이런 고민을 하지 않았을지 모른다. 얼핏 서운하고 야속했다.

누구도 좋아한다거나 그 비슷한 말조차 입밖에 내 본 적 없었다. 하지만 처음 우산을 씌워주던 그날부터 시작된 어쩔 수 없는 끌림이었다. 이미 빼낼 수도 없고 건드릴수록 아프기만 한 가시로 박혀 있어 애써 모른 척 외면했을 뿐.

수행승의 계율과 파계, 죄업, 인연과 과보….

예리한 파편 같은 낱말들이 머릿속을 헤집었지만 생각은 하나로 모아지고 있었다. 그 어떤 이유나 핑계로도 자신은 그를 밀쳐내지 못할 것이다. 그것이 설사 섶을 지고 불 속에 뛰어드는 일일지라도.

"딱 한 번, 딱 한 번만이야!"

뜬금없이 엉뚱한 대꾸가 튀어나왔다. 아직 결정을 내리지도 못했는데 저도 모르게 불쑥 튀어나온 소리.

"딱 한 번, 딱 한 번만이야!"

어두워지는 하늘에 대고 고장 난 녹음기처럼 정요는 같은 소리만 중얼거렸다.

불도 켜지 않은 창호지 문 위로 달빛에 비친 대나무 그림자가 어른거렸다. 수수천년 수수만년을 흐르다 돌아와 대숲에 술렁이던 바람이 점차 숨을 죽였다

연못에는 꽃잎을 오므린 수련이 잠들었고 대숲을 소란스럽게 흔들어대던 새들도 잠들어 달빛 어린 사위는 적막했다.

그것은 생각만으로도 파랗게 가슴이 떨리던 정인을 기다리는 감미로움

이 아니었다. 가슴을 옥죄여 오는 초조함과 심장이 뛰는 소리를 확연히 느낄 만큼 설레는 너무 다른 두 마음이 오르내렸다. 요동치는 제 심사를 우두커니 지켜볼 뿐 정요는 손끝 하나 까딱할 수 없었다. 불을 켜고 거울을 한 번 볼까 하는 생각도 들었지만, 제 얼굴을 바라보는 일도 객쩍을 것이다. 캄캄한 검은 천장에서 별들이 명멸했다.

어렵게 말을 꺼내기는 했지만 막상 오지 않을지도 모른다는 막연한 불안과 차라리 오지 말기를 바라는 두 마음이 숨가쁘게 널뛰기하고 있었다.

문득 흔들리는 대나무 잎들이 서로 부대끼며 서걱거리는 소리가 계곡을 흐르는 물 소리처럼 들려왔다. 처음 화엄사를 찾았던 봄날, 작은 방 바로 곁에 있는 계곡에서 저들끼리 두런두런 떠들어대며 흐르던 물 소리.

자박자박 마루를 건너오는 발자국 소리가 방문 앞에서 멈추고 조용히 문이 열렸다. 어둠처럼 방안으로 스며들어온 지명스님이 그네의 옆에 가만히 몸을 뉘었다. 정요는 눈을 뜰 수도 숨을 쉴 수도 없었다. 대신 몸 안의 모든 감각이 뾰족이 들고 일어났다. 그 예리한 끝에 자리한 위험한 뇌관이 자칫 터져버리기라도 할까 봐 오히려 숨을 죽여야 했다.

코끝에 와 닿은 그의 가슴에서는 아무런 냄새도 느껴지지 않았다. 내 것인 듯 내 것이 아닌 듯 법고의 둔탁한 울림 같은 심장 소리만 위태롭게 빨라지고 있었다.

지명스님이 팔을 뻗어 정요를 당겨 안았고 순간 온몸에서 힘이 빠져나갔다. 그 다음엔 피와 척수가 빠지고 그리고 뇌수와 몸 안의 온갖 진액들이 서서히 빠져나가기 시작했다.

정요의 몸 안은 텅 비어버렸다. 서두르지 않고 한 꺼풀씩 옷을 벗겨나가는 지명스님의 손끝이 가늘게 떨렸다. 이윽고 알몸이 된 정요의 나신이 어둠 속에서 하얗게 빛났다. 날카로운 촉수 같은 그의 손길이 스쳐가는 곳마다 핏물이 터지듯 뜨겁고 두려운 화인이 찍히고 있었다. 비명이라도 지르고 싶었지만, 질러야 했지만 끝내 숨소리조차 크게 내지 못했다. 그저 입술을 앙다물고 온몸에 와 닿는 그의 입술과 손길에 떨리는 몸을 내맡겼다.

몸 안의 진하고 탁한 체액이 빠져나간 텅 빈 자리에 이 세상의 것이 아닌 맑은 종소리가 채워지고 있었다.

'삐—익' 대숲 너머에서 산새가 울었다.

순간 머릿속이 하얗게 비어지고 몸뚱이가 허공을 나는 홀씨처럼 가벼워졌다. 그 작은 꽃씨를 따라가는 안타까운 몸짓은 끝없이 이어졌다.

한번 몸을 빠져나간 넋은 아무리 불러들이려 해도 좀체 돌아올 줄을 몰랐다.

황홀한 고문이었다.

거칠게 몰아쉬던 그의 숨소리가 잦아들었다.

"미안하다. 미안해."

드디어 그가 말문을 열었지만 그 한마디가 전부였다.

'제발, 제발요… 제발 미안하다 하지 말아요.'

어찌 된 일인지 그네는 자신이 더 미안하다고 말하고 싶었다.

눈물로 젖은 얼굴을 크고 따뜻한 손이 어루만졌다.

정요가 흘리는 눈물의 의미를 그는 짐작이나 할 수 있을까?

그를 받아들이는 그 순간, 간절하게 너무도 간절히 순결하고 싶었다. 그것만이 순결한 의식을 정당화하고 죄가 되지 않을 테니까. 하지만 매 순간 끊임없이 끈적이는 욕망과 순결하지 못한 제 몸을 저주했다. 이미 남자의 손길을 알아버린 육체가 느끼는 감각과 떨림도 부끄럽고 민망했다.

가슴 깊은 곳에 들어와 이제는 꺼낼 수 없는 그를 위해서라면 눈물 한 방울도 아껴야 한다. 정요는 울음을 삼켰다.

오늘 밤 우리의 행위는 제의인가, 아니면 향연이었을까?

흔들리는 향촉과 제문이 없었을 뿐 한마디 말도 없이 경건한 의식을 집전하듯 치러진 그것은 엄숙한 제의와도 같았다. 하지만 그네의 온몸에 남겨진 강렬한 유열의 기억은 뜨겁고 은성했다.

달그림자처럼 스님이 방을 빠져나간 뒤에도 정요는 마치 신성한 제단에 바쳐진 제물이라도 된 듯 움직이지 못하고 그대로 있었다. 한 마디 심경도 전하지 못한 것이 후회스럽고 아직 귓가에 남아 있는 그의 숨소리 한 줌을 붙들고 있는 자신이 안쓰러웠다.

안타깝고 서러운 행복이었다. 허전하고 쓸쓸한 한편 가슴이 뻐근하게 벅차올랐다.

몸 안에 아직 그의 체온이 남아 있는데 그리움은 이미 시작되었다.

왜 그런 바보 같은 소리를 하고 말았을까. '딱 한 번만!'이라니

무심코 내뱉었던 그 소리가 벌써부터 정요를 옭아매고 있었다. 지명스님은 언제까지라도 약속을 지켜낼 것이다. 이제부터 어쩔 수 없이 포기해야 하는 법을 배워야 할지 모른다. 오롯이 제몫이 되어버릴 쓸쓸함에 대해 초연해져야겠지만 소금물을 마신 듯 그를 향한 갈망은 커져갈 것이다.

스님의 우산 속으로 처음 들어섰던 봄날 이후, 은밀히 키워온 사랑이었다. 미안하다는 말 한마디뿐, 끝내 사랑 그 비슷한 말도 하지 않는 그가 짐짓 야속했지만 서늘하고 깊은 그의 눈빛을 생각하면 그 무엇도 다 감내할 수 있었다.

새벽을 깨우는 종인스님의 도량석 소리가 들려왔다. 깊은 잠 속에 묶여 있던 도량을 풀어준다는 의미로 풀 석(釋) 자를 쓰는 도량석(道場釋). 둔탁한 목탁소리와 톤을 높여 외우는 염불소리, 저벅저벅 어둠을 밟아가는 발걸음 소리.

벌써 시간이 이렇게 되었나? 벌떡 일어나 세수를 하고 법당에 가야 했지만 몸이 천근만근이다. 알 수 없는 피로가 안개처럼 밀려오고 법당에서 울리는 종소리가 아득한 꿈결인 듯 멀어져갔다. 공양 준비를 마친 스님들이 아침을 먹자고 깨우러 올 때까지 잠에 빠져들었다.

"웬일로 늦잠? 어디 몸이 아픈 건 아니지?"

"제 몸보다도 꿈자리가 너무 이상해요. 아무래도 오늘 서울에 가야겠어요."

밥상으로 다가가는 대신 정요는 전화로 택시부터 불렀다.

"우선 전화로 알아보면 되지, 몸도 안 좋은 모양인데 어딜 간다는 게야? 내가 이 차로 나가서 약을 지어올 테니까 며칠 더 쉬었다가 올라가."

명연스님이 택시를 막아서면서 만류했지만 도망치듯 서울로 올라오고 말았다. 영문을 모르는 명연스님은 걱정이 크겠지만, 아무 일 없던 것처럼 말간 얼굴로 지명스님을 대할 자신이 없었다.

4장

허공이 듣는다

“북한산 가자.”

수화기 너머 명화가 대뜸 북한산에 가자고 했다.

“정요, 너 지리산 화엄사에서 살았지? 북한산 채운사가 바로 화엄사 말사라던데? 날씨도 좋고 정상 부근에는 단풍도 시작되었을걸.”

한낮의 햇살이 따갑기만 한 구월인데도 성급하게 단풍까지 들먹인다. 말도 안 되는 단풍보다는 화엄사 말사라는 말에 귀가 솔깃해졌다.

북한산 입구에서 만난 명화와 정요는 산길을 따라 올라갔다.

채운사는 인파로 북적이는 북한산 등산로에서 조금 비켜나 있었다. 법당에 들어가기 전에 먼저 약수터부터 찾았다. 약수터에 걸린 것은 빨간 플라스틱 바가지였지만 조롱박이나 플라스틱이나 시원한 물맛은 마찬가지, 오르막 산길에 지친 갈증을 시원하게 풀어주었다.

“어! 거기 정요 아냐?”

바가지를 제 자리에 걸어놓고 법당 쪽으로 막 걸음을 옮기려는데 귀에 익은 목소리가 아는 체를 해왔다.

“윤정요 맞지?” 요사채 쪽에서 지선스님이 걸어오고 있었다.

“어머나! 안녕하세요? 지리산에 계셔야 할 스님이 어쩐 일이래요? 저는 친구랑 등산도 할 겸 놀러 왔는데, 여기서 스님을 만나다니!”

“나, 여기 온 지 좀 됐어. 야! 여기서 보니까 더 반갑네.”

객실로 정요네 일행을 불러들인 지선스님이 차와 과일을 내왔다.

금정암 비구니 스님들 몰래 맛있는 군입거리를 방에 슬쩍 넣어 두고 가던 일이며, 봉천암 후원에 쪼그리고 앉아서 와인을 마시고 돌아가다가 계곡에서 넘어져 무릎이 깨지는 바람에 기도를 중단했던 일 등등, 지리산 이야기로 시간 가는 줄 모르고 얘기꽃을 피웠다.

“그때 정요가 인사도 없이 떠나서 얼마나 서운했는지 알아?”

“어머! 정말요?”

생판 몰랐다는 듯이 정요는 딴청을 피웠다.

“이렇게 다시 만난 걸 보니 우리 인연이 그리 가볍지는 않은가 보다.”

“그럼요. 이렇게 만난 김에, 우리 구층암으로 다시 돌아갈까요?”

너스레를 떨어댔다.

“그때 차라리 다리뼈가 부러졌으면 금정암으로 올라가지 못하고 구층암에서 눌러 사는 건데, 에이 아쉬워라.”

내친김에 더욱 짓궂게 굴었다. 어색해지는 것을 피하려다 보니 계속 농담으로 나갈 수밖에 없었다.

사실 금정암에 머물 때도 지선스님의 친절이 부담스러울 때가 있었다. 계곡을 건너다 무릎을 다친 날 이후, 정요를 바라보는 스님의 시선이 어딘지 모르게 달라져서였다. 달 밝은 밤이면 이슥하도록 산신각 뒤 산마루에서 들려오던 애절한 피리소리가 그날 밤부터 딱 끊겨버리고 말았었다.

“하필이면 오늘 중요한 선약이 있네. 맘 같아서는 저녁때까지 같이 놀고 싶은데….”

지선스님은 약속이 있어 먼저 나가게 된 것을 무척이나 아쉬워했다. 다음에 꼭 다시 오라는 당부를 몇 번이나 했다. 지선스님이 나가자 명화가 기다렸다는 듯 속닥였다.

“요즘 저 스님 잘 나간대. 우리 엄마가 그러는데 조만간 꽤 큰 절 주지로 갈 거래.”

명화의 어머니는 채운사의 오랜 신도로 절집 소식이나 스님들 동정에 대해서 아는 게 많았다.

가끔 시내로 불러내서 맛있는 밥을 사주는 지선스님은 늘 바쁘고 활기차 보였다. 만나는 사람이 많은지 승용차까지 장만한 스님은 지리산에서의 조용하던 모습과는 많이 달랐다.

그러던 어느 날, 지선스님으로부터 연락이 왔다.

“오늘은 정요 혼자만 나와. 내가 긴히 할 이야기가 좀 있거든.”

스님이 운전하는 승용차에 올라 우이동의 경양식집으로 자리를 옮겼다.

“무슨 일? 스님이 나한테 비밀스럽게 긴히 할 얘기가 도대체 뭘까?”

궁금증을 못 참고 거듭 물어도 스님은 빙그레 웃기만 했다.

“우선 밥부터 먹자. 이 집에서 젤 맛있는 걸로 한 번 시켜봐.”

여느 때처럼 가벼운 농담을 하며 식사를 마쳤다. 후식과 차가 나오고 홀 안의 손님들이 거의 빠져나가 조용해진 뒤에야 지선스님은 입을 열었다.

“지금부터 내가 하는 말은 정요랑 나 말고 어떤 사람도 알면 안 돼!”

온화한 낯빛과는 달리 낮고 근엄한 목소리에 당황스러웠다. 친구 없이 혼자 오라던 이유가 뭔지는 몰라도 더 이상 알고 싶지 않았다.

“스톱! 난 스님하고 어떤 비밀도 만들지 않을래요. 그냥 지금처럼 재미나게 지내고 싶어. 오빠나 삼촌처럼.”

정요의 투정 섞인 반발에 잠시 침묵을 지키던 지선스님이 한층 무거운 음성으로 물어왔다.

"정요는 지금의 불교계를 어떻게 생각해?"

엥? 이건 또 무슨 소리…

불교를 접한 지도 얼마 되지 않았고 겨우 반야심경과 천수경이나 외우는 수준이다. 아는 절이라고는 화엄사뿐이었고 알고 지내는 스님들도 손을 꼽을 만큼 몇 되지 않는 정요에게 불교계를 묻다니 도대체 무슨 말을 하고 싶은 것인가.

지선스님은 자신에게인지 정요에게인지 모르게 현재 불교계 전반에 대한 일들을 읊조리듯 이야기했다.

"너무 타락했어. 고름이 살이 되지는 않아. 아무리 아파도 종기는 언젠가 짜내야 하는 법!"

불교를 포함한 모든 종교계의 타락과 부조리가 너무 심하다는 것과 종교가 우매한 민중을 어떻게 이용하고 조종하며 자신들의 치부를 가리기 위해 얼마나 많은 해악을 이 사회에 끼치고 있는지에 대해 작지만 단호한 목소리로 말을 이어갔다.

"그래서 나도 이 일에 나설 수밖에 없었어."

자신이 하고 있는 일에 대해서도 조심스럽게 내비쳤다.

아무것도 모르고 그저 유람 삼아 절에 다닌 정요였다. 처음 듣는 내용이 놀랍기도 했지만 그보다 늘 유쾌하고 장난기 많은 지선스님에게 이런 진지한 면이 있었다는 사실이 더 놀라웠다. 더구나 스님은 이미 정화의 일선에서 직접 그 중차대한 일에 참여하고 있다고 했다. 긴 이야기 끝에 스님은 종교의 사회적 책임과 청정한 불교계의 정화를 위한 일에 동참하자고 권유했다.

빛과 소금으로 세상을 정화하고 자비희사(慈悲喜捨)와 자리이타(自利利他)로 중생을 구제하는 것이 종교의 본질이라고 배워온 터라 스님의 말을 도무지 받아들일 수가 없었다.

"아니야, 아니야. 그렇게 심각해 할 것 없어. 좋은 일을 한 번 같이 해보자는 것뿐이니까."

처음 듣는 기막힌 소리에 얼떨떨해진 정요를 보더니 스님은 예의 유쾌한 얼굴로 돌아왔다.

천천히 생각해 보고 결정해도 되니까 너무 마음 쓰지 말라며 집까지 바라다 주었지만 집에 돌아와서도 가슴은 여전히 콩닥거렸다. 홀로 비밀을 간직해야 할 첩보영화의 여주인공이 된 기분이 들기도 하고 너무도 엄청난 기밀이라서 꿈을 꾸고 있는 것 같기도 했다.

며칠 후 다시 스님으로부터 전화가 걸려왔다.

망설여졌지만 그래도 의사를 분명히 해두는 게 낫겠다 싶어 약속장소로 나갔다. 약속장소에는 스님 혼자가 아니었다. 채운사 사무장인 수선화보살과 중후해 보이는 중년 신사까지, 환담을 나누던 일행이 정요를 반겼다.

"서로 인사들 하지. 수선화보살은 잘 알 테고, 여기 이 선생님은 나하고 같이 나랏일을 하는 분이셔. 앞으로 좋은 인연이 될 거 같아서 서로 얼굴이나 익혀 두자고 불렀어."

식당으로 자리를 옮긴 일행이 혼란한 시국에 대한 화제로 식사를 마치고 헤어진 후, 지선스님과 둘만 남았다.

"스님, 저 그거 안 할래요!"

거두절미하고 거절부터 했다. 사실 식사 중에 그들의 대화가 하나도 귀에 들어오지 않았었다.

"그래? 차나 한잔 하자."

빙긋이 웃으며 스님은 찻집으로 들어갔다.

"아니, 바보같이 뭘 그렇게 심각한 게야? 내가 보니까 요즘 시간도 있고 해서 괜찮은 아르바이트 하나 해보라는 건데. 아무려면 내가 정요한테 힘들고 어려운 일을 시킬 거 같아?"

정요의 고민을 알아차리고 가볍게 웃었다. 타이프만 칠 줄 알면 누구나 할 수 있는 간단한 일이고 또 혼자 하는 게 아니라 아까 만난 이 선생님과 수선화보살, 그리고 스님까지 한 팀을 이뤄 하는 일이라고 했다. 기간은 한 달 정도였는데 제시하는 보수가 꽤 많았다.

금정암에 머무를 때도 얼마나 다정하고 세심하게 배려를 했는지, 사실 무뚝뚝한 지명스님보다 더 살뜰히 챙겨준 지선스님이 아닌가.

결국 그 일에 동참하기로 했다. 비상금으로 가지고 있던 퇴직금도 바닥이 났다. 외출 때마다 오빠나 올케한테 손 내밀기 민망한 터에 심각했던 제 고민이 오히려 허탈했다. 좋은 일을 한다는 명분도 있었고 한 달쯤 아르바이트해서 용돈을 만들 수 있으니 여전히 저를 챙겨주는 지선스님이 고마웠다.

작업 장소는 우이동에 있는 한적한 산장이었다. 서류들을 분류하고 타이프 작업을 해서 문건으로 만드는 것이 일이었다.

"왜 이렇게 교통도 불편하고 외진 곳에서 하는 거야? 역적모의를 할 것도 아니고, 유배를 온 것도 아니고 말이야."

정요의 볼멘소리가 튀어나왔다.

"긴급하고 중요한 일이라 외부에 유출이 되면 곤란하기도 하지만 그보다는 이렇게 조용하고 한적한 장소를 정요가 좋아할 것 같아서 내가 어렵게 섭외를 했는데. 왜, 맘에 안 들어? 그럼 시내로 옮겨줄까?"

"경치는 제법 볼 만하네요."

공연히 툴툴거린 게 좀 미안해졌다.

삼각산이 바라다보이는 산장의 주변 경치는 좋았지만 버스 종점에서도 한참을 걸어 들어가는 외진 곳이었다. 드문드문 승용차를 이용해 드나드는 손님뿐, 낯선 사람들과 맞닥뜨릴 일도 없는 고즈넉한 산장의 분위기가 이내 좋아졌다. 전에 요정으로 쓰인 적도 있다는 이 집은 지금은 고급 한정식을 팔았고 방갈로에는 숙박 손님을 받았다. 복잡한 시내와 가까운 곳에 이렇게 호젓한 산장이 있다는 걸 처음 알게 된 정요는 왠지 근사한 휴양지로 여행이라도 온 기분까지 들었다. 맑은 물이 흐르는 계곡을 끼고 있는 방갈로는 침실과 거실 그리고 욕실까지 갖춰진 아담한 별장 같았다. 산장 중앙에 자리한 식당 건물에 내려가는 식사시간 외에는 방갈로에서 종일 서류 뭉치와 씨름을 했고 작업량이 많은 날은 아예 그곳에서 숙박을 하기도 했다.

타이프를 치던 손길이 자주 멈칫거리고 탄식이 터져 나왔다.

"어쩜 세상에! 말도 안 돼! 어떻게 이럴 수가…."

매일매일 건너오는 서류들은 믿고 싶지 않은 내용으로 넘쳐났다. 이름만 대도 알 만한 유명한 어떤 절의 주지스님은 낮에는 근엄한 승려였다가 밤이면 술과 여자를 파는 요정 사업가로 변신했고, 또 다른 스님은 부인을 숨겨두고 사는 것도 모자라 여러 명의 첩을 두고 호화판 살림을 하고 있었다. 음주나 풍기문란 같은 경범죄는 차라리 애교였고 폭력이나 강간도 예삿일처럼 느껴졌다. 그런데 충격적인 그것들이 모두 현실에서 벌어지고 있는 사실이라는 것이다. 그동안 절에 다녔던 것이 혼자서도 창피할 지경이었다.

보고서에는 ○○산 ○○사 또는 ○○사 ○○암 등으로 기재된 정확한 주소와 스님들의 법명과 속명 그리고 주민번호까지 상세히 적혀 있고 내용 또한 매우 구체적이어서 의심의 여지가 없었다. 너무도 큰 충격에, 제 눈앞에 놓인 서류를 모두 부인하고 내던져버리고 싶었지만 오히려 그래서 더욱 자신이 하는 일에 당위성과 함께 분노에 찬 사명감까지 생겼다.

"45번째 사업이라니, 군인들이 무슨 사업을 그렇게 많이 해요?"

수선화보살이 물었지만 궁금하기는 정요도 마찬가지.

"45번째라는 소리가 아니라 그냥 붙인 거야. 군인들은 숫자를 좋아하잖아?"

"그러면 101로 하지, 시월 1일이 국군의 날이잖아요. 쉬는 날이라 기억하기도 좋고."

정요도 한마디 하지 않을 수가 없었다. 학교 다닐 때도 그랬지만 직장에 다닐 때에도 공휴일처럼 반가운 것이 또 없었다. 4년 전인 76년도까지는 10월 24일 유엔의 날도 공휴일이었다.

"총무원이 있는 조계사가 견지동 45번지일 거야. 그래서 45를 붙였겠지."

지선스님은 우리가 45사업으로 부르지만 실제명칭은 45계획이라고 한다는 설명도 보탰다.

지선스님은 거의 날마다 서류를 들고 왔고, 이 선생은 며칠마다 가끔씩 들렀지만 올 때마다 고생한다며 간식비도 두둑하게 놓고 갔다.

매일 아침 출근을 하면 새로운 서류들이 있었고 그 양이 점점 많아졌다. 정요와 수선화보살은 밤늦게까지 작업을 하느라 퇴근을 못하는 날이 많아지더니 나중에는 아예 산장에서 붙박이로 살며 밤잠을 줄여가며 매달렸다. 처리해야 할 서류만 많아진 것이 아니라 엄중한 시국이라 하루라도 빨리 서둘러 일을 끝내야만 했기 때문이다.

일이 끝났을 때는 계곡에도 단풍이 들어 있었다. 그동안 막중한 사명감

154

과 일에 파묻혀 눈앞에서 단풍이 곱게 물드는 것도 보지 못했다.

"이제 청정한 승가로 바뀔 거야. 보살들이 정말 큰일을 한 거고, 수고들 했어요."

그동안의 수고가 불교 계정화와 정의사회를 구현하기 위한 것이었음을 한 번 더 강조하는 지선스님이 이전보다 월등히 커보이고 전에 없던 위엄마저 느껴졌다.

"스님이 고생 많았지요. 뭐, 명실공히 우리 지선스님이야말로 큰스님의 반열에 올라야 하는 거 아닌가? 이렇게 어렵고 중차대한 종단 정화를 해냈으니까요."

"에이, 내가 무슨 일을 했다고? 우리 이 선생하고 보살들이 불철주야 애쓴 덕이지."

한 달 남짓한 강행군 끝에 모든 과업을 마치고 갖는 회식자리, 그동안 누적되었던 피곤보다는 누구도 할 수 없는 보람찬 일을 해냈다는 뿌듯한 희열이 온몸에 번지고 있었다. 산해진미로 가득한 잔칫상과 함께 서로를 위로하고 격려하는 말잔치도 풍성했다.

"처음에 이야기했던 것보다 보시가 좀 더 들어 있을 거야. 우리 보살들이 휴일은커녕 밤낮없이 고생한 것을 위에서도 다 인정했고, 여기 이 선생도 따로 더 보탰으니까."

"정말 감사해요. 신난다!"

정요의 인사에 이 선생은 다시 이곳에서 했던 일과 내용에 대해 절대 함구할 것을 한 번 더 강조했다. 불교계 정도가 아니라 국가 차원의 엄중한 기밀사안이기 때문이라는 경고에도 기분이 나쁘기는커녕 오히려 더 뿌듯해졌다.

회식이 끝나고 수선화보살과 함께 산장을 나서는 정요를 지선스님이 불렀다.

"화엄사에 갈 거지? 가는 길에 내가 데려다줄까?"

"네? 스님도 가실 거예요?"

"내일 아침에 광주에 갈 건데, 거기서는 차가 많잖아?"

"나는 또… 번거롭잖아요. 기차로 갈래요."

한시바삐 가산사에 가야 했다. 항상 그리움이 닿아 있는 맑고 청량한 곳, 그동안 문서로 접했던 시정잡배만도 못한 저급한 승려들 때문에 무너진 마음을 가산사의 청정한 스님들을 만나 위로받아야 했다.

"광주 옆 화순에, 운주사라고 천불천탑이 있는데 정말 좋은 곳이야. 한 번 가보면 평생 잊지 못할걸. 우리 정요가 나 때문에 고생했는데, 보너스로 좋은 구경 시켜줘야지."

언제인지도 모를 까마득한 세월에 천 개나 되는 불상과 탑이 여기저기 조성되어 있어 몇 달 전에는 아예 절 주변이 사적지로 지정되었다는 것이다. 십여 년 전부터 기회가 생길 때마다 참배하러 간다는 지선스님은 갈 때마다 매번 감회가 새로워진다고 했다.

그래서인가? 문득 지선스님의 호의를 너무 박절하게 거절하는 것도 예의가 아니라는 생각이 들었다. 돌아가는 길이지만 잠깐 들렀다 온다고 했으니 길어봐야 몇 시간이다. 조금 늦는다고 그 사이 가산사 스님들이 어디로 달아나지도 않을 것이다. 천불천탑보다도 운주사(雲住寺)라는 멋진 이름이 궁금증을 자아내기도 한다.

운주사로 가는 길은 멀었지만 지루하지는 않았다. 지선스님의 입담도 좋았고 휴게실마다 들러서 군것질도 해댔다. 군것질하는 재미가 장마당 구경에만 있는 줄 알았는데 고속도로 휴게실마다 즉석에서 구워낸 호두 과자나 호떡에서 군밤, 옥수수까지 이런저런 군것질거리가 많아서 하나씩 골라 먹는 재미가 쏠쏠했다.

"정말, 배 터지겠다! 스님이 도와주세요."

어묵 조각 하나를 겨우 삼킨 정요가 어묵 그릇을 스님 앞으로 밀었다.

"정요가 시키는 통에 나도 시킨 거야. 나도 더 이상 들어갈 데가 없어."

"에이, 무슨 남자가 어묵 하나를 가지고 그래요. 내가 먹던 거라 께름해서 그래요?"

한 방울의 물에도 천지의 은혜가 스며있고, 한 알의 곡식에도 만 사람의 노고가 담겨 있는 법이다. 밥그릇을 머리에 이고 '이 음식이 어디서 왔는 고 / 내 덕행으로는 받기가 부끄럽네 / 마음의 온갖 허물을 모두 버리고 / 육신을 지탱하는 약(藥)으로 삼아 / 깨달음을 이루고자 / 이 공양을 받습 니다'라고 게송을 외우는 스님들이야 반찬 그릇 헹궈낸 물까지 다 마셔야 하는 사람들이지만 정요는 굳이 스님이 아닌 남자라는 말을 썼다. 그래서 였을까?

"천만에, 그럴 리가 있나? 좋아! 먹고 죽은 귀신이 때깔도 곱다고 했으 니 내가 다 책임지지 뭐."

남자답게 땅땅 큰소리쳤지만 가까스로 건더기나 책임졌고 국물은 그저 시늉으로만 한 모금 마셨을 뿐이다.

광주를 벗어나자 울퉁불퉁 비포장도로가 계속되었다.

찻길은 절 마당까지 이어져 있었지만 지선스님은 중간에서 차를 세웠다. 갑작스럽게 탑이 나타났고 산 절벽 밑에도 작고 조잡한 불상들이 세워져 있었다. 여기서부터 참배를 하려는 것인가? 그러나 지선스님은 탑 앞에서 도 불상 앞을 지나가면서도 합장조차 하지 않고 성큼성큼 걸음을 옮겼다.

"비구니스님들은 너무 까다로워서… 마주치지 않는 게 서로 도와주는 것이지.”

사찰에 기거하는 비구니스님들을 만나지 않도록 슬그머니 다녀오자는 소리. 문득, 금정암에서 당연하다는 듯이 방에 들어가 앉아 비구니스님들의 3배를 받던 지명스님의 근엄한 모습과, 절 받으라는 소리에 자신이 언제 절 받는 걸 보았느냐며 다급히 자리를 피하던 지선스님의 모습이 겹쳐가며 떠오른다. 이 순간만은, 이런저런 격식에 얽매이지 않고 남들에 대한 배려가 몸에 익은 듯 소탈한 지선스님이 훨씬 더 커 보인다.

“천불천탑이라지만 순 날림 아녀요? 숫자만 채우려고 순 엉터리로 만든 것 같은데? 운주사란 이름도 그냥 이름뿐일 거야.”

정요의 입에서는 계속 날선 소리가 나왔다. 화엄사로 직행하지 않고 괜히 따라왔다는 후회가 밀려온 것이다.

운주사 일대의 응회암은 중생대 백악기, 지축을 울리며 활보하던 거대 공룡들까지 공포에 질려 단숨에 내닫게 만들었던 화산활동으로 나온 화산재와 돌덩이가 켜켜이 쌓이면서 굳어진 것이다. 단단하지 못하고 쉽게 부스러지는 응회암 특성상 정교하게 조각하기 어려웠던 데다 오랜 세월 풍화작용으로 망가져 눈 코 입을 분간하기 어려운 것도 많았다.

석탑 안에 등을 마주 대고 앉아 있는 커다란 부처님도 있었지만 문득 걸음을 멈춰 섰던 지선스님은 고개를 끄덕이며 잠시 바라보다가 합장도 하지 않고 다시 걸음을 재촉했고 정요도 부지런히 발걸음을 옮겼다. 다른 데서 보기 어려운 커다란 호떡을 포개놓은 것 같은 탑 등 여러 가지 모양도 많았지만 오랜 세월에 마모되거나 처음부터 서툰 솜씨로 대충 만든 못난이 불상에 비해 탑의 숫자는 훨씬 적었다. 절에 왔지만 법당조차 들르지 않고 부지런히 도둑걸음을 재촉해 산길을 따라 올라갔다. 풀숲에 거의 묻힌 오솔길을 따라가면서도 여기저기 이런저런 부처님들이 흩어져 있는 것을 보니 천불천탑이 맞기는 맞는가 보았다.

"어머, 딸 부처님인가 봐요!"

지선스님의 발자국을 따라 산길을 오르다 말고 문득 고개를 든 정요의 입에서 탄성이 나왔다. 저만치 우뚝 서 있는 불상 하나가 마치 키 크고 늘씬하면서도 단아한 기품을 지닌 비구니 모습 그대로였다. 지나온 길에 울퉁불퉁 뚱딴지같이 제멋대로 생긴 못난이 불상을 너무 많이 보아서인가, 부부 부처님을 보러 가는 길이라 그런가? 허위허위 먼 길을 달려온 손님을 위해 착하고 예쁜 딸 하나가 마중 나온 것만 같았다.

서울에서부터 먼 길을 달려와 따가운 햇살 아래 헉헉거리며 풀숲을 헤치고 산을 올라와서인가, 조금 전에 만났던 날씬하고 고운 자태의 부처님 때문인가. 산마루에 딱 붙듯이 누워 있는 두 와불은 기대에 한참 못 미치는 불상이었다.

"옛날에는 포크레인 같은 중장비도 없었을 텐데 어떻게 일으켜 세우려고 이렇게 큰 부처님을 만들었대요?"

"나중에, 그러니까 수수백년 뒤에 후손들이 일으켜 세울 것을 알고 그랬겠지."

"그럼 여태 뭐하고 안 세웠대요? 가파르긴 해도 포크레인이 못 올라올 정도는 아니고, 포크레인이 못 올라오면 헬기도 있잖아요."

"여태 뭐하기는, 부처님 세워보겠다고 포크레인하고 헬기가 열 번도 더 왔었지."

"그런데 왜 못 세웠어요? 바위 뿌리가 그렇게 깊었어요?"

"응, 정요도 빙산의 일각이라는 말 알지? 여기 이 흙만 걷어내면 산 전체가 바위로 이뤄져서 사람들이 포기할 수밖에 없었대."

"여기 부처님들 못 생긴 것이 응회암 때문이라고 했잖아요. 응회암은 저

절로 부서지기 쉬운 만큼 암반에서 떼어내기도 쉽다고 했잖아요. 착암기 같은 것으로 쉽게 떼어낼 수 있는 것을 또 무슨 핑계로 안 했대요?”

계속되는 진지한 반응에 지선스님이 먼저 손을 들었다.

“미안해, 정요보살. 그냥 내가 꾸며낸 소리야. 사실 포크레인이 올라온 적도 헬기가 날아온 적도 없어. 왜냐면 이 불상은 처음부터 일으켜 세울 생각 없이 그냥 누워 있는 부처님으로 만든 거야. 부부라서 그런지 이렇게 누워 있으니 한결 다정하고 편안해 보이잖아?”

“에이, 스님도 이 부처님들이 일어나면 새로운 세상이 온다고 했잖아요. 그것도 뻥친 거예요?”

“뻥치기는… 그저 전설이 그렇다는 거지. 잘 봐. 이 부처님들은 처음부터 일어날 생각이 없이 누워 있는 와불로 조성된 거야. 만일 부처님을 일으켜 세운다면 세상을 내려다보며 중생을 구제하는 대자대비 부처님이 아니라 정상 운행 중인 행성을 머리에 이고 낑낑거리는 바보 부처님이 될 거 같은데?”

그러고 보니 와불이 누워 있는 자세가 너무 부자연스럽다. 불상을 일으켜 세우려면 머리가 조금이라도 높은 쪽에 발이 낮은 쪽에 있어야 하는데 와불은 그 반대로 되어 있기 때문이다. 또한 머리가 남쪽에 있기 때문에 부처님이 일어서면 당연히 북쪽 하늘을 바라볼 수밖에 없어진다. 만일 부처님이 땅을 보고 엎드려 있는 상태라면 일어섰을 때 남쪽 방향을 바라보게 되겠지만, 두 부처님은 분명히 땅에 등을 대고 하늘을 바라보며 나란히 누워 있다.

다리보다 머리가 낮으면 많이 불편할 터인데도 굳이 남쪽에 머리를 둔 것은 살아있는 부처님이기 때문이다. 죽은 사람은 머리를 북쪽으로 두기 마련이지만 살아있는 사람은 북쪽이나 서쪽에 머리를 두고 눕지 않는다.

움직일 수 없는 커다란 바위나 돌벼랑 벽면에 그대로 새겨야 하는 마애불
은 다를 수가 있겠지만, 불상이 바라보는 방향은 거의가 남쪽이거나 동쪽
이다. 지선스님도 마의태자가 조성했다고 알려진, 월악산 하늘재에서 북
쪽을 바라보며 서 있는 부처님을 한번 보았을 뿐이다.

부부 불상은 처음부터 일으켜 세울 생각 없이 영원토록 누워 있는 와불
로 조성되었다. 그러나 훗날 기본 상식조차 없는 사람들이 미륵보살이라
는 황당하고 엉터리없는 전설을 만들어 붙여놓고 혹세무민하며 스스로도
속고 있는 것이다. 아무리 자애로운 모습을 하고 있더라도 까마득하게 오
랜 세월 뒤에 오실 미륵부처님은 지금 당장에는 별 영험이 없는 바윗덩어
리일 수밖에 없다. 처음부터 일으켜 세울 생각 없이 영원토록 누워 있는
와불로 조성한 것은, 먼 훗날을 기약하는 미륵불이 아니라 필요에 따라 언
제든 현생에 나투시는 살아있는 부처님이어야 했기 때문이다.

도솔천에 살고 있는 미륵보살은 석가모니가 열반에 든 지 56억 7천만
년 뒤에 사바세계에 미륵불로 나타나 중생을 건진다고 한다. 세상에, 56억
년 뒤라니! 그때까지 태양이 뜨겁고 지구라는 행성이 남아 있기나 할까?
겨우 백년이나 살까 말까 한 우리 인간들에게는 5백년이라도 너무도 머나
먼 이야기일 뿐이다.

아직도 많은 사람들이 별을 바라보며 낭만적인 꿈을 꾸고 별점을 치는
사람도 적지 않은 세상이지만, 믿어지거나 말거나 46억 년 전에 생겨났다
는 태양계는 물론 138억 년 전에 탄생했다는 우주의 비밀까지도 곁에서
본 것처럼 알아내 버린 과학자님들도 계신다. 인공지능 컴퓨터까지 만들
어낸 인간들은 능력의 한계치를 모르게 되었으므로 앞으로 5천 년이면 할
일 없고 쓸데없는 일에만 관심 많은 몇몇 인간들의 도솔천 수색 범위가 은
하계를 벗어나 안드로메다 대성운까지 넓혀질 것이다. 5만 년이라도 이미

완벽한 신(神)이 되어 버린 인간들이 도솔천뿐만 아니라 욕계 6천을 모두 찾아내 멋지게 리모델링하고, 56억 년짜리 모래시계나 들여다보고 있는 덜떨어지고 띨띨한 보살들까지 모두 제도(濟度)하고도 남을 까마득한 세월이다.

백여 년밖에 살지 못하는 사람들이 무엇 때문에 상상조차 안 되는 56억 년이라는 소리를 해가며 미륵불을 만들고 돌부처에게 소원을 빌었던 것일까. 어쩌면 이땅 곳곳에 존재하는 미륵불상은 인간들의 소원을 도솔천에 전달하거나, 지상에 오가는 도솔천 보살들의 순간이동에 필요한 단말기일지도 모른다. 제 마음 저도 모르는 각양각색 수많은 인간들을 한꺼번에 제도하려면, 우주 탄생과 진화보다도 더 오랜 세월을 공들여 준비해야 할 것이나 몇몇 인간들의 작은 소원을 들어주는 것쯤은 언제든지 가능할 것이므로.

"그러면 그냥 소원이나 빌라고 할 것이지, 하필 56억 년 어쩌고 하면서 사람 맥 빠지게 만든대요?"

"맥 빠지게 하려고 그런 게 아니라 뭔가 그럴 듯하게 포장할 필요가 있었겠지."

"아니, 사실 그대로 말하면 되지. 포장은 뭐하려고 해요? 되레 쓸데없는 짓 아녜요?"

"쓸데없는 짓? 화려하고 커다란 과자 상자라도 막상 포장지를 뜯어내면 과자는 아주 조금밖에 없잖아? 생각보다 알맹이가 작으니 그때마다 과포장이니 낭비니 하고 투덜거리거나 성토를 하던 사람들도 막상 포장이 되어 있지 않은 과자나 사탕은 아예 눈길도 주지 않아. 낱개로 꼼꼼하게 포장되어 있어야만 안심을 하고 그런 고급 과자나 사탕을 먹는 자신이 남들보다 더 우월하다고 느끼는 모순에 갇혀 있어. 날것 그대로보다는, 매번 속는 줄 알면서도 뭔가 그럴듯하게 포장되어 있는 것을 원하는 것이 인간 본성인지도 모르지.”

“에그, 아무리 그래도 사탕이나 과자하고 이런 불상이 같기나 해요? 얼마나 많은 사람들이 얼마나 오랜 세월을 고생고생해 가며 만들었을 것인데 그런 눈속임이 통하겠어요?”

“그러니까, 어째서 하필 이곳에 이런 불상과 탑을 세웠는지 모르는 사람들이 자기들 마음대로 지어낸 전설이겠지.”

“모르면 모르는 거지, 어떻게 마음대로 지어내요?”

“누군가가 모른다고 사실대로 말하면 체면이 떨어진다고 생각했겠지. 사실 우리 사람들은 예쁜 꽃들이 왜 그리 형형색색으로 피어나는지 새들이 뭐라고 지저귀는지 전혀 알 수가 없어. 그래서 뭉게구름을 보며 여러 모습을 연상하는 것처럼 자기들 느낌대로 이런저런 전설을 만들어 붙여놓은 것이 아니겠어?.

스님의 말씀이 그럴 듯도 했지만 그렇다고 제대로 납득이 되는 것도 아니다. 다양한 정보도 예리한 분석도 기대하기 어려웠던 시절에 만들어진 전설이야 그렇다고 해도 지금은 모든 것을 분석하고 고증해 가는 과학문명의 시대가 아닌가?

“왜 아무도 제대로 된 소리를 하지 못했대요? 누구라도 한 번 보면 뻔히 알 수가 있는 거잖아요. 더구나 몇 달 전에 절 주변이 사적지로 지정되었다면서요? 옛날에는 몰라도 지금은 문화재로 만들려면 학술조사도 많이 했을 것이고, 덕분에 관광객들도 제법 드나들었을 거 같은데….”

“누구라도 한 번 보면?”

지선스님이 허허 웃었다.

“정요도 내가 말해 주지 않았으면 56억 년짜리 전설을 그대로 믿었을 것 같은데? 사실, 우리 모두가 토론이 뭔지도 모르고 주입식 교육만 받았던 사람들이야. 선생님이나 전해 오는 말씀을 외우고 전파하기에만 바쁜 세상이라서, 누가 어쩌다 의문이 생겨도 감히 함부로 따지고 대들었다가는 조직이나 사회에서 매장당하기 십상이 아니겠어?"

"그래도 이것은 스님 말씀대로 조금만 살펴보아도 눈에 뻔히 보이는 것이잖아요?

"그거야 색안경에 따라 세상이 다르게 보이는 것을 어쩌겠어? 이제 그런 소리 그만하고"

잠시 말을 끊은 지선스님이 무엇인가 정말 중요한 이야기라도 있는 것처럼 정요의 눈을 들여다보았다.

"두 분 부처님들이 코를 골며 깊은 잠에 빠졌어도, 우리가 비는 소원들이 도솔천 보살님들에게 전달되지 않아도 괜찮아. 우리가 하는 모든 말들을 허공이 듣고 기억한다고 했으니, 여기서 소원을 빌면 반드시 이루어질 거야."

허공이 듣는다는 소리는 스님들이 두고 쓰는 소리였다.

곧이곧대로 믿어서인가, 천년을 지켜온 천불천탑 분위기 때문인가? 정요는 가슴에 두 손을 모은 채 오랫동안 석상처럼 굳어있었다. 지선스님은 정요가 굳은 몸을 풀고 돌아선 뒤에야 말을 건넸다.

"무슨 소원이기에, 그렇게 간절하게 빌었어?"

지명스님과 함께 하고픈 속내를 들켜버렸나? 얼굴이 붉어진 정요의 입에서는 엉뚱한 대꾸가 튀어나왔다.

"성불하세요, 스님!"

'성불하세요'라는 덕담은 불자들이 가장 많이 쓰는 인사말이다. 재가불자들도 성불을 소원하는데, 부처를 이루기 위해 출가까지 감행하고 평생

을 먹물옷을 입고 사는 스님들의 소원이야 묻지 않아도 듣지 않아도 너무
도 뻔한 것이기에 불쑥 튀어나온 소리. 하지만 정요와 지선스님처럼 가깝
게 지내는 사이에서는 오히려 잘 사용하지 않는 덕담이기도 했다.

"정요보살, 많이 행복할 거야."

우리가 함께 행복하기를 빌었어!

그 행복을 위해서라면 어떤 희생도 감수할 수가 있어!

지선스님한테서도 간절한 만큼 오히려 속내를 감춘 덕담이 나왔고, 정
요도 또 한 번 평범한 덕담으로 인사치레를 했다.

"네, 스님도 많이 행복하시고 꼭 성불하세요."

간절한 염원을 간직한 채 천년을 지켜온 한 쌍의 부처 앞. 두 사람의 대
화는 그렇게 조금씩 겉도는 것이었지만, 누가 의식하거나 말거나 하나씩
허공에 스며들어 새겨지고 있었다.

5장

법난

광주 시외버스터미널 앞까지 바래다준 지선스님은 볼일을 보러 갔고 정요는 구례로 가는 버스에 올랐다.

가산사로 가는 맘은 급했지만 곡성에서 내리지 않고 구례에서 내린 정요는 금정암부터 들렀다. 하안거 해제 후, 만행을 떠났던 비구니 스님들이 모두 돌아와 있었다. 지게 가득 마른나무를 짊어지고 산을 내려오던 해정스님이 반색을 했다.

며칠 묵어가라는 권유에도 하룻밤만 묵고 다음날 가산사로 향했다.

섬진강을 흔히 어머니의 강이라고 한다. 가을 햇살에 반짝이는 하얀 머리를 나풀거리는 억새가 강변을 따라 이어지고 있었다. 정갈하게 나이 드신 외할머니가 곱게 빗어 올린 하얀 머리카락 같은 억새꽃. 눈부신 억새꽃의 배웅을 받으며 떠나가는 가을 강물이 모래톱에 몸을 부비며 가만히 흘렀다. 섬진강은 어디에도 사납고 거친 모습을 찾아볼 수 없다. 강물은 물색없이 무던한 아낙처럼 수수하고 잔잔하다. 깊은 여울의 속내는 자애로운 어머니 맘처럼 다 들여다볼 수 없을 만치 깊지만 햇살에 반짝이는 얕은 기슭은 바지를 징징 걷고 들어가 발등을 간질이는 강물과 한나절 놀고 싶게 따스해 보였다.

버스는 섬진강변 억새를 따라 곡성으로 올라갔다. 곡성 읍내를 벗어나면 향교의 대나무 숲을 경계로 작은 제각이 있고 그 아래 가산사가 고즈넉하게 안겨 있다.

가을 햇살 공양에 툇마루가 따사로운 가산사에는 명연과 종인, 두 스님만 있었다. 하얀 고무신이 가지런히 놓여있던 지명스님 처소의 댓돌이 휑하니 비었다. 정요의 눈길이 텅 빈 댓돌에서 머뭇거리는 걸 본 명연스님이 짓궂게 놀려댔다.

"여기 사는 이가 지명당밖에 없는가? 우리는 안중에도 없는 눈치네. 그런데 어쩐다? 지난번 지명이 갈 때 보니까 여기는 다시 들르지 않고 곧장 선방으로 갈 거 같던데, 어느 산속에 박혔는지 어디를 떠도는지 짐작이라도 가야 찾아보든지 말든지 할 터인데…."

저를 놀리는 소리가 뻔했지만 뭐라고 반박하지도 못했다. 만행을 나간 스님들의 행방을 짐작하지 못한다는 것만은 사실이다. 혹시라도 만행 중인 지명스님이 곧장 선방으로 가버리면 어쩌나 걱정이 된다. 전국 각지에 흩어져 있는 선방들, 어디 어느 곳에 방부를 드렸는지는 더더욱 모를 일이다.

소리 내어 부를 수 없는 사람을 사랑한다는 것은 서로가 일정한 거리를 유지해야 하는 일에도 동의해야 하는 것이다. 그를 사랑한다는 것은, 내가 가져야 할 것과 가져서는 안 되는 것 사이의 간격을 인정하는 일. 더 이상 가까이 다가설 수 없는 사랑인 것을 알면서도 자꾸만 마음이 기웃거려지는 그 간격만큼 슬프고 안타까운 일이다. 그 상대가 일정한 거처도 흔한 약속 하나도 할 수 없는 수행승임에야…

눈이 빠지게 기다린 지 사흘이 지나서야 지명스님이 가산사에 들어섰다. 만행을 끝내고 돌아온 지명스님의 눈매는 한층 더 서늘하고 깊었다. 조금 수척해 보이는 것이 그새 몸이 아프기라도 한 것은 아닌지 마음이 쓰였지만 뭐라고 물어볼 수도 없었다.

가산사의 가을은 콩이나 고구마 따위 농작물을 거둬들이는 일로 분주했다. 처음에는 스님들을 도와 깜냥껏 일을 도왔지만 사나흘 지나자 싫증이 났다. 단풍도 단풍이지만 당장에 쏟아지는 투명한 가을 햇살의 유혹을 견디기 어려웠다. 아무리 해도 해도 끝없는 일 때문에, 차라리 가을걷이가 다 끝난 뒤에 올 걸 괜히 서둘러 왔다고 후회가 될 정도였다.

심통을 부리기보다는 졸라대는 게 상책이다.

"일 좀 그만하고 우리 피아골로 단풍구경 가요. 이런 명소를 지척에 두고 가보지 않는다는 건 자연에 대한 예의가 아니야. 아니 이건 모독이야!"

"급한 일이나 좀 끝내놓고 천천히 가자."

정요의 투정에도 스님들은 하던 일을 멈추려 들지 않았다.

"이러다가 단풍놀이가 아니라 눈 구경하겠네. 아휴, 백날 천날 일만 하고….'"

"일일부작이면 일일불식이라는 말도 모르나? 모든 일에는 다 때가 있는 법. 때를 놓쳐서 이 콩이나 깨알이 다 도망가면 아주 낭패란 말이다. 뭘 좀 알고 떼를 써라. 이 철부지 애기보살아!"

"맞아, 명연스님 말이 딱 맞네! 그래요, 모든 일에는 다 때가 있는 법. 지금이 바로 그때인 거야, 지금 안 가면 단풍 구경은커녕 앙상한 나뭇가지나 쳐다보다가 와야 할 걸요. 하긴 곱게 물든 단풍을 봐도 '어서 저게 낙엽으로 떨어져야 아궁이에 넣고 불을 땔 것인데' 하고 엉뚱한 생각이나 하는 목석같은 스님들이 단풍을 알아, 풍류를 알아? 청맹과니에 콧구멍까지 꽉 막힌 깡통 스님들이 알긴 뭘 알겠어?"

"허허 참, 기가 막혀서… 그래, 그래. 어디 한 번 가보자."

되는 소리 안 되는 소리, 틈만 나면 따발총처럼 쏘아대는 투정과 닦달에
결국 스님들이 손을 들고 말았다.

다음 날 서둘러 점심공양 끝내고 대중스님들과 단풍놀이에 나섰다.

"중들은 일 년에 두 번씩 미쳐버려!"

일거수 일투족이 자로 잰 듯 바르기만 한 명연스님하고는 전혀 어울리
지 않는 소리였다. 새봄, 연둣빛으로 막 새잎이 돋아날 때와 온 산이 오색
단풍으로 타오르는 가을이 되면 속세를 떠난 스님들도 걷잡을 수 없이 둥
둥 들뜬 기분으로 하루하루를 보낸단다.

"아, 좋다. 참 좋아! 바로 이 맛에 우리가 산속에 사는 게지."

평소 감정을 잘 드러내지 않던 지명스님도 연신 감탄사를 쏟아냈다.

"아이고, 나는 선방이고 극락이고 암 디도 안 갈라요. 이 좋은 경치를 두
고 어디를 간단 말이고!"

단풍이 다 질 때까지 아예 여기서 살겠다는 종인스님의 익살에 웃음꽃
이 피었다.

"아이고, 단풍구경 안 왔으면 큰일 날 뻔했네요."

길을 나서자고 떼를 쓰던 정요보다 스님들이 더 좋아하는 것 같다.

과연 명불허전! 허명이 아니었다. 피아골 연곡사 단풍은 그 이름값을 하
고도 남았다

불타오르는 단풍이 절정으로 치닫고 있었다. 산 위쪽으로는 이미 낙엽
이 졌지만 연곡사 계곡의 단풍은 지금이 한창이었다. 뚝 뚝 떨어져 내리는
단풍잎은 산과 계곡뿐 아니라 단풍이 떨어져 내린 맑은 물에 비친 하늘마
저도 붉게 물들였다. 선들선들 불어오는 시원한 바람에도 푸르고 노랗고
붉은 단풍물이 깊이 배었다. 붉은 단풍에 취한 가슴이 발그레 물들어 가

고, 환호와 탄성을 내지르며 종달새처럼 재잘거리던 정요가 숙연해졌다. 꽃만 사람을 마음을 흔드는 것은 아니다. 사람도 저렇게 곱게 늙어갈 수 있다면, 가는 세월과 소멸, 그 무엇을 한탄하고 두려워하랴? 마지막 순간에 저렇듯 아름다운 나비처럼 가볍게 날아서 떠날 수만 있다면.

눈물 나게 아름다운 이 정경 속에 지명스님과 함께 있는 이 순간은 오래오래 기억될 것이다. 나란히 서서 한곳을 바라보는 순간만큼은 단둘이 호젓이 여행을 떠나온 기분이었다. 자신의 몸을 가볍게 비운 낙엽들이 여행을 떠나는 철새처럼 바람에 몸을 맡기고 무리 지어 비행하다가 발밑에 떨어져 내렸다. 낙엽을 손에 받아든 정요의 눈가에 눈물이 맺혔다.

감상에 젖은 정요를 깨운 것은 명연스님이었다.

"무엇 때문에 절 이름이 연곡사인 줄 알아?"

"지금은 모두 강남으로 떠났지만 이 골짜기에 제비들이 많아서 그런 거잖아요."

일주문 현판에서 보았던 지리산 연곡사(智異山 鷰谷寺)가 무슨 뜻인지 모를 바보는 없다. 사찰을 세우기 전에 있던 연못에서 제비들이 많이 놀았기 때문에 연곡사라는 이름을 붙였다는 이야기도 어디선가 들은 적이 있었다.

"제비만 연이라고 하는 게 아니야. 이 절을 창건한 연기조사가 인도에서 올 때, 거북이처럼 생겼지만 코끼리 코를 가졌고 등에 날개가 있는 연이라는 짐승을 타고 왔기 때문에 연곡사라는 이름이 붙은 거야."

"그런 게 어디 있어요? 차라리 용을 타고 왔다고 하세요. 연기조사가 용을 타고 올 때 제비들이 공짜로, 그러니까 강남 제비들이 무임승차해서 여기까지 왔기 때문이라고 하는 게 더 그럴 듯하잖아요?"

"내가 언제 실없는 소리 하는 거 보았어? 확실한 증거를 보여줄 테니까,

저 위로 가보자고."

그렇게 해서 법당 뒤 높은 곳까지 갔지만 막상 확실한 증거는 찾을 수가 없었다.

몸돌이 없어지고 머릿돌과 받침돌만 남아 있는 '연곡사 동승탑비(燕谷寺 東僧塔碑) 보물 제153호'에 '귀부는 1개의 뿔이 달린 용 모양의 머리, 날개 달린 거북 모양의 등을 갖춘 상상 속의 동물인 연을 형상화해 놓은 것이라고 한다.'는 안내가 있었지만 연이라는 짐승을 타고 왔다는 이야기는 없었다. 종무소에서 얻어온 안내문에는 연이라는 짐승은 물론이고 제비에 관한 창건설화마저 실려 있지 않았다. 동승탑비를 소개하는 글에서도 '거북의 등 문양은 앞쪽으로는 파상곡선으로 이루어진 새 깃 모양의 조익형 무늬이고 뒤쪽으로는 육각의 갑문이 희미하게 남아 있다.'고 하여 아예 연이 아닌 거북으로 밝혀놓았다. '귀부는 지대석과 한 돌로 네다리를 사방으로 뻗고 있어 마치 납작하게 엎드린 모습을 연상시킨다.'는 설명도 있었다.

"명연스님, 보세요. 여기에 분명히 거북의 등 문양이라고 해서 상상 속의 연이라는 짐승이 아니라 그냥 날개 달린 거북이로 밝혀 놓았잖아요. 귀부라는 말도 그렇고."

"그냥 날개 달린 거북이? 아이고, 우리 지선 사형님 토굴에 사는 발 달린 미꾸라지가 여기까지 쫓아왔네."

"'날개 달린 거북 모양'이라는 소리는 제가 지어낸 게 아니잖아요. 아까 스님도 분명히 봤었잖아요."

"내 말은 연을 제비라고만 해석하니까 그런 오해가 발생한다는 뜻이잖아? 여기 '마치 납작하게 엎드린 모습을 연상시킨다.'는 이 말도 그래. 비행기가 날아갈 때는 바퀴를 안으로 집어넣고 다닌다는 것쯤은 알고 있지?

새들이 다리를 몸에 바짝 붙이고 하늘을 나는 것처럼 연도 하늘을 나는 동안 다리를 움츠리는 게 자연스러웠을 것이 아니야? 그런데 연을 하늘을 나는 상서로운 동물로 생각하지 않고 엉뚱하게 땅바닥을 기어다니는 거북이로 단정 짓고 나니까, 공기 저항을 줄이기 위해 몸에다 다리를 붙인 게 아니라 그저 납작하게 엎드린 것으로 보이는 것이지 뭐겠어?”

“스님 말씀대로 정말 연기조사가 인도에서 연이라는 짐승을 타고 왔다고 쳐요. 사실이 아니라 그냥 전설이라고 해도 재미있잖아요? 그런데 왜 연곡사에서는 자랑스럽게 널리 알려야 할 그 일에 대해서 일언반구도 없는 거죠?”

“옛날에는 사람을 홀리는 구미호도 있었고 사람한테 속아 넘어가는 도깨비도 많았는데 지금은 모두 없어지고 말았어. 우리와 함께 살아 숨 쉬던 설화나 전설이 모두 박제가 되어 아이들의 동화책 속으로 갇혀버린 것은 무엇 때문일까? 색즉시공 공즉시색이라고 했는데, 눈에 보이는 것이 아니면 믿지를 못하고 과학적으로 입증할 수 없는 것이라면 모두 미신으로 치부해 버리는 요즘 세태가 잘못된 것이 아니겠어?”

콩이야 팥이야 지리산 자락을 다 빠져나오도록 끝날 줄 모르는 두 사람의 입씨름을 보다 못해 지명스님이 나섰고 정요도 입을 다물 수밖에 없었다.

종인스님의 염불소리가 잠든 도량을 깨우고 있었다. 피아골 단풍놀이의 설렘으로 잠을 설친 정요는 도량석 목탁소리에 간신히 눈을 떴다. 대강 옷을 갖춰 입고 세수를 한 뒤 부지런히 법당으로 향했다.

촛불을 켜고 우물물을 길어다 다기에 올린 후 향을 사른다. 법당 안에 매달아 놓은 작은 종이 다섯 망치 울리고 나면 사구게를 읊으며 종성이 시작된다.

願此鐘聲 邊法界원차종성 변법계
鐵圍幽暗 悉皆明철위유암 실개명
三途離苦 破刀山삼도이고 파도산
一切衆生 成正覺일체중생 성정각

원컨대 이 종소리가 법계에 두루 퍼져
철위산의 깊고 어두운 무간지옥 밝아지고
지옥, 아귀, 축생의 고통을 여의고 칼산지옥 무너져서
모든 중생이 바른 깨달음 이루어지이다.

불보살의 비원을 담은 종성을 듣는 모든 중생의 번뇌가 끊어지고 바른 깨달음을 이루기를 기원하며 새벽예불을 시작한다. '지심귀명래 삼계도사 사생자부…' 목숨을 다한 지극정성으로 삼보께 귀의하는 삼귀의례로 발원하여 허공과 법계의 모든 중생들이 나와 남을 분별치 않고 모두 깨달음에 이르기를 기원하는 간절한 염원을 담아 상단예불을 올린다.

삼계를 뛰어넘는 우주의 울림처럼 장엄한 스님들의 염불소리는 목탁 하나로 그 강약과 음률을 조절한다. 엎드려 절하고 일어서는 동작에 따라 거칠어지는 숨소리까지도 한 호흡으로 이어지는 그 음률은 히브리 노예들의 합창처럼 처연한가 하면 장엄했다. 오로지 인간의 목소리만으로 만들어내는 소리가 때로는 웅장한 악기나 오케스트라보다 더 깊고 장중한 울림이 된다.

가슴을 울리고 온몸의 뼈를 울리는 스님들의 염불소리가 빚어내는 공명음에 몸과 마음을 맡기고 있자면 우주의 심연으로 빨려들어 한없이 한없이 작아진다. 마침내 한 점으로 사라져버릴 것 같은 순간이 지나고 나면 더없는 적정과 안심을 얻으며 아늑한 평온이다.

새벽예불 후, 평소처럼 이어진 찻자리는 어제 보았던 단풍과 날개 달린 거북 이야기로 어느 때보다 유쾌하고 정겨웠다.

문득 먼 데서 개 짖는 소리가 들렸다. 아직 날이 밝으려면 멀었는데 개 짖는 소리는 점점 가까워지고 동네 개들이 다 나와 짖어대는 것처럼 요란스러웠다.

무슨 일이지?

서로 얼굴만 쳐다보던 끝에 궁금증을 참지 못한 명연스님이 방문을 여는 것과 동시에 대문 열리는 소리가 요란했다.

눈을 뜨고도 꿈을 꾸는 것인가?

저마다 손에 총을 든 군인들이 마당에 가득 들어찼다.

도둑이나 강도는 아닌 것 같은데… 그렇다면 혹시, 무장공비?

"이게 무슨 짓이야! 당신들은 대체 누구야?"

명연스님의 다급한 외침에도 그들은 아무런 답이 없었다.

"시작해!"

한 사내의 입에서 짧은 구령이 떨어지고 군인들은 군화를 신은 채로 법당과 방들을 수색하기 시작했다. 이 작은 절에서 무엇을 찾겠다는 건지 미처 개키지 못한 이불까지 총구 끝으로 헤집어 보는 군홧발들은 집안을 온통 난장판으로 만들었다.

경찰도 보였지만 아무 소용이 없었다. 말리기는커녕 오히려 그들의 명령에 따르고 있었다.

"우리도 몰라요. 상부 명령이니 협조들 하세요!"

무엇 때문이냐고 거듭되는 질문에 마지못해 그들 중 하나가 던진 대답은 궁금증만 더 키웠다. 상부라니? 도대체 이 나라 어디에 이처럼 대단한 기관이 있더란 말인가? 행동거지는 막장이었지만 그래도 경찰까지 동행한 것으로 보아 무장공비는 아닌 것 같아 그나마 다행이라는 생각도 들었다.

그렇다고 해도 도무지 이해가 되지 않는 상황이었다.

다른 곳도 아닌 종교시설을, 경찰도 아니고 총을 든 군인들이 강도떼처럼 습격한 것이다. 그것도 꼭두새벽에 난입해 무자비하게 휘젓는 이 상황을 어떻게든 누구든 설명해 주어야 했지만 그들은 그저 상부명령이니 무조건 협조하라고 윽박질렀다.

그들은 방안의 다락과 이불장은 물론이고 심지어 부엌의 찬장까지 샅샅이 뒤졌다. 원하는 물건을 찾아내지 못했는지 집안에 있는 사람들에게 신분증을 가지고 모두 마당으로 나오라고 명령했다.

"신분증이라니? 머리 깎은 게 안 보여? 대체 누가 이따위 짓을 시킨 거야?"

지명스님이 거칠게 항의를 하고 나섰다.

"상부명령이니까, 협조하세요!"

권총까지 들이대며 윽박지르는 소리에 더는 저항할 엄두를 못 냈다. 잔뜩 겁에 질려 스님들 뒤에 엉거주춤 선 정요는 가슴이 벌렁거려 서 있기도 힘이 들었다.

한 사람씩 법명과 속명, 주민번호를 대조하며 꼼꼼하게 신분을 확인했다. 어느 절 소속이며 언제 이곳으로 왔는지 스님들의 개인적인 신상에 대해 세세한 것을 묻고 기록했다.

스님들의 신분 확인을 끝낸 군인이 마지막으로 정요 앞에 섰다. 사내의 시선이 아래위를 핥듯이 스윽 훑어보고는 신분증과 얼굴을 번갈아 대조했다.

"윤정요. 학생인가? 집이 어디야?"

날카롭고 짧은 반말이었다.

지난봄, 인근 도시 광주가 처참하게 유린당했다. 산중 사찰에 운동권 학생과 재야 인사들이 몸을 숨기고 있다는 소문도 모를 사람이 없었다. 더구나 가산사는 광주에서 채 한 시간도 걸리지 않는 가까운 거리에 자리한 후미진 절. 많은 대중이 사는 곳도 아니고 비구스님 서넛이 사는 작은 절에 머무는 젊은 처녀를 예사로 보아 넘기지 않을 태세였다.

"집은 서울이고 저 학생 아닌데요."

기어 들어갈 듯 작은 목소리가 떨려나왔다.

"여긴 왜 온 거야?"

수상쩍다는 기색을 노골적으로 드러냈다. 예리하게 쏘아보는 눈빛에는 어떤 살기마저 느껴졌다. 가뜩이나 무섭고 기가 질려 미처 대답할 말을 찾지 못하고 머뭇거리는 정요 앞을 명연스님이 막아섰다.

"이 아이는 내 속가 집안 조카요. 학교는 졸업했고 무역회사에 다니는 직장인인데, 삼촌인 나를 만나러 온 거요. 무슨 문제라도 있소?"

스님이 빠르고 단호하게 들이대자 두 사람을 번갈아 보던 사내가 그제야 정요의 신분증을 돌려주었다. 마침 명연스님과 정요의 성씨가 같았기에 별다른 트집을 잡히지 않고 넘어간 것이다.

"스님 두 분은 조사할 게 있으니 함께 갑시다."

어디로 왜 가는지 묻는 질문을 묵살한 채 명연스님과 지명스님을 자기들이 타고 온 차에 태우고 떠났다.

폭풍 같은 새벽이 지나고 조금씩 날이 밝아왔다.

명연스님은 가산사 주지니까 그렇다 쳐도 왜 지명스님까지 데리고 가는지 아무리 생각해도 오리무중인 채로 속이 탔지만 내색할 수 없었다.

훤하게 날이 밝고 아침이 되도록 충격에서 벗어나지 못했다. 종인스님이 분주하게 전화기에 매달려 보았지만 갈수록 불안감만 더해졌다. 다른 절들에서도, 심지어 화엄사같이 큰 절에서도 스님들이 잡혀갔다고 했기 때문이다. 어디에도 영문을 아는 이는 없었다.

길었던 하루가 저물고 다음 날에도 밤이 이슥해서야 명연스님이 허물어질 것처럼 지친 모습으로 돌아왔다.

"무슨 일이래요? 지명스님은….'

"나도 잘 몰라. 곧 오겠지."

쏟아지는 질문에 '쉬고 싶다!' 짧게 말한 후 명연스님은 방으로 들어가 버렸다.

명연스님은 돌아왔는데 지명스님은 왜 못 오는가. 이럴 때 종인스님이라도 나서주면 좋으련만 그저 지명스님도 아무 탈 없이 돌아올 거라며 안심시키기에만 바빴다. 두 사람이 함께 갔는데 한 사람만 돌아온 것이 생각할수록 불길했다.

참다못한 정요가 명연스님 방으로 뛰어들었다.

"왜, 스님 혼자만 왔어요? 지명스님은 왜 같이 안 온 거야?"

저도 모르게 원망하는 소리가 되고 말았다.

그렁그렁 눈물이 맺히는 정요를 바라보던 명연스님이 겨우 입을 열었다.

"별일 아냐, 큰절에서 한 번이라도 직분을 맡은 스님들은 모두 조사를 하는 모양이야. 알다시피 전에 우리가 화엄사에서 삼직을 맡았었잖아. 나는 조사가 먼저 끝났고 지명당도 곧 올 거니까 너무 걱정 마."

‘그래. 지명스님이 누구야? 청빈하고 반듯해서 흠잡을 일이 없는 분인데 뭐, 지들이 아무리 조사를 해봐야 비리 따위가 나올 리 없어 금방 돌아오실 거야!’

정요도 제 마음을 다독이는 수밖에 없었다.

다음날, 명연스님은 첫차로 화엄사로 떠났다. 라디오에서는 사회정화의 일원으로 타락하고 부패한 불교계를 혁신하기 위한 신군부의 활약에 대해 보도하고 있었다.

밤중에야 돌아온 명연스님이 정요를 방으로 불렀다.

"내일 서울로 올라가!"

"왜요? 저 지명스님 돌아오는 거 보고 갈 건데요"

"안 돼! 지명당이 오려면 시간이 좀 걸릴 거야. 그리고 정요가 여기 있으면 지명당한테 안 좋아. 그러니까 일단 서울로 올라갔다가 나중에 다시 내려와."

자세한 건 잘 모르니까 더 이상 묻지 말라고 화난 사람처럼 말했다. 평소의 명연스님이 아니었다. 지금은 상황을 정확히 파악할 수 없지만 생각보다 비관적이라는 게 여러 경로를 통해 알아낸 전말이라는 것이다.

자신의 존재가 지명스님께 악영향을 끼칠 수 있다는 한 마디가 시퍼런 비수처럼 날아와 꽂혔다. 명연스님의 냉엄한 모습에 더는 대꾸도 못하고 방을 나온 정요는 짐을 챙기다 말고 울음이 터졌다. 짐이래야 옷가지와 책 몇 권, 그리고 기초 화장품 정도로 다른 곳을 여행할 때보다는 훨씬 단출하다.

다음날, 여느 때보다 일찍 일어나 아침공양을 준비했다.

스님들이 좋아하는 된장국은 파랗게 데친 애기배추와 감자를 넣어 삼삼하게 끓였다. 텃밭에서 따온 가지를 조물조물 무쳐내고 애호박은 들깨가루를 풀어 넣어 잘박하게 볶았다. 며칠 전 담은 김치는 알맞게 익었고 당근과 시금치를 다져 넣어 얌전하게 계란말이도 했다. 다른 날 같으면 잔칫상이라도 받은 것처럼 환호와 칭찬을 퍼부었을 스님들이 조용히 식사를 마쳤다. 부엌을 정리하고 법당에 든 정요는 향을 피우고 부처님 앞에 엎드렸다.

'이렇게 간절하면 저절로 기도가 되는 거구나!' 볼을 타고 흐르는 눈물이 뜨거웠다. '지명스님이 무사히 돌아올 수만 있다면 백날이고 천날이고 이렇게 엎드려 있겠습니다. 다시는 보지 말라, 아니 생각조차 말아야 한다 하시면 그것도 그리하겠습니다.'

그렇게 이어지던 기도는 서울행 기차시간이 되었다는 종인스님의 재촉에 끝났다. 역까지 배웅하겠다는 스님의 친절도 마다하고 정요는 서울로 올라왔다. 지명스님이 돌아오면 제일 먼저 알려달라고 철없이 떼쓰는 아이처럼 몇 번이고 다짐을 받아 놓는 일 외에 달리 할 일이 없었다. 서울로 돌아오고 나서도 마음 한 자락은 여전히 가산사에 남겨진 채였다.

다시 봄이었다.

광란의 바람이 고요한 산사의 새벽을 휘몰아쳤던 지난해 가을, 가산사를 떠나 서울에 돌아온 정요는 날이 갈수록 극심한 무력감에 시달렸다. 밤낮 구별도 없이 하루하루가 지나갔고 누가 무슨 걱정을 해도 먼 꿈결처럼 아득했다. 다시 길을 떠날까 생각도 해보았지만 그저 생각뿐 궁둥이가 떨어지지를 않았다.

손가락 하나도 까딱하기 싫었다. 바람처럼 낯선 곳을 돌아다니던 일들이 전생의 기억인양 아득했다. 잡혀간 스님들이 풀려났다는데도 지명스님의 행방은 끝내 오리무중이었다.

물속에서 자라는 수초처럼 멍한 세월을 보내던 정요에게도 가끔은 펄펄 생기 넘치는 때가 있었다. 말라버린 가슴에서도 한줄기 회오리바람은 시도 때도 없이 일어났고 그때마다 벌떡 일어나 기차역으로 버스터미널로 내달렸다. 만나는 스님마다 소식을 아는 대로 바로 연락을 줄 터이니 걱정 말라고, 이렇게 찾아다니지 말라고 했지만 허겁지겁 다니다가 막막한 가슴으로 돌아왔다. 정란을 만나러 나섰던 완도행이 청산도를 돌아 여수 앞바다에 있는 섬들을 떠돌았던 것도 그 바람에 떠밀려서다.

"구례구, 구례구. 이번 정차 역은 구례구역입니다. 구례구역에서 내리실 손님, 잊으신 물건 없이 가시는 목적지까지 안녕히 가십시오. 구례구, 구례구. 이번 정차 역은 구례구역입니다."

묵은 땀 냄새가 풀풀 나는 쉰 목소리로 언제나 똑같은 억양의 안내방송이 계속 나오고 있었지만 정요는 그저 창밖을 내다보기만 했다. 타고 온 기차에서 내려 걸어가는 사람들을 보며 자신도 저들과 함께 철길을 건너 역사로 들어가 개찰구를 빠져나가고 싶은 충동을 누르고 있었다.

서울까지 표를 끊어서가 아니다. 구례를 지나고 곡성을 지나면서도 뛰어내리고픈 충동을 힘들게 견뎠던 것은 아직도 행방을 알 수 없는 지명스님 때문이었다. 전화만으로는 미덥지가 않아 화엄사와 가산사도 직접 찾았고, 연락을 해줄 터이니 이렇게 무작정 돌아다니지 말라는 소리를 들으면서도 며칠 못 넘기고 다시 찾아다녔던 것이 얼마이던가.

이제 더는 찾지 않을 거야!

이렇게 오래 꽁꽁 숨어 있으면 숨어 있는 사람이 더 답답하겠지!

달 밝은 밤 숨바꼭질을 하다가 모두가 짜고서 각기 집으로 도망쳐 버린 뒤, 혼자서 터덜터덜 집으로 돌아가는 골탕먹은 술래처럼 참담한 기분을 더는 계속할 수가 없었다.

"어머님이 고모 오는 대로 바로 전화하랬어요."

서울에 돌아오자 올케는 안부도 묻기 전에 전화부터 돌렸고, 올케가 건네준 전화기에서 엄마의 격앙된 목소리가 귀청을 울렸다.

"도대체 뭘 하고 다니기에 허구한 날 신원조회가 넘어오는 거냐? 다 큰 계집애가 천방지축 싸돌아 댕기면서 집안 망신 좀 작작 시키고 직장을 잡든지, 아니면 시집을 가든지 양자택일을 해라. 차라리 시골로 내려와 조신하게 살림이나 거들든가."

소나기처럼 쏟아지는 질타에 숨이 막혀왔다. 정요가 즐겨 다니는 곳은 일반 여행객들이 잘 찾지 않는 곳이라서, 경찰들이 낯선 사람만 보면 신원조회를 해대는 통에 여행이 끝난 뒤에도 한 번 더 후폭풍을 치러야 하는 것이다.

어제가 오늘 같고 오늘도 어제 같은 혼돈의 날들이 지속되던 중, 정요는 특수학교 보육교사라는 직업에 대해 깊은 관심을 갖게 되었다.

여고 동창 영선이네 언니는 결혼을 해서 아들만 둘을 낳았는데, 무슨 영문인지 작은아이는 돌이 되도록 큰아이 때와 달랐다. 백일이 되도록 고개를 제대로 가누지도 못했고, 월령에 맞는 발육도 늦었다. 엄마와 눈을 맞추거나 옹알이도 제대로 하지 못했다. 좀 늦되는 아이겠거니 하고 대수롭지 않게 지내다가 대학병원에서 받아본 정밀검사 결과에 그만 억장이 무너지고 말았다. 성준이의 병명은 뇌병변장애. 그것도 일시적인 장애가 아니라 평생을 신체적 장애에 인지장애까지 안고 살아야 한다는 것이었다.

그렇게 부모의 애간장을 녹이며 자란 성준이가 학교에 갈 나이가 되었다.

언니 부부는 살림집이 딸린 사진관을 운영했는데 예식장이나 앨범용 사진을 찍는 일을 하다 보니 외부 출장이 잦았다. 장애를 가진 어린 아들을 방안에 두고 사진관에 나와 있어야 하는 시간은 아이도 엄마도 견디기가 너무 힘들었다. 그렇다고 생업인 사진관을 접을 수도 없는 일이라 궁리 끝에 특수교육 시설에 성준이를 맡기기로 했다.

서울 시내에 있는 몇 군데 특수학교들을 발품을 팔아가며 꼼꼼하게 체크했다. 시설이나 주변 환경은 물론 근무하는 선생님들이나 아이들의 낯빛까지 살펴보고 선택한 곳은 도봉산 자락의 자애학교였다. 자애학교는 마침 집과도 가까워서 주말에 아이를 집으로 데려가 가족과 함께 보내기에도 최적의 위치였다.

학교에 기숙사가 딸려 있어 교육과 보육을 한꺼번에 해결할 수 있었지만 엄마를 떨어지지 않으려고 발버둥치는 어린 아들을 떼어놓고 돌아올 때마다 통곡의 바다가 되었다. 아이와 엄마의 전쟁 같은 이별이 매주 반복되면서 울음 범벅이던 모자의 생이별도 차츰 익숙해져 갔다. 이번 주말은 집안 어른의 장례식 때문에 성준이를 집으로 데려오지 못하게 되는 바람에 영선이가 언니 대신 성준이 면회를 가게 되었다.

바람도 쐴 겸 함께 가자는 영선이의 권유에 정요도 따라나섰다.

도봉산 아래, 아카시나무와 밤나무가 우거진 숲이 자애학교를 병풍처럼 감싸고 있었다.

경비실에서 면회객 방문카드를 쓰고 텅 빈 운동장을 가로질러 걷는 내내 학교라기보다 어쩐지 군부대 같다는 느낌을 지워버릴 수가 없었다. 교정을 빙 둘러친 높다란 회색 담 때문이었다.

양지바른 언덕에 있는 건조대에서는 빨랫줄마다 알록달록한 빨래들이 티벳 초원의 타르초처럼 봄바람에 나부끼고 있었다. 키 큰 아카시나무가 사열하듯 둘러싼 이층 건물이 기숙사였다. 사무실과 식당이 있는 아래층을 지나 아이들의 숙소인 이층으로 올라갔다.

복도를 따라 양쪽으로 꽃 이름이 적힌 방문마다 아이들의 사진이 붙었다. 저마다 나름 멋을 잔뜩 부리고 포즈를 잡은 표정이 재미있었다.

성준이가 있는 수선화반 문을 열고 들어서는 순간 처음 맞닥뜨린 건 출처를 알 수 없는 냄새였다. 방문을 여는 순간 훅! 하고 코끝에 스치는 냄새에 하마터면 뒷걸음을 칠 뻔했다. 방으로 들어선 뒤에도 정요는 한쪽 구석에 서 있었다.

불결한 오물이나 쓰레기 냄새는 분명 아니다. 불쾌하다기보다는 불편하고 쓸쓸한 체취 같은 정체를 알 수 없는 냄새. 아픔이나 외로움에도 냄새가 있다면 아마 이런 냄새일 것이다. 남쪽으로 큰 창을 낸 기숙사는 방마다 욕실이 딸려 있어 밝고 청결해 보였다. 그럼에도 정체를 알 수 없는 냄새는 수선화반을 나온 뒤에도 여전히 뇌리에 박혀 떠나지 않았다.

일요일 오후, 점심식사를 끝낸 아이들은 대부분 방안에 있었다. 신체장애나 지적장애를 가졌거나 두 가지 이상 복합 장애를 가진 아이도 있었다. 안아 달라는 듯이 두 손을 내밀고 다가오는 아이, 알아들을 수 없는 혼잣말을 중얼거리며 방안을 이리저리 오락가락하거나 힘없는 눈으로 방문객을 빤히 바라보기만 하고 자리에 누워 있는 아이. 낯선 방문객인 영선과 정요에게 나름의 방식으로 반가움을 표현하지만 아이들이 보여주는 저마다 다른 몸짓과 눈빛을 받아내는 것은 곤혹스러웠다. 아이들의 순진무구한 모습을 보면서도 저도 모르게 자꾸만 구석진 자리를 찾아들었다. 아이들의 시선이 성준을 안고 있는 영선을 지나 정요에게도 모아졌지만 선뜻 손을 잡아줄 수가 없었다.

"이제 많이 좋아졌어요. 처음 얼마 동안 밤이면 심하게 울고 보채는 바람에 아주 애를 먹었는데 요즘은 밥도 잘 먹고 형들하고도 곧잘 어울려요.

장난도 먼저 걸고.”

성준이가 나름대로 잘 적응해 가고 있어 다행이라는 보육선생님은 정요네 보다는 나이가 많은 노처녀였다. 과일과 과자를 풀어서 챙겨 먹이는 선생님의 눈길과 말투는 엄격하면서도 따뜻했다.

“내키지 않음, 안 먹어도 돼요. 그냥 내려놔요.”

선생님은 웃으며 말했지만 정요는 얼굴이 후끈 달아올랐다. 조금 전에 한 아이가 수줍게 건네준 딸기를 막상 입에 넣지 못하고 그저 손에 쥐고 있었다.

“이제 먹을 거예요.”

손안에서 물러지던 딸기를 얼른 입안에 넣기는 했지만 달콤한 향도 맛도 느낄 수 없었다. 정요가 받아먹는 것을 보고 경쟁하듯 입에 넣어주는 아이들, 선생님의 만류가 없었더라면 숨이 막힐 뻔했다.

집에 돌아온 뒤에도 정요는 자애학교에서 벗어나지 못했다.

폐부 깊숙이 파고들던 정체모를 냄새와 어쩌지 못하고 손안에서 물러지던 선홍빛 딸기, 그리고 ‘안 먹어도 돼요. 그냥 내려놔요!’. 그동안 절집에 드나들며 수도 없이 외웠던 자리이타(自利利他), 동체대비(同體大悲)가 그저 입술에 바르는 립스틱처럼 알량한 공염불이었던 것이다.

자괴감에 시달리던 정요는 마침내 자리를 털고 일어섰다. 서점에서 장애아동과 특수교육에 관련된 서적을 눈에 띄는 대로 구입하고 입시를 준비하는 수험생처럼 들어앉아 탐독하는 동안 새로운 각오가 생겨나고 있었다.

그래, 바로 이거였어!

이제야 비로소 해야 할 일을 찾은 것 같았다. 어려움 없이 순탄하게만 살아온 자신이 과연 잘 해낼 수 있을까하는 의문과 두려움도 있지만 그래도 한 번 부딪쳐보고 싶었다. 진작 이런 일을 했어야 했다고 충분히 잘 할 수 있다고 스스로 격려하며 자신감을 키웠다.

자애학교를 다시 찾았을 때, 봄날이 떠난 자리를 아카시아 향기가 채우고 있었다. 향기로운 공습은 높은 회색 담을 넘었다. 하얀 아카시아 꽃은 학교 뒷산을 온통 점령해 버렸고 숨이 멎을 듯 진한 향기가 겁 없이 뛰어든 불청객을 구석구석 취하게 만들었다.

"우리 일이 그렇게 만만해 보였어요?"

수선화반 김인숙 선생의 경멸하듯 싸늘한 표정과 날카로운 말투에서, 아이들과 어울리지도 못하고 구석진 자리에서 딸기를 손에 든 채로 어쩔 줄 몰라 하던 자신의 모습이 다시 떠올랐다.

"알아요, 지난번에 제가 얼마나 한심하고 역겨워 보였을지… 집에 돌아가서 많이 부끄럽고 속상했어요. 화도 났어요. 그래서 더 알고 싶어요."

"영화나 잡지 같은 데서 보여주는 낭만적이고 고결한 겉모습을 보고 찾아오는 사람 많아요. 하지만 실정은 다르죠. 하루 스물네 시간, 이 작은 공간에서 말도 잘 통하지 않는 아이들과 숙식은 물론이고 중증인 아이들 대소변 시중과 다 큰 사내아이들 목욕도 시켜야 해요."

잔뜩 겁을 주고도 한 번 더 쐐기를 박았다.

"보아하니 아주 감상적인 분 같은데 유치한 환상 같은 건 필요 없어요. 댁 같은 분들이 한번 왔다 가면 우리 아이들은 엄청 상처를 받아요."

언감생심 꿈도 꾸지 마라, 너같이 유약하고 겉멋 부리는 여자가 할 일이 아니니 아예 발도 들이지 말라는 투였다.

"그동안 저 나름대로 장애아동에 대해 공부를 해가며 많이 생각하고 내린 결정이에요. 절대로 일시적인 치기나 겉멋도 아니고요. 생각처럼 몸이 따라 주지 않는다는 것, 지난번에도 한번 겪어봤잖아요. 결코 쉬울 거라고 생각하지 않아요. 하지만 해보고 싶어요. 이 일을 할 수 있는 길을 좀 알려주세요. 무엇을 어떻게 준비해야 하고 어디를 가야 하는지요. 네?”

그제야 진심이 조금 통한 듯, 김인숙 선생은 여러 종류의 장애를 가진 아이들과 밤낮으로 작은 공간 안에서 부대껴야 하는 애로사항에 대해서 차분히 설명해 나갔다.

“그래도 천진하고 사랑스런 아이들과 지내다 보면 그런 어려움은 금방 잊게 돼요. 그건 보람이라기보다는 내가 더 즐겁고 행복한걸요. 그러다 보니 난 십 년째 여기 살아요.”

“네, 십 년이나요?”

“짧은 세월은 아니지만 정말 어떻게 그리 빨리 지나갔는지 모르겠어요.”

아이들을 칭찬하는 것으로 자신의 선택에 대한 자긍심을 대신했다.

“안 그래도 다음 달에 결혼하는 선생님이 있어서 티오가 한 명 있긴 한데….”

“그 일을 제가 하면 어떨까요? 선생님, 좀 도와주세요.”

“겁 안 나요? 사실 난 십 년 전, 처음 여기 왔을 때 밥도 못 먹고 엄청 두려웠는데… 겁이 없는 건지 용기가 많은 건지. 아무튼 윤정요 씨 그 열의 하나는 높이 사야겠네.”

“저도 두려워요. 어쩌면 그래서 더 이 일에 도전하고 싶은지도 몰라요.”

말끝을 흐리던 선생은 그제야 사무실로 안내했다.

“이분이 여기서 일을 하고 싶다고 찾아오셨어요. 우리 반 성준이 이모 친구예요. 민 선생님 후임으로 괜찮을 것 같은데 총무님이 한 번 말씀 나눠보세요.”

“우리 김인숙 선생님한테 들으셨겠지만 쉽지 않은 일이에요. 투철한 직업의식이나 봉사정신이 아니면 지속하기 어려울 텐데 정말 할 수 있겠어요?”

“네, 저도 많이 생각하고 결정한 일이에요. 잘할 자신은 없지만 열심히 해보겠습니다.”

“제가 오늘 같이 이야기를 나눠보니 열정이 대단해서 잘하실 거 같아요. 지난번에 한 번 다녀간 뒤 우리아이들 공부를 아주 많이 하셨더라고요”

못 믿어 하더니만 이제는 거들고 나섰다.

“그러시다면 필요한 서류를 준비해서 오세요. 한 번 더 심사숙고하시고요.”

서류전형과 면접을 거친 정요는 특수학교 보육교사로 채용되었다.

처음 삼 개월은 인턴인 릴리프 선생님이었다. 하루 24시간을 근무하는 일의 특성상 선생님들은 비번을 정해 휴무를 갖는다. 그 비번 선생님의 반을 돌보는 것이 릴리프의 역할이었다. 처음 접하는 정요한테는 이곳의 생활 패턴과 아이들의 습성을 파악하고 친해지기에 맞춤한 보직이었다.

수습기간이 끝나고 연수원에 입소해 8주간의 집중교육을 이수한 뒤 정식 보육교사가 되었고 남자아이들 열 명으로 구성된 민들레반 담임을 맡게 되었다.

민들레반 막내인 후경은 일곱 살 중복 장애아로 원주에서 온 유학파다. 후경의 부모는 최고 학부를 마친 엘리트로 설계 사무소를 운영하는 유복한 가정이었다. 아이 지능이 크게 떨어지는 것은 아닌데 언어장애와 자폐가 심해서 일을 가진 엄마로서는 감당키 어려웠다. 집 근처에 마땅한 특수학교가 없어 외가가 있는 서울로 후경을 보냈던 것이다. 언어 표현도 서툴고 산만하긴 했지만 얼굴이 하얀 후경은 유난히 정요를 따랐다. 어린 나이에 엄마 품을 떠난 것이 안쓰럽기도 하고 신화 속 미소년을 떠올리게 하는 용모가 이래저래 더 마음이 쓰이는 아이였다. 장애만 아니라면 더없이 완벽한 외모와 환경이라 더 안타까웠는지 모른다. 주말에 부모가 원주 집으로 데리고 갈 때마다 후경은 떼를 썼다. 승용차를 타고 가다가 이동하는 차문을 열고 뛰어내리기도 하고, 비번 날 외출 나가는 정요의 신발을 감춰서 애를 먹였다.

민들레반의 맏형인 정수는 뇌성마비로 몸은 불편하지만 풍부한 시인의 감성을 지녔다. 사춘기 소년의 감성어린 연시를 정요 책상에 올려놓곤 해서 당황케 했지만 방안의 질서를 잡고 자잘한 일을 도와주는 든든한 지원군이었다.

제각기 다른 장애와 개성을 가진 열 명의 소년들과 몸을 부대끼고 좁은 공간에서 살아내는 일은 녹록치 않았지만 시행착오와 어려움을 겪으면서 아이들과 정이 들고 익숙해졌다. 일주일에 한 번 일박이일의 휴무와 분기별로 주어지는 휴가를 이용해서 여행을 하거나 시골집에 다녀오는 평범한 일상이 이어졌다.

6장

능파각 건너 피안으로

초파일에도 정요는 절에 가지 못했다.

어느 절에 가더라도 그곳에 지명스님은 없을 것이기에.

대엿새 지났을까? 낼 모레면 보름이라는 생각 끝에 불현듯 태안사 달빛이 떠올랐다. 해회당 툇마루에 앉아 마당 가득 차가운 달빛을 쏟아붓던 그 희고 창백한 달을 보고 싶었다. 태안사 주지스님이 지명스님의 도반이라는 것을 알고 세 번이나 갔었지만, 그때마다 범인을 쫓는 수사관처럼 스님 소식만 수소문하다가 돌아왔을 뿐 달빛 따위는 염두에 없었다. 왜 그랬을까? 왜 그리 마음이 바빠 하룻밤도 머물지 못하고 서둘렀을까?

순창에서 시작해 남원과 곡성의 너른 들판을 흘러온 섬진강 물줄기는 압록에서 보성강과 만나 몸집을 불려 하동으로 흐른다. 매화며 벚꽃의 자취가 스러진 강물 위로 연두색 버들잎들의 재잘거림이 파랗게 부서져 내린다. 압록 합수머리에서 섬진강과 헤어져 보성강 물길을 거슬러 올라가면 산세가 오동나무 줄기 속처럼 아늑하다는 동리산이다.

압록부터는 타는 손님 하나 없이 내리기만 하더니 결국 달랑 정요 하나만 태우고 달리던 버스는 구멍가게 하나와 농가 두어 채가 있는 원달 종점에 도착했다. 계곡을 끼고 오리쯤 걸어 올라가야 하는 이곳이 태안사 입구인 셈이다.

절까지는 인적이 없는 한적한 산길이다. 예고 없이 나타난 방문객을 맞아주는 것은 계곡의 바람이다. 돌아보는 이 없어도 시절 따라 피어나는 꽃들을 하나하나 어루만지는 바람에는 온갖 향기가 묻어난다. 산문을 찾는 이의 마음을 고즈넉하게 가라앉혀 주는 청량한 숲 내음에 절로 호흡이 깊어진다.

벌써부터 이마에 땀이 흐르고 갈증도 났지만 태안사로 올라가는 길에는 나그네를 위한 벤치도 걸터앉아 쉬어갈 만한 바윗돌도 없었다. 적막한 산길을 걷다가 풍광 좋은 곳을 만나면 잠시 서서 땀을 들이며 다리쉼을 할 뿐이다. 온 산을 울리는 뻐꾸기 소리가 잊었던 그리움을 깨웠다. 말 못할 기막힌 사정이 있는지 남의 둥지에 탁란을 한 뻔뻔한 어미가 개개비나 오목눈이 둥지에서 태어난 새끼들을 애타게 불러내는 중이다. 뻐꾸기의 전생은 유목민이거나 말만 앞서는 게으름뱅이였을까.

알을 품어주지 못하고 애벌레 하나도 먹여 기르지는 못 했지만 모정만은 뜨겁다. 가슴에서 피가 솟도록 울어대는 뻐꾸기 소리를 들으며 정심교와 반야교를 건넜다.

여울져 흐르는 계곡에는 작은 물고기들이 떼를 지어 헤엄치고 있었다. 무성한 숲 사이로 빛기둥 같은 햇살이 쏟아져 내렸고 물고기 떼가 방향을 바꿀 때마다 은빛 비늘이 하얗게 빛났다. 작은 폭포에서 진주처럼 부서져 내리는 물방울을 희롱하는 물고기들을 넋을 잃고 바라보다가 정요는 다시 걸음을 재촉했다.

막바지 오르막이 이어지면서, 앞을 막아서는 아름드리 소나무를 안고 돌아서면 마중이라도 나선 듯 작은 전각 하나가 불쑥 나타났다. 계곡 위에 걸쳐놓은 다리인 듯 정자인 듯 서 있는 능파각이다. 능파(凌波)는 파도 위를 걷는 것 같다는 뜻으로 미인의 가볍고 아름다운 걸음걸이를 이르는 말이라고 한다.

개울 위에 다락을 세웠으니 누각이요
개울 위에 다리를 놓았으니 교량이요
개울 위에 절문을 얹었으니 산문이다.

동리산 계곡, 물 위에 뜬 봉황의 집이라고 읊었던 옛시인의 표현대로, 가던 발길을 멈추거나 나지막한 난간에 걸터앉으면 사람까지도 함께 한 폭의 그림이 되는 아름다운 누각이다. 무심히 건너가는 사람에게는 한낱 아름다운 다리일 뿐이겠지만, 두 손 모아 공손히 합장하고 들어서면 그대로 청정산문이 된다. 계곡을 건너가는 다리에다 굳이 저처럼 아름다운 집을 짓고 능파각(凌波閣)이라고 이름 지은 것은 어지러운 속세를 벗어나 청정산문에 들어서는 발길을 미인의 가볍고 아름다운 걸음걸이로 표현한 것이리라.

여러 전란과 비바람을 온몸으로 견뎌내며 긴 세월 태안사의 흥망성쇠를 지켜 온 능파각. 6.25전란으로 태안사의 모든 전각들이 온통 화마에 휩싸였던 와중에도 일주문과 함께, 소실되지 않고 용케 살아남은 귀한 건축물이다. 계곡 위에 떠 있는 봉황의 집이건, 물결 위를 가볍게 걸어 사바세계에서 불국정토로 들어가는 다리이건 문자 속을 따지는 사람들 얘깃거리일 뿐이다. 그저 높지도 낮지도 않아 앉아 있기 맞춤한 난간 기둥나무에 등을 기대고 앉아 계곡의 물 소리를 듣거나 바람에 몸을 맡겨도 좋았다.

해회당 뒷마루에 앉아 즐기던 달빛과 함께 떠오르던 능파각, 오랜만에 만난 연인처럼 난간에 앉아 땀도 들이고 사위를 둘러보며 시원스런 계곡 물 소리도 실컷 들어볼 것이다. 지명스님의 안부는커녕 거처마저 알 수가 없는 지금 스님이 무심코 드나들며 밟았을 오솔길, 어딘가에 앉아 다리쉼을 했을 난간마저도 반가운 것이다.

오리 길이 짱짱한 태안사 계곡 중에서도 가장 멋스러운 곳이 바로 능파각의 절경이다. 하나의 커다란 바윗돌로 이루어진 것 같은, 능파각 아래 계곡에는 맑은 물이 수없이 작은 폭포를 이루며 흘러내리는데 하얗게 부서지며 튀어 오르는 물방울이 마치 하얀 진주를 쏟아내는 것만 같다.

태안사가 아니라 능파각을 찾아온 듯 버릇처럼 걸음이 멎었다. 난간에 기대앉아 땀을 들이는 것은 나중 일이고, 언제 보아도 멋스러운 능파각이 오랜만에 더 정겹다. 버릇처럼 계곡이 있는 오른쪽으로만 고개를 돌리고 걸어왔던 눈길이 낯선 풍경에 저도 모르게 왼쪽으로 돌아갔다.

조경공사라도 하려는 것인가?

크고 작은 돌멩이를 잔뜩 쌓아놓은 돌무지에 잠깐 멎었던 눈길이 다시 울긋불긋 단청까지 아름다운 능파각으로 향했다. 버스에서 내리면서부터 쉬지 않고 걸었으니 능파각 난간에 앉아 다리쉼을 해야 했다. 땀을 들이며 앉아 있어도, 너른 난간에 누워 경치를 감상하다 잠들어도 능파각 절경 속에서는 모두가 함께 아름다운 풍경이 된다.

햇살 뜨거운 돌무지 앞을 지나 능파각 시원한 그늘로 들어서던 정요의 발길이 문득 멎었다.

"…애기보살…. 애기보살…."

사시사철 동리산 골짜기를 휩쓸어가는 바람 소리인가.

밤낮을 쉬지 않고 흘러내리며 능파각에 소곤대는 계곡물 소리인가.

“…애기보살…. 애기보살….”

“…애기보살…. 애기보살….”

가랑잎이 바스락거리는 것 같이 작고 메마른 소리,

쌓여 있는 돌무지 속에서 정물로 놓여 있던 돌멩이 하나가 입을 헤 벌리고 쉬엄쉬엄 숨을 쉬듯 말을 건네고 있었다.

온 몸에 쏟아지는 햇살 아래서 백일몽을 꾸는 것처럼 의식이 몽롱해진다.

“…애기보살…. 애기보살….”

“애기보살…. 애기보살이네.”

가랑잎이 바스락거리는 소리의 의미가 전달되는 순간 정요도 그대로 정물로 굳어졌다.

애기보살!

젖을 물고 엄마 품에 안겨 있던 기억처럼, 전생의 기억처럼 아득한 이름 애기보살!

안개처럼 아지랑이처럼 몽롱한 의식의 끝에서 꿈이 아니고, 말을 건네는 것이 돌멩이도 아니라는 것을 깨닫는 순간 정요는 풀썩 그 자리에 주저앉고 말았다.

“스님? 지명스님? 우리 스님 맞아요?”

다급한 물음에도 스님은 입을 헤 벌린 채 온몸을 들썩이며 가쁜 숨만 몰아쉬고 있었다.

“지명스님! 우리 지명스님이 왜 이래요? 스님, 어디 아파요?”

불길이라도 닿은 듯 가슴이 타오르고 뜨거운 눈물이 폭포처럼 터졌다. 이 순간 그네가 할 수 있는 것이라고는, 소리도 내지 못하고 그저 세상을 떠내려 보낼 것처럼 걷잡을 수 없이 흘러내리는 눈물뿐.

“괜찮아… 괜찮아… 좋아… 다 좋아….”

"괜찮아… 괜찮아… 좋아… 다 좋아….."

엉엉 우는 아이를 달래는데도, 마른 갈대밭을 지나는 바람처럼 풀기 없이 메마른 소리였다.

조금만 움직여도 땀이 나고 갈증이 나는 오월 땡볕이다. 누비옷에 겨울에나 쓰는 털모자까지 쓰고서도 뜨겁게 달아오른 돌 무더기에 앉아 해바라기를 하고 있는 지명스님.

말없이 앉아 있기만 해도 태산 같은 장중함과 이글거리는 숯불처럼 뜨거운 기상을 내뿜던 스님이었다. 그 뜨거운 열정과 씩씩한 기상은 어디로 가고 이렇게 마른나무처럼 검불더미처럼 변해버렸나.

"스님, 도대체 왜 이렇게 된 거야? 몸은 왜 이렇게 야위고, 내가 얼마나 스님을 찾았는데…."

다시 목이 메고 말았다.

"괜찮아… 괜찮아… 좋아… 다 좋아…."

"그 동안 어디 있었는데요, 여기는 언제 오셨어요?"

"괜찮아… 괜찮아… 좋아… 다 좋아…."

"괜찮아… 괜찮아… 좋아… 다 좋아…."

정요가 묻기를 포기한 뒤에도 스님은 열심히 대꾸하고 있었지만 더 이상의 대화는 이미 불가능했다. 그러고 보니 '괜찮아, 괜찮아. 좋아, 다 좋아'도 뭐가 괜찮다는 것인지 뭐가 좋다는 것인지 도무지 모를 소리였다. 한눈에 봐도 전혀 괜찮지도 좋아 보이지도 않는 스님이 계속 괜찮다 좋다고만 하시니 더럭 겁이 난다. 어쩌면 능파각으로 다가오는 정요를 발견하고서 '애기보살. 애기보살이네.'가 스님의 의지로 건넸던 유일한 대화였는지도 모른다.

"스님, 대체 어디가 얼마나 아프신 거예요?"

“괜찮아… 괜찮아… 좋아… 다 좋아….”

여전히 풀기 없고 잦아드는 목소리였지만, 정말 아무렇지도 않다는 것을 확인시켜 주려는 듯 스님이 지팡이를 짚고 기대앉았던 돌무더기에서 일어섰다. 반가운 마음에 와락 스님에게 안겨들던 정요는 스님과 함께 넘어지고 말았다.

그 바람에 두 사람은 끌어안고 누운 형세가 되었다. 스님의 품에 안긴 정요는 다시 꿈을 꾸는 것처럼 몽롱해졌다.

“괜찮아… 괜찮아… 좋아… 다 좋아….”

“괜찮아… 괜찮아… 좋아… 다 좋아….”

고장 난 녹음기처럼 계속 반복되는 소리에 정신을 차렸다. 스님을 부축해서 돌무더기에 다시 앉혔다.

겨릅대처럼 마른 몸이 허깨비처럼 가볍다. 몸이 이리 망가졌으니 정신마저 온전치 못한 것이다. ‘몸이 법당이다!’라는 소리가 그저 몸보신하려는 스님들의 핑계인 줄만 알았는데…

“괜찮아… 괜찮아… 좋아… 다 좋아….”

주르륵 눈물을 쏟아내는 정요를 보면서도 메마른 소리로 그저 괜찮다 다 좋다고만 하신다. 완전 비정상인 스님이 입만 열면 자동으로 반복하는 ‘괜찮아, 괜찮아. 다 좋아!’는 주위 사람들을 안심시키고 자신을 다독이는 주문인 것이다.

넋이 나간 사람처럼 정신 줄을 놓아버린 스님을 보며 저도 모르게 중얼거리고 있었다.

‘어떻게 이럴 수가… 이런 모습은 지명스님이 아니야…’

한참을 그렇게 꿈을 꾸듯 지명스님을 바라보는데, 해회당 툇마루에서 쇠북이 우는 소리가 들려왔다. 이 시각에 뎅뎅 울리는 쇠북소리는 대중들에게 저녁공양을 하러 모이라는 소리, 그 소리에 홀리듯 지명스님이 지팡이를 짚고 일어서더니 절을 향해 힘든 걸음을 옮겼다. 스님을 부축해 천천히 걸으면서 정요는 끝도 없이 화가 치밀었다.

이건 아니야, 이럴 수는 없어!

이 지경이 되도록 스님을 방치한 절집에 대한 서운함도 아니었다.

너무 쉽게 스님 찾기를 포기하고 현실 속으로 도피해 버렸던 자신에 대한 질책도 아니었다.

발버둥 치며 고함이라도 질러대야 했지만, 뭔지도 모르는 안개에 휩싸여 한없이 떠밀려가기만 하는 자신에 대한 분노였다.

저녁공양 후 인사차 들른 정요를 본 주지스님은 지명스님을 만나 보았느냐는 말로 수인사를 대신했다.

"지명스님 보고 놀랐지? 그래도 지금은 많이 좋아진 거야"

"아니, 지명스님이 왜 저 지경이 된 거예요?"

"지명당이 어쩌다 저렇게 되었는지 아무도 몰라. 그때 함께 연행되었던 명연당까지 함구해 버리니까 우리는 알 도리가 없지."

해를 두고 궁금하던 차에 명연스님이 지명스님을 모시고 태안사에 나타났지만, 어째서 저리되었는지 어디서 어떻게 지냈는지에 대해서는 일언반구도 입을 열지 않는다는 것이다.

"처음엔 나도 지명당을 몰라봤어. 그 건장하던 체구며 잘난 얼굴이 저리 변했으니 누가 믿겠나?"

지명스님과 태안사 주지스님은 행자 시절부터 막역한 도반 사이였지만 법난 이후 지명스님을 다시 본 것은 이번이 처음이라고 했다.

"험한 세월에, 그저 숨이 붙어 돌아온 것만도 다행이라고 해야지. 그렇게만 알아.”

이제와 내막을 안다 한들 별 뾰족한 수도 없고, 저렇게 망가진 사람의 묵은 상처만 덧내는 일이 될 것이니 정요도 더 이상 알려고 하지 말라고 재삼 당부했다. 절에서 대중들과도 어울리지 못 하고, 운동이라도 하는 것처럼 지팡이를 들고 나서지만 기껏해야 능파각에 나가 돌부처처럼 앉아 있는 것이 스님의 유일한 일과라고 했다.

주지실을 나와 달빛을 밟으며 돌아오다가 불현듯 지명스님이 날마다 능파각 앞으로 나가 있었던 것은 정요 자신 때문이라는 생각이 떠올랐다. 새삼스레 느껴지는 우주의 오묘한 섭리.

그래, 우리 스님이었어!

이곳으로 부른 것은 달빛이 아니라 스님이었다. 정신마저 온전치 못한 스님이 날마다 능파각까지 나가 앉아 있었던 것은 기약조차 없는 정요였지만 언젠가는 반드시 찾아올 것이라는 기다림 때문이 분명했다.

지명스님이 거처하는 염화실에는 벌써 불이 꺼져 있었다.

해회당 처소로 돌아온 정요는 오래도록 툇마루에 앉아 달을 바라보았다.

텅 빈 충만.

온 세상을 가득 채우지만 아무런 욕심이나 차별 없는 달님을 ‘월광보살’이라 부르며 사랑했었다. 가산사 대중들도 드물지만 달빛차회를 했었다. 오늘같이 보름달 뜨는 밤이면, 다구를 챙겨들고 마루에 둘러앉아 따뜻한 차 한 잔과 무량한 달빛공양에 즐거워할 지명스님이 머리맡에 아까운 달빛을 놓아두고 잠이 들어 있다. 소박한 심성을 지닌 사람들과 탈속한 이야기를 나누며 차를 마시던 날들은 이제 아득한 추억으로만 남겨지려는가. 뜨락에 내리는 달빛만 소리 없이 스님의 여윈 어깨와 혼곤한 잠을 어루만질 것이다.

다음 날, 정요는 지명스님과 함께 식사도 하고 산책도 같이하며 오롯이 하루를 보냈다. 이심전심, 말은 안 해도 어린아이처럼 좋아하는 지명스님의 얼굴에는 흐뭇한 표정이 역력했다. 눈이 마주치면 하얗게 잇바디를 드러내어 웃기도 하고 사람들이 보는 앞에서도 아무렇지 않게 정요 손을 잡았다. 마음을 숨기지 못하고 남들 앞에서 손까지 잡다니, 예전의 지명스님이라면 상상도 못할 모습에 오히려 안쓰럽고 가슴이 먹먹해졌다.

공양주 보살은 이곳에 온 후로 저렇게 밝고 환한 스님의 모습을 보는 것은 처음이라고 좋아했지만 그럴수록 가슴은 더 무너져 내렸다.

태안사에서 하루를 더 보낸 정요는 밤기차를 타고 상경했다. 몇 날이고 언제까지고 더 묵고 싶은 마음이야 굴뚝같았지만 하루라도 급히 서둘러야 했기 때문이다.

"스님, 저 오늘 서울에 갔다가 금방 다시 올게요."

"괜찮아… 괜찮아… 좋아… 다 좋아…."

알아듣기나 하는 것인지, 입버릇대로 괜찮다고 다 좋다고 하며 그저 헐렁한 웃음만 보였다.

나뿐이야! 나밖에 없어!

능파각에서 지명스님을 본 뒤로 줄곧 나밖에 없다고 되뇌었지만 막상 무엇을 어떻게 해야 할지 막막하기만 했다.

방을 얻어 필요한 살림을 장만하고 한 동안은 부실한 스님을 곁에서 돌보려면 다른 일을 할 수도 없을 것이다. 가능한 지출을 줄이는 길밖에 없었다. 집세나 물가가 비싼 서울에서는 고작 몇 달을 버티기도 어려울 것이다. 어차피 돈벌이를 못 할 바에야 차라리 시골이 나을 것이라는 데까지 생각이 미치자 불현듯 떠오르는 장소가 있었다.

그래, 거기야! 그곳으로 가는 거야!

지리산 월계마을 위에 있는 지선스님 토굴이었다. 작고 허술한 집이지만 주위 경관과 맑은 기운만큼은 더할 나위 없이 좋은 곳이다. 워낙 외지고 깊은 산 속이라 누가 찾아올 리도 없고, 집 주인인 지선스님은 서울에서 주지 소임을 하느라고 바빠서 언제 돌아볼 새가 없을 것이다.

시골에 계신 어머니를 핑계로 정요는 자애학교에 휴직원을 냈다. 아버지가 돌아가신 뒤 엄마는 잔병치레가 잦았다. 수시로 시골집에 드나든 걸 사무실이나 동료들도 알고 있던 터라 갑작스런 휴직도 자연스러웠다. 때마침 실습 나온 대학생들이 수습 중이라 민들레반 아이들도 큰 불편은 없겠거니 위로를 삼았다.

"정말 아무 일 없는 게지?"

"그럼, 갑자기 엄마가 보고 싶어서 왔다니까."

몇 번을 확인해 드렸지만 반만 맞는 말이다. 어머니 간병을 핑계로 휴직원을 냈지만 오랜만에 시골집을 찾은 데에는 다른 이유가 있었다.

월계마을에 들어가기로 맘을 굳히고 먼저 통장을 꺼내서 잔액을 확인했다. 돼지저금통까지 털었지만 별 도움이 되지 않았다. 산골에 들어가 살만한 목돈을 만들 묘안이 없었다. 학창시절부터 언니 몰래 용돈을 챙겨주던 너그러운 형부 생각도 했지만 끝내 입이 떨어지지 않았다.

궁리 중에 문득 떠오른 것이 엄마의 패물함이었다. 시집오는 날부터 작은댁을 보아온 엄마에게 아버지는 여유가 생길 때마다 금붙이를 선물하는 것으로 미안함을 대신했다. 아버지가 돌아가신 뒤로는 꺼내보지도 않고 장롱 깊숙이 잠겨 있는 패물이었으므로 크게 죄의식을 느끼지 않아도 되었다. 엄마 패물은 어찌할 거냐는 물음에 딸들이 시집갈 때 나눠줄 거라고 했으니 어차피 남아 있는 패물들은 모두 미혼인 제 몫일 터였다.

기별도 없이 어쩐 일이냐며 어디 아픈 게 아니냐고 걱정해 대는 엄마. 철없는 딸내미의 속셈도 모르고 그저 반가워하는 엄마의 곁에서 보내는 짧은 봄밤이 더디기만 했다.

철이 들었는지 불쑥불쑥 여행을 가거나 낯선 땅에서 신원조회가 넘어오는 일도 없었다. 뒤늦게 직장에 마음 붙이고 사는 것만으로 엄마는 감지덕지하고 있었다. 그런 엄마에게 정요는 또 한 번 못 할 짓을 했다.

'엄마, 죄송해요. 나중에 다시 채워드릴게요. 정말 많이 미안한 정요가.'

패물함에는 많은 금붙이 대신 철없고 무모한 딸내미의 면목 없는 쪽지 한 장이 덜렁 들어앉고 말았다. 시집올 때 할머니한테서 물려받았다는 금가락지 한 쌍을 빼고는 모두 제 가방 속으로 옮겨버린 것이다.

시장을 다니며 어림짐작으로 사들인 물건이 커다란 가방 두 개를 채웠다. 불룩해지는 가방을 보는 올케의 표정이 뜨악해졌다.

"고모, 친구 집에 간다며? 웬 짐이 그렇게나 많아요. 누가 보면 살림이라도 차리는 줄 알겠네."

혹시 절에 가는 것 아닌지 대놓고 묻지 않았지만 눈빛에 의혹이 그득했다.

금정암에서 한철을 살고 나온 뒤로 함께 사는 오빠 내외의 참견이 부쩍 심해졌다. 행여 출가라도 할까 싶어 전전긍긍하던 엄마가 신신당부를 했던 탓이다.

근래 들어 자애학교에 맘을 붙이자 감시의 눈초리는 한결 느슨해졌지만, 조금이라도 수상한 낌새가 보이면 예사로 넘기지 않았다.

"언니도 참! 친구네 집이 워낙에 깊은 산골 오지인데 필요한 게 좀 많겠어요? 연로하신 부모님이랑 어린 조카도 셋이나 된대. 마음 같아서는 슈퍼

마켓을 통째로 들고 가고 싶구먼.”

급한 대로 화천 파로호 부근이 고향인 선생님의 시골집으로 여행을 간다고 둘러댔다. 분기별 휴가를 이용해서 동료들과 여행하던 버릇을 알고 있었기 때문인지 더는 의심받지 않고 넘어갔다.

곡성역에 내린 정요는 택시부터 잡아야 했다. 기차가 들어올 시간인데도 역 앞 다방에 앉아서 친척 형님과 하릴없이 노닥거려야 했던 강 기사는 전화를 받자마자 내달려왔다.

“아이고, 오랜만이여! 어젯밤 꿈이 좋더니만 우리 서울 아가씨를 볼라고 그랬는개벼.”

넉살 좋은 강 기사는 시장바구니를 들어 올리듯이 큰 가방 두 개를 번쩍 들고 가서 차에 실었다. 강 기사 덕에 한결 마음이 가벼워진 정요는 곧바로 태안사로 올라갔다.

다행이다!

스님은 예전 버릇대로 능파각 앞에서 해바라기를 하고 있었다.

“어? 애기보살이네!”

택시에서 내리는 정요를 본 스님의 얼굴이 환하게 밝아졌다.

“스님, 언제부터 나와 계셨어요? 날마다 여기 나와 계셨던 거야?”

“괜찮아, 괜찮아. 좋아, 다 좋아.”

입버릇은 그대로였지만 말소리가 한결 또렷하고 분명했다. 말소리뿐이 아니다. 전체적으로 보름 전보다는 훨씬 생기가 도는 모습이었다.

능파각 앞 좁은 공간에서 택시를 돌리려면 얼마간 시간 여유가 있었다.

언제 보아도 아름답고 정겨운 능파각.

그러나 잠깐만이라도 누각 난간에 앉아보고 싶은 미련을 애써 털어냈다. 미련도 욕심도 없이 가볍고 우아한 걸음으로 건너야 하는 능파각이 환상처럼 아름답다. 어느 때보다 그림처럼 아름다운 능파각이지만 액자 속의 풍경인 듯 한걸음도 다가서지 못한다. 닿을 수 없는 곳을 바라보는 것처럼 멀거니 쳐다볼 수밖에.

이제 정말 능파각을 건너온 거야!

다짐을 굳게 추스르는데 마음과 달리 까닭 모를 눈물이 주르르 흐른다.

스님을 부축해서 택시에 앉힌 정요는 한 번 더 능파각을 올려다보았다. 어지러운 속세에서 피안으로 건너가는 다리 능파각, 저 다리를 건너온 지명스님에게는 이쪽 속세가 피안의 세계이다.

"강 기사님, 조금만 더 천천히요."

택시가 달리는 동안 어지러운 듯 내내 눈은 감고 있던 지명스님은 정요가 잡은 손에 힘을 주기도 했다.

읍내 식당으로 들어가 작은 방에 자리를 잡았다. 점심도 먹고 스님의 승복을 운동복으로 갈아입힐 요량이었다.

"그래, 잘 부탁함세. 우리 정요보살이 고생 좀 하겠네."

전화로 저간의 사정을 이야기하고 양해를 구하자 태안사 주지스님도 선선히 허락을 했다. 정요가 다녀간 뒤 눈에 띄게 생기가 도는 지명스님을 보고 둘 사이를 웬만큼 눈치챘던 것이다. 고생이 될 테니 조금만 회복되면 바로 모시고 오라는 말로 걱정을 대신하며 한 번 더 고맙다고 치사를 했다.

저녁으로 먹을 곰탕을 포장하고 대기하던 택시에 다시 올랐다. 식곤증 탓인지 스님은 이내 졸음에 빠져 들었다. 이 시간이면 자애학교도 점심시간이다. 반찬 투정 심하던 후경이 생각에 정요는 잠깐 마음이 무거웠다.

"여그만 와도 그날 봄소풍 생각이 난당게. 그날 정말 좋았는디, 그 잘난 스님이 어쩌다 저렇게 못쓰게 되야부렀당가?"

"스님이 많이 아프셔서 정양을 하러 가는 거예요. 이 스님이 거길 유난히 좋아하시거든요."

산동면 면소재지를 지날 무렵 무심히 던지는 강 기사 말에 이태 전 봄날
의 야단법석이 떠올랐다. 강 기사가 지명스님을 그 자리에 있던 지선스님
으로 착각하는 바람에 정요는 한결 편해졌다.

산동 월계마을이 끝나는 곳에서 택시를 내렸다.

산수유꽃의 흔적은 어디에도 없었다. 칙칙한 돌담과 울적한 마음까지
환하게 밝혀주던 노란 꽃이 진 자리마다 녹두알만 한 산수유 열매가 매달
렸다.

농로가 끝나는 지점부터는 오르막 좁은 산길이다. 입담 못지않게 발도
빠른 강 기사가 산길을 오르내리며 마지막으로 큰 가방을 들고 왔을 때 두
사람도 토굴이 보이는 산모퉁이에 도착했다. 빨갛게 녹슨 양철지붕을 이
고 앉은 토굴은 늦은 봄볕 아래 졸음에 겨웠다. 오르막 산길에 지쳤을 텐
데도 주변을 둘러보는 스님의 입가에 미소가 번졌다.

"스님, 여기가 우리가 지낼 토굴이야."

"좋다, 좋아!"

"정말요? 맘에 드세요?"

"어, 좋아. 맘에 들어."

"정말 맘에 들어요?"

되묻다 말고 울컥 목이 메었다.

"괜찮아. 좋아, 다 좋아. 애기보살, 울지 마."

울지 말라고 달래는데도, 슬프기는커녕 더없이 기쁜데도 걷잡을 수 없
이 눈물이 쏟아져 내린다. 조금씩이지만 지명스님이 정상적인 언어를 구
사하고 있는 것이다.

부엌문 위를 더듬어 가는데 툭하고 열쇠가 떨어졌다. 열쇠를 자물통에

밀어 넣고 돌리자 벌겋게 녹슬어가던 자물통이 달칵 소리와 함께 열렸
다. 은근히 걱정했던 것들이 쓱쓱 풀리자 복권에라도 당첨된 것처럼, 자
신의 삶도 이제껏 살아온 것과는 전혀 다른 새롭게 열릴 것이라는 확신
이 들었다.

　월계마을로 들어와 살 생각을 해낸 건 지선스님의 언질이 큰 몫을 한 셈
이었다.

　"아! 그 좋은 토굴을 묵혀두고 이렇게 사판으로 살아서는 안 되는데 말
이야. 지리산 토굴 생각만 하면 잠을 못 자. 내가 지금 제대로 중노릇을 하
고 있는 건지. 이렇게 살림살이에 발목을 잡혀 살 거라고 생각도 못하고
그 토굴을 물려받았을 때 얼마나 신심이 났는지 몰라. 금방 들어갈 줄 알
았는데, 사는 일이 영 뜻대로 안 되네."

　"스님이 뭐 어때서요? 꼭 깊은 산 속에 틀어박혀서 참선을 하는 게 수행
의 전부는 아니잖아요. 세속에 지친 중생들을 구제하고 가람을 수호하는
것도 큰 공덕이 아닌가요? 이렇게 저희들 맛있는 밥도 사주고!"

　"차암 나! 그래, 세파에 부대끼면서도 정요보살 맛난 밥 사주는 게 공덕
이라면 내 매일이라도 사줘야지."

　집이란 살아있는 생물이라서 사람 훈기가 없으면 금방 폐가가 되어버린
다. 툭하면 두고 온 정인 같은 토굴생각에 잠을 못 이룬다고 했지만 지선
스님은 꽤 오래 이곳에 돌아오지 못할 것이다. 바깥에 할 일이 많은 주인
을 대신해서 정요가 토굴을 지키러 온 셈이다.

　모닥불을 피우고 향긋한 매화차를 마시던 마당은 해묵은 잡초가 누렇
게 우거졌고 툇마루에는 낙엽이 수북했다. 어디에도 사람이 머문 흔적은
없었다. 오랫동안 비어 있던 방안은 눅눅한 냉기가 감돌았다. 짐을 들이기

전에 방문을 활짝 열어 환기부터 시켜야 했다.

새 주인이 들어와 살기 위해 말끔하게 치우고 닦아놓은 냉장고, 뽑아두었던 플러그를 콘센트에 꽂자마자 냉장고 안에 불이 켜지고 윙 하는 소리가 들렸다. 혹시나 했던 걱정이 일순간에 날아가고 이제부터 모든 일이 잘 풀릴 거라는 확신이 차오른다.

양지바른 마루에 스님을 앉혀두고 부엌으로 들어간 정요는 아궁이에 불부터 지폈다.

오랫동안 불길이 닿지 않아 눅진해진 아궁이 탓에 불을 지피는 일은 쉽지 않았다. 굴뚝이 막혔는지 작은 부엌이 연기로 가득 찼다. 매운 눈물을 훔쳐내면서도 아궁이를 떠나지 못하고 연신 부채질을 하는데 지명스님이 들어섰다.

"스님, 매워요. 얼른 나가세요."

"괜찮아. 괜찮아."

아무리 말려도 스님은 끝내 아궁이 앞으로 다가앉았다.

연기가 자욱한 아궁이 앞에 나란히 앉아 두 사람은 연신 눈물바람을 했지만 소꿉놀이하는 아이들처럼 즐겁다. 아궁이에 장작을 집어넣던 스님이 어느새 정요의 어깨에 머리를 기대고 가볍게 코를 곯았다. 오랫동안 사용하지 않아 냉기가 굳어진 방은 두 사람의 얼굴에 온통 눈물 콧물 자국을 만들고서도 두 시간쯤 더 지나고 나서야 온기가 돌기 시작했다.

따뜻한 아랫목에 스님을 눕게 한 정요는 옹달샘으로 달려갔다. 샘 바닥에 까맣게 쌓여 있던 낙엽을 건져내고 고인 물을 퍼냈다. 정신없이 숨어 다니던 작은 도롱뇽들이 함부로 뛰어드는 통에 바가지에 담은 물을 다시 쏟아내는 일이 더 많았다.

노을을 볼 수 없는 산골짜기에서는 해가 빠르게 진다. 서쪽 하늘이 조금 붉어지는가 싶더니 이내 주위가 푸르스름한 어둠으로 덮였다.

짐을 풀어 정리하고 식당에서 사가지고 온 곰탕을 석유곤로에 데우는 동안 저녁상을 차렸다. 석유곤로의 기름은 바닥까지 내려갔지만 창고로 쓰는 방에는 석유가 반통이 넘게 남아 있었다. 김치와 깻잎장아찌뿐인 소박한 밥상이지만 스님과 단둘이 마주하는 자리다.

"스님, 많이 드셔요, 그래야 빨리 예전처럼…."

또 목이 메고 만다.

"응, 좋아. 괜찮아. 맛있다."

입버릇처럼 말하고 있었지만 스님은 정말 식사가 맛있는가 보았다. 밥상을 물리고 부엌으로 나가 설거지를 하면서도 정요의 생각은 하나로 모아졌다.

본시 강건했던 분이니 금방 좋아질 것이다.

'내가 할 일은 거기까지야!'

스님이 예전처럼 푸른 눈빛을 찾는 날, 조용히 앉아 있어도 치열하고 맑은 기운을 뿜어내는 날이면 아무런 미련이나 회한 없이 이곳을 떠날 터이다.

하룻밤 인연이 무거워서가 아니다. 스님이 보여준 따뜻함과 깊은 울림 탓도 아니었다. 굳이 이유가 있어야 한다면 두 사람이 사용하는 운명의 주파수가 서로 비슷했을 뿐이다. 평범하지만 향기로운 삶을 꿈꾸던 그네가 예측하지 못한 소용돌이 속으로 뛰어든 이유였다.

설거지를 끝내고 들어오니 갑작스런 변화에 고단했던지 스님은 고른 숨을 내쉬며 잠들어 있었다. 아침 일찍 서울을 떠나서 지리산 토굴의 낮은 방에 몸을 눕히기까지 길었던 오월 하루가 그렇게 저물었다.

방바닥은 시간이 갈수록 점점 뜨거워졌다. 아랫목에 누운 스님과 떨어져 윗목에다 자리를 보았지만 잠결에 이불을 걷어차고 윗목으로 옮겨온 스님이 내뱉는 숨결이 정요의 얼굴에 닿을 듯 가까워졌다. 간간이 골짜기를 넘어오는 소쩍새 소리로 산골의 적막한 밤이 깊어지고 뜨거운 아랫목을 비워 둔 그들은 혼곤한 잠에 빠져들었다.

이른 아침, 새 소리에 잠이 깼지만 주위는 아직 어둠에 묻혀 있었다. 조금 더 날이 밝기를 기다리며 다시 잠을 청했던 정요는 방문이 환하게 밝아진 기척에 눈을 떴다.

그런데 곁에 누워 있어야 할 스님이 보이지 않았다.

"스님 어디 계세요? 지명스님!"

화들짝 놀라 큰 소리로 불러봤지만 어디에도 스님의 기척이 없다.

'혹시 절에 가려고 무작정 내려간 건 아닐까?'

얼른 산 아래로 내달리려다 혹시나 해서 집 주위를 살펴보았다.

빨래터 곁에 있는 북바위에 스님이 석상처럼 앉아 있었다.

"어휴, 다행이다!"

가슴을 쓸어내리며 한걸음에 바위로 달려가던 정요는 그 자리에 얼어붙었다.

"스님, 뱀! 뱀이란 말이야!"

묵은 들기름을 먹인 것처럼 반질반질한 초콜릿 빛깔의 도마뱀이 스님이 앉은 바위틈새에 있다가 인기척에 놀라 쪼르르 도망간다.

여전히 미동도 없는 스님을 보는 정요의 가슴이 덜컹 내려앉았다.

"괜찮아, 괜찮아."

주위를 돌아보며 예의 그 헐렁한 웃음으로 대꾸하며 올라오라고 손짓을 한다. 두 사람이 편히 앉기에는 좀 비좁았지만 정요도 스님 곁으로 올라가 앉았다. 가슴이 쿵쿵거리는 와중에도 '와, 와!' 신음 같은 탄성이 흘러나왔다.

눈부신 오월의 신록이 눈앞에 펼쳐졌다.

아침 햇살로 세수를 마친 지리산은 미처 매무새를 갖추지 못한 속살을 수줍게 드러냈다. 연두색 어린 잎들이 여린 햇살의 간지럼에 기지개를 켜면서 일어났다. 풀 비린내 같은 향긋한 숲 내음에 어느새 호흡이 깊어진다.

꾹꾹 꾸꾸. 산비둘기 낮은 울음 뒤로 경쾌한 새 소리가 이어졌다.

호 호 호 히~오. 명랑하게 노래하듯 다섯 음절로 노래하는 저 새는 기생새다.

'술 먹고 가~요'

음주가무 좋아하던 매혹적인 기생의 죽은 넋이 산길에 지친 이들을 불러 세워서 '술 먹고 가라' 유혹한다나. 높고 청아한 음색으로 보아 꾀꼬리일 것인데도, 스님들 수행을 방해하지 말라고 타이르며 금정암 스님들은 하릴없이 웃었다.

이 토굴은 지선스님의 도반인 지율스님이 살기 전에는 흑염소와 누에를 키우던 농부 일가가 살았다고 한다. 어린아이들이 타던 세발자전거가 마당 끝 감나무 아래서 바퀴가 터진 채 벌겋게 녹슬어 있었다. 비탈진 산길이라 바깥으로 나서지도 못하고 좁은 마당에서 빙빙 돌기만 했을 자전거. 산골을 떠난 아이들은 진즉 저 자전거를 잊었을 테지만 세발자전거는 해맑은 웃음소리와 함께 뛰놀던 아이들을 추억하며 무심한 세월을 견디고 있었다.

어렵게 장만한 이 토굴을 지율스님은 지선스님에게 그냥 넘겨주었다고 했다. 자신은 이 집과 인연이 다 됐다는 게 이유였다.

본시 스님들 살림살이란 것이 그랬다. 소유와 집착에서 자유롭다. 오고 감에 걸림이 없으니 산처럼 무심히 푸르고, 흰 구름처럼 자유롭게 떠났다. 정요가 운수납자라는 말을 동경하는 것도 그래서였다. 누더기를 입은 눈

푸른 나그네, 안식을 추구하며 한 곳에 머물지 않고 자신의 본래 면목을 찾아 주저 없이 길을 떠나는 아름다운 이름이 운수납자(雲水衲子)다.

아침밥을 먹은 정요는 서둘렀다.

구례로 나가는 버스는 하루에 네 번밖에 운행하지 않아서 부지런을 떨어야 했다.

"여기 좋아. 따뜻해."

"그럼 꼼짝하지 말고 계세요. 장에 갔다 금방 올 테니까 어디 가시면 절대로 안 돼요."

아이처럼 몇 번이나 당부를 하고는 산을 내려갔다. 산골에 살지만 농사를 짓는 것도 약초를 캐는 것도 아니니 그저 아끼는 재주밖에 부릴 수가 없다. 이제부터는 불편하더라도 택시가 아닌 버스를 타고 나들이를 해야 한다.

구멍 난 방문에 새로 바를 창호지며 미처 챙기지 못한 생필품과 백반을 비롯한 상비약들, 거기다 고기와 과일까지 사다 보니 양손에 버거운 짐이 되었다. 버스 안에서 마을 아낙들이 낯선 그네의 행색을 살피며 귀엣말을 했지만 아직은 인사를 하거나 나설 계제가 아니었다.

토굴까지는 버스 종점에서 이십 분 남짓 걸리는 길이지만 양손에 들린 짐 때문에 몇 번이나 다리쉼을 해야 했다. 온몸에 땀이 흐르고 숨이 차지만 마음은 왜 이리 또 바쁜가.

지명스님은 북바위에 못 박힌 듯 앉아 있었다.

"아이고, 스님. 그늘로 가시지 그랬어요."

"애기보살이 가지 말라고."

"아무리 그래도! 바위가 이렇게 뜨거운데, 왜 그리 미련하게 굴어요?"

"아니, 괜찮아. 좋아."

뱀이 무서운 정요가 스님이 앉은 옹달샘 주변 바위와 집을 한 바퀴 빙 돌며 백반 가루를 뿌렸다.

핏물을 뺀 꼬리뼈와 사태를 솥에 안치고 아궁이 앞에 앉은 정요는 하룻밤 사이에 산골 아낙이 된 듯 질박한 행복에 겨웠다.

아기주먹손같이 보드랍고 통통한 고사리가 지천이었다. 멀리 나갈 것도 없이 집 부근을 한 바퀴 돌아도 바구니에 실팍한 고사리가 그득했다. 점심을 먹은 스님이 낮잠을 자는 동안 정요는 고사리를 삶았다. 볕 바른 바위에 널고 돌아오는데, 아낙 둘을 앞세운 사내가 마당으로 들어섰다.

"우리 동네에 새로 온 사람이 있다고 해서 한 번 보러 왔소. 나가 여그 이장인디, 시방 여그서 살라고 왔소?"

시비조의 음성은 먼저 인사를 오지 않아 불쾌하다는 심사를 그대로 내보였다.

"아, 예. 아직 경황이 없어 찾아뵙지 못했네요. 한 번 내려간다는 게…."

"그나저나 새댁 혼자 사는 것은 아닐 테고. 신랑은 안 보이는 거 같은디 어디 나갔소?"

바깥 소란에 잠에서 깬 스님이 아마를 찌푸리며 방문을 열었다.

"안에 있었구먼. 쥔 양반인가 본디, 좀 나와 보시오. 나가 이장이요."

이장은 눈앞에 있는 정요를 두고 굳이 스님을 만나야 할 것처럼 성큼 다가갔다.

"저 양반이 좀 아파요. 여기서 저하고 말씀하시죠."

흘끔거리는 시선이 못마땅해 얼른 방문을 닫고 앞을 막아섰다.

"어쩐지… 그나저나 딱하우. 새파랗게 젊은 사람이 저래 기력이 없어 가지고는 쯧쯧."

마당의 감나무 그늘에 선 채로 이장과 아낙들의 참견과 수다를 견뎌내는 일은 고역이었다.

"젊은 사람들이 살러 온 것은 반가운 일인디, 어디서 왔소?"

"서울에서 왔어요."

둘의 나이 차이가 많아 보이는 것도, 민머리에 병색이 완연한 것도, 이 깊은 산골에 제대로 된 세간도 없이 들어온 것 모두가 수상쩍다는 듯 꼬치꼬치 캐묻는 의심의 눈초리가 따가웠다.

"그나저나, 여그는 어찌 알고 온 거요?"

"전에 여기 사셨던 스님이 저 양반 집안 형님이세요."

"아, 예전 그 시님, 참 좋으셨지. 마을 일도 많이 도와주고 우리랑 아주 잘 지냈구먼."

"예, 그랬군요. 저 양반은 몸이 워낙 약해서…."

마땅히 대꾸할 말을 찾지 못해 난감해하는 정요가 딱해 보였는지 수더분한 아낙이 거들고 나섰다.

"무신 사정인지는 몰라도 별 세간도 없이 이사를 온 거 같은디. 우리 집에 장이랑 묵은지는 많은 게 필요하면 좀 갖다 먹어요. 맨 끄트머리 파란 대문 집이라우."

"고맙습니다. 바로 한 번 내려갈게요,"

인심 좋은 아낙이 곤경에 빠진 정요의 구세주였다.

급한 대로 몸이 아픈 남편의 정양 차 공기 좋은 곳으로 내려온 신혼부부 행세를 했다. 아낙들은 새댁의 딱한 처지가 안 됐다고 혀를 차며 경계를 풀었지만 궁금증은 덜 풀렸는지 연신 닫힌 방문을 돌아보았다.

자기네끼리 산을 내려가면서도 혹시 남자가 감옥 살다가 나온 사람이 아닐까, 열 길 물속은 알아도 한 길 사람 속은 모른다는데… 수군거리는 소리가 불쾌하고 불편했지만 정요는 아무런 변명도 반박도 하지 못했다.

그렇게 정요와 지명스님은 수상쩍은 부부가 되었다.

그렇게 정요와 지명스님은 수상쩍은 부부가 되었다.

7장

산수유 마을

파랗고 잠깐 노랗다가 빨갛고 까맣고…

뽕나무 가지에 다닥다닥 붙은 오디가 익어가는 순서다. 아직 덜 익어 빨간 오디는 이에서 신물이 나게 시지만 새까맣게 익은 오디는 달콤한 향기가 입안 가득히 퍼진다. 기어서 지나가기만 해도 노린내가 고약한 노린재들도 오디를 탐하지만, 가끔 지독한 노린내에 구역질을 해대면서도 배가 부르게 오디를 따먹는다. 손가락은 물론 손바닥까지 싯푸른 오디 물이 빠질 날이 없다. 틈틈이 입안에 퍼지는 오디 향기에 취하다 보면 '기생새'가 술 먹고 가라고 유혹하고 '홀닥 벗고 새'는 화끈하게 홀딱 벗고 마시자고 한다.

건강은 그런 대로 빠르게 회복되어 갔지만 스님은 아직 엄마 치맛자락을 잡고 노는 아이 같았다. 나무를 자르거나 괭이로 밭을 일구다가도 어느새 정요 곁에 와 있었다. 밤에도 곧잘 혼자서 화장실에 다니는 것을 보면 무서워서는 분명 아니다. 화장실에서 나오면 대낮에도 문 앞을 지키는 스님과 마주치곤 했다.

"아이, 참. 스님, 낮에는 저 혼자도 괜찮아요."

"아니, 그냥."

"누가 나 업어갈까 봐 그래요?"

"씩씩한 애기보살을 누가!"

"비밀인데요, 사실은 저 소문난 겁쟁이였어요."

애교 섞인 투정으로 멋쩍어하는 스님을 달랬다. 혼자 있는 것이 불안해서인가. 스님은 언제라도 정요가 눈에 보여야 안심이 되는가 보았다.

텃밭의 뽕나무 사이로 묵정밭을 일구고 읍내에서 사온 씨앗을 뿌렸다.

서울 토박이인 스님은 물론이거니와 시골에서 자랐던 정요도 농사를 지어본 경험이 없다. 스님은 휴식 삼아 지내던 가산사에서, 정요는 금정암에서 호미를 만져본 것이 두 사람 농사 이력의 전부다. 어설픈 농사일보다도 지천으로 널린 산나물들을 배운 것이 더 요긴했다. 한데도 아직 취나물과 뚜깔나물을 구별하는 것은 어렵다. 나물이 나는 시기와 모양까지 비슷하지만 솜털이 보시시한 뚜깔나물은 알싸한 향이 나는 취나물 특유의 향이 없다. 대신 잡맛이 없고 담백해서 나물보다는 주로 된장국을 끓여 먹었다.

고사리나 취나물처럼 돈이 되는 나물은 새벽부터 채취하는 사람이 많아 차례지는 양이 적었다. 망초대나 뚜깔나물 따위는 시장에 내다 팔 수 있는 나물이 아니었지만 다른 나물들과 섞어 들기름에 볶으면 맛도 좋고 양도 푸짐한 것이 반찬으론 그만이었다.

산나물을 뜯어 갈무리하고 요리하는 법은 비구니 스님들 어깨너머로 배웠다. 삶은 고사리는 다 마르기 전 꾸덕꾸덕한 상태에서 차를 만들 때 유념하듯이 손안에 넣어 살짝 비벼 말려야 밑동까지 부드럽다. 금정암에 잠시 살았던 일이 이곳에서의 삶을 예비하기 위한 또 다른 섭리가 아니었을까? 그 경험이 없었다면 애당초 이 산골에 들어와서 살 엄두도 내지 못했을 것이다.

산중에서는 직접 손발을 쓰지 않으면 목구멍으로 넘길 게 없다!

일일부작(一日不作)이면 일일불식(一日不食)이다!

산중 생활이 낭만적인 것들로 가득 찬 것이 아니라는 스님들의 엄중한 가르침은 고비마다 마음을 다잡는 잠언이 되었다.

때맞춰 내려주는 단비에 기특하게도 텃밭의 씨앗들이 노랗고 푸른 싹을 틔워냈다. 특히 눈을 흘기기만 해도 금방 날아갈 것 같은 상추 씨앗은 씨앗이라기보다 얇은 종잇조각을 잘게잘게 잘라놓은 것만 같았다. 아무리 봐도 생명을 잉태한 씨앗이라는 생각이 전혀 들지 않는 그 가볍고 작은 씨앗들이 어떻게 딱딱하고 무거운 땅덩이를 밀어 올리며 여린 싹을 틔워내는 것인지 신비로운 생명에 대한 경외심도 절로 들었다.

거친 돌밭에도 생명의 기운이 넘쳐나고 산은 온통 짙은 초록빛 수목의 바다로 변해갔다. 밭농사도 마음을 썼지만 정요는 아랫마을의 약초꾼 구 씨네 내외를 따라다니며 약용 버섯이나 산도라지, 더덕, 당귀 같은 약초를 캐는 일에 열중했다. 궁핍한 산중 생활을 딱하게 여겨 된장뿐 아니라 김치나 장아찌 같은 밑반찬까지 나눠주던 구 씨네 아낙과는 금방 친해져서 호형호제를 하는 사이가 되었다.

"허한 몸을 다스리는 건 약초가 최고여! 겨우내 땅속 깊은 뿌리에 약성을 갈무리한 뒤라 엔간한 보약 몇 첩보다 훨씬 낫구먼. 처제, 내 말만 믿고 시키는 대로 해봐. 금방 효험을 볼 텡게. 암만!"

"정말요? 그럼 두 분만 믿고 열심히 배울 테니까 많이 가르쳐주세요."

보약이나 영양제보다 좋다는 심산유곡 지리산 약초 자랑에 구 씨는 신바람이 났다. 맏물 부추마저도, 시아버지도 서방도 아닌 샛서방을 주고, 하다못해 그 씻은 물도 막냇사위만 준다고 허풍을 칠 만큼 새봄에 자란 나물이나 약초가 효험이 좋다는 것이다. 허약해진 스님을 돌보는 일로 산야초와 버섯을 채취해서 나름 조화를 이루는 것들을 달여 수시로 마시게 하는 것이 최고라는 구 씨네 조언이 고맙고 미더웠다.

지리산 정기를 품은 산나물로 밥상을 차리는 일에 웬만큼 미립이 나자 정요는 아예 책을 사다놓고 산야초 공부를 시작했다. 종일 산을 타느라 졸린 눈을 부비고 앉아 약초를 식별하고 이름뿐 아니라 법제 과정이나 효능까지 익힌 덕에 이제 웬만한 약초는 구 씨 내외에게 물어보지 않고도 알아볼 수 있었다.

어린 오누이들의 소꿉장난같이 평화로운 날들이었다. 석산골에 들어와 살면서 눈에 띄게 건강이 좋아진 스님은 이제 혼자서도 나무를 끌고 오고 밭일도 도왔다. 저녁밥을 먹고 샘에서 설거지를 하고 들어오면, 일찍 잠드는 절집 생활에 젖은 스님은 그새 코를 곯고 있었다. 정요와 스님이 나란히 잠자리에 드는 일조차 쉽지 않았다.

아침은 늘 부지런한 새들의 지저귐으로 열렸다. 어둠이 걷히기 전부터 시작된 새 소리에 눈을 떠보면 좌선에 든 스님의 뒷모습이 보인다. 희뿌옇게 밝아오는 방문을 향해 돌아앉은 반듯하고 단정한 등이 닫힌 성문처럼 완강했다. 그 뒷모습이 비 오는 날 낮고 무겁게 가라앉은 하늘처럼 답답하고 야속했지만 돌아앉은 스님에게 말을 걸기도 뭣해서 새 소리에 마음을 주노라면 차츰 날이 밝아왔다.

"비익조가 날아왔나 봐요!"

하나의 눈과 한쪽뿐인 날개라서 혼자서는 볼 수도 날을 수도 없으므로 반드시 암수가 붙어 다닌다 한다는 전설의 새, 비익조.

낮은 하늘을 울리며 '뷔이익~ 비익~ ' 하고 울어대는 새 소리는 분명했지만 어디에서도 비익조의 모습은 찾아보지 못했다. 암수 두 마리가 한마

음이 되는 순간만이 온전한 존재가 될 수 있는 비익조를 상상하며 비익
~ 비익~ 하는 소리가 들릴 때마다 방문을 박차고 부리나케 뛰어 나갔지만
비익조 비슷한 모습도 찾지 못하고 번번이 허탕을 쳤다.

비익조를 쫓다가 허탈해진 정요의 귀를 가득 채운 건 음울한 산비둘기
소리였다.

"산비둘기는 뭔가 굉장히 억울한 꼴을 당하고 분을 참지 못해 우는 거
같아요."

"그야 억울하고 억울하겠지. 산비둘기를 계집새라고도 하거든."

서울 토박이인데도 절집에서 오래 살아선지 스님은 아는 전설이 많았다.

옛적에 지관이 하나 살았다.

인근에서 제법 알아주는 풍수였지만 웬일인지 사후 자신의 묏자리는 잡
지 않았다. 나이가 들어 점점 산행을 힘겨워하는 모습을 보이더니 자리보
전을 하게 되자, 크게 걱정하면서도 아비의 눈치만 살피던 아들이 마침내
운을 떼었다.

"아버님, 혹시 어디 보아두신 자리라도…."

"걱정 마라. 명색이 풍순데 준비가 없겠느냐? 내게 다 생각이 있느니."

"아, 예! 그러셨습니까? 그런 줄도 모르고 공연한 걱정을 했습니다."

아비의 유택에 관한 일이라 대놓고 묻기 조심스러웠지만 재차 묻기도
민망한 터, 내친김에 채근을 했다.

"하면, 저도 어딘지 알아야 하지 않겠습니까?"

"안 된다! 함부로 발설할 수 없는 일이다."

"어째서 안 된다 하십니까?"

"혹시라도 방정맞은 사람이 들으면 천기가 샐 수 있음이다."

“방정맞은 사람? 지금 나보고 하는 소리요? 어디, 부자간에 잘들 해보쇼.”

곁에 있던 마누라가 벌컥 화를 내며 방문을 쾅 닫고 나가버렸고, 아내가 나간 뒤 비로소 지관 아비는 아들에게 말했다.

“명심해라. 내가 죽거든 염을 한 뒤에 시신을 몰래 빼내고, 아무 데나 가짜 관으로 무덤을 만들어라.”

“유체는 어디에 모셔야 합니까?”

“동네 우물이다.”

“엣? 절대 안 됩니다.”

놀란 아들이 단칼에 잘랐다.

수맥도 흉하다 했거늘 물속에다가 산소를 쓰다니 말도 안 되는 소리다. 그것도 동네 사람이 먹는 우물에다가 시신을 넣는다는 것은 상상조차 할 수 없는 끔찍한 일이었다.

“니가 정히 그렇다면, 이 아비는 지게송장을 면하지 못하겠구나!”

“그건 또 무슨 말씀이신지?”

지게송장이란 상여가 아닌 지게로 운반하는 주검이다.

“내가 보아둔 장지가 가마를 타고 갔다가는 집안이 풍비박산 나는 곳이기 때문이다.”

“차라리 그게 낫겠습니다.”

아들은 지게송장을 치르겠다고 했다. 장지가 백여 리나 떨어진 먼 곳인데다, 누구의 도움도 받지 않고 반드시 아들 혼자 지게를 지고 가서 매장을 해야 한다는 말에도 반드시 그렇게 하겠노라고 다짐했다.

다음날부터 아들은 아비의 말씀을 차마 거역할 수 없어 지게송장을 치르게 되었다며 소문을 냈다. 얼마 뒤 지관이 죽자 아들은 은밀하게 아비의 주검을 우물에 넣고 흙 자루를 넣은 관을 지게에 지고 혼자서 길을 떠났다. 사람이 없는 곳에 이르자 흙을 쏟아버린 뒤 가벼워진 관을 지고 백리 길을 간 뒤에 빈 지게만 지고 돌아왔다. 그런데 오래지 않아 마을에 변고가 생기기 시작했다. 처음에는 나이 든 사람이나 병을 앓던 사람들이 하나둘 죽더니 나중에는 젊은 사람들까지 쓰러져 일어나지 못했다. 돌림병이 도는 것도 아닌데 멀쩡하던 사람까지 죽어 나가자 동네 인심은 흉흉해졌다. 점을 쳐봐도 짚어내지 못했고 용한 무당을 불러 굿을 해봐도 소용이 없었다.

'혹시?'

마을 사람 모두가 걱정만 하고 있을 때 지관의 마누라는 꺼림칙한 기억 하나를 떨쳐낼 수가 없었다. 지게송장이 나가는 것을 동네 사람들까지 다 보았지만, 마을에 흉한 일이 거푸 생기자 지관이 이르던 소리가 마음에 걸렸고 의심 덩어리가 커진 것이다. 생각하면 끝없는 일거리에 잠을 못 자서 피곤하거나 술에 취해 모두가 경황이 없는 초상 마당에서 몰래 주검을 빼돌리는 것쯤은 그리 어려운 일이 아니다. 아무도 모르는 엄청난 비밀! 입에 넣은 너비아니나 꿀떡을 삼키지 않고 뱉어낼 수는 있어도, 방귀나 재채기처럼 속에서 저절로 나오는 것은 참을 수가 없는 법이다.

입이 근질거리는 것을 참지 못한 지관 아내가 발설을 했고, 마을 사람들이 몰려가 새삼스레 우물을 들여다보았지만 동굴 속처럼 어두운 우물 바닥이 들여다보일 까닭이 없다.

"우선 물을 퍼내고 봅시다."

장마가 지난 뒤 칠석이나 백중 전에 우물을 푸는 게 상례였지만 사람들은 곧바로 우물을 푸기 시작했다. 보통 반나절이면 충분한데도 점심때가 지나도록 우물 바닥이 드러나지 않았다. 장마철이 길어 우물을 푸기 전까지 비가 내릴 때에도 한나절이면 족했는데 이번에는 시간이 너무 오래 걸렸다. 더구나 어디서 꾸어서라도 반드시 하고 만다는 찔레꽃가뭄이다. 한 달이 넘게 비가 오지 않았는데도 우물물은 줄어드는 기미가 보이지 않았다. 도저히 끝나지 않을 것 같던 우물물 푸기가 뉘엿뉘엿 해가 질 무렵에 갑작스럽게 끝났다.

"줄이 끊어졌다!"

몇몇이 소리쳤다. 물을 퍼내던 두레박줄이 갑자기 쑤욱 내려가더니, 철푸덕 하고 두레박이 밑바닥에 떨어져 부딪히는 소리가 들려온 것이다. 두레박줄이 끊어져 생긴 일인 줄 알았으나 아니었다.

"속에 이상한 것이 있다! 물이 하나도 없어졌다!"

아쉬움에 우물 바닥을 내려다보던 장정 하나가 소리쳤다.

고함소리에 놀라 그 우물을 내려다보던 사람들의 입에서 탄성이 터져 나왔다. 사람들이 놀란 것은 순식간에 없어진 우물물 때문이 아니라 우물 바닥에서 일어나고 있는 기이한 일 때문이었다.

물이 빠진 우물 밑에서 금빛 찬란한 금송아지 한 마리가 막 일어서고 있는 중이었다. 뒷다리는 이미 엉덩이를 들고 꼿꼿하게 일어섰고 앞다리도 오른 다리는 거의 펴진 채 왼쪽 다리 하나를 펴며 머리를 들고 일어서려는 것이다. 송아지는 물이 없어서 힘이 빠진 듯 한참을 그대로 있더니 한 마리 새가 되어 산으로 날아갔다.

구구, 계집 방정 맞어!

구구, 계집 방정 맞어!

지명스님이 어둡고 목에 가시라도 걸린 듯한 목소리로 비둘기 소리를 흉내 냈다. 이야기하듯 작은 소리로 구구거리는 집비둘기와 달리 산비둘

228

기는 뭔가 잔뜩 억울해서 대성통곡이라도 하는 것만 같다.

꾸욱 꾸욱, 꾸욱구구!

구구, 계집 방정 맞아!

산비둘기를 계집새라고도 부른다고 했지만 정요는 궁금한 게 따로 있었다.

"사람들이 우물을 푸지 않고 그냥 두었더라면 금송아지는 무엇이 되었을까요?"

"글쎄, 뭐가 되었을까? 날개까지 돋쳐서 날아갔을까?"

"뭐가 되었든, 그 자식이나 자손들이 정승 판서를 해먹거나 나랏님을 해먹더라도 그래요. 남의 집 묏자리 때문에 억울하게 죽은 동네 사람들은요? 한 번 죽은 사람을 살려낼 수는 없잖아요?"

"전설은 그냥 전설이야. 이치에 맞네 안 맞네 따질 것이 아니라 그 이야기가 하고자 하는 의도만 받아들이면 돼. 만일 애기보살이 사막을 여행하다가 작두펌프와 곁에 있는 물 한대접을 보았다고 쳐. 애기보살은 어떻게 하겠어?"

"에이, 그걸 누가 몰라요. 대접의 물을 마중물로 해서 물을 길어야죠. 실컷 마시고 물통에도 가득 채운 뒤에 나중에 올 사람을 위해서 대접에 다시 물을 채워두고 가면 되는 거잖아요."

"애기보살은 당연히 그러겠지. 하지만 나 같으면 마중물로 쓰지 않고 그냥 시원하게 마셔버렸을 거야."

"그러면 잠시 갈증을 잊는 것으로 끝날 뿐 근본적인 문제해결이 될 수는 없잖아요. 더구나 스님은 앞뒤 생각이 없는 사람이니까 벌을 받는다고 쳐도 뒤에 올 다른 사람들은 어떻게 해요? 사리분별 못하는 스님 때문에 애먼 사람들까지 물은 구경도 못하고 갈증에 시달리다가 죽게 되잖아요."

"누가 물 구경도 못하고 갈증에 시달리다가 죽어? 그리고 뭐? 앞뒤 생각이 없는 사람? 만일, 마중물을 부었는데 펌프에서 물이 나오지 않는다면 어떻게 할래? 귀하디귀한 물 한대접을 엉뚱한데 내버리는, 그야말로 바보 같은 짓거리가 아니야?"

"만일은 그야말로 만에 하나밖에 가능성이 없는 거잖아요."

"만에 하나밖에 없는 가능성이라도 목숨하고 연결된 것일 때에는 최대한 신중해야지. 진짜 정답은 먼저 물을 마셔서 갈증을 푼 뒤에 대접에다가 오줌을 누어서 마중물로 쓰는 거야. 그게 바로 만에 하나 펌프가 고장이거나 지하수 고갈로 물이 나오지 않는 경우까지 생각한 최선의 선택이 아니고 뭐겠어? 애기보살도 남들이 정답이라고 하는 것을 덮어놓고 외우지만 말고 스스로 생각하는 습관을 길러 봐."

결국 스스로 생각하는 습관을 기르라는 설법(?)으로 끝나고 말았지만, 그 후로 산비둘기 울음소리는 누군가를 잔뜩 원망하거나 억울함을 호소하는 소리로 들렸다.

전설은 만들어진다고 했다.

우리는 어떤 전설로 남을까?

어쩌면 스님을 꼬여 파계시킨 계집과, 어린 계집애를 데리고 사는 파계승의 난잡한 추문으로 남을 것 같다. 아무려면 어떠랴!

새를 찾아다니고 이름을 알아가는 것도 점차 시들해진 정요는 땅굴을 연상시키는 '토굴'이라는 말이 못내 거슬렸다.

"우리 이집에 당호도 짓고 현판도 내걸어요."

"토굴에다 무슨 당호! 개발에 편자라고 웃지 않겠어?"

"사람이 사는 집을 어째서 맨날 토굴이라고 해요? 토굴이 뭐야? 우리가 고구마나 새우젓 깡통도 아니고…."

"허허 참, 토굴이 어때서? 그렇게나 못마땅하면 애기보살이 한 번 지어 보든지."

"새 조(鳥)에 숨을 은(隱), 조은대 어떨까요?"

"조은대?"

"네, 새들이 숨는다는 뜻이 아니라 편안하게 깃든다는 뜻으로 조은대."

"조은대(鳥隱臺). 어, 좋네!"

손가락으로 한자 한자 써 본 지명스님도 흔쾌히 찬성했다

며칠 전부터 정요가 머리를 짜내 지은 이름, 조은대는 이 골짜기에 유난히 많은 산새 때문이었다. 새들이 마음 놓고 깃들어 사는 보금자리. 그것은 산새처럼 자유롭고 싶은 한편, 조금은 은밀하고 조심스럽게 살아가는 두 사람의 모양새였다.

이름에 어울리는 현판을 걸고 싶어 구례까지 나가 먹물과 붓을 사왔다. 발품을 팔아 맞춤한 느티나무판자를 구해서 사포로 마무리한 뒤 스님이 글씨를 썼다. 굳이 한자로, 그것도 붓글씨를 고집한 이유는 조은대의 느낌을 고스란히 살리고 싶어서다.

한껏 멋을 부린 당호 '鳥隱臺(조은대)'가 집 중앙 부엌문 위에 내걸렸다.

"와! 이제 진짜 우리 집이다. 그렇죠?"

"그래, 참 좋다."

여태 살았던 집이지만 현판까지 걸고 나니 한결 더 정감 있고 아늑해졌다.

석산골에는 새가 많았고, 저마다 지저귀는 새 소리가 다르다. 어쩌고저쩌고 하며 서로 주고받는 소리가 많지만 '그렇지? 그렇지? 내 말이 맞지?' 하는 듯한 소리도 있다. 머릿속까지 시원해지는 투명하게 맑은 산새들 소리에, 아침마다 눈을 뜨기 전에 귀부터 열리고 산에 사는 즐거움이 밀려온

다. 그러고 보면 아침마다 자동차들이 매연처럼 뿜어내는 혼탁한 소음에 눈을 떠야 하는 서울에서 어떻게 살았는지 모른다. 한밤중에 잠깐 깨었다가도 끼익 브레이크 밟는 소리 급가속하는 소리에 신경이 곤두서기 마련이다. 눈에 보이지 않아도 멀리서 가까이서 들려오는 온갖 자동차들의 소음과 매연에 밤낮없이 시달려야 하는 도시 사람들이 불쌍하다는 생각마저 들었다.

생소하고 특이한 새 소리가 들리면 부리나케 쫓아가 살펴보지만 새들은 제 모습을 함부로 드러내지 않았다. 나뭇가지 사이로 간간이 보이는 새들의 크기나 색깔마저 엇비슷해 구별하는 일이 쉽지 않았다. 사실 바로 눈앞에 앉아 있는 모습을 발견한다고 해도 이름을 모르기는 마찬가지다.

본격적으로 뜨겁고 무더운 여름이 되려면 장마철부터 거쳐야 한다. 때 이른 장마에 계곡의 물 소리가 바빠지고 양철지붕을 때리는 요란한 빗소리에 밤잠을 설치는 날도 잦았다. 비로 등성이 너머 계곡에서 물 흐르는 소리가 이젠 집에서도 들렸다. 물이 많아지면 가까이에 듣는 계곡물 소리에 귀가 멍멍해지지만 이처럼 계곡에서 멀어지면 지저귀는 산새들 소리에 섞여 대자연의 장중한 오케스트라 연주가 된다.

그러나 이렇게 며칠씩 비가 내리면 한가한 산중 생활이 더 지루해진다. 우산을 받치고 밭을 둘러보거나 불어난 계곡물 구경에 나서는 일도 드물어졌다. 종일 비가 내리는 날이면 느긋하게 낮잠을 자고 일어나 산야초로 전을 부쳐 먹는 것도 산에 사는 재미였지만, 그것도 처음 몇 번이다. 자다 깨다 듣는 빗소리가 주는 나른한 행복감도 어느새 무뎌졌다. 빗속에 마실을 가기도 그렇고 텔레비전도 없이 작은 라디오뿐인 산골 살림에 정요는 조금씩 지쳐갔다. 달도 별도 없는 밤, 칠흑 같은 어둠이 차오르면 불야성을 이루는 화려한 네온과 북적이는 인파, 시끄럽고 번잡한 도시의 소음까지도 문득문득 그리워졌다.

거의 열흘이나 이어지던 장맛비가 잠깐 그치고 거짓말처럼 하늘이 맑아지자 마당 가득 하얗게 쏟아지는 햇살은 마주서기 두려울 정도였다. 그 뜨거운 햇살에 달궈진 붉은 양철지붕을 머리에 이고 앉은 집안은 후텁지근한 열기로 숨이 막혔다. 재 무더기 곁에 자리 잡고 올라가 헛간 지붕을 덮어가던 호박잎도 땡볕 아래 축 늘어졌다.

점심을 먹고 나른한 식곤증이 몰려왔지만 숨 막히는 열기에 낮잠을 이룰 수가 없다. 차라리 시원한 계곡물에 몸을 담그면 더위는 절로 물러날 것이고, 비 때문에 미뤄두었던 빨래까지 한다면 더 좋을 것이다.

"아휴, 숨 막혀! 스님, 우리 빨래하러 가요"

"애기보살하고는… 가만히 있어도 숨이 막힌다면서 빨래는 무슨."

"계곡물에 발을 담그고 빨래를 하면 얼마나 좋은데, 스님은 시원하게 등물도 하구요."

"등물? 어, 그거 좋지."

빨랫감을 들고 앞장선 스님 뒤를 따라 정요는 세면 바구니를 챙겨들고 계곡으로 향했다. 작은 빨래는 밭 가에 있는 빨래터에서 하고 곁에 있는 북바위에 널어놓으면, 햇볕에 달궈진 바위 열기로 금방 마른다. 매화나무에 매단 빨랫줄에도 널지만 만국기가 날리는 것 같아 속옷만큼은 바위에 널어 말렸다. 빨래가 많거나 큰 빨래를 할 때에는 계곡으로 가서 깊은 물에 풍덩풍덩 요란하게 해대는 게 좋았다.

계곡으로 가보니 빨래터로 쓰던 너럭바위가 섬처럼 남았다. 커다란 너럭바위는 끄떡 없었지만 거친 물살에 곁에 있던 흙이 많이 패여 나간 것이다.

급한 대로 계곡물에 발부터 담그자 숨 막히던 더위도 비명을 지르며 저만치 물러났다.

스님이 크고 작은 돌들을 옮겨다가 패여 나간 곳을 모두 메웠다. 두 손으로 흙까지 가져다가 붓고 발로 밟아 단단하게 굳혔다. 정요는 콧노래를 부르며 빨래를 부비고 방망이질도 했다. 여기저기 나무에 매단 빨랫줄에 빨래를 널어놓고 마르기를 기다리는 동안 목욕을 하면 그만이다. 계곡에 몸을 담근 정요가 부서지는 물방울을 희롱하며 아이처럼 멱을 감았다.

"아! 시원해, 스님 그렇게 보고만 있지 말고 좀 들어와 봐요. 얼마나 좋은데요."

"어, 그래."

대답은 했지만 나무 그늘에 앉은 스님은 선뜻 계곡물로 들어서지 않았다.

"조금만 기다려요. 제가 시원하게 등물해 드릴게요."

겉옷은 바위에 벗어놓고 얇은 속옷 바람으로 하는 목욕이다. 고로쇠 물을 채취할 때나 산나물 철이 아니면 이 계곡을 지나는 사람은 없었다. 뱀을 잡으러 다니는 땅꾼들이 아주 없는 것은 아니지만 정말 어쩌다 구경할 뿐이다.

첨벙거리며 물놀이를 즐기는 정요를 바라보던 스님의 안색이 불안하게 흔들리고 있었다.

"왜요? 어디 아파요?"

"아니야, 괜찮아."

괜찮다지만 목소리에서 열기가 느껴졌다.

"만날 맨날 괜찮다고만 말고 어디가 아픈지 말을 하세요."

갑작스럽게 몸살이라도 시작되었나 하는 걱정에 정요는 서둘러 물에서 나왔다.

"정요야…. 정요야!"

젖은 몸을 수건으로 닦는 시간마저 견디기 어려운지 스님의 목소리가 떨렸다.

"어떡해! 스님, 괜찮아요?"

"정요야! 아, 정요야!"

스님의 얼굴이 고통스럽게 일그러지고 숨이 차올랐다.

때 없이 치오르는 고열 때문에 가끔 힘들었지만 근래 들어서는 별 탈 없이 잘 지내고 있었는데… 놀란 정요가 어미의 젖가슴으로 스님을 제 품에 감싸안자 이내 뜨거운 숨결 한 줄기가 불꽃처럼 날아왔고, 뜨거운 불길은 그대로 그네를 휘감아버렸다.

"스님, 왜 그래, 좀 풀어줘요. 숨 막힌단 말이야!"

벗어나려고 발버둥치다가 풍선에 바람 빠지듯 한순간에 포기하고 말았다.

욕망하는 마음과 그것을 견뎌야 하는 마음은 항상 일정한 무게로 다가왔었다. 처음 석산골로 들어올 때, 제 욕망을 차갑게 갈무리해야 함을 누구보다 잘 알고 있었다.

어둑한 숲 사이로 하얗게 쏟아지는 햇살이 너무 밝았고, 스님의 숨결도 너무 뜨겁고 거칠었다. 물장구치다가 힘 겨루기를 하는 아이들처럼 부둥켜안겼던 정요가 빨래하던 반반한 바위에 그대로 눕혀진 것으로 충분했다.

정수리를 비추던 땡볕이 고스란히 맨얼굴로 쏟아져 내렸다. 콸콸 쏟아지는 계곡물 소리가 귓전에서 조금씩 멀어져갔다. 빨래터 너럭바위에 눕혀진 정요의 얼굴에 햇살이 내려앉듯 스님의 입술이 내려앉았다. 이마와 눈꺼풀에 코와 볼에, 그리고 입술과 가슴을 차례차례 점검이나 하듯 뜨거운 입술이 지나갔다. 순례자의 의식 같은 입술이 지나는 자리마다 예리한 화인이 찍혔다.

숨 막힐 듯 고요하던 가산사의 밤 이후, 지명스님과 몸을 섞는 일이 또다시 있을 거라고 생각한 적은 없었다. 그 생각은 이 석산골에 들어올 때도 마찬가지였다. 하지만 지금 이 순간, 여태껏 지켜왔던 나름의 가치들이 모두 의미를 잃고 말았다. 대신 그를 향한 욕망이 걷잡을 수 없이 커져갔다.

이제 겨우 무엇 때문인지 알았을까 싶은데 성급한 그의 몸이 먼저 들어오고 있었다. 처음인 듯 떨리는 두려움과 함께 가슴이 무섭게 두 방망이질을 쳤다.

억겁의 인연을 지나는 동안 수없이 스쳤을 손길들, 그러나 이생에는 이 사람 하나뿐이기를! 어느새 정요도 그의 등을 힘껏 끌어안고 있었다. 이제 무슨 일이 있어도 다시는 이 손을 놓지 않을 것이다

나뭇잎 하나 흔들리지 않았고 풀벌레 날갯짓마저 숨을 죽인 한낮의 정적, 주변의 모든 풍경은 그대로 숨이 멎은 채 폭풍 같은 두 사람만의 시간이 흘렀다.

빨래터의 그날 이후, 두 사람의 산중 생활은 달라졌다.

이르게 시작된 장마가 달포가 넘게 이어졌지만 무료하고 자칫 권태로워지기 시작한 나른한 일상의 공포에서 그들을 구원한 것은 무심한 자연도 선정도 다른 무엇도 아닌 육체의 유희였다. 분노 같고 광기와도 같은 치열한 탐닉은 장마가 그치고 뜨거운 여름을 지나 서늘한 가을이 될 때까지 이어졌다.

정요를 부르는 호칭도 달라졌다.

'애기보살' 대신 '정요야' 하고 이름을 불러 주었을 때도 가슴이 벅차올랐었다.

"아씨야, 내 작은 아씨!"

그네를 품에 안고 젖은 음성으로 처음으로 불러준 그날은 두고두고 생생한 기억이 되었다.

'내 아씨.' 생각만 해도 얼굴이 홧홧해졌다.

약초를 달여 낸 약사발을 내미는 정요를 가만히 응시하며 속삭이듯 '고마워, 아씨!' 하는 것이다. 하루에도 몇 번씩 반복되는 일이었지만 그때마다 가슴이 뛰었다.

'고마워 아씨.' 문득 들리는 소리에 뒤돌아보면 아무도 없다. 바람 소리 계곡물 소리다. 개울가에 피어 난 연분홍 솔나리의 꽃말은 '새아씨, 깨끗한 마음'이다. 넘치는 사랑에 수줍게 볼이 붉어진 새아씨를 닮은 솔나리 꽃을 만나면 그 꽃을 머리에 꽂아주었고 그때마다 청량한 바람 한 줄기를 만난 것처럼 정요는 힘이 났다.

산골짜기를 누비며 약초의 뿌리와 줄기를 벗겨내고 버섯이나 열매를 채집하는 일은 여름이 지나 가을이 되어도 계속되었다.

약초의 효험과 자연의 질서에 맞추어 사는 이곳의 생활이 체질에 잘 맞았던 것일까. 아침저녁으로 선선해진 기온에 단풍이 물들기 시작하면서 스님은 땔감을 지게에 한 짐씩 지고 다닐 만큼 좋아졌다. 매일 아침 새 소리에 눈을 뜰 때마다 지리산의 넓은 품에서 자라는 두두 만물에게 삼배라도 올리고 싶을 만치 정요는 행복에 겨웠다.

산수유 열매들이 통통하니 살이 오르며 붉어진 볼을 더는 숨기지 못하고 모습을 드러내기 시작했다. 부정한 기운을 막아준대서 결혼 예물로 선호하는 붉은 산호반지는 정요가 털어온 엄마의 패물함에도 들어 있었다. 잘 익은 빨간 산수유 열매는 산호를 닮았다.

만복대 봉우리를 물들인 단풍이 능선을 따라 내달렸다.

토방 위에 넘실대던 햇살이 부엌문 틈새를 비집고 들어설 무렵, 마을에서 자운과 자경 남매가 올라왔다. 약초와 산나물을 가르쳐주던 약초꾼 구 씨 부부의 아이들이다. 읍내의 학원은커녕 학교에 다니는 것도 버거운 산골 아이들이 딱해서 여름부터 영어와 수학 같은 공부를 돌봐주었다. 중학생인 자운에게는 수학과 영어를, 초등학교 고학년 자경에게는 기초영어와 작문을 가르쳤다.

"저기요, 엄마가 갖다 드리래요."

"뭔데? 고구마 좀 줄까?"

"고구마는 집에서 먹었어요. 이거는 추어탕인디요, 어저께 아빠하고 내가 아랫배미 논에서 잡은 미꾸리로 만들었어요. 가을 추어탕은 몸에 좋다고 엄마가 한 선생님 드시랬어요."

구 씨 내외의 인정과 순박함은 언제나 그랬다.

병약한 지명을 위한 약초를 챙겨주고, 색다른 음식을 하는 날은 그냥 넘기지 않고 아이들 손에 올려 보냈다. 따로 과외비를 받을 생각도 없고, 형편도 되지 못한 아이들이 가끔씩 들고 오는 계란이나 김치, 따위가 그것 대신이라고 생각하는 게 서로 마음이 편했다.

"고마우셔라, 엄마한테 고맙다고 전해줘."

"네, 선생님은 어디 가셨어요?"

"곧 오실 거야, 나무하러 산에 올라가셨어."

스님의 신분을 모르는 아이들은 한 선생님이라며 곧잘 따랐다.

허한 몸을 추스르는데 추어탕은 좋은 보양식이다. 징그럽다고 외면을 하는 정요와 달리 고기를 즐기지 않는 스님은 구 씨네 추어탕이 입에 잘 맞는가 보았다. 된장을 조금 풀고 고아낸 추어탕에 들깨를 갈아 넣고 마지막으로 향긋한 방아잎과 부추를 넣어 특유의 흙내를 잡았다. 가을이 되자구 씨네는 수시로 도랑을 뒤져 추어탕을 끓여왔고, 그 따뜻한 정과 구수한 맛에 길들여진 정요도 제법 즐기는 음식이 되었다.

추어탕을 냄비에 옮기려고 통을 여는 순간, '으윽' 욕지기가 올라왔다.

"선생님 어디 아파요?"

"괜찮아, 좀 체했나봐. 오늘 공부는 쉬고 내일 하자."

다른 때 같으면 빈 통에 참치 캔이라도 하나 넣어 보냈을 정요가 쫓듯이 아이들을 내려 보냈다. 아이들이 모퉁이도 돌기도 전 방으로 들어와 달력을 꺼냈다. 임신이 확실해 보였다. 근래 들어 피곤하고 나른해서 이런저런 핑계를 대며, 나무하러 가는 스님을 따라나서지 않은 것도 여러 날째였다.

어리둥절했다. 밤낮을 가리지 않고 스님과 몸을 섞으면서도 아기가 생길 수도 있다는 것은 한 번도 생각지 못 했던 것이다. 어쩌면 당연한 결과였지만 일어나서는 안 될 일이 생긴 것처럼, 아니 몰래 숨어 나쁜 짓 하다 들켜버린 아이처럼 가슴이 벌렁거렸다.

온몸에서 힘이 빠져나간 정요는 그 자리에 철퍽 주저앉고 말았다.

놀라움이나 환희도 그렇다고 두려움도 아닌 형언하기 어려운 감정들이 북받쳤다.

이제는 온전히 그의 여자인 것이다!

제 몸 가장 은밀하고 깊숙한 곳에 그의 분신을 품어 기르는 여인이 된 것이다.

가슴이 뻐근하니 먹먹해지고 이내 볼을 타고 뜨거운 눈물이 흘러내렸다.

누가 시키지도 강요도 하지 않았지만 숙명처럼 참아야 했던, 아니 참아냈던 일들이 눈물을 타고 흘러내렸다. 한번 터진 눈물샘은 주체할 수 없었다. 지게 가득 나뭇짐을 지고 돌아온 스님의 기척에 눈물은 겨우 진정되었다.

울음을 추스렸지만 눈물 자욱이 자오록한 얼굴을 본 스님은 깜짝 놀라는 소리를 냈다.

"무슨 일이야? 누가 우리 아씨를 울린 거야?"

"아뇨, 아무 일 아니야."

어쩐 일인지 바른말이 나오지 않았다.

지명스님은 정요를 품에 안고 다정하게 등을 다독였다.

"괜찮아, 울지 마. 이쁜 우리 아씨."

기껏 달래는 소리에 울음이 다시 터졌고 한참이 지나서야 진정이 되었다.

저녁내 쏟아낸 눈물에 진이 빠진 걸까? 밥상을 물린 정요가 책상 대신 자리를 펴고 눕자 의아해진 스님이 다시 걱정을 했다.

"왜, 어디 아파? 아무래도 이상하네."

"아니, 괜찮아요."

"내가 알면 안 되는 일이…."

다시 말끝을 흐렸다.

지난 장날, 읍내에 나갔던 길에 시골집에 전화를 한 정요는 엄마의 건강이 안 좋다는 소식을 들었다. 자신 때문에 엄마가 아픈 것 같다며 자책하는 것을 보았던 지명스님이다.

정요는 한 생명의 엄마가 된다는 생각에 혼란스러웠다. 스님의 생각이 궁금했지만 자신마저도 정말 아기를 원하는지 알 수 없었다. 아이가 싫은 것은 아니지만 무턱대고 반가워할 수만도 없어서 그저 막막하고 난감할 따름이다. 이 산중에 숨어 살다시피 하는 몸으로 출가한 스님의 아이를 낳아 키울 수 있을까?

그보다 승려의 신분인 그가 가정을 꾸리고 범부로 산다는 것은 상상하기 어려운 일이지만 설혹 환속을 한다고 쳐도 그렇다. 처음에 비해서 건강이 좋아졌지만 도시로 나가서 식솔을 부양하는 가장으로 살아낼 정도는 아직 아니다.

아무리 생각해도 결론을 낼 수가 없었지만 문득 아이가 찾아와 준 것이 기껍고 고마운 일로 여겨졌다. 스님의 몸과 마음의 완벽한 회복을 알리는 표지가 분명해 보여서다.

아기가 희망이 될지 아니면 혹독한 시련의 나락으로 떨어지게 할지는 모를 일이지만, 그 고맙고 애잔한 존재에 대해 고민하는 자신이, 그 어떤 미래도 꿈꿀 수 없는 제 처지가 서럽고 한심했다. 그렇게 또 며칠이 지났다.

"저어, 저기 할 말이 있는데요…."

"대체 무슨 말이기에 용감한 우리 아씨가 이리 뜸을 들이나?"

추적추적 가을을 재촉하는 비가 내렸다. 아궁이 앞에 나란히 앉아 군불을 지피다 냉가슴을 앓던 정요가 어렵게 말문을 열었지만 또 망설여진다.

소나무가 타며 내는 연기에서 맵싸한 향기가 났다. 불길 속의 나뭇가지 끝마다 실핏줄 같은 초록불씨를 품은 주홍 불꽃이 왈츠를 추듯 너울댔다.

"우리 언제까지, 아니 얼마나 더 여기서 살까요?"

"왜? 산골 생활에 싫증이 난 거야?"

장난기 어린 얼굴로 돌아온 것은 대답이 아닌 물음이다.

처음 계획대로라면 이쯤에서 서로의 갈 길을 가야 한다. 몸이 회복되면서 지명스님의 사고나 판단력도 빠르게 돌아왔다. 절에 돌아가 수행을 한대도 큰 무리가 없어 보였다.

지금 그녀는 스님의 솔직한 속내를 아는 일이 무엇보다 급했다. 그 마음을 알게 되는 것이 못내 두려운 일이기는 했지만 그렇다고 언제까지 모르쇠를 놓을 수도 없는 일.

"결자해지라 했어. 여기 살림을 시작한 것도 끝내는 것도 아씨야. 나는 언제라도, 무엇이든, 우리 아씨가 결정을 하면 존중하고 따를밖에."

스님은 길게 대답했지만 정요가 원하는 답은 아니었다.

'뭘? 나는 여기가 정말 좋은데!'

'꼭 머리를 깎고 먹물 옷을 입어야만 되는 게 아니야. 우리 수행도반으로 여기서 평생 같이 살자'

이 정도의 대답을 기대했을까? 아니면 '난 이제 너 없이는 살아갈 자신이 없어, 정요야!' 이런 말을 듣고 싶었을까?

그러나 스님은 수행자의 길을 포기한 것이 아닌 모양이다. 비록 속인의 옷을 입고 여인을 품고 살지만 언제라도 바람처럼 훌훌 떠나갈 사람이다. 그런 이에게 어떻게 말을 할 수 있을까? 입이 떨어지지 않았다.

사랑하는 사람의 아이를 낳고 싶은 건 여자의 동물적 본능. 제 몸 안에 품은 생명에 대한 경외와 세상 사람들의 인정과 축복을 바라는 것 또한 인지상정이지만 수행자이기를 포기하지 않은 스님에게 아기 이야기를 차마 꺼낼 수가 없었다.

"알겠어요. 어느 날 내가 안 보이면 떠난 줄 아세요."

뒤틀린 심사가 뱉어낸 말끝에 가시가 돋았다.

"허허, 우리 아씨 심기가 어째 이리 사나운고? 자, 자, 군밤 구워줄게 맘 풀어요."

추석이 다가오는 데다가 가을비로 울적해진 심사 탓으로 돌리는 듯 달래는 바람에 정요는 하려던 말을 끝맺지 못했다.

추석이 지나면 영선이 근무하는 서울 병원을 다녀오리라 혼자 맘을 먹었다. 물론 스님에게는 끝까지 비밀로 할 작정이었다.

산중의 가을해는 노루꼬리만큼이나 짧아졌고 쓸쓸함은 길어지는 밤만큼 더 깊어졌다.

하루하루 다가오는 겨울은 무섭도록 혹독하고 길 것이다. 산중에서 맞아야 하는 겨울이 두렵긴 했지만 그렇다고 석산골을 떠나고 싶은 마음은 생기지 않았다. 처마 밑으로 차곡차곡 땔나무가 쌓여갔다. 부지런히 나무를 해대는 것을 보면 스님도 아직은 이곳을 떠날 맘이 없어 보였다.

정요가 마을로 내려가는 일이 잦아졌다. 부지깽이라도 빌려야 할 만큼 가을 타작마당은 분주하다. 따가운 햇살에 붉어지는 산수유를 따는 손놀림은 점점 빨라졌고 들깨며 콩 타작도 때를 놓쳐 비라도 오면 낭패를 당하기 십상이다.

고양이 손보다는 나을 거라며 스님도 정요를 따라 부지런히 산 아래 마을을 오가며 가을걷이를 도왔다. 콩바심을 도와줘 고맙다는 전갈과 함께 구 씨네가 잘 띄운 청국장을 아이들 편에 보내왔다.

발효가 잘된 청국장에서 나오는 하얀 실같이 느른한 점액질은 고초균이다. 청국장을 띄울 때 소쿠리 바닥에 깔아주거나 삶은 콩 사이사이에 꽂아주는 볏짚이나 토양에서 생성되는 우리 몸에 아주 유익한 균주로 풍부한 황 산화 성분과 엄청난 분해 능력이 있어서 소화흡수가 잘 되지 않는 콩의 단점을 보완해 주는 기특한 물질이다.

청국장은 지명스님이 유별나게 좋아하는 음식이기도 했다. 가을 들어 처음 맛보게 될 청국장을 끓이던 정요가 튕겨져 나가듯 부엌문을 밀치고 뛰쳐나갔다. 토악질 끝에 눈물자국을 지우느라 샘에서 세수까지 하고 왔지만 헛일이었다.

부엌을 뛰쳐나가는 정요를 보고 들어와 아궁이를 지키던 스님이 어렵게 입을 열었다.

"정요… 혹시?…"

"그래요, 맞아. 나, 아기 가진 거 같아요. 어떡할까요?"

애써 감추고 싶었던 비밀이 한순간에 들통나서인가? 어쩌겠느냐고, 공연히 성마르게 들이대고 말았다.

엉겁결에 냅다 쏘아붙였지만 스님의 반응을 기다리는 순간은 영원처럼 길었다. 차마 그를 바라보지도 못했다. 고개를 숙인 채로 불쑥불쑥 일어나 날름거리는 불꽃의 혀를 노려보았다. 짧은 침묵의 무게에 밀려 아궁이 속의 불꽃에 빨려 들어갈 것만 같았다. 그 침묵의 시각이 견디기 어려웠지만 차라리 영겁의 시간으로 이어지기를 바라기도 했다.

아아, 이 자리에서 그대로 굳어졌으면… 차라리 저 황홀한 불꽃으로 뜨겁게 타올랐으면!

그 침묵의 끝이 못내 두려웠다.

잠깐 눈을 감았던 스님이 정요를 품에 당겨 안았다. 조붓한 어깨를 어루만지며 토닥이자 울음보가 터졌다. 안간힘으로 간신히 막아놓았던 봇물이 터지듯.

"이 바보야, 진즉에 말을 하지. 여태 혼자서 맘고생을 했구나. 이제 보니 우리 아씨가 형편없는 울보구나! 하하하."

웃음소리가 맑았다.

임신소식을 듣고 그가 소리 내어 웃었다는 것에 적이 마음이 놓였다.

"웃지 마세요. 난 무지무지 심각해요."

쨍하니 목소리가 높아졌다. 혼자서 끌탕을 했던 자신이 허탈해서다.

"좋은 일인데 왜? 내일 우리 병원에 가보자."

따뜻한 목소리였다.

저녁놀이 지고 있었다. 연분홍에서 주홍으로 변해가다가 푸르스름한 보랏빛으로 저무는 노을이다. 노을과 어둠의 스펙트럼도 빛 못지않게 다양

했다.

저녁 식사가 끝나고도 누구도 먼저 말을 건네지 못하던 그밤, 바늘 끝 같은 긴장이 감도는 적막을 귀신새의 날카로운 울음소리가 간간이 깨고 있을 뿐, 두 사람은 각자의 상념 속으로 빠져들었다. 스님이 무슨 생각을 하고 있는지, 왜 자신의 속내를 드러내지 않는 것인지 종잡을 수가 없다. 자신의 몸에 생긴 일에 대해 어째서 그의 의중이 더 중요하다고 생각하는지, 그의 웃음소리, 숨소리의 기색을 살피며 신경 줄을 곤두세우고 있는 것에 대해 정요는 슬며시 거스러미가 일었다. 순간, 아이가 가혹한 시련이 될지 모른다는 불안감도 화르르 함께 일었다.

'그래, 이건 내 문제야. 내 몸에 생긴 일, 내가 결정하면 그뿐이야!'

누구보다 장래가 촉망되는 스님이다. 이런 난감한 문제로 앞길에 걸림이 되게 하고 싶지 않았다. 파계도 죄스러운데, 환속까지 바랄 수는 없다.

애당초 자신의 계획 어디에도 없던 일이라고 마음을 추슬렀다.

다음 날, 아침밥을 먹는 둥 마는 둥 채근하는 스님을 따라 첫 버스로 밤재를 넘어 남원으로 갔다.

이른 시간 산부인과 병원 대기실은 한산했다.

소변을 받아 병리과로 넘기고 체온과 혈압을 잰 정요는 진료실로 들어섰다. 초음파 검사를 받기 위해 바른 젤리의 감촉은 이른 새벽 서리처럼 섬뜩했다. 맛사지를 하는 것처럼 아랫배에 골고루 끈끈한 젤리를 바른 다음, 검사용 도구를 문지르자 모니터에 흐릿한 화면이 깜박였다.

"요 조그만 점이 아기예요. 작지만 빠르게 심장 뛰는 소리가 들리지요? 임신 확실하구요, 산모도 아기도 모두 순조롭네요. 축하합니다."

장갑을 벗고 일어서며 여의사가 환하게 웃었다.

넉 달째로 접어들었다는 그 작고 까만 모습을, 콩닥거리는 작은 숨소리를 들어서는 안 되는 거였다. 그러나 아주 예민한 시기라 주의해야 한다 말하며 의사는 또 웃어 보였다.

그 웃음도 보지 말아야 했다. 어느 것도 듣거나 보지 말았어야 했다.

아직 아기를 만날 준비가 되지 않았다는 심중의 말을 끝내 못하고 말았다. 진찰실을 나서자 스님의 환한 미소가 안겨왔다.

속없는 양반, 이게 그리 좋기만 한 일일까? 하면서도 한편으로는 안도감이 밀려왔다. 지난밤 내내 혼자 다잡았던 마음이 물거품처럼 사라졌다. 지금껏 보아온 어떤 것보다도 환하고 아름찬 스님의 미소 때문이었다.

"오랜만인데 광한루에나 가볼까?"

그러고 보니 아주 오랜만의 나들이였고 백여 미터 남짓한 곳에 광한루 담장이 보였다.

"남원에 왔으니 광한루 구경은 해야지."

스님이 손을 잡아끌었다.

하긴 이렇게 남의 눈을 의식하지 않는 둘만의 오붓한 나들이도 처음이다. 화엄사 시절에는 많은 대중의 눈이 두렵기도 했지만, 쉬이 곁을 주지 않는 그의 주변을 서성이기만 했다. 그나마 자유롭던 가산사에서 보냈던 날들도 같이 사는 스님들 눈치를 보느라 맘 놓고 손 한번 잡아보지 못했다.

울긋불긋 단풍으로 더욱 풍광이 좋은 오작교 앞에 이르렀을 때 원색의 활옷과 사모관대를 걸어두고 즉석사진을 찍어주는 사진사가 앞을 막아섰다.

"히야! 어찌 이러코롬 두 내외가 잘 어울린다요. 사진 한 판 찍고 가시오. 사진이 금방 나옹게 기다릴 필요도 없고."

막무가내로 소맷부리를 잡고 놓아주지 않았다.

"하도 보기 좋아서 안 그라요? 이도령과 춘향이가 환생한 줄 알았소. 간만에 보는 선남선녀가 반가워서 내 거저라도 찍어주고 싶은 게 얼른 옷 갈아입고 저기 한번 서 보더라고."

처음엔 심드렁하니 내키지 않던 것이 사진사의 권유를 받고 나니 내심 같이 찍은 사진을 갖고 싶어졌다. 사실 둘의 관계를 증명할 그 무엇도 없었다.

그의 핏줄을 품어 기르는 몸이 아닌가? 다정하게 찍은 사진 한 장쯤 간직한대도 하등 이상할 것이 없다. 마음이 얼마나 하잘것없이 변해 가는 것인가도 이미 알아버린 정요다.

신부의 활옷과 신랑의 사모관대로 갈아입고 카메라 앞에 나란히 섰다. 쑥스럽고 멋쩍었지만 한편으로는 주체할 수 없을 만큼 가슴이 설렜다.

비록 화려한 웨딩드레스가 아닌, 수없이 많은 이들이 입었을 색 바랜 꾀죄죄한 신부의 대례복이지만 정요는 오늘 세상에서 가장 아름답고 행복한 신부다. 새신랑인 그의 옆자리에 서 있음이다. 찰나의 순간에 찍는 사진이지만 영원토록 이 순간을 잡아 두고 충만한 행복을 증명할 것이다.

"야! 역시 모델이 좋으니까 기가 막히네. 혹시 나중에 부부싸움을 하면 이 사진만 한 번 쓱 쳐다보시요. 금방 화해가 될 텡게."

즉석에서 뽑아준 사진 속 수줍은 부부는 더없이 다정했다.

"피곤하지? 저기서 좀 쉬어가자."

광한루를 천천히 한 바퀴 돌아보고 난 그들은 호숫가 버드나무가 늘어진 벤치에 앉아서 다리쉼을 했다.

색색의 비단잉어들이 헤엄을 치는 사소한 일상의 풍경마저 눈물겹게 아름답다. 두렵기만 했던 침묵의 무게도 이제는 따뜻한 욕조에 잠긴 듯 행복한 충만감으로 감미롭다. 말없이 곁에 앉아만 있어도 눈에 보이지 않는 어떤 끈끈한 기운이 두 사람을 오롯이 감싸고 있는 것이다.

이대로 시간이 멈추어 버리기를, 이 자리에서 그대로 굳어진대도 남은 생이 아쉽지 않을 것이다. 그럴 수 있다면 이 순간이 차라리 그리되기를 바라는 마음이었다.

여느 젊은 부부의 소박한 나들이와 다를 바 없어 보였지만 정요는 가슴속에 걸려 있는 숙제 하나가 있었다. 오늘 아침에도 새벽같이 일어난 스님은 삭도로 머리를 밀었다. 막 자라기 시작한 머리털들이 또다시 날 선 삭도 아래 무참히 잘려 나갔다. 생활한복이나 운동복은 불만 없이 잘 입으면서도, 여기 사는 동안만이라도 머리를 기르자 조르는 그네의 간곡한 바람은 늘 공허한 울림으로 허공에 흩어지고 말았다.

"안 돼!"

"왜? 왜 안 된다는 거야, 내 소원인데요. 응?"

왜일까? 다른 것은 선선히 잘 들어주는 스님이 그것만은 결코 양보하지 않았다.

아니 양보가 아니라 목숨 걸고 지켜야 할 어떤 신성불가침을 침범당하기라도 한 것처럼 스님의 반응은 매서웠고 조금도 곁을 주지 않았다.

'쳇, 머리를 밀지 않으면 남들이 스님인줄 몰라볼까 봐 그런 거야, 뭐야?'

그나마 다행이라면 마을에 가거나 바깥출입을 할 때는 흐린 날에도 밀짚모자를 써주고 정요가 내미는 빵모자도 군말 없이 써주는 정도였다. 한 달에 두 번씩 어김없이 스님이 머리를 밀 때마다 가슴속에 자라던 실낱같은 기대와 희망이, 보람 같은 것들이 한움큼씩 여지없이 스윽 베어져 내렸다. 세숫대야 안으로 까맣게 내려앉는 머리털을 보는 날에는 가슴속 시커먼 동굴이 깊어졌다.

안 좋은 생각을 오래 해서인가, 문득 커피 생각이 났다. 임산부가 절대

피해야 하는 음료인데도, 오랜 세월 까맣게 잊고 살았던 것이 괜히 억울한 만큼 마시고 싶은 생각이 더욱 간절해졌고 배까지 고파졌다.

"우리 오늘 기념식 해요."

"그래, 이 좋고도 기쁜 날 기념식을 안 하면 두고두고 후회가 되겠지."

말이 끝나기도 전에 벤치에서 일어났지만 두 사람이 걷는 방향은 정반대였다.

"사진사가 저쪽에 있잖아."

"바깥으로 나가야지. 사진사는 뭐하게요?"

"기념식을 하자며? 아, 아, 그래! 사진관에 가서 정식으로 한판 찍자."

형광등처럼 늦게 알아챘지만 또 틀렸다고 타박이 날아온다.

"광한루에 온 것을 기념하는 특별한 음식을 먹자는 것이지, 사진은 뭐하러 또 찍어요?"

광한루를 상징하는 음식은 없지만 '남원' 하면 추어탕이다. 그러나 스님은 그게 아니었다.

"광한루가 아니라 최고로 기쁜 소식을 알게 된 오늘이 더 중요하잖아. 그러니까 추어탕보다는 우리 아씨가 좋아하는 갈비하고 냉면으로 기념식을 하는 게 맞아."

그렇게 스님의 손에 이끌려 갈비 집으로 들어섰다.

정갈한 남도의 밑반찬과 갈비가 익어가는 향내에도 입맛이 당기지 않는 것은 아직도 목젖 언저리에 걸린 한 마디 탓이다.

"저어, 저기요. 어떻게…."

끝내 말끝을 맺지 못하고 컵에 담긴 물을 찍어 동심원만 그려내는 정요와 달리 스님의 말투는 무심하기만 했다.

"뭘 어떡해? 야, 갈비가 아주 맛있겠다. 오늘은 특별한 날이니까 자네가 좋아하는 맥주도 한 잔씩 하자. 이제 자네는 이인분이야. 식사도, 잠도, 휴식도 모두 두 사람 몫인 거야. 알겠지?”

평소와 달리 많아지던 말수 언저리에 자네라는 낯선 호칭 하나가 성큼 들어섰다.

‘자네. 자네’라고 했다. 자네는 이곳 남정네들이 제 아낙을 정겹게 부르는 소리.

하룻밤 사이에 덜컥 어른이 된 거 같아 짐짓 멋쩍었지만 정감 있고 질박한 이름 ‘자네’를 부드러운 고기와 함께 입안에서 곱씹어 보는 맛은 유별했다.

“기념식을 했으면 당연히 기념품도 사야지.”

식당을 나온 뒤에도 스님의 손에 이끌려 시장으로 갔다.

뭐가 먹고 싶은지 아니면 새 옷이라도 하나 살까 하며 닦달했지만 딱히 먹고 싶은 것도 갖고 싶은 것도 없었다. 성화에 못 이겨 사과 몇 알과 실팍한 갈치를 바구니에 담았는데 몇 걸음 걷지 않아 좌판을 벌려놓은 무화과가 눈에 띄어 반가운 마음에 얼른 한 봉지 샀다.

정요가 무화과를 처음 본 것은 가산사에서였다. 담장 옆 우물가에 자라던 무화과나무에는 밤톨보다 조금 큰 녹갈색의 열매들이 잇대어 매달렸다. 갑작스레 기온이 뚝 떨어져 내린 가을 아침, 명연스님은 꼬투리에 검붉은 색이 감돌기 시작한 열매를 따서 권했다.

“무화과야. 먹어 봐.”

“애개개! 이름은 그럴싸한데, 너무 촌스럽게 생겼다.”

이름만으로 근사한 열대과일을 상상했던 정요는 처음 만난 무화과에 적잖이 실망했다. 초라한 주머니 안에 수없이 많은 작은 씨앗 같은 과육은 탐스럽지 않은 겉모습과 달리 부드럽고 향기로웠다.

어쩌다 이 과일은 꽃도 없이 열매를 맺는다는 기이한 이름을 지니게 되었을까? 꽃은 식물의 생식기관인 셈인데 꽃 없는 열매라니 쉽게 상상이 안되었다. 무화과는 우리가 열매로 알고 있는 그것이 바로 꽃이라고 했다.

대부분의 생명은 자기 혼자만의 힘으로는 완성될 수 없도록 만들어졌다. 암술과 수술로 이루어진 꽃은 나비나 벌 같은 곤충들이 꿀을 얻으러 이 꽃 저 꽃 옮겨 다니며 수분을 도와준다. 향기가 없는 꽃에는 바람이라도 찾아와 어루만져 주어야 되는 것이다.

생명이 제 안에 지닌 결핍을 다른 존재를 통해서 충족할 수 있게 한 것은 오묘한 자연의 섭리이리라. 무화과는 꽃이 필 때 작은 꽃자루가 주머니처럼 비대해지면서 수많은 꽃들이 주머니 속으로 들어가 그대로 열매가 되기에 꽃도 피우지 않고 열매를 맺는 것처럼 보여 얻은 이름이었다. 남원 시장에 나온 무화과는 가산사의 것보다 배는 탐스러웠다. 암자색을 띤 배꼽 부근이 슬쩍 벌어진 것이 조금 음흉해 보일 만큼.

장을 보는 내내 무엇이 그리 즐거운지 콧노래라도 부를 성싶은 지명스님을 지켜보는 정요의 심사는 가볍지가 않았다. 무엇보다 먼저 그의 확실한 심중을 아는 일이 급했지만 버스를 타고 오면서도 입이 열리지가 않았다.

조은대에 돌아와 저녁을 먹고 나서도 복잡한 심사를 다스리지 못한 정요와 마주앉은 스님이 먼저 입을 열었다.

"명색이 나도 사내다. 이제부터 생계는 어떻게든 내가 책임질 테니까 두 사람 몸만 잘 챙겨라."

어제까지만 해도 자신은 수행자임을 포기하지 않았던 스님이다. 하지만 오늘부터 두 생명을 보호하고 지켜내는 걸 수행으로 삼겠으며 무슨 일이 있어도 그 약속과 책무는 지킬 것임을 부처님과 천지신명에까지 걸어 맹세했다.

적당한 시기에 정요네 가족도 만나 보겠다고 했지만, 결혼에 대한 언급이나 미래에 대한 구체적인 계획은 아니었다. 그런 건 아무래도 상관없다. 세상 모든 처녀들이 꿈꾸는 동화같이 화려한 결혼식을 하고픈 욕망이야 그녀라고 다를 바 없었지만, 지금은 제 몸에 품은 그의 분신을 지켜내고 싶다는 열망으로 다른 것들은 다 하찮아졌다. 이제껏 제대로 지상에 뿌리내리지 못하고 부유하듯 살아온 삶이 이제야 땅에 발을 내릴 수 있는 명확한 이유가 생긴 것이다. 뱃속의 아이를 지킬 수 있다는 안도와, 저를 향한 스님의 확고한 속내를 알게 된 것이 무엇보다 기쁘고 고마웠다.

다음날부터 스님은 눈에 띄게 알뜰살뜰 챙겼다. 섭생이나 컨디션뿐 아니라, 행여 울적한 마음을 갖게 될까 봐 조심스러워하는 폼이 영락없이 첫 아이를 가진 아내를 배려하는 자상한 남편 그대로였다.

자꾸만 나른해지는 몸은 그간의 긴장이 풀린 탓인지 쏟아지는 잠을 주체하기 힘들었다. 정요의 하루 일과는 먹고 자는 일이 전부가 되다시피 변했다. 스님은 때 맞춰 밥을 챙겨 먹이고 귀찮다고 투정하는 그녀를 이끌고 주변을 산책했다.

'그래, 이거야, 더 욕심내지 말자'

생각은 그랬지만 그럴수록 사랑하는 이와 함께 하는 기쁨만큼 미래에 대한 불안과 채워지지 않는 결핍의 무게도 함께 커져 갔다. 소유의 욕망을 넘어 그를 만나고 싶었던 무구한 마음도 점차 사라져 갔다.

겨울이 되고 눈이 내리자 온 산에 울리던 새 소리가 현저하게 줄었다. 애착이 많아 그리움을 가슴에 품고 떠나간 영혼들이 새가 된다고 할머니는 말했다.

그 많던 새들은 이제 무엇이 되어 떠나간 것일까?

길 떠나지 않고 겨울 숲에 남았던 새들이 혹 어딘가 함께 모여서 죽은 것은 아닐까.

산길을 오르내릴 때마다 유심히 살펴보지만 주검으로 남겨진 새의 흔적은 없었다. 밤마다 매서운 바람이 얇은 양철지붕을 두드리고 유리창을 흔들어대며 아우성쳤다.

'크크크크-크후후-' 귀기 서린 마귀할멈의 웃음 같은 올빼미 소리에 잠을 설쳤다.

빈산을 울리는 올빼미 소리가 밤마다 등성이를 넘는 겨울 산중은 적막하고 무료했다. 따로 할 일이 없는 두 사람이 하는 일이라고는 아궁이 두 개를 지키고 앉아 군불을 때는 게 고작이다. 눈이 내리는 날 아궁이 앞에 앉아 하염없이 깊은 상념에 잠겨 들기도 했다.

첫눈이 내린 뒤 몰려온 추위는 벼린 칼날처럼 날카로웠다.

싸릿대를 묶어 갈비를 세우고 흙칠로 마감한 얇은 벽으로 산골의 외풍을 막아내기 어려웠다. 가으내 부지런을 떨며 준비한 땔나무 덕분에 아랫목은 절절 끓었지만, 골짜기를 휩쓸어가는 바람 소리에 절로 주눅이 들었다. 내린 눈이 얼어붙으면 몹시 미끄러워 바깥으로는 한 발짝도 나설 엄두도 내지 못한다. 추운 밤, 산기슭 어딘가에서 캐-액 캐-액 비명을 지르는 고라니의 울음소리는 마음을 더 무겁게 했다. 멧돼지같이 큰 짐승한테 잡아먹히는 중이거나 사냥꾼이 놓은 올무나 덫에 걸려 고통스러워하는 것만 같아서 듣는 것도 불편했다.

"덫에 걸렸나 봐요, 우리가 찾아내서 풀어줄까?"

"걱정 마. 녀석들 울음소리가 본디 저렇게 목에 가시가 걸려서 캑캑거리는 것처럼 듣기 거북할 뿐이야. 갇히거나 아파서 우는 게 아니야"

스님은 늘 만사태평이었지만 그 고통스런 울음소리가 들릴 때마다 정요
는 왠지 가슴이 답답해졌다.

8장

수처작주(隨處作主)

한 사흘 맹렬해졌던 추위가 누그러들었다.

모처럼 바람도 잦아들고 한낮의 햇살이 봄볕처럼 따사로운 오후, 태안사 주지스님과 명연스님이 찾아왔다. 처음 조은대로 들어온 뒤부터 간간이 들러 안부를 챙기고, 약값 명분으로 생활비를 두고 가던 더없이 고맙고 반가운 스님들이었다. 추석 뒤끝에 한 번 다녀간 뒤, 겨울이 시작되도록 발길이 뜸해서 지명도 은근히 기다리는 눈치였다.

반갑게 수인사를 나누던 스님들의 눈길이 정요의 몸에서 얼어붙었다.

더 이상 숨길 수 없을 만치 도드라진 배에 시선을 멈춘 두 스님이 그만 못 볼 것을 본 것처럼 눈 둘 곳을 찾지 못하고 허둥거렸다. 누구보다도 지명을 지지하던 스님들이었지만 서로를 바라보며 망연자실 말을 잊었다.

함께 민망해진 지명이 옛 도반들을 방안으로 들이며 열없게 웃었다.

"자자, 그만 방으로 들어갑시다. 아무리 산중 스님들이지만 임산부를 처음 본 것은 아닐 터, 오랜만에 차나 한잔 합시다. 자네는 여기 찻물 좀 준비해 주고."

항아리 안에 담긴 물에 그새 얼음이 떴다. 커피포트에 물을 담아 코드를 꽂고 한쪽에 밀어두었던 찻상을 옮기는 것으로 찻자리 준비가 끝났다.

지명이 차를 우려냈고 딱히 할 일이 없어진 정요는 차 한 잔을 받아들고 툇마루로 나왔다. 노르스름한 찻물에 하얀 낮달이 소리 없이 잠겼다.

세 분 스님의 말소리가 두런두런 창호지를 넘어왔다.

"곧 동안거도 시작되고 날씨가 더 추워지면 여기 사는 일이 어려울 것 같아서 오늘은 지명당과 같이 내려가려고 왔어요. 헌데 일이 이리 되어 있으니 허허 참! 어떡해야 할지 난감하군. 대체 어찌하실 요량이요?"

책망하듯 이어지는 목소리가 까칠했다.

"뭘 어찌하누? 중이 절에서 부처님 시봉하고 살아야지. 여기서 평생 보살 시중이나 들며 살 수는 없잖아!"

태안사 주지스님의 말투는 더 퉁명하고 단호했다. 그동안 더없이 호의적이고 따뜻했던 이들의 말투가 아니었다.

"허허, 그만들 하시오. 난 이제 중 아니오. 아니, 이미 오래전부터 중이 아니었던 게 맞을 거요. 아이가 생겼고 그걸 부정하면서까지 내 욕심만 고집할 수는 없어요. 나를 위해 헌신한 저 사람을 모른 척할 수는 더구나 없는 일, 이 인연이 이번 생에 내가 풀어야 할 화두고 수행이라고 생각하기로 했어요."

지명의 음성은 조용했지만 단호한 결기가 느껴졌다.

"지명당, 그러지 말고 다시 한 번 생각해 보시오. 그 심한 고초를 겪으면서 지금껏 쌓아온 수행이 억울하지도 않단 말이오? 스님을 지켜보며 노심초사한 은사스님과 문중의 기대는 또 어떻게 하고요!"

"그래요. 당장 이 자리에서 결정할 일은 아닌 것 같으니 차분히 신중하게 생각해 봅시다. 무슨 수가 있겠지…."

절규하듯이 내지르는 외침과 안타까운 하소가 이어졌다.

"내가 다시 절로 돌아가는 일은 없을 테니까 스님들도 그리 알아주시오. 어쨌거나 미안하오. 문중 어른들이나 도반 스님들께 송구한 일이지만 잘 말해 주시오. 다만, 이곳에 다시 오지 않아도 좋고 나를 비난해도 좋지만 저 사람 탓은 하지 마시게나. 모든 것은 전적으로 내 선택이고 내 책임인 것, 다시 한 번 부탁하네."

두 스님을 조근조근 달래는 이는 외려 지명이었다.

수처작주(隨處作主)라고 했다. 어디에 있건 내가 주인이면 된다. 이미 수행승으로 나섰는데 그깟 수행처(修行處)야 절간이면 어떻고 민가면 어떠랴. 아침저녁으로 목탁을 울리는 청정비구면 어떻고 땀내 절은 봉두난발로 일에 지쳐 곯아떨어지는 농사꾼이면 또 어떠랴.

팽팽한 긴장이 감도는 침묵의 시간이 길어지고 전기포트에서 다시 물 끓는 소리가 났다.

누구도 먼저 나서서 무거운 침묵을 깨지 못한 채로 짧은 겨울해가 지고 있었다.

스님들이 돌아간 뒤에도 깊은 우물 속 같은 침묵은 이어졌다.

찻잔을 정리하는 정요의 손끝에도, 저문 해를 향해 앉은 지명의 뒷모습에도 침묵의 그림자가 짙게 내려앉았다.

변함없이 챙겨주는 것은 더없이 고마운 일이지만 닦아세우는 명연스님이 정요는 야속하기만 했다. 지명스님의 행방에 대해 끝내 함구했던 고까운 마음 한자락이 남아 있던 터였다. 법난 이후, 미친 듯이 지명스님을 찾아다니는 걸 뻔히 알면서도 한 마디 언질도 주지 않았던 냉정한 그 명연스님이 오늘은 얼굴도 보지 못한 뱃속 아기의 아버지를 데려가지 못해 안달인 것이다.

인정머리라고는 없는 사람, 하긴 그러니 속가 홀어머니가 피눈물로 만류하는 것을 뿌리치고 출가해 스님이 되었겠지. 부유한 지주 집안의 외동아들로 자라서 그런지 한번 고집을 세우면 무엇으로도 꺾을 수 없는 스님이었다.

독한 양반, 어미의 마음이 어떤 건지도 모르는 매정한 사람 같으니….

'가실 거라면 차라리 지금 도반 스님들을 따라가세요. 지금이 아니면 스님은 영영 돌아갈 수 없을지 몰라요. 어서요.'

'아니, 지금은 안 돼요. 봄까지는 여기 계세요. 우리 아기가 세상에 나오면 얼굴이라도 한 번 보고 가세요.'

어느 것이 자신의 진심인지조차 알 수 없는 상념들이 뒤끓어 오르며 뒤죽박죽으로 엉켰다. 말없이 돌아앉은 지명스님의 쓸쓸한 뒷모습이, 도반 스님들의 날카롭던 외침들이 가슴을 지그시 눌러오는 통증이 되었다. 소유가 아닌 존재로 사랑하자 애썼던 시간들과, 자신이 그의 누구인지 명확한 자리매김 없던 날의 안타까움이, 알게 되면 그것을 잃는 일이 될 것이므로 껴안고 있으면서도 모른 척 외면하고 싶었던 그동안의 기억들이 새삼 아프게 되살아났다.

불순한 의도는 결코 아니었지만 결국은 유망한 수행자의 발목을 잡는 신파의 주인공이 되어버렸던 그날, 늦은 밤부터 눈이 내리기 시작했다.

한 번 시작한 눈은 오다 그치기를 반복하며 이틀이나 내렸다. 사나흘 푸른 하늘인가도 싶었는데 양지쪽의 눈이 다 녹기도 전에 다시 눈이 내렸다. 이번에도 이틀에 그쳤지만 전에 내린 눈까지 합해서 무릎까지 푹푹 파묻혀 걷기도 어려웠다.

변소 가는 길을 내기가 바쁘게 옹달샘 가는 길도 눈을 치웠지만 샘물을 떠오는 일은 지명이 독차지했다. 아침마다 김이 오르게 따뜻한 샘물이지만 집안에 들어서면 설거지도 힘들게 차가워진다. 양동이에 길어온 샘물을 솥에 데워 설거지도 하고 빨래도 부엌 안에서 해치웠다.

지명은 숯불이 이글거리는 아궁이 앞에서 정요 머리를 감겨주거나 뜨끈뜨끈한 부뚜막에 아기처럼 앉혀 놓고 발을 씻겨 주었다. 혹시라도 감기에 걸릴세라 따뜻한 물에 발을 담가서 체온을 올려 주려는 것이었다. 길고 혹독한 계절이 살뜰히 보살피는 그의 손길로 인해 따스한 날들이 되었다. 문득문득 태어날 아가의 미래와 몇 번이나 더 울어야 할지 모를 불안한 앞날에 대한 걱정도 들었지만 애써 무시하고 오직 사랑만을 위한 시간이기를 빌었다.

그의 등 뒤에서 안타깝게 서성이지 않아도, 멀리 떨어져 그리움에 여위지 않아도 되는 지금의 이 삶이야말로 얼마나 오랜 기다림 끝에 얻은 것인가. 동안거 결제 후, 도반 스님들의 발길은 더 이상 이어지지 않았다. 마음 쓰이는 정요와 달리 지명의 안색은 한결같아 더 이상은 그의 기색에 개의치 않고 온전히 평화로운 날들이었다.

겨울이 깊어지고 온 세상이 흰 눈으로 가득 차 고요히 가라앉는 날이 길어지자 고라니가 뒷마당까지 내려왔다. 그저 심란해서 어쩔 줄 모르는 정요를 보고 지명이 말린 시래기나 고구마를 마당 한편에 가져다 놓았다. 품안에 들어온 굶주린 짐승은 구호해야 하는 법이라고. 무나 배추 같은 채소를 다듬을 때 나오는 것들도 소중한 먹을거리가 될 것이라는 생각을 떠올린 정요는 스스로가 대견해졌다.

종아리에 닿게 눈이 내렸던 날 오후였다. 변소에 간 정요가 너무 오래 돌아오지 않아 바깥을 내다보던 지명이 깜짝 놀라는 소리를 냈다.

"거기 뭐가 있어?"

배부른 정요가 엎드려 부삽을 들고 눈을 치우는 것이다.

"그냥, 저쪽까지만."

정요가 가리키는 손끝을 따라가 보았지만 의도를 알 수가 없다. 텃밭에
는 땅을 파고 무와 배추를 묻어놓은 움집이 있지만 전날 눈이 내리기 전에
지명이 소쿠리 가득 부엌으로 옮겨놓았기 때문이다.

"저기 툇마루 밑 토방에다 모이를 주고 싶지만 작고 겁 많은 애들은 무
서워서 오지 못할 수도 있으니까."

지명이 대신 눈을 치웠고 정요는 좁쌀을 가져다 뿌려놓았다. 어쩌다 맑
고 따스한 날이 며칠씩 계속되더라도 세상이 온통 하얀 눈으로 뒤덮여 어
디를 가서도 먹이를 구할 수 없는 한겨울 새들을 위한 조촐한 만찬이었다.
산새들의 모이로 좁쌀만 있는 게 아니다. 설거지하면서 나오는 음식물 찌
꺼기는 물론 먹다가 떨어지는 빵가루도 깨끗이 쓸어다가 줄 만큼 알뜰한
살림꾼이 되었다.

"우리 오빠들은 바지게를 세워놓고 방에 숨어서 지켜보다가 새들이 모
여들면 줄을 당겨 잡기도 했어."

새를 잡으려고 덫을 놓은 것이 아니니 굳이 숨어서 살펴야 할 까닭이 없
다. 툇마루에 앉아 해바라기를 하면서 새들이 모이를 먹고 가는 모습을 살
피는 것도 산에 살며 누릴 수 있는 즐거움이었다.

새들은 따뜻한 봄날에 알을 낳고 새끼를 기르기 위해서만 둥지를 만들
뿐이다. 공들여 만든 둥지이지만 날갯죽지가 자란 새끼들이 떠나고 나면
누구도 찾아오지 않는 빈 둥지로 버려진다. 나뭇가지에 지은 둥지는 눈비
를 막아줄 수가 없어도 처마 밑에 지은 둥지는 세찬 바람까지 다 막아줄
수 있는 따뜻한 안식처이련만 드나드는 일이 없다. 다음에 알을 낳아 새끼
를 칠 때에도 헌 둥지가 아무리 멀쩡해도 재사용하지 않고 곁에다 새로 둥
지를 만든다.

뱃속 아기의 태동에 깜짝 놀라며 이렇게 물색없이 행복에 겨워도 괜찮은 건지 불안해질 만큼 흐뭇한 겨울이 지났다. 입춘이 지나자 얼음장 아래로 싸르릉싸르릉 흐르던 물 소리가 또르릉또르릉 또렷해지는가 싶더니 어느새 가장자리가 얇아진 얼음이 녹기 시작했다.

한아름이나 부른 배를 끌어안고 절절매는 정요를 안쓰러워하면서도 귀엽다며 즐거워했다.

"뒤뚱거리는 게 꼭 엄마오리 같다. 하하하."

"오리? 쳇, 난 힘들어 죽겠는데 그렇게 재미있어요?"

겨울 동안 간신히 병원 검진을 한 번 다녀온 뒤로는 미끄럼판으로 변해버린 산길을 걸어 오르내릴 엄두도 내지 못하고 마당을 몇 바퀴 도는 걸로 만족해야 했다.

봄기운 완연한 삼월이 되었다. 멀리 노란 점들이 아지랑이처럼 피어오르며 산수유 봉오리를 물들여갔다. 산수유 꽃이 피었는지 궁금해 잔뜩 부른 배를 부여안고 마을로 내려온 정요를 보고 구 씨 내외는 기겁을 했다.

"시상에, 그게 정말이당가! 흔해터진 그거이 뭣이 그리 대단하다고."

."그렇게 좋아하는 줄 알았더라면 몇 개 뽑아다 심어줬을 거인디⋯."

구 씨 내외는 혀를 끌끌 차가며 사설을 달았다.

배가 남산만 해 가지고 무슨 고집을 그리 부리냐고 집에서부터 타박해왔던 지명도 얼씨구나 맞장구를 쳤다.

"그러게, 이 사람이 좀 유별나요!"

아직 철이 일러서인지 두꺼운 껍질이 살짝 벌어지고 서너 개씩 드러나는 작고 노란 꽃망울이 아이의 빨간 입술에 돋아나는 하얀 이처럼 귀엽고 사랑스럽다. 누가 찧고 까불거나 말거나 찬란한 봄을 준비하는 산수유 숲에서 정요는 팔랑팔랑 날아다니는 나비처럼 행복했다.

갈수록 햇살은 따사롭고 바람도 한결 나긋나긋해졌다.

그렇게나 사납고 강퍅하던 바람이 어느 곳을 다녀와 저렇듯 유순하고 따뜻해진 것일까?

빨랫줄에 앙증맞은 배냇저고리와 몇 번이나 삶아서 희다 못해 눈부신 기저귀가 봄바람에 나부꼈다. 그렇게 너무 일찍부터 준비를 하고 간절하게 기다려서인가?

버들강아지가 고물거리는 손짓으로 간지럼을 태우자 한껏 게으름을 피우던 개울가 산동백도 노란 병아리처럼 웃음을 터트리던 오후, 진통이 몰려왔다. 예정일이 한 달이나 남았는데도 어미처럼 성급한 아이가 벌써 세상 구경을 하려는 모양이다.

택시를 부르러 내려갔던 지명이 돌아오자 간간이 밀려오는 통증을 견디며 정요도 산을 내려왔다. 남원의 병원까지 가는 내내 스님은 손을 꼭 잡아주었다.

난생처음 겪는 원초적 고통과 두려움 앞에 부끄러움이나 수치란 감정이 얼마나 호사스러운 것인지, 아랫도리를 적나라하게 드러내고 짐승처럼 울부짖으면서도 오히려 당당할 수 있는 건 세상에 생명을 내보낼 수 있는 어미들만의 특권이었다.

“엄마, 엄마…. 잘못 했어, 엄마!”

못 견디게 엄마가 보고 싶었고 셀 수도 없이 엄마를 불렀다.

제 아이의 어미가 되기 위해 치러야 하는 절대로 무릎 꿇을 수 없는 고통 앞에서 자신이 후벼 팠을 제 어미의 아픔이 새삼스레 미어져 온다.

아직도 엄마는 정요가 지리산의 절에 머무는 줄로만 알고 있다. 조은대로 들어오고 난 뒤에도 정요는 가끔씩 시외전화로 엄마의 안부를 챙겼고 서울 오빠 집에도 아무 내색 없이 한 번 다녀왔다.

"정요냐, 잘 있지…? 그럼 됐다. 밥 잘 챙겨먹고 아프지 마라. 바쁘니까 그만 끊자."

달을 두고 그리웠을 딸의 전화였지만 엄마는 늘 그렇게 혼잣말만 하고는 서둘러 전화를 끊어버렸다. 궁금했던 딸내미 목소리 들었으면 됐지, 말끝에 무슨 탈이 붙을지 모른다! 행여 출가한다는 말이라도 나올까 지레 겁을 먹고 먼저 전화를 놓아버리는 것이다. 그때마다 전화기 너머 수심 가득한 엄마 얼굴 때문에 가슴이 먹먹했지만 엄마를 위로하거나 안심시켜 드릴 말을 찾아내지 못했다.

그런 엄마에게 아기를 가졌다는 말은 차마 할 수가 없었다.

만약 지금 그네의 모습을 본다면 처음에는 '이것아! 대체 어쩌자고!' 하며 하늘이 무너진 것처럼 땅이 꺼져라 걱정하겠지만, 곧 '별일 아니다. 여자라면 다 치르는 일, 겁먹을 거 없다'며 담담하게 위로해 줄 엄마. 그러나 굳이 위로받자는 게 아니다. 강파른 책망을 듣더라도 저를 낳아준 엄마가 왜 이리도 그리운지 모르겠다. 하느님도 부처님도 아닌 엄마에게 드리는 간절한 기도, 그것은 엄마가 보고 싶어!

꼬박 하루 밤낮이 넘게 이어진 진통 끝에 아기가 태어났다. 온몸이 부서져 내리는 고통도, 끝없이 이어질 것 같던 두려움도 아기의 첫 울음소리와 함께 거짓말처럼 사라졌다.

예정일을 다 채우지 못해 걱정했던 것과 달리 건강한 사내아이였다.

간호사가 강보에 쌓인 아기를 안겨주자 먹먹해지는 가슴속에 잔잔한 강물이 흘렀다. 형언할 수 없는 온전한 평화였다.

아기를 받아 안는 지명의 눈도 이미 빨개져 있었다.

사흘 뒤, 세 식구는 다시 밤재를 넘어 돌아왔다.

마을에 들어찬 산수유나무는 가지마다 노란 꽃등을 켜고 새 생명을 반겼다. 아이 울음소리 끊긴 지 십년이나 된 산골 마을에 경사가 났다는 사람들의 치사와 축하를 받으며 정요는 마치 개선장군이라도 된 듯 당당했다.

"이 사람아, 급한 어미의 성정을 빼닮아서 그렇게 빨리 세상 구경을 하고 싶었는가. 지섭아, 내가 니 아비다."

아직 눈도 제대로 뜨지 못한 핏덩이를 안고 산길을 오르는 동안 지명은 그새 지어놓은 아기 이름으로 정요를 불렀다.

"지섭이 엄마!"

지혜로울 지(智)에 돌림자인 건널 섭(涉)이 아이의 이름이다.

한지섭. 큰 지혜로 이 거친 사바를 건너 저 피안의 언덕에 이르고자 하는 간곡한 염원이 담긴 이름. 자신의 법명 한 글자에 돌림자를 넣어 지은 이름에서 못다 이룬 꿈을 아이를 통해 이루기를 바라는 간절한 마음 한자락이 엿보였다.

냉골에 아이를 눕힐까 봐 걱정했는데, 비어두었던 조은대 굴뚝에 연기가 오르고 있었다.

"애기 낳으러 간 사람이 하도 안 와서 얼매나 걱정혔는디…."

마을에서 보이지 않았던 구 씨네가 마중을 나왔다.

방에 들어서자 후끈 열기가 느껴지고 아랫목이 뜨끈뜨끈했다. 아기를 낳으러 간 날부터 아침저녁으로 드나들며 군불을 땠던 구 씨네는 곧바로 부엌으로 들어가 밥을 짓고 미역국을 끓여냈다.

몸조리를 잘못했다가는 산후풍으로 평생 고생한다며 꽃구경은 꿈도 꾸지 말라고 나무라던 구 씨네가 다음날 아침 바지게 가득 산수유나무를 짊어진 구 씨와 함께 올라왔다.

"천지에 흔해터진 것이 산수유꽃인디, 동상이 좋아한다고 우리 집 양반이 저렇게 공연히 부잡을 떨지 뭐여.”

“아이고, 세상에. 언니네 신세를 어떻게 다 갚아야 하나? 형부 덕분에 내년에는 우리 아기도 꽃구경을 실컷 하겠다. 이 산수유하고 우리 지섭이 생일이 같네요.”

구 씨는 지명과 함께 옹달샘 곁 매실나무 주변에다가 산수유나무를 심었다. 작은 나무들이지만 그래도 가지마다 꽃망울을 매달았다. 메주콩만 한 꽃망울은 저마다 노란 꽃술을 서너 개씩 물었는데 벌써부터 입을 한껏 벌리고 입안 가득한 꽃술을 토해 내는 놈도 있었다. 이틀 뒤에도 구씨는 산수유나무를 짊어지고 올라왔고, 샘 옆 작은 묵정밭이 산수유 밭으로 변했다.

봄볕에 한껏 부풀어 오른 산수유 꽃망울이 일제히 함성을 지르며 터지기 시작했다. 아침저녁으로 붙어살며 챙겨주던 겁쟁이에 잔소리꾼 구 씨네는 바쁜 농사철이라 조은대까지 올라오지 못했고, 정요는 맘 놓고 산수유 밭으로 가서 꽃구경에 취했다. 아직은 정요의 어깨에도 닿지 못하는 작은 나무들이 띄엄띄엄 서 있지만, 놈들이 무럭무럭 자라나 봄이면 노란 꽃으로 숲을 이루고 겨울이면 세상이 온통 하얀 눈밭에서도 빨간 열매로 숲을 이루게 될 정경이 눈앞에 어른거린다.

지명은 남새밭을 일구다 말고 정요가 내주는 바구니를 들고 산으로 들어갔다. 아이까지 있어도 아직은 세상을 소꿉놀이로 사는 것만 같다. 세상에, 화전놀이라니! 말로만 들었던 호사를 누리게 된 것이다. 구 씨네를 시켜 찹쌀가루와 꿀까지 준비했다는 소리에 ‘어, 그거 좋겠네!’로 맞장구칠 수밖에 없었다.

밭에는 노란 산수유가 한창인데 숲속에서는 갓 피기 시작한 진달래가 여기저기서 눈길을 붙든다. 나무마다 진하고 연하고 꽃 색깔의 농도가 다르다. 똑같은 꽃이라도 색깔이 진한 쪽이 더 예뻐 보인다. 예쁘긴 마찬가지였는데 막상 따려고 보면 꽃잎이 조금 찢어졌거나 벌레가 먹었다.

바구니에 넣는 건 나중 일, 조심스럽게 딴 꽃송이를 반가운 마음에 먼저 입에 넣는다. 새콤한 꿀 냄새인 듯 달콤한 풀 냄새인 듯 꽃냄새가 입안에 가득 찬다. 전에도 더러 먹어보았지만 생전 처음인 듯 다가오는 꽃냄새. 작고 가녀린 꽃송이를 하나씩 따 입으로 가져가다 말고 입을 들이밀어 가녀린 꽃송이를 물어뜯는다. 얼굴에 걸린 꽃가지가 흔들려 작은 꽃송이 하나를 통째로 입에 넣기 어려워도 손으로 꽃가지를 잡지 않는다. 마치 손이 없는 사람처럼, 그래야 할 것 같다. 진달래 고운 꽃송이를 먹을 때는 짐승처럼 입을 가져가 먹어야 할 것 같다. 산에 사는 한 마리 짐승처럼.

어디서 뭐하다가 이렇게 늦었느냐는 지청구에 몇 송이면 될 것을 왜 이렇게 많이 따왔느냐는 타박이 쏟아진다.

갓난아이는 젖 먹는 일만 끝나면 곧바로 잠드는 게 일이다. 햇살 좋은 마당에 석유곤로를 내놓고 불을 피운다. 뜨거워진 프라이팬에 식용유를 두르고 밤톨만큼씩 뭉쳤던 찹쌀 반죽을 납작하게 눌러 프라이팬에 올려놓는다. 노릿하게 구워진 쪽에 꿀을 바르고 진달래 꽃송이를 올려놓는다. 양쪽 다 노릿하게 구워지면 되는 줄 알았는데, 꺼내는가 했더니 그대로 한번 더 뒤집어버린다. 치직! 비명을 지르며 납작하게 눌린 분홍빛 꽃송이가 얼마나 놀랐는지 보랏빛으로 변했다.

따사로운 봄 햇살에 아기는 포동포동 젖살이 오르고 파란 떡잎을 밀어 올리며 쑥쑥 자라는 새싹들처럼 무럭무럭 자라주었다. 꽃처럼 환하게 웃는 아기의 모습에 석산골 골짜기가 날마다 환해졌다.

배추와 무는 대표적인 채소이지만 한여름 햇살이 뜨거우면 타버리고 장마가 지면 모두 물러버려 못쓰게 된다. 푸성귀가 마땅치 않은 여름 막바지에는 고구마 줄기가 나물로도 먹고 김치도 담글 수 있는 고마운 먹거리다. 장마철이 훨씬 지난 뒤에도 때맞춰 내리는 비로 가뭄을 타지 않고 무럭무럭 자란 고구마 줄기는 이랑을 덮고도 모자라 고랑에까지 세력을 넓히고 있었다.

하루하루 그늘이 길어지는 뒤란에 앉아 고구마 줄기를 벗기다 말고 지명이 잎사귀를 따로 모으자 정요가 대뜸 퉁부터 먹인다.

"어차피 버릴 건데, 뭐 하러 따로 손질을 해요?"

"버리긴, 데쳐서 무쳐 먹으면 얼마나 맛있는데?"

"먹어? 이런 걸 어떻게?"

놀라는 것을 보니, 시골에서 자랐으면서도 고구마는 줄기만 먹고 잎까지 먹는 줄은 몰랐나 보다.

"끓는 물에 데쳐서 된장에 무쳐 먹으면 엄청 맛있어. 가산사에서도 많이 해먹었는데 우리 아씨는 여태 몰랐어?"

"그야 내가 없을 때만 먹었으니 못 봤겠지. 그나저나 소나 먹는 걸 어떻게 사람이 먹어!"

자세한 설명에도 못내 뜨악해하는 정요를 대신해서 고구마 잎을 데치고 헹군 뒤 된장을 넣고 주무르는 것까지 혼자서 다 했다. 지명이 젓가락으로 집어주는 성의를 보아 한입 먹어보니 미끈거리는 것이 조금 낯선 식감이었지만 입에 밴 된장냄새 때문이었을까? 그런대로 괜찮다 싶었고 먹을수록 색다른 감칠맛이 느껴지는 것도 같았다.

"그야 된장 맛이지 뭐. 우리 된장이 좀 맛있어?"

맛있지 않느냐는 소리를 그렇게 막아버렸던 정요가 다음날에는 새벽부터 고구마 밭이랑을 들쑤셔 고구마를 찾아냈다. 금이 쩍쩍 간 곳만 골라서 파냈는데도 이제 겨우 손가락보다 조금 더 굵어진 정도다. 생으로 먹으면 비릿한 맛이 감도는 것을 밥 위에 얹어 쪄냈다.

"벌써 고구마? 제법 먹을 만하네. 맛있네, 맛있어."

고구마가 제맛이 들려면 아직 멀었지만 지명은 잔소리 대신 호들갑을 떨며 맛있게 고구마를 먹어주었다. 조금이라도 더 자란 뒤에 캐면 고구마 양은 현저하게 많아질 것이지만, 어차피 아직은 농사일이 서툴고 소꿉장난일 수밖에 없는 어린 정요다.

"벌써 고구마를 먹이면 어떻게 해?"

"우리 지섭이도 이젠 이유식 먹일 때가 되었어. 무엇보다 엄마 아빠가 처음으로 고구마 농사를 지어서 하는 첫 기념식이잖아요. 우리 지섭이도 당연히 기념식을 해야죠."

이제 겨우 다섯 달이 지났고 아랫니 두 개가 반쯤 자랐을 뿐인 젖먹이인데도 어미가 조금씩 떼어 입에 넣어주는 고구마를 오물거리며 받아먹는다. 그 모습이 너무 예쁘고 신기해서 한동안 넋을 놓고 바라본다. 어른들도 고구마를 많이 먹으면 속이 안 좋다는 생각이 불현듯 떠올랐지만 쉽게 그만두라는 소리가 나오지 않는다. 그 뒤로도 툭하면 지섭이 핑계를 대는 통에 가을걷이도 하기 전에 고구마밭은 이미 반 너머 파헤쳐진 뒤였다. 다행이라면 어린 아기까지도 고구마에 대한 애정 유전자를 내림했는지 배탈이 나지 않은 거였다.

깊은 산에는 가을이 먼저 찾아온다.

마당 끝에 선 감나무에 매달렸던 감들은 햇살 아래 고스란히 드러나는 알몸이 부끄러워 하루하루 더 붉어졌다. 정요네 산수유나무는 아직 작아서 열매를 맺지 못하고 있지만, 마을에 내려가면 수줍은 산수유 열매도 선홍빛으로 물들었다.

가을이 깊어가는 빈 들녘엔 허수아비만 남았지만 월계마을은 또 다른 가을걷이로 경황이 없다. 잎이 떨어진 나무에서 남자들이 산호처럼 빨간 산수유 열매를 털어오면 하나하나 일일이 앞니로 씨를 빼내는 일은 여자들 몫이다. 산수유 처녀와의 입맞춤은 보약 한 재보다 낫다는 옛말처럼 산수유 씨앗을 빼서 말리는 일은 한겨울까지 이어진다.

월계마을이 산수유 수확으로 바쁘던 날, 석산골 조은대에서는 아침부터 고구마를 캤다.

푸르던 잎들이 하얀 서리로 까맣게 변해 버린 넝쿨을 걷어내다 보면 아기 주먹만 한 분홍빛 고구마가 하나둘 딸려 나오기도 했고, 그때마다 정요는 아이처럼 탄성을 내질렀다. 호미를 들고 이랑을 파헤치자 제대로 자란 커다란 고구마들이 줄지어 나온다. 상처가 나지 않도록 조심하면서 캐다 보니 크지 않은 밭인데도 꼬박 하루가 걸렸다. 아궁이에 두어 개씩 넣어두었다가 꺼내 먹는 군고구마는 그네가 좋아하는 간식이다. 군고구마 몇 덩이로 행복해하는 정요를 보며 가슴이 찡해진 지명이 끝없이 푸른 가을 하늘에 대고 공연히 눈살을 찌푸렸다.

가을이 떠날 준비를 마치지도 못했는데 겨울이 당도하려는 모양이다.

단풍은 아직 그대로였지만 찬바람이 일고 기온이 뚝 떨어진 것이 당장 오늘 밤에라도 첫눈이 내릴 기세였다.

낮이 되며 햇살이 따가워졌지만 미리 겨울 추위를 맞는 예행연습이라도 하듯이 세 식구는 아침부터 대춧빛으로 영글어가는 햇살을 즐기며 해바라기를 하고 있었다. 엄마 품에서 벗어나 한동안 의젓하게 앉아 있던 아이가 곁을 맴도는 잠자리를 잡아보려 애를 썼다. 빨간 잠자리는 허공에 그림 그리듯 아이의 손짓을 희롱하며 주변을 맴돌았다. 연신 헛손질을 하는 아이의 애잔한 잔등 위에서 가을 햇살이 천진하게 뛰놀았다.

그 만추의 행복을 깨고 갑자기 지명의 누나가 조카 정섭이를 대동하고 나타났다. 갑자기! 라고는 했지만 지명은 놀라지 않았다. 오랜 망설임 끝에, 아무래도 아이가 생긴 것을 누이에게는 알려야 할 성싶어 전화를 했고 누이가 묻는 대로 사는 곳도 일러 주었던 것이다. 그러나 그것이 어제 오후였으므로 이렇게 빨리, 전화를 받자마자 한걸음에 달려올 줄은 몰랐다. 막내로 태어나 일찍 어머니를 여윈 지명한테 누님은 어머니 못지않은 존재였다. 지명이 출가한 이후에 서로 연락도 보는 일도 뜸해지다 보니 어느새 안부도 묻지 않고 지내는 사이가 되어버렸지만.

마당에 들어서기가 무섭게 아이부터 안아 올린 누이는 다짜고짜 눈물바람이었다.

"아이고, 세상에! 어디 보자, 니가 우리 진수 아들이냐? 세상에나 쯧쯧… 가여운 것!"

한참 낯을 가리기 시작한 어린 것이 낯선 방문객의 출현에 자지러지게 울어대자 누이는 아이를 넘겨주고 그제야 집을 스윽 둘러보았다.

"스님… 아니 삼촌! 진즉 연락 좀 하시지요. 고모가 걱정 많이 했어요."

작고한 큰형님 아들 정섭이 반갑게 인사를 건넸다.

"지섭 엄마, 우리 누님이야. 이 친구는 우리 한씨 가문 장손 정섭이, 서로 인사들 나누지."

"안녕하세요?"

누구에게랄 것도 없는 정요의 목소리가 기어들었다.

"처음 뵙겠습니다. 한정섭입니다. 그러니까 제가 이 꼬마 사촌형이 되나요?"

넓고 반듯한 이마 아래 가지런한 눈썹과 선한 웃음까지 정섭이는 삼촌인 지명하고도 많이 닮았다.

"인사가 따로 있나, 이리 보면 인사지. 그나저나 우릴 언제까지 마당에 세워둘래?"

누이의 재촉에 지명이 방으로 안내했다. 찻상을 두고 둘러앉자 조그만 방이 사람으로 꽉 채워지고 만다.

"무심한 인사야, 세상에 애기가 이렇게 크도록 연락 한 번 않는 법이 어디 있누? 천지에 아무도 없는 사고무친도 아니고 말이다. 이 산중에서 어린 사람이 혼자 애를 낳고 키우느라 얼마나 힘들고 폭폭했을까? 아이구, 딱한 사람…."

정요를 보는 누이의 눈길이 애잔했다.

명연스님을 통해 가끔 안부를 들었겠지만, 이렇게 아이를 키우며 살 거라고는 짐작조차 못 했던 누이의 푸념이 두서없이 이어졌다.

정요가 차려낸 점심상을 받은 누이는 대견하다며 치하가 분분했다.

"아이고, 어디서 이런 복덩이가 왔을까? 고맙고 고마운 일이다."

나이 차가 많아서만은 아닐 것이다. 폐인이나 다름없던 동생을 챙겨주고, 더욱이 꿈에서조차 바랄 수도 없는 스님 동생의 아이까지 낳아준 더없이 고마운 사람이 아닌가.

식사가 끝나고 정요가 설거지를 하러 나가자 무릎걸음으로 바싹 다가앉은 누이가 진지한 얼굴로 설득에 나섰다.

"나도 혼자 사는 일이 늘 적적하고 쓸쓸했는데, 서울로 올라가서 우리 같이 살자, 응?"

"고마워요, 누님. 나중에 저 사람하고 의논해 볼게요."

"의논이 뭘 필요해, 이 깊은 험한 산중에서 젊은 사람이 어떻게 애를 키우며 살겠니? 의논이고 자시고 할 것 없이 이참에 아주 마음 정하자. 나도 조카 재롱도 좀 보고. 누이 좋고 매부 좋고 좀 좋아?"

어릴 때부터 나무랄 데 없이 착하고 성실한 모범생이었지만 그만큼 융통성이라고는 전혀 없는 동생이었다. 절집에서는 촉망받는 인재라고 하지만 눈치 빠르게 처신해야 하는 속세에서는 가장 노릇은커녕 제 앞가림조차 못할 것이 너무도 뻔했으므로 누이는 아예 자신의 집에서 함께 살자고 제안한 것이다.

조카인 정섭이까지 나섰지만 지명은 꿈쩍도 하지 않았고 설거지를 마친 정요가 방으로 돌아오는 기척이 들리자 손으로 입을 가리는 시늉을 함으로써 이야기는 거기서 끝나고 말았다. 다음날 누이는 수표 몇 장이 들어 있는 봉투를 정요에게 건네주며 더 추워지기 전에 꼭 한 번 놀러 오라는 말을 남기고 떠났다.

"우리, 서울 한 번 가요. 국민학교 때, 우리 같은 시골아이들은 수학여행을 서울로 갔어요. 남자애들은 공군사관학교에 가서 비행기 만져본 것이 자랑거리였지만 여자애들은 창경궁 동물원이 최고였어요."

"…."

"나도 언니랑 조카들이 보고 싶어요. 사나흘이면 충분할 텐데, 내일이라도 한 번 다녀와요. 겨우살이 준비도 다 끝냈고, 별로 할 일도 없잖아요."

"…."

정요 혼자서만 이야기를 했고 지명은 계속 침묵을 지켰다. 갑작스레, 서울 타령이라니!

방안에서 오가는 소리를 부엌에서 못 들었을 까닭이 없고, 설혹 아무 소리도 듣지 못했다고 해도 눈치 빠른 정요가 누이와 지명의 속내를 짐작 못할 까닭도 없었다. 서울 구경은 서로가 아는 뻔한 핑계일 뿐이다. 누이는 어떻게 해서든 붙잡으려 할 것이고 정요는 마지못한 척 누이 집에 눌러앉을 것이다.

"여비까지 주시며 오랬잖아요. 누님도 우리 지섭이 엄청 예뻐하던데…."

체면치레 때문에 빙빙 겉돌기만 하던 정요가 속내를 드러내기 시작하자 지명도 더는 침묵으로 덮어질 일이 아니라는 데까지 생각이 미쳤다.

"그래, 한번 생각해 보지, 어떻게 하면 좋을지."

그렇게 얼버무리고 일어나자 정요도 더는 채근하지 못했다. 바쁜 일이라도 있는 것처럼 지게를 지고 산으로 올라갔지만 지명은 일손이 잡히질 않았다.

지난밤에도 밤새 생각했지만 아무런 결론도 낼 수가 없었다. 아예 아무 생각도 하지 말자고 애써 추슬러 보지만, 톱질을 하다가도 낫으로 가지치기를 하다가도 저도 모르게 상념에 빠져들고 만다. 이 깊은 산중에서 핏덩이 어린것과 겨울을 나는 일이 녹록치 않을 것임을 누구보다 잘 아는 지명이다. 그러나 번잡한 도시에서 살아야 한다는 것은 생각만으로도 가슴이 답답하고 숨이 막히는 일이었다. 빽빽이 들어선 고층 건물과 거리를 가득 메운 자동차들이 내뿜는 매연과 소음 때문에 질식할 것만 같았다. 인근의 작은 도시를 잠깐 다녀오는 일도 힘든데 하물며 서울 같은 대도시에서 평생을 산다는 것은 아무리 생각해도 불가능한 일이었기 때문이다.

누이가 돌아가고 난 다음날 아침, 눈처럼 하얀 서리가 내려앉은 산야는 고요로 가득 찼다. 시리도록 정갈한 흰 꽃으로 단장한 산중은 새 소리마저 끊겨 고요하고 적적했다.

며칠간 이어지던 그 적막의 꽃을 피우듯 마침내 어두워진 하늘에서 나풀나풀 첫눈이 내리기 시작했다. 눈이 내리면 골짜기는 더욱 고요해지고 깊어진다. 고요가 궁극에 달하면 숨을 들이쉬고 내쉬는 것조차 문득 잊어

버리곤 한다. 먼 산과 가까운 봉우리들의 경계가 지워지고 하늘과 땅의 경계마저 희미하다가 끝내 사라졌다. 눈이 내려 경계가 흐려지는 날에는 잊고 지내온 은사스님과 도반들 생각이 간절해진다. 그 상념의 경계마저 흐려지면 골짜기에 산사의 풍경이 살아나곤 했다. 두 번째는 좀 나아지려니 했는데 이번에도 지난겨울과 다를 것이 없으려나 보다. 눈이 내릴 때마다 그렇게 흐려지는 경계를 짐작했음인가? 일 년여 만에 명연스님이 조은대를 다시 찾아왔다. 다시는 오지 않겠다 했지만 다시 겨울이 시작되자 은근히 걱정이 된 모양이었다.

명연스님의 풀 먹인 법복에서 청량하고 날선 바람이 일었고, 그래서 더욱 민망하고 계면쩍은 얼굴이 된 지명은 저도 모르게 그새 더부룩이 자란 머리털 속으로 손이 들어갔다.

"지명당 끌어가려고 온 거 아니야. 아기가 궁금해서 온 것이니까 걱정 붙들어 매."

속마음이야 어떻든 그 말만은 사실이었다. 바랑 삼아 지고 온 커다란 박스에는 아기 옷가지와 함께 장난감이 가득 들어 있었다.

"속세에서는 벌써부터 도깨비 조홧속 같은 물건이 나왔지만 산속 도인들은 아직 모를 거 같아서…."

돌도 아직 멀었고 자리에 앉혀 놓으면 궁둥이나 겨우 들썩거리는 아기한테 무슨 옷과 장난감이 이렇게 많을까 했는데 그게 아닌 모양이었다. 어느 신도한테서 신통방통하기 짝이 없는 일회용 기저귀가 있다는 소문을 듣고 일부러 광주까지 나가 사왔다고 한다.

명연스님이 시키는 대로 아이에게 입혀 보니 매우 간편했고 아이도 새 옷을 입은 것처럼 방실방실 웃는다. 지명이 아무리 힘껏 쥐어짜서 널어도 습도가 높은 장마철에는 며칠이 지나도 눅눅하기만 했던 기저귀다. 아침

저녁으로 불을 때는 지금에는 몇 개씩 겹쳐서 널어도 금방 마르지만 아이가 자라면서 대소변 양도 많아져 그만큼 많아진 빨랫거리 때문에 걱정이었다. 고맙기 짝이 없는 선물, 명연스님의 자상하고 꼼꼼한 성품이 그대로 느껴지는 선물이었다.

설도 입춘도 지나 봄이 멀지 않았다. 아침부터 오락가락하던 눈발이 밤이 되면서 함박눈으로 변했다. 눈 내리는 날의 고요와 평온을 깨기라도 할 것처럼 아이의 고열이 시작되었다. 칭얼거리며 보채는 아이에게, 잠에 취한 채 젖을 물렸던 정요가 갑자기 허둥대며 지명을 깨웠다.

"빨리 일어나 봐요. 애기가 열이 너무 높아! 아, 어떡해!"

아이의 몸이 불덩어리였다. 낮부터 콧물을 흘리며 간간이 기침을 하기는 했지만 감기려니 대수롭잖게 여겼었다.

"침착해, 우선 물수건 해줄게. 그동안 비상약 상자에서 해열제 좀 찾아봐."

오렌지 빛깔의 해열제를 한 수저 먹였지만 열은 쉬이 잡히지 않았고 아이의 울음은 더욱 감때사나워지고 있었다. 미지근한 물수건으로 몸을 닦아도 보았지만 아이는 더욱 자지러질 듯이 울어댔고, 말도 못 하는 아이가 그 작은 몸뚱이를 바들바들 떨어대는 것을 보는 일은 차마 못 할 짓이다.

"아가! 지섭아, 왜 그러는 거야, 응? 엄마가 어떻게 해줄까? 어떡해!"

경험 없는 어린 어미는 그저 젖을 물리고 아이를 어르며 어쩔 줄 몰랐다.

어미가 물려주는 젖도 마다하고 아이는 한동안 울음소리만 높아가다 목이 쉬어버렸는지 울지도 못하고 칭얼거렸다. 열은 아직도 떨어질 줄 몰랐다.

고열로 축 늘어지는 아이를 보는 부모들의 속은 까맣게 타들어 갔지만 겨울밤은 더디기만 했다. 날이 밝자마자 아이를 들쳐 안고 눈길을 헤치고 나섰다.

잠자리에서 일어나지도 않은 이장을 깨워 읍내의 차부에 전화부터 했지만 단골 강 기사는 월계마을은 들어갈 수가 없노라고 했다. 워낙 길이 좁은 데다 간밤에 쌓인 눈으로 너무 위험하다는 것이다. 대신 중동 버스 종점까지 내려오면 거기까지는 가보겠다는 말에 다시 아이를 안고 눈길을 재촉했다.

버스정류장이 있는 중동마을까지 가는 길은 더디고 멀기만 했다. 아이를 안고 미끄러운 눈길을 걸어가 30여 분을 기다려서야 택시가 왔지만 구례에는 응급실이 있는 종합병원이 없었다. 택시기사들이 쓰는 비좁고 썰렁한 컨테이너 대기실에서 발만 동동거리던 끝에, 아홉 시가 넘어 문을 연 개인병원 진료가 시작되었을 때, 그들은 두려움과 기다림으로 지칠 대로 지쳐서 입을 떼기도 힘들었다. 일단 병원에 왔다는 것에 그나마 맘이 놓였다. 아이를 검진한 의사는 해열제를 주사해 응급조치를 하고 희고 여린 팔에 수액을 꽂았다.

아이의 병명은 급성폐렴이었다.

남원이나 광주의 큰 병원에 가서 며칠 입원을 하고 경과를 지켜보라는 의뢰서를 받아들고 맥이 풀려버린 정요는 복도의 긴 나무의자에 몸을 부리듯 누워버렸다. 눈발도 그치고 햇볕이 내리쬐는 푸른 하늘이었지만 국도도 눈에 막혀 오후 2시가 되어서야 광주로 가는 버스에 몸을 실었다.

대학병원에 입원한 지 일주일 만에 회복한 아이를 안고 조은대로 돌아왔지만, 한차례 홍역을 치러 낸 정요의 눈빛은 딴사람처럼 달라져 있었다.

새끼를 지켜내려는 암컷의 본능적인 욕망이 새파랗게 불을 뿜었고 조은대로 들어서자마자 주섬주섬 옷가지를 챙기기 시작했다.

'우리 지섭이, 정말 큰일날 뻔했어!'

'여기 살려고 돌아온 거 아니야!'

'나 혼자서라도 떠날 테니까, 그렇게 알아!'

간간이 내뱉는 혼잣소리는 더 이상 지명에게 하는 소리가 아니었지만 오히려 그게 더 무서운 선고였다. 아무리 무룡태 같은 가장이었지만 언제까지 모르쇠를 놓고 있을 수가 없었다. 아니 저렇게 혼잣소리까지 하는 정요를 두고 자신의 미래를 따진다는 것은 도를 넘는 사치였을 뿐이다.

"오늘은 늦었으니까 오늘 하룻밤만 자고 내일 아침에 서울 누님네 집으로 가자."

"그 말 어떻게 믿어! 내가 그렇게 사정해도 계속 못 들은 척했잖아?"

이제는 아이의 건강 따위가 아니다. 저러다 당장이라도 정요가 정신줄을 놓을지 모른다. 더럭 겁이 난 지명은 아궁이에 불을 지피다 말고 마을로 내려가 누이에게 전화부터 해야 했다.

"누님이 내일 차를 가지고 올 때까지 여기서 꼼짝 말고 기다리래."

"그러게 내가 뭐랬어요. 누님도 좋아할 거라고 하지 않았어요. 누님이 우리 지섭이를 얼마나 예뻐했는데…."

정요는 그제야 제정신이 돌아온 듯 환한 낯빛으로 지명의 얼굴을 보며 이런저런 이야기를 하고 있었다.

아무리 급하게 떠나더라도 살림살이는 제대로 정리해 두어야 한다. 아궁이에 불을 넣은 지명은 부지런히 여기저기 다니며 집안 정리를 시작했다.

다음날 점심이 지나고 얼마 되자 않아 정섭이를 대동한 누이가 석산골에 도착했다.

"아침은 잔치국수로, 점심은 김밥으로 때우고 왔어요."

날이 밝기도 전에 길을 떠나야 했던 정섭이 투덜거리듯 말하며 웃었다. 휴게실에 먹을 것이 많았고, 삼촌네가 어디로 달아날 것도 아닌데 괜히 혼자서만 마음이 바빴던 고모가 갈 길을 재촉했기 때문이다.

"백화점에 가면 뭐든 다 있다. 차까지 가는 동안에 애기만 춥지 않으면 된다."

누이는 미리 꾸려 놓았던 보따리 몇 개 때문에도 돌아가는 길이 늦어질 것처럼 굴었고, 마음이 바쁜 정요도 산모퉁이를 돌아설 때 한 번 되돌아보는 것만으로 사연 많았던 석산골 조은대와 작별했다.

월계마을로 내려가 차에 짐을 싣고 난 정요는 구 씨네부터 찾아갔다. 그동안 마을 사람 누구보다 정들었던 구 씨네한테만은 작별인사를 하고 싶었기 때문이다. 이제 다시 돌아오지 못할 것이니 필요한 것은 뭐든지 다 가져다 쓰고 그저 짐승들이 드나들지 못하게 문단속이나 잘해 주었으면 좋겠다는 부탁에 구씨는 아무 걱정 말고 잘 가시라고 했지만, 갑작스런 사태에 놀란 구 씨네는 점심 먹고 놀러 나간 아이들 타박에 바빴다.

"아이고, 서운해서 어쩐대요! 우리 선상님들이 이렇게 가시는디, 그놈 아새끼덜은 어디 가서 코빼기도 안 보인대요."

아이들이 당장에라도 나타날 것처럼 위아래 고샅길을 갈마보다 말고 허둥지둥 부엌으로 들어갔던 구 씨네는 자동차가 있는 곳까지 달려와 참기름 두 병을 넣어주고서야 잘 가라고 손을 저었다.

지명이 중학교 졸업반이던 해, 누이는 사관학교 출신 군인과 결혼했는데 매형은 술과 운동을 좋아하는 전형적인 무인이었다.

사내자식이 계집아이처럼 낯가림 심하고 소심해서는 안 된다며 지명에게 유도를 배우게 하고 월급날마다 전기구이 통닭을 안겨주었던 속정 깊은 사람이었다. 그가 고등학교 입시를 준비하던 겨울 매형은 월남전에 참전하게 되었다. 참전을 하면 빠른 출세가 보장되는 직업장교에게 월남은 위험하지만 충분히 유혹적인 전장이었다. 결혼한 지 일 년도 안 된 새색시를 두고 떠날 만치 매형의 욕망이 컸을지 모른다.

종전이 가까워진 월남전의 전황은 예측이 어려운 혼전의 양상이었다. 매일처럼 전사자가 쏟아졌고 하루 걸려 뉘 집 아들이, 누구네 형이 유골로 돌아왔다는 말이 불온한 삐라처럼 흩날렸다.

매형이 월남으로 떠나기 전, 가족들이 모여 저녁을 먹었던 그날 지명은 장안 최고의 명문인 K고 입학시험을 치르고 왔다. 무겁게 가라앉은 분위기에 시험 이야기는 꺼내지도 못하고 있는데 매형이 아는 체를 했다.

"내가 월남 가면 처남한테 멋진 만년필을 선물할 거야. 어때, 처남. K고 합격 자신 있지?"

그는 내심 쾌재를 불렀다.

만년필 꽂이를 순금으로 장식한 파카 만년필은 결혼예물로 교환할 정도로 인기가 좋았다. K고등학교에 입학한 그는 매형에게 득달같이 위문편지를 보냈고, 두 달 뒤 매형이 보내온 파카 만년필은 그의 왼쪽 가슴 주머니에서 자랑스레 빛났다.

그해 가을 매형의 전사통지가 날아왔다. 엄밀히 말하면 전사가 아닌 실종이었다.

작전 수행 중 실종 상태가 되어 수색 중이라는 비보가 날아든 것이다. 전투 중의 실종, 더구나 후퇴를 거듭하는 암울한 전황에서 실종이 무엇을 의미하는지 모를 리 없었다. 동기들이 백방으로 수소문한 끝에 천만다행으로 구조가 됐다는 것을 알아내긴 했지만 그다지 낭보가 되지는 못했다. 미군에게 구조가 되긴 했지만 척추를 다쳐 병원치료 중이라고 했다.

수많은 생명들이 꽃잎처럼 흩날리는 전장에서 돌아왔지만 매형은 휠체어 신세를 면하지 못했다. 국군통합병원에서 고통스런 물리치료와 재활치료를 받았지만 한번 사라진 몸의 기능은 다시 회복되지 않았다.

별다른 차도 없이 끝없이 이어지는 치료에 모두들 서서히 지쳐갔다.

자신의 인생이 남루해지는 것을 용납할 수 없었던 자존심 강한 매형은 매일 술에 젖어 살았고 수면제와 진통제에 의지해 겨우 잠이 들었다. 말을 들어주지 않는 육신으로 인해 끊임없이 반복되는 인간적 굴욕감과 통증, 부딪히는 위험과 불편을 감당하는 일은 매 순간 죽음을 꿈꾸게 했다. 차라리 월남 정글에서 죽지 못했던 것을 원망하던 매형은 거추장스러운 옷을 벗어버리듯 어느 날 밤 모두가 잠든 사이 홀연히 세상을 떠났다.

그것이 자연사인지 아니면 매형 스스로 선택한 죽음인지는 알 수 없었지만 장례식장을 울리는 곡소리만 높았을 뿐 사인을 밝히려 드는 사람은 없었다. 그것이 설사 자연스럽지 않은 위험한 선택이었다 할지라도 그조차도 용납될 수 있다는 암묵적인 합의가 있었을 뿐이다. 매형을 그렇게 허망하게 보낸 뒤, 슬하에 한점 혈육도 없던 누님은 통한의 긴 세월을 홀로 견뎠다. 그나마 다행이라면 매형이 유산으로 남긴 부동산을 처분해서 제법 크고 번듯한 상가건물을 사두었기에 생계 걱정은 없었다.

누이는 처음부터 지명이네가 석산골을 떠나올 것으로 알았던 것처럼 크지 않은 거실에 방 두 개뿐인 작은 아파트의 방 하나를 깨끗이 비우고 도배까지 새로 해 두고 있었다.

여독이 채 가시지 않았지만 이튿날부터 누이와 정요는 백화점에서 아기 용품과 살림들을 새로 사들이고 때맞춰 예방접종도 챙겼다. 아기를 씻기며 문틈으로 파고드는 외풍을 걱정하지 않아도 되었고, 고열로 울며 보채는 아이를 안고 밤새 동동거릴 일도 없게 되었다.

청상으로 늙어 아이를 낳아보지 못했던 누이는 세속을 떠났던 동생의 젖먹이에 대한 사랑은 더할 수 없이 극진했고, 나이 차가 삼십 년이나 되는 어린 올케도 막내딸 위하듯 챙겼다. 오랜만에 도시의 삶을 향유하는 정요도 넘칠 만큼 갑작스런 풍요 속에서 은빛 비늘을 반짝이는 물고기처럼 생생하게 살아났다.

정요의 서울 귀환을 가장 반겨준 친구는 역시 명화였다. 전화를 받은 다음날로 인사동 찻집에서 만났다. 전화로 내일 점심도 먹고 하루 종일 놀러 다니자는 소리에 집에서 노는 줄 알았는데 규모가 큰 기업체의 회장 비서로 근무한다고 했다.

"출근 시간에 전화로 갑작스런 감기몸살 때문에 오늘 하루는 쉬겠다고 했어. 출근해 봐야 일도 손에 잡히지 않고 네 생각이나 할 게 뻔하니까, 거짓말도 아니지 뭐."

밝은 소리로 떠들어대는 통에 정요도 금방 예전의 아가씨로 돌아온 듯했다.

명화와 단짝이 되어 서울 거리를 누비고 다녔고 보림사에도 함께 찾아갔다. 무슨 무용담이라도 자랑하듯 명화가 정요의 지난 이야기를 늘어놓았다. 마치 곁에서 지켜보고 있었던 듯 재잘재잘 시시콜콜 미주알고주알, 명화가 전하는 소리가 다 끝날 때까지 아무 대꾸 없이 듣고만 있던 지선스님이 마침내 결론을 내리듯 입을 열었다.

"그래, 하산하기를 잘했어. 아무튼 산중에서 사느라 고생 많았네. 덕분에 그간 석산골 토굴도 적적치 않았을 테고. 이제는 내가 들어가 살아도 되겠는가?"

"네. 스님 덕분에 잘 살다가 왔어요. 전보다 살림도 몇 가지 더 늘었고, 아마 나중에 가보면 깜짝 놀랄 일이 벌어질 거니까 기대하세요."

"이런, 고마워! 집 잘 지켜주고 살림까지 불려줬으니 내가 오는 맛있는 저녁을 대접해야겠는걸. 그런데 깜짝 놀랄 일이란 게 뭘까? 정말 궁금한데."

"그건 직접 가보셔야만 알 수 있어요."

"가봐야만 알 수 있다? 그게 궁금해서라도 얼른 털고 공부하러 가야겠는 걸!"

지선스님은 일부러 시내까지 차를 몰고 나와 저녁을 사주고 언제든지 도움이 필요하면 찾아오라며 예전의 친근했던 모습을 그대로 보여주었다.

서울 생활은 순조로웠고 봄이 되자 아이는 걸음마를 떼더니 이내 서툰 달음박질까지 할 만큼 부쩍 자랐다. 언제까지 세 식구가 더부살이를 할 수 없는 일이었다.

본디 까칠한 성격에다가 오랫동안 세속을 떠나 있었던 지명이다. 더욱이 졸업도 못 하고 출가했으므로 사회생활에 대한 경험도 전무했다. 일할 자신도 없으면서 무턱대고 취직자리를 알아보기보다는 누이의 건물에서 가게를 차리는 것이 상책이었다. 누이가 마련해 준 상가는 스무 평 남짓한 홀이었는데 곁에 작은 방도 딸려 있었다. 두 평 남짓한 작은 공간을 본 순간 지명은 손님이 뜸한 시간에는 잠깐씩 참선을 할 수도 있겠다는 생각이 먼저 들었다.

텔레비전이 컬러로 바뀌고 안방극장 문화 향유가 폭발적으로 늘어나는 시기, 취향에 따라 간편하게 이런저런 영화를 마음대로 골라볼 수 있는 비디오테이프는 인기의 절정을 누리고 있었다. 안방에서의 영화감상은 서민들이 가장 쉽고 친숙하게 접할 수 있는 문화코드였으므로 집집마다 비디오(VTR)가 없는 집을 찾기 어려울 만치 보급률도 높아지고 있었다.

인테리어를 하네, 물건을 들이네, 눈코 뜰새 없이 달포가 지나 번듯한 비디오테이프 대여점을 열고 개업식까지 무사히 마쳤다.

처음으로 시작한 사업이었고 시운을 잘 만난 탓에 이러다가 부자라도 되겠다 싶을 만큼 돈벌이도 잘 되었지만 막상 비디오가게에서 지명이 하는 일은 기계를 이용해 테이프를 되감거나 자리를 찾아 정돈하는 정도였다. 혹시라도 먼지가 쌓일까 봐 총채로 진열대를 떨거나 자루 달린 걸레로 바닥을 닦는 것도 일이라면 일이겠지만, 들여오는 물건을 결정하거나 다른 일로 부지런을 떨어야 할 일은 전혀 없었다.

"저기, 그거 있어요? 문화 테이프."

"네? 어떤 걸 찾는지, 제목이…."

"아이 참! 아저씨도 다 알면서 뭘 그래요? 거 있잖아요. ○양 빨간 마후라."

사내들은 그런 것도 없느냐며 툴툴거리며 돌아갔고 문화 테이프가 무엇인지는 나중에 정요가 설명해 주었다.

"정말 몰라요? 성인용 섹스 테이프. 납품하던 총각이 몇 개 놓고 간 걸 당신이 반품했잖아요. 요즘엔 그런 물건 없으면 손님 떨어진다고 총각이 걱정하던 거 생각 안 나요?"

문화 테이프를 찾는 것은 술 취해 밤늦게 귀가하는 남자들뿐이 아니었다. 낮에 와서도 진열대를 둘러보는 둥 마는 둥 하고 다른 것은 더 없느냐고 물어보던 여자들도 더러 있었다.

괜한 고집으로 손님 떨어지면 문을 닫을 수밖에 없다고 정요가 주문을 외웠지만 지명한테는 마이동풍이었다. 아무리 세태가 바뀌었다고 해도 차마 그런 짓으로 먹고 살 수는 없었기 때문이다.

성을 조악한 상술로 이용하는 세태를 앞장서 막아내지 못할망정 내 손으로 조장할 수는 없는 노릇이 아니던가? 어린 학생들이 폭력물을 빌려가는 것도 말리고 나섰다.

그렇게 반년쯤 세월을 보내던 차에 도로 건너편 상가에 비디오 가게가 새로 들어섰다. 지명이네 단골들이 썰물처럼 빠져나가더니, 믿었던 꼬마 손님들마저 부모들을 따라 새로 생긴 가게로 옮겨갔다.

가게를 살리려면 당장이라도 성인물을 취급할 수밖에 없지만 도저히 그런 행위를 할 수가 없었던 지명으로서는 테이프를 덤핑 처분하고 가게를 정리하고야 말았다.

테이프를 덤핑 처분한 뒤에는 도서 대여점과 문구점을 열었지만 장사에 문외한이던 그가 손대는 사업마다 얼마 못 가 접을 수밖에 없었던 것은 어쩌면 당연한 귀결이었을 것이다.

이것저것 시도해 보았으나 마침내 가게를 완전히 정리한 뒤로 한동안 의기소침해졌다. 그렇다고 언제까지나 손 놓고 있을 수도 없는 일, 고교 동창에게 연락도 하고 대학 동기들도 만나고 다녔다. 대다수 친구들이 그의 출가에 대해 알고 있었던 터라 갑자기 환속한 모습에 어리둥절한 모양이었다. 서울 토박이인 지명은 사람들이 명문이라 말하는 속칭 KS 출신이랄 수도 있었다. 물론 S대에 입학했지만 3학년을 마치고 군 복무 후 복학을 하지 않고 바로 출가를 한 탓에 대학 졸업장은 없었지만.

오랜만에 만나 본 친구들은 모두가 그럴듯한 직장과 직함을 새긴 명함을 내밀었다. 검사가 되어 새파랗게 젊은 나이에 영감 소리를 듣게 된 친구도 있었고, 고급 공무원으로 자리 잡은 동기를 비롯해서 대기업 중견간부로 사시나 행시를 통해 사회에 들어선 동기들은 대체로 안정되고 풍요로운 삶을 영위하는 듯 보였다.

하지만 사십이 넘은 나이에 이렇다 할 경력이나 자격증 없는 그를 필요로 하는 일터는 쉽게 나서지 않았다. 이십 년에 가까운 산중생활에 사회의 흐름에 둔감하기도 했고, 심지어는 S법대 중퇴라는 학력이 되레 걸림돌이 되기도 했다.

여기저기 면접을 보러 다니는 그를 보고 동기 중 하나인 형철이가 써 준 소개서를 들고 찾아간 곳은 영등포에 있는 중소 제조업체였다. 공장과 사무실 직원을 다 합쳐 백여 명 남짓한 자동차 부품을 만드는 회사였는데 처음부터 업무관리부장 자리를 맡게 되었다.

"별로 어려울 것도, 니가 나서서 크게 신경 써야 할 일도 없을 거야. 니 뒤에는 우리가 있잖아. 무슨 일이 있으면 나한테 전화하고 같이 만나서 식사나 하면 될 거야."

행정고시를 패스하고 중앙부서의 요직을 거친 실력도 만만치 않았지만 친구들 사이에 의리파로 소문난 형철이다. 처음부터 과분한 업무라 부담스럽다고 걱정하는 지명을 그렇게 격려했다.

매일 아침 정요는 눈부시게 흰 와이셔츠에 어울리는 화사한 넥타이를 골라 매주고 아이와 함께 출근길을 배웅했다.

"지섭아. 아빠, 안녕! 해야지."

아파트 입구까지 따라 나온 정요와 아이의 아침 인사는 휘파람새처럼 명랑했다. 꼬물거리는 아이의 손가락 사이로 어린 햇살이 춤을 췄다.

햇살이 눈부시게 빛나는 사바에서의 삶은 그런대로 순조로울 듯 보였다.

모든 집착과 번뇌를 끊어 대 자유인이 되기를 갈구했던 푸른 날들은 한 조각 구름처럼 흩어져갔지만, 삶의 현장인 이곳 저자거리가 오늘 그에게 주어진 또 다른 구도의 장이었다.

회사의 업무를 파악하고 직원들과 낯을 익히는 데는 한 달이면 충분했다. 주로 하는 일은 회사와 유관한 공무원이나 오더를 주는 대기업의 담당

자들과 어울리며 좋은 관계를 유지하는 일이다. 사장은 현장기술자로 뼈가 굵은 사람이어서 영업이나 관리보다 작업복을 입고 다니며 생산라인 챙기는 걸 좋아하고 사교는 싫어하는 체질이었으므로 대외적인 업무는 모두 관리부장인 지명에게 일임한 상태였다. 식사와 술자리 접대를 해내느라 늘 늦은 밤에야 집에 돌아올 수 있었다.

새 직장에 출근한 지도 한 달이 지나서야 정요네 가족을 만났다.

실은 석산골에서 나왔을 때 제일 먼저 했어야 할 일이었다. 그러나 선뜻 사위랍시고 나설 수도 없었고 정요 역시도 좀 더 자리가 잡힌 뒤에 하고 싶다고 주장했던 탓도 있었다.

앞서 정요가 아이까지 데리고 다녀서인지 지명이 지레 걱정했던 것과 다르게 환대를 받았다. 대체로 사람들은 크든 작든 이미 일어나버린 일에 대해서는 체념과 포기가 빠른 법, 열 살이 넘는 나이 차이나 전직이 승려였다는 것도 전혀 문제가 되지 않았다. 정요 어머니는 딸내미가 머리를 깎고 출가하지 않은 것만도 다행으로 여기는 기색이었다.

"한 서방, 이제 우리 식구가 됐으니 이렇게 불러도 되지? 어찌 되었든지 제 식구 아껴주고 처음 먹은 맘 변치 말아야 하네. 내 부탁은 그저 그거 하날세."

"그동안 걱정 많이 끼쳤습니다. 잘 살겠습니다."

"그래 고맙네, 고마워. 자네만 믿겠네. 내 자식이라서가 아니라 착하고 무던한 아일세. 이제 아무 걱정 안 할라네. 저 여린 것이 산중에서 에미도 없이 애까지 낳고 얼마나 고생을 했을지 그 생각만 하면….”

어머니가 눈물을 보였다.

결혼도 하지 않은 채 아기부터 낳은 건 대소가 집안과 동기간 보기에 남세스러운 일이다. 빠른 시일 안에 결혼식부터 올려야 한다고 서둘렀다.

288

물꼬를 한 번 트고 나니 물살의 흐름은 거침이 없었다. 사회적으로 무능할 수밖에 없는 동생과 어린 색시 때문에 은근히 걱정을 놓지 못했던 누이도 반색을 했고, 껄끄럽다는 양가의 상견례 자리도 훈훈하기만 했다.

결혼식 전날, 누이는 그간의 고마움을 함을 가득 채운 패물과 예단으로 보답했다. 함에는 신부의 패물 말고도 순금의 패물과 함께 산호반지와 목걸이 한 벌이 더 들어 있었다. 정요가 엄마의 패물함까지 털어 지명을 안고 석산골로 들어갔다는 얘기를 들은 누이가 너무도 고맙고 미안한 일이라며 사돈의 패물 일습까지 따로 챙겨 보낸 것이다.

이제 지명은 하루가 다르게 자라는 아이의 재롱에 마음을 빼앗기고, 월급날 가슴에 품은 튀김 통닭이 식을세라 종종걸음을 하는, 골목 어디에서나 마주칠 수 있는 지극히 평범한 가장이 되었다.

9장

누군가를 사랑한다는 것은

벗어나겠다고 하면서도 집착할 대상을 찾는 것이 인간의 속성이다. 모든 인연을 끊고 싶다고 말하는 사람일수록 마음속 깊은 곳에는 사람에 대한 그리움이 더 강할지도 모른다.

때로 사랑은 그 대상에 대한 불확실성 때문에 이기적이고 또한 배타적인 감정으로 흘러가기도 한다. 감정의 변질에 대해 불안한 마음은 소유욕을 낳고 그 독점욕은 필연적으로 구속을 야기한다. 그 속성은 매우 위험한 일이었고 그네들도 그 위험한 덫을 피해 가지 못했다.

어미의 젖을 물리지 않고 이유식으로 바꿀 무렵이 되었을 때 아이를 향한 누이의 애착은 이미 위험수위를 넘어서고 있었다. 나이 든 시누이와의 갈등을 피하려고 정요도 다른 일에서는 손을 들었지만 아이에 관한 일에는 조금도 양보가 없었다. 처음엔 대수롭지도 않은 일로 시작되었다.

제비 새끼처럼 붉은 입술을 벌리고 고모가 긁어 주는 사과를 받아먹던 아이는 외출에서 돌아온 제 어미를 돌아볼 새가 없다. 서울에 온 뒤 날마다 바깥으로 나도는 어미보다 온종일 끼고 살며 놀아주고 챙겨주는 고모를 더 따르게 된 지도 이미 오래다. 그러나 몇 번이나 이름을 불러도 돌아보지 않는 아이를 보는 정요의 심사가 편할 수도 없었다.

"형님, 이제는 지섭이도 숟가락질하는 걸 배워야 해요. 믹서에 갈아서 주면 저 혼자도 잘 먹어요. 형님도 편하고 좋을 걸 왜 그렇게 힘들게 하세요?"

"그런 소리 마. 예전 어른들도 다 이렇게 먹여서 키웠어."

"혼자 할 수 있는 걸 옆에서 자꾸 해주면 애가 독립심이 약해진다고요."

"사과 하나 먹이는 데 원, 별소리 다 듣겠네. 그렇게 할 일 없으면 쓸데없는 참견 말고 들어가 낮잠이나 자든지."

누이도 고집을 꺾으려 들지 않았다.

아이를 키우는 어느 집에서나 일어날 아주 하찮고 사소한 것들에 조금씩 생각이 달랐을 뿐이었지만, 가벼운 실랑이 안에서 불온한 감정은 은밀히 싹을 키워 나갔다.

퇴근 후 집에 오면 편히 쉴 새 없이 이어지는 두 여인의 푸념과 하소연에 지명은 차츰 멀미가 일었다. 지명의 귀가시간이 늦어져 가는 것과 때맞춰 정요의 외출이 잦아졌다.

한동안, 정확히 말하자면 지리산 조은대로 들어가 살기 시작한 후 다시 서울로 돌아오기까지 3년여의 시간이 그네에게는 텅 비어 있던 셈이다. 한창 멋을 내고 친구들과 어울리고 싶었을 젊은 날을 삭막한 산중에서 보낸 것에 대한 보상이라도 받아내는 것처럼, 친구들과 분위기 좋은 카페나 교외의 맛집을 찾아다녔다. 가끔은 클럽 출입도 하는지 밤늦게 들어오는 그네에게서는 얼핏 술 냄새도 풍겼다.

딴은 조금 못마땅하고 거슬리기도 했지만 지명에게는 늘 얼마만큼의 연민과 빚이 있었고, 무엇보다도 정요를 믿기에 마음을 쓰지 않았다.

하지만 누이는 달랐다. 처음엔 폐인이 되었던 동생을 강건하게 살려내고 더욱이 아이까지 낳아준 정요가 그저 미쁘고 안쓰럽기만 했었다. 그러나 한솥밥을 먹으며 좁은 공간에서 부딪히는 세월이 길어지면서 어쩔 수 없이 마찰음이 터져 나오기 시작했다. 매형이 세상을 떠난 후 수행자처럼 보수적이고 외곬으로만 살아온 누이와, 자유분방하고 자기감정에 솔직한 정요가 추구하는 삶의 양태가 너무도 다른 탓도 있었다.

지명에게는 정요의 멋 내기를 지켜보는 것마저 흥미로운 일이었다. 햇살이 비껴드는 화장대에 앉아 각양각색의 앙증맞기 그지없는 용기들이 하나씩 그네의 손을 거쳐 나갈 때마다 눈매는 그윽해지고 볼에선 화사한 꽃구름이 일었다. 지명에게도 즐거운 유희와도 같았지만, 누이의 심기는 불편하기만 했다.

누이가 무엇보다 참을 수 없는 것은 정요의 늦은 귀가시간이었다.

"넌 밸도 없니? 사내가 제 아낙 하나 단속 못 하고선 쯧쯧…."

엄마보다 더 살뜰히 아이를 챙겨주는 고모가 있으니 걱정 없고, 아직 미혼인 친구들과 어울리다 보면 그럴 수도 있을 것이라며 감싸고도는 지명이 누이는 더 못마땅한가 보았다.

정요와 죽이 잘 맞는 명화는 가끔 집에까지 놀러 왔지만 눈에 띄게 세련되고 화려한 옷차림새가 문제였다. 어 날처럼 늦은 시각 돌아온 지명을 맞는 정요의 낯빛이 새침했다.

"왜 그래? 어디 아픈가?"

"당신 누님에게 물어봐요!"

쌩 하니 찬바람 일으키며 방으로 들어가버렸다.

"무슨 일 있었어요?"

"일은 무슨?"

품안에 잠든 아이를 안고 관세음보살 염불을 하던 누이는 뜨악한 얼굴로 외려 반문을 했다.

"지섭 어미요. 뭔 일이 있는 거 같은데 말을 안 하네요."

"왜, 쟤가 뭐라던? 내 오늘은 작심하고 싫은 소리 좀 했다. 저 혼자 사는 집도 아닌데 애 어미가 분수에 맞지 않는 차림새며, 밤늦게 나다니는 것하며 뭐 잘한 게 있다고…."

그동안 쌓였던 원성이 길어질 태세였다.

"네, 편히 주무세요."

꼬리를 자르고 달아나는 도마뱀처럼 지명은 방을 빠져 나왔다.

"지섭 아빠, 우리 나가 살아요. 반지하 셋방이라도 좋으니까 우리끼리 살잔 말이야, 응?"

별 탈 없이 누이 방에서 탈출했다 싶었는데 제 방에도 잔뜩 부은 정요가 기다리고 있었다. 집에 놀러 온 명화의 차림새가 내심 못마땅하던 차에 둘을 싸잡아 면박을 주자 명화는 눈물바람을 하며 돌아갔고 그 와중에 정요도 크게 맘을 상했던 것이다. 친구 하나도 맘 편히 놀러 오지 못하는 이 집에서 당장 나가자고 가슴을 파고들며 보챘다. 지명에게는 자신을 억누르고 있는 답답한 상황을 타개할 묘책은커녕 보채는 정요를 우선 달랠 만한 말도 떠오르지 않았다. 몸뚱어리를 받치는 약한 다리는 너무 굼뜨고 잘라낼 꼬리도 아직 자라지 못했다.

지명은 조만간 직장을 그만둘 생각이었다. 매일이다시피 이어지는 술자리 접대도 버거웠지만 관공서나 원청업체를 찾아가 무리하고 허접한 부탁까지 해야 하는 자신의 일에 염증이 일어서였다.

양복 안주머니에 은장도처럼 사직서를 품고도 미적거리는 것은 곧 괜찮아질 거라는 형철의 만류도 있었지만 무엇보다 가장으로서의 책임감이 발목을 잡아서였다. 신세를 지는 누이의 집에서 나갈 명분도 없거니와 무엇보다 따로 나가 살 집을 얻을 만한 경제적인 여유가 조금도 없었다.

두 여인네의 사이를 오가며 불안하고 위태로운 시소게임을 하는 날들이 늘어갔다. 버텨보려고 무던히 애를 썼지만 지명은 결국 사표를 내고 말았다. 그의 이상에 맞는 꿈을 꾸며 살 수 있는 일터는 지상에 없어 보였다. 이후 몇 군데 직장을 전전하던 사이 정요와 누이 사이에 균열은 점점 커졌다.

한집에 살면서 서로 대면하는 일조차도 불편한 지경이 되어버렸다.

본디 시누이와 올케 사이라는 것이 봄바람처럼 보드랍고 만만한 사이가 아니라는 걸 모를 리 없지만, 처음 화기애애하던 때와는 너무 달라진 둘 사이에서 그는 숨이 막혀왔다.

"삼무거사님."

"지금 나를 부른 거야? 뭐라고? 무슨 거사?"

"제가 오늘 당신 이름을 새로 지었어요. 당신은 세 가지가 없는 사람이야, 속없고, 능력 없고, 눈치 없는 삼무거사! 어때요, 맘에 드세요? 삼무거사님!"

웃음기라고는 찾아볼 수 없는 냉랭한 얼굴에 목소리만 낭창낭창했다.

속없고 능력 없는 데다 눈치마저 없는 사람.

한곳에 정착해 가족을 부양해야 하는 현실을 직시하지도 못하고, 시누이와 손아래 올케 사이를 제대로 중재하지도 불편한 마음을 다독여주지도 못하는 섭섭함과 원망으로 지은 이름 삼무거사. 지명에게 주어진 또 다른 이름이었다. 정요의 말에 웃어주지도, 핀잔을 하거나 화를 내지도 못하고 현관을 빠져나갔다.

지명이 월급봉투를 집에 들여준 지도 반년이 넘었다.

간간이 아르바이트를 했지만 원하는 만큼은 되지 않아서 누이에게 기댈

밖에 없었지만, 마음을 따라 움직이는 물질은 더 이상 필요를 충족시켜 주지 못했다.

마침내, 견디다 못한 정요가 팔을 걷고 나섰다.

결혼 전 비서와 특수학교 보육교사의 경력이 있었지만, 아이 딸린 주부가 선택할 수 있는 직장은 쉽지 않았다. 육아와 살림을 병행하려면 비교적 시간 활용이 가능한 영업직이 수월했다. 어떤 경력도 조건도 요구하지 않았다. 오직 꿈과 뜨거운 열정만 필요하다는 문구에 용기를 낼 수 있었다.

요즘 한창 잘 나간다는 건강식품 판매에 나섰지만 처음부터 모르는 사람들을 상대로 제품을 설명하고 구입을 권한다는 것은 무리였다. 잘 아는 친구나 가까운 친척들을 찾아다니며 영업을 했지만 일주일도 안 되어 갈 곳이 없게 되었다.

중죄라도 지은 것처럼 발걸음이 무거웠지만 보름사 지선스님을 찾아가지 않을 수도 없었다. 스님, 안녕하세요? 인사만 건넨 뒤, 찻상 앞에 앉아서도 지선스님이 따라주는 차만 마셔댔다.

"너무 오랜만에 온 거야. 요새 뭐하고 그렇게 바빴어?"

다행스럽게도 스님이 먼저 정요의 생활 사정을 챙겼다.

"저도 나이가 곧 서른인데, 뭔가 밥벌이를 해야죠."

"그래, 그렇지. 엄청 무거워 보이던데, 대체 저 속에 뭐가 들어 있는 거야?"

"영양제예요, 스님. 사실 저 오늘 스님한테 영양제 영업하러 왔어요."

다시없는 기회를 놓칠 수 없는 일이다.

"산중 스님네가 무슨 영양제가 필요해?"

"스님들은 모두가 편식 왕이잖아요. 맨날맨날 채식만 하시면서 우리 몸에 필요한 영양소나 비타민을 제대로 섭취할 수나 있겠어요? 스님이야말로 이런 건강식품을 꼭 챙겨 드셔야 한다고요."

괜히 저 혼자 끌탕을 해서 그랬지, 막상 영업을 시작하자 누구보다도 마음 편한 상대가 지선스님이었다.

"하긴 몸이 법당이라는데, 우리 스님들 섭생이 좀 부실하긴 하지. 그렇다고 좋은 걸 나만 먹을 수는 없잖아. 공양주 보살하고 처사도 있고."

"그럼 세 박스 두고 갈까요?"

"아니. 저 가방에 있는 것 몽땅 다 두고 내려가."

"네? 저야 좋지만 스님, 다 하면 가격이 만만치 않아요."

"꼭 필요한 거라며? 그 좋은 걸 나 혼자만 먹으면 되겠어? 가까운 도반 스님들도 좀 챙겨드리게 다 놓고 내려가. 그 무거운 가방을 그렇게 날마다 들고 다녀야 하는 거야?"

"와우! 신난다. 앞으로 만날 고객들이 모두 우리 지선스님 같으면 얼마나 좋을까? 관세음보살님! 날마다 오늘만 같아지이다."

"뭘, 또 그렇게나! 이 근처에 오면 종종 들러. 이렇게 차도 마시고 쉬었다 가면 좋잖아."

점심공양까지 얻어먹고 지선스님의 배웅을 받으며 일주문을 나서는 정요의 걸음이 나비처럼 가벼웠다.

건강식품 영업이 익숙해진 몇 달 뒤부터는 보험설계를 겸했다. 낯선 사람을 만나 상품을 권하고 판매하는 일이 고역스러웠지만 시간이 지나면서 차츰 미립이 나고 자신감과 함께 욕심이 커졌다. 눈에 보이는 상품보다 무형의 보험을 파는 일은 더 어렵고 정성을 들여야 했지만 무거운 가방을 들고 다니지 않아도 되었고 판매에 따른 수당도 훨씬 높아서 일 년쯤 지난 후엔 아예 보험설계사로 전업했다.

보험 청약서를 들고 찾아갔을 때도 지선스님은 토를 달지 않고 선선히 들어주었다.

"우리 같은 스님이 속세의 보험이 필요하겠어? 의료보험만 있어도 된다던데?"

"혼자잖아요. 그래서 스님한테 보험이 절실한 거예요. 혹여 큰 병이 나거나 다치게 되면 챙겨줄 가족도 없는데 보험이라도 있으면 든든하지 않겠어요? 요즘은 자식보다 보험이 효도를 하는 시절이라고요."

"그런가? 나야 읽어봐도 뭐가 뭔지 잘 모를 테니까 정요가 알아서 해."

"걱정 마세요. 스님한테 꼭 필요한 보험만 챙겨서 제가 설계를 했으니까. 그런데 보험금 수령인은 누구로 할까요? 따로 지정을 해두지 않으면 법정 상속인으로 넘어가거든요."

"법정 상속인? 처자식은커녕 동기간도 없는 사람이 그런 게 어디 있어? 그게 꼭 있어야 한다면 정요 이름을 써 넣든가."

"네? 농담하시면 안 돼요. 수령인은 나중에 보험금을 받는 중요한 사람이라고요."

"그러니까, 정요만 좋다면 난 그러고 싶어. 내 맘대로 수령인을 지정할 수 있다며?"

몇 번이고 사양을 했지만 스님도 고집을 꺾지 않았으므로 그날 이후 지선스님이 가입하는 모든 보험금의 수령인은 정요로 지정되었다.

지선스님을 시작으로 지선스님의 도반들은 물론 지명의 동창들이나 도반 스님한테까지 정요는 건강식품과 보험 청약서를 들고 찾아다녔다.

"친구들은 그렇다 치고 절에 사는 스님들이 무슨 돈이 있어서 보험을 들고 건강식품을 사겠는가? 자네, 나를 봐서라도 제발…."

"내가 뭐 나쁜 짓을 하라는 게 아니잖아요, 상품을 사지 않으면 그만인 걸 갖고 웬 유난이야? 다른 사람들은 오히려 남편이 동료나 친구들을 소개해 주기도 한다는데…. 남들처럼 도와주지는 못할망정.”

민망해진 지명이 몇 번이나 말렸지만 번번이 풀쐐기를 건드린 것처럼 아프게 쏘이고 말았다.

모처럼 콧노래까지 흥얼거리는 정요한테 슬그머니 눈치봐 가며 도반 스님들만큼은 찾아다니지 말라는 소리를 했다가 또 한 번 쏘이고 말았다.

“또 그 소리, 지겹지도 않아요? 제발 그 쓰잘 데 적은 소리는 그만하시고 미리 짐이나 싸두어요. 다음 일요일 날 이사 나갈 거니까. 참, 고모한테는 당신이 얘기해요. 나도 쌓인 감정이 있는데, 자칫 말꼬리 잡다가 싸우기밖에 더 하겠어요?”

아닌 밤중에 홍두깨라더니, 감당할 수 없는 화살들이 소나기처럼 쏟아졌다.

이사 가던 날 지명은 용달차 운전수한테서야 행선지를 들었다. 다행이라면, 어쨌건 고모 덕에 서울에 올라온 건 사실이라며 지명 대신 정요가 누이한테 이사 나간다고 통보를 한 것 정도였다. 백여 미터나 떨어진 곳에 용달차를 세워두고 좁은 골목길을 오르내리며 이삿짐을 날라야 하는 산동네였지만 그래도 어떻게 방이 두 개나 되는 집으로 옮길 수 있었는지도 알 수 없었다.

이사를 한 뒤 정요가 출근을 하자 아이는 오롯이 지명의 차지가 되었다.

네 살배기 사내아이와 하루를 함께 보내는 것은 쉬운 일이 아니었다. 단 십 분도 같은 장소에서 한 가지 놀이를 하지 못하고 쉼 없이 움직이는 아이의 왕성한 에너지가 그저 경탄스러울 뿐이다. 끊임없는 움직임과 함께 이제 막 터지기 시작한 말문이 질문에 질문으로 꼬리를 물었다.

이건 뭐야? 왜 그래? 왜 안 돼? 왜, 왜? 어째서? 등등 물음은 끝이 없었다. 아무리 가르쳐 주어도 그 때뿐 조금 전에 물었던 소리를 그대로 다시 반복해 댄다.

아이를 돌보는 일은 무한한 심신의 인내를 요구했다. 혼자서도 잘 놀던 아이가 고모를 찾으며 칭얼거리기 시작하면 발버둥질하며 뒹굴기 전에 누이한테 데려가야 했다. 그러나 그렇게 고모를 따르고 찾던 아이였지만 어미가 곁에 있으면 고모 소리조차 입에 담지 못했다.

낮시간 잠깐씩이라도 누이에게 아이를 맡기자는 지명의 제안을 정요는 일언지하에 잘라냈고 아비가 제 아이 하나 돌보지 못해 남의 손에 맡기느냐고 타박을 했다. 아이를 보여주지 않는 것이 시누이에게 가장 모진 형벌이란 것을 잘 알고 있었기 때문이다.

"이제는 우리 지섭이도 또래 아이들하고 놀면서 사회생활을 배워야 해."

아이를 고모에게 보내는 대신 정요는 다른 해결책을 찾아냈다.

한창 질문이 많고 툭하면 떼를 쓰기 일쑤인 아이를 유아원에 맡기면서 지명에게도 평화가 왔다. 자유로운 시간도 많아졌고 공원이나 거리를 배회하는 일도 늘어갔다. 거리를 걷다가 혹은 지하철이나 버스 안에서 스님들의 헐렁한 법복을 만날 때마다 지명의 가슴속에서는 한줄기 바람이 훑고 지나갔고 그런 날은 어김없이 술을 마셨다.

구름과 시냇물을 벗 삼은 운수납자로 가진 것은 밝은 달과 맑은 바람뿐, 한없이 가볍고 당당하게 살기를 서원했던 무구한 날들이 있었다. 엎드려 개울물을 마시고 구름 따라 걷다가 산모퉁이 진달래꽃 무더기에 취해 걸망을 베고 잠들던 봄날의 기억마저 이제는 꿈결인 듯 가물가물 멀어진다.

자동차가 뿜어내는 매연과 소음으로 가득한 작은 공간에서 한정된 시간이나마, 만행이라도 하듯 정처 없이 걷는 것만이 그가 이 도시에서 버텨낼 수 있는 유일한 활력소였다. 사람들 틈에 섞여 신호를 기다리다 길을 건너고 공원을 가로지르고 다리를 건너서 무심코 걷다 보면 다시 또 그 자리였지만 그래도 좋았다.

나뭇가지 끝에 종이 술잔 하나를 매달아 두고 공원 벤치에 누우면, 바람이 없어도 파란 하늘엔 어디선가 흰 구름 흘러오고 흘러간다. 기약도 없이 이어지는 기다림, 빈 술잔 속 풍경소리는 언제쯤 일어나려는가.

"당신 뭐예요? 오늘 중요한 고객하고 약속이 잡혔는데 집에 연락도 안 되고, 유아원에서는 아이 데려가라 난리잖아! 대체 당신은 뭐 하는 사람이야!"

늦은 밤 집에 들어가면 기다렸다는 듯 따가운 화살이 쏟아졌다.

'나, 나는 뭐 하는 사람일까?'

"당신, 언제까지 이럴 거야! 언제까지… 나, 너무 힘들어!"

말끝에 따라 나오는 눈물. 근래 들어 정요의 눈물이 잦았다. 여름 한낮, 뜨거운 햇살 아래 숨죽인 호박잎처럼 그네도 지쳐가는가 보았다.

"급하면 누님한테 연락하면 되잖아. 공연히 쓸데없는 고집 부리지 말고."

"아무것도 모르면 국으로 가만있어요. 당신 누님이 날 얼마나 무시하는지 알아? 아마 우리 지섭이 하고 나를 떼어놓으려고 별별 짓 다할걸. 내가 모를 줄 알아, 시커멓고 음흉한 그 속을!"

정요의 악다구니가 또 시작되었다.

그랬나. 혹시라도 아이를 빼앗길까 두려웠던 것인가.

필시 그네의 속내 한자락에 언젠가 그와의 인연이 끝나게 될지 모른다는 불안이 내재돼 있었던가 보다. 그렇다면 그의 누이가 핏줄에 대해 권리를 주장할 것임은 불을 보듯 빤한 일. 그간 시누이에게 보인 턱없는 적대감은 어떤 상황에서도 아이는 포기하지 않겠다는 무언의 항거였다. 분노

와 서러움으로 거칠어지는 비틀린 저 얼굴은 오롯이 지명 자신의 책임일
것이리라.

"무슨 그런 쓸데없는! 지섭이는 우리 아들이야. 누님한테는 아무런 권리
없으니까, 공연히 죄 없는 사람 잡지 마."

언성을 높여 막아보지만 그야말로 임시방편이다. 언젠가, 아니 머잖아
서 한계를 넘은 둑처럼 일시에 무너지고 말 것이다.

장마 끝의 한낮은 스모그인지 안개인지 부옇게 가라앉은 대기로 턱 턱
숨이 막힌다. 산동네 골목에는 아이들 울음소리가 그칠 새가 없었다. 감때
사나운 울음소리를 뚫고 명연이 불쑥 나타났다.

"어휴, 이렇게 숨막히는 서울서 어찌들 사는가? 나는 서울 사람들이 존
경스럽다니까."

"갑자기 무슨 일?"

엄살부터 부리는 명연스님에게 지명은 냉수부터 건네야 했다.

산수유마을을 떠나 누이 집으로 갔을 때 한 번 다녀갔으니 어느새 이태
만이었다.

"그래, 보살이랑 아이는 잘 있고? 이름이 뭐더라? 그 녀석 많이 자랐겠
네."

마당에 선 채로 찬물 한 컵을 들이켜고 나서야 명연은 마루에 걸터앉으
며 집을 둘러보았다. 쪽마루에 잇달아 붙은 방 두 칸과 부엌 안의 옹색한
살림이 한눈에 들어온다.

"아, 지섭이. 이제 다섯 살, 유아원에서 좀 있으면 올 거야."

"지명당은 어떠시오?"

"나야 뭘, 딱히 할 일이 뭐 있나, 아이랑 놀아주고 그럭저럭…."

옛 도반을 마주보지 못하고 마루 밑에 나뒹구는 소주병을 보며 말끝을 흐렸다.

"지명당! 이제 그만 돌아가십시다. 여기는 스님네 자리가 아니야!"

잔뜩 가라앉은 대기만치나 무겁고 축축한 침묵이 고이고 있었다.

"어제부터 총무원에 다녀오는 길이오. 내가 오래전부터 서원했던 사업이 있다는 건 알지요?"

명연이 평소 복지사업을 하고 싶어 한다는 것을 모를 리 없다.

불교의 근본이념인 '상구보리 하화중생'(相求菩提下化衆生: 보살이 위로는 자기를 위하여 부처의 지혜를 구하고[自利], 아래로는 중생을 교화하는[利他] 것을 말한다)은 수행자가 걸어야 할 궁극의 길이다. 위로는 깨달음에 이르기 위해 정진하고 그 다음 이웃의 깨달음과 행복을 도와주는 진정한 자비정신의 구현을 실행하는 일이다.

여수에 터를 잡은 명연은 이제 그 서원을 실현하고자 했다. 속가에서 상속받은 땅을 처분한 재원으로 호스피스 복지관 설립하는 것을 종단과 협의하고 도움을 요청키 위해 온 길이었다. 필요한 부지도 확보했으니 법인 설립을 위한 인허가 절차만 남았다고 말하는 명연의 해맑은 얼굴은 그대로가 아름다운 보살이었다.

예전 선방 시절, 자신의 근기는 참선수행보다 중생들과 함께 어울리며 사는 것이 더 잘 맞는다며 자기를 대신해서 참선을 통해 상구보리를 얻어 자기를 구제해 달라고 농담 반 진담 반으로 덕담하던 명연스님이었다. 명연스님은 말미를 줄 터이니 보살과 상의해서 다 정리하고 내려오라고 신신당부를 하고 돌아갔다.

'하화중생' 그 아름답고도 거룩한 서원을 같이 이루자는 명연의 청을 거절할 이유는 없었다. 무엇보다 상구보리를 위한 정진은커녕 사바세계의 작은 집 한 칸을 떠받치고 있는 일마저도 버거웠던 지명으로서는 달리 선택의 여지가 없었다.

밤이 되자 대기는 한결 서늘하니 맑아졌고 보채던 아이도 잠이 들었다.

방 한구석에 밀쳐두었던 차탁을 꺼내 쌓여 있던 물건들을 주섬주섬 들어내고 먼지를 털어냈다. 탁자 위엔 다구나 차 대신 아이의 장난감과 동화책 등, 온갖 잡동사니가 수북이 쌓여 있었다.

삶의, 아니 마음의 더께를 보는 것 같아 그것들을 치우는 지명의 마음과 손길이 씁쓸했다. 지리산에서 올라올 때도 다른 세간들은 짐스럽다며 두고 온 정요가 챙겨온 다구와 찻상이었다. 찻상은 큰 눈이 한번 지나자 가지에 쌓인 눈 무게를 이겨내지 못하고 가지가 찢겨져 내린 느티나무 설해목으로 만들었다. 제재소에 사정해서 켜온 나무를 페이퍼로 마무리하고 밑둥에 바퀴를 달아 움직임이 용이하게 했다.

처음 서울로 올라와서는 차 마시는 일을 그치지 않았던 것이 언제부터인지 모르는 사이 차츰 그 횟수가 줄었고 이제는 아예 찻자리를 펼 염도 내지 못 했다. 손때가 묻어 반질반질하던 다탁이 거기 있다는 것조차 까맣게 잊고 살았다.

탁자 위에 다포를 깔고 장식장에 포개 놓았던 다관과 찻잔도 꺼내왔다.

제 몸을 부서뜨리는 도끼날마저 향기롭게 물들인다는 전단향을 피우자 방안 가득 향이 차오른다.

"웬일이야? 누가 다녀갔어요?"

"응, 명연스님."

젖은 머리를 수건으로 감싼 채 욕실을 나온 정요가 찻상에 다가앉았다. 쪽마루에 놓인 미역과 멸치가 든 해산물 보따리가 마음을 위무해서일까?

오랜만의 찻 자리가 정요 역시 반가웠나 보다.

얼핏 속살이 비칠 듯 하늘거리는 푸른 원피스에서 나비 몇 마리가 날갯짓을 하고 있었다. 입가에 배시시 웃음기도 묻어났다. 저 미소 앞에 서면 어떤 근심이나 걱정, 미래에 대한 불안마저도 사라지던 날들이 있었다.

"오랜만이지?"

"무슨 좋은 일 있어요?"

누나 집에서 이사를 나온 뒤로 처음 갖는 찻자리다. 잠든 아이에게 연신 부채질을 하는 정요의 손길에서 시원한 바람이 일었다.

"명연스님이 여수로 내려오라네. 자네도 좋지?"

지명이 거리를 배회하거나 술에 취하는 이유를 모를 까닭이 없었던 정요다. 그러나 찻잔을 내려다보는 초점 잃은 눈길은 아득한 허공을 달리고 있었다.

"당신 혼자 가세요!"

한동안 침묵을 지키던 끝에 거두절미하고 나온 대꾸가 시위를 떠난 화살처럼 날아와 박혔다.

당신 혼자?

지명으로서는 자신이 느끼고 있는 절망감을 충분히 이해하려니 싶어 가벼운 마음으로 권한 것인데, 정요는 두 눈을 동그랗게 뜨고 빤히 바라보며 고개를 가로젓고 있었다.

"무슨 말이야? 자네랑 지섭일 두고 나 혼자 가라니, 그러지 말고 같이 내려가자. 응?"

"혼자 가도 되잖아요."

정요가 다시 한 번 쐐기를 박았다.

그동안 명연스님에 대해서는 한결같이 호의적이었던 데다 서울생활에도 이런저런 불만이 많았던 정요가 아니던가? 환호작약까지는 아니어도 못 이기는 척 따라나서 줄 거라는 지명의 예측은 여지없이 빗나갔다.

'그래도 참 좋았는데…'

가끔씩 조은대에서 살던 날들을 떠올리며 먼 하늘로 향하던 그네의 눈빛을 볼 때마다 지금의 삶은 어쩔 수 없는 선택이겠거니 싶어서 안쓰러웠다. 하지만 정요가 내뱉는 단호한 말투나 앙다문 입술을 보면서 지명은 자신이 뭔가 착각하고 있었던 것이 분명했다. 말없이 고개를 가로젓는 정요의 모습에는 한 치의 여지도 없어 보였다.

"나 혼자 내려가면 당신과 지섭이는 어떡하고?"

"뭘 어떡해? 당신이 여기 있으나 명연스님 절에 가 있으나 뭐가 달라요?"

순간 지명의 머릿속이 하얗게 비어졌다. 그랬구나, 그동안 이들 모자에게 자신의 존재는 그림자만도 못한 잉여인간이었나 보다.

"안 그래도 상의할 게 있었는데, 여수 내려가기 전에 그거나 해결해 주고 가세요."

정요는 지명 혼자서 내려가는 것이 당연한 것처럼 말하고 있었다.

"뭘? 자네 말처럼 힘도 능력도 없는 내가."

"실은 인사동에 괜찮은 한정식집이 좋은 조건으로 나왔거든요. 당신도 알잖아. 내 동창 연수 사촌이 하던 업소인데 그 언니가 얼마 전 암 진단을 받았대요. 너무 아까워서 우리 둘이 인수하기로 했어요."

말이 좋아 상의일 뿐, 정요는 자기 혼자서 미리 다 결정한 일을 통고하고 있었다. 더더구나 필요한 사업자금을 누이한테서 빌려 오라는 허무맹랑한 소리까지도.

"우리 지섭이를 맡아달라고 하면, 누님도 엄청 좋아하실 거잖아요."

식당을 하면 정요도 경황이 없을 테고 지명도 여수로 내려가는 판에 아이를 시누이에게 맡기면 모두 다에게 좋지 않겠느냐고 조곤조곤 설명하는 정요의 얼굴이 바라볼수록 낯설어졌다. 아이를 맡아달라는 조건이면 시누이가 거절하지 못 할 것이라는 것까지 미리 계산해 버린 교활한 낯빛. 처음엔 말도 안 된다며 펄쩍 뛰던 지명이었으나 결국 정요가 내미는 차용증 한 장을 들고 도살장에 끌려가는 소처럼 누이를 찾아가야 했다.

"정말, 지섭이를 나한테 보내겠다는 거지?"

정요의 계산대로 누이는 쌍수를 들어 환영했다. 간절한 그리움을 참아내지 못하고 간간이 유아원으로 찾아가 허기 같은 갈애를 달래야 했던 누이로서는 생각지도 못했던 큰 선물을 받은 셈이다.

"어미가 바쁘면 시간이 남아도는 고모가 아이를 맡아보는 게 당연하지, 뭘 미안하고 그래. 우리 지섭이 걱정은 하지 말고 식당일이나 열심히 하라고 해라."

일주일 안으로 자금을 마련해 주겠다는 소리에 정요는 과일상자에 꽃바구니까지 준비했고, 한해 만에 다시 모인 피붙이들은 처음 서울에 왔을 때처럼 화기애애한 가족이 되어 있었다.

한정식 집 석정(石井)은 인사동 골목 안에 있었다.

큰길에서 한 블록 꺾어 들어서면 도심에서 만나기 쉽지 않은 나지막한 돌담길이 이어지고 예스러운 정취가 내면에 잠든 그리움을 깨우는 아담한 한옥이었다. 한정식집이라고 해서 화려한 외양을 상상했던 것과 달리 여느 여염집과 별반 다를 게 없었다. 굳게 닫힌 대문에 붙은 휴업(休業)이라는 붓글씨가 상가에 내걸린 조등처럼 스산했지만 대문 옆에는 돌담을 타고 오른 능소화가 환하게 피었다.

대문을 두드리던 연수가 언니의 이름까지 큰 소리로 거푸거푸 불러대어서야 문간의 어두운 그늘을 몰아내며 화사한 여인이 문을 열고 나왔다.

"어서 와. 내가 깜박 졸았던 모양이다. 더운데 오느라 고생들 했지?"

작은 마당을 가로질러 대청마루로 올라서자 서늘한 기운이 느껴졌다.

"언니, 전에 말한 그 친구. 정요야, 우리 사촌언니."

"반가워요, 친구가 아주 미인이네. 너무 날씬해서 아무리 봐도 아이엄마 같지 않은걸."

"친구 따라 강남 간다고 얼떨결에 따라오긴 했는데, 뭘 어찌해야 할지 영⋯."

"이렇게 젊고 예쁜 여인네 둘이서 하는 사업, 맹물을 팔 것이 아니라면 겁낼 것 없어. 가만, 뭐 시원한 거 좀 줄까?"

"괜찮아요. 번거롭게 하지 마세요."

"아직은 내 집 손님. 손님을 맨입으로 보내는 법은 없어."

만류를 뿌리치고 주방으로 들어가는 그녀의 뒷모습을 따라 자연스레 집 안을 둘러보았다. 대문간에 심어진 모과나무 그늘로 대청마루는 시원하고 쾌적했다. 서울의 한복판이라는 것을 잠시 잊을 만큼 조용하고 고즈넉한 것이 흡사 산사에라도 온 듯했다. 처음 들어설 때 어둑하고 서늘했던 것도 바깥 햇살이 너무 뜨겁고 밝아서였다.

"저기가 이 집 상호인 석정이야."

연수의 손끝을 따라가니 앙증맞은 화분들로 장식한 작은 연못이 보였다. 예전에 물맛 좋은 우물이 있어서 석정이라는 당호를 쓴 것이다. 손잡이만 돌리면 부엌은 물론 화장실에서도 물이 펑펑 쏟아지는 수돗물을 사용하면서 우물물은 자연스럽게 멀어졌고 석정은 수련 몇 송이와 금붕어를 넣어 기르는 작은 연못은 남았다.

대청에 놓인 머릿장은 앉은 사람의 눈높이를 고려해 위압감을 주지 않았고 반질반질 손때가 묻은 반닫이와 문갑이 한옥의 정취를 더했다. 다홍빛 음료에 하얀 꽃잎을 띄운 화채를 들고 들어서는 언니의 풀빛 모시 저고리 섶이 들썩일 때마다 청량한 바람 한 줄기가 일렁였다.

"저 언니, 혹시 꾀병 아니야?"

"얘, 너 미쳤어?"

소곤거리는 소리에도 연수는 질겁하며 손사래를 쳤지만, 언니의 모습은 큰 병을 가진 환자는커녕 당차고 화사하기만 했다.

"오미자 화채야. 여름 음료로 이만한 게 없어."

오미자를 우려낸 차고 맑은 선홍의 액체에 참외를 얇게 저며 떠낸 매화가 동동 떠다녔다.

"어머, 예뻐라! 어쩌면 이렇게 빛깔이 곱죠? 너무 고와서 마시기가 송구스러운데요."

감탄사를 연발하는 동생들을 보는 언니의 표정에는 자긍심과 공허가 교차했다.

"제아무리 꽃보다 예뻐도, 설혹 살아있는 꽃이라 해도 그래. 사람이 먹으려고 따는 순간 모든 운명은 이미 정해진 거야."

자신이 환자라는 것을 받아들이는 일이 쉽지 않았을 비탄과 노여움이 함께 묻어나고 있었다.

"보다시피 오래된 집이고 장사한 지 이십 년째야. 너무 골목 안이라 처음엔 고생 좀 했지만 이제 단골도 많아졌고 요즘엔 외국인 손님도 많아. 애써 기반을 잡은 자리라 남 주기 아까웠는데 마침 동생들이 들어온다니까 덜 서운하네. 가끔 내가 놀러 올 수도 있을 테고…."

청춘을 보냈던 공간과 손때 묻은 세간들을 돌아보는 눈가에 얼핏 눈물이 맺혔다.

한옥의 내부는 정갈했다. 봄철을 맞으며 인테리어랑 주방수리도 새로 해서 따로 손대지 않아도 될 거라며 집의 구조와 쓰임에 대해 설명했다. 마당을 들어서면 중앙의 넓은 대청마루를 경계로 툇마루로 이어진 오른쪽으로는 손님방이 늘어섰고 기역자로 꺾여 나온 왼편은 주방과 창고 그리고 화장실로 연결되었다. 대청마루와 방마다 큼직한 교자상이 놓여 있었다.

건강검진에서 뜻밖의 암 진단을 받고 급하게 수술 일정이 잡히는 바람에 언니는 집을 급매로 내놓았다. 한여름, 것도 휴가철이라 쉽게 임자를 만나기 어려운 판에 사촌인 연수가 인수하겠다는 걸 다행스러워했다.

"나도 동생들 나이에 장사 시작했어. 수술받고 회복되면 가끔 올게. 친구 둘이 같이 하니까 서로 의지도 하고 얼마나 좋아…."

안으로 잦아드는 말끝을 애써 희미한 웃음으로 끝맺었다.

시설물과 집기를 그대로 인수하는 것은 물론 주방의 찬모와 직원들도 그대로 유지하기로 했다. 뜨내기 밥집이 아닌 단골 위주 집이니만치 바로 영업을 재개하기로 했다.

사람 사는 일은 한 치 앞도 볼 수 없는 것이라는 말이 옳았다. 한 식구 밥상도 차려내기 쉽지 않았던 정요가 서울 한복판에서 식당까지 하게 될 줄은 꿈에도 생각지 못했던 일이다.

먼저 상호를 바꾸기로 했다.

그 뜻이야 좋지만 차갑고 쓸쓸한 느낌이 강한 석정이라는 이름은 누구에게나 쉽게 친해질 수 있는 이름이 아니어서였다. 기왕이면 자연을 담은 산채 전문점에 걸맞은 이름이 좋을 듯했다.

'우리 둘 이름을 따서 연정이나 수정은 어떨까?' 하고 물었더니 대뜸

'그게 어디 식당이야? 요정이지' 핀잔이 튀어나왔다.

　아득한 운해 속에 점점이 떠오르던 노고단의 봉우리와 단풍 쏟아지던 피아골 계곡도 생각해 보고 천지를 환하게 밝혔던 산수유마을도 떠올려 봤지만 성에 차지 않았다. '산촌'이나 '산정', '산사랑' 등은 이미 다른 업소 이름이라 쓸 수가 없기도 했고, 애초의 계획과 다르게 산채와 함께 해산물 메뉴도 넣기로 해서 산과 연관된 이름을 고집하는 것도 부적절했다.

　평범한 이름 대신 나에게 어울리는 나만의 이름, 그 이름만으로 누군가 나를 기억할 수 있고 의미가 되는 이름을 갖고 싶었다. 고민에 고민을 거듭하던 중에 불현듯 '조은대'가 떠올랐다. 지명스님과 함께 살았던 토굴 이름이었지만 인사동의 식당 이름으로도 좋을 것 같았다.

　"뭐, 조은대? 청와대, 해운대 이런 거? 식당 이름치곤 너무 거창하잖아!"

　"아니, 잘 생각해 봐. 우리가 만나면 제일 많이 하는 말이 뭐였니? 찻집 분위기 좋은 데 없나? 밥집 좋은 데 어디 없을까? 매번 어디 좋은 데 없냐고 찾았잖아. 우리가 그 '좋은 데'를 하나 만드는 거야."

　'조은대(鳥隱岱)'라고 한자로 써놓은 글씨를 내보이자 연수가 고개를 저었다.

　"글자가 전혀 다르잖아?"

　"좀 다르면 어때? 그리고 조은대는 꼭 집을 말하는 것은 아니야. 그 의미와 어감을 잘 새겨봐. 새들이 은밀히 깃들이는 쉼터, 즉 아늑한 보금자리라는 뜻이지. 또 대문 입구에다가는 예쁜 솟대를 몇 개 세우는 거야. 학교에서 하늘에 제사 지내는 장소라는 소도를 배웠잖아. 소도는 죄지은 죄인이 숨어 들어가도 공권력이 함부로 들어가 잡아내지 못할 만큼 검스러운(신성한; 신령스러운) 곳이고 솟대는 소도의 상징이라고. 우리 대문에 솟대를 세우는 것은 여기를 그냥 식당으로 한정하지 않고, 하루하루 전쟁하듯이 살아가는 도시 사람들이 잠시라도 편안하게 쉴 수 있는 좋은 안식처라는 뜻이야. 소음과 먼지 속에서 심신이 지친 사람들이 깊은 산속 시원한 숲속에 들어온 것처럼 아늑하고 편안한 쉼터가 되는 거야. 어때, 그럴싸하지?"

꿈보다 해몽이라고 했다.

아직 옛 정취가 남아 있는 인사동 골목길은 숨 막히는 빌딩 숲에서 작으나마 한줄기 생명수를 뿜어내는 샘과 같은 존재다. 새들이 안심하고 둥지를 만들고 새끼를 기르는 곳이라는 의미에서 지은 이름 조은대(鳥隱臺)는 사람들에게도 좋은 '좋은 데'였다.

지리산 골짜기에서 내려온 조은대는 정요뿐 아니라 세파에 지친 많은 사람들에게도 아늑하고 편안한 쉼터 '좋은 데'가 될 것이다. 대문간에는 한자로 鳥隱臺라고 음각으로 새긴 현판을 걸고, 아크릴 입간판에도 조은대라는 한글과 함께 한자도 표기했다.

땡볕이 쏟아지고 있었지만 그래도 가을이 시작된다는 입추 절기에 맞춰 대문 옆으로 기러기 솟대를 세우고 서둘러 개업을 했다. 연수 언니가 수술을 하고 입원해 있으면서도 여기저기 전화를 하는 등 발벗고 나서서 도와준 덕에 석정 때부터의 단골이 그대로 이어졌다. 손님은 문화계 인사들이 많았는데 외국인 관광객들도 제법 찾아왔다.

연수네 목포 친정에서 직접 담가 보내는 간장게장과 생선조림이 주된 메뉴지만 상차림은 풍성했다. 손님들은 시골에서 올라오는 젓갈과 장아찌들을 반가워했다. 이로운 미생물로 발효시킨 전통음식은 건강한 손길로 오랜 시간과 정성으로 키워낸 정직한 맛이다. 남도 특유의 짭짤하고 정갈한 젓갈만 해도 종류를 헤아리기 어려웠다. 벚꽃이 필 무렵에 담가서 곰삭힌 멸치젓갈은 고추를 다져 넣어 칼칼하게 무쳐냈다. 싱싱한 내장으로 담은 갈치속젓과 집 나간 며느리도 돌아오게 한다는 가을 전어의 내장과 밤으로 담근 전어밤젓과 어리굴젓, 민물새우에 찰밥과 생강을 함께 갈아 발효시킨 토하젓 등, 잘 숙성된 젓갈로도 한상을 거뜬히 차려낼 정도다.

곁들임으로 내놓는 각종 장아찌는 기다림과 그리움의 맛이다. 사람들은 장아찌 한 접시에서 고향에 대한 향수와 짭짤했던 도시락의 추억을 떠올렸다. 매일 바뀌는 신선한 제철 나물과 산나물 잡채, 오징어와 새우를 다져서 채소와 함께 지져 내는 해물전은 외국인들도 좋아했다.

조은대는 날로 번창했다.

주방과 홀의 일손을 더 늘리고도 매일 전쟁을 치르듯 보내던 정요에게 지선스님이 의견을 보탰다.

식당 문을 열고 첫 손님으로 지선스님을 초대했던 것도 그간의 고마움과 미안함에 대한 마음의 빚도 있었지만 무엇보다 발이 넓은 지선스님의 도움이 필요했기 때문이다. 모임이나 손님을 만나 식사할 일이 생길 때마다 스님은 조은대를 찾아주었다.

그날도 식사를 마친 뒤 함께 왔던 다른 손님들이 모두 돌아간 뒤였다. 다구를 챙겨 들어서는 정요를 바라보는 지선스님의 눈빛이 따뜻했다.

"갈수록 손님이 많아지네. 정요보살, 기왕 내친 김에 장사 한 번 제대로 해봐."

"제대로요? 뭘 어떻게…."

혹시 무슨 실수라도? 아니면 까다로운 스님들이 음식타박이라도 한 걸까?

"아니, 뭐 그렇게 어려운 일은 아니고 영업 스타일을 바꿔보라는 거야, 내 말은…."

조은대는 한식집이지만 분위기도 좋고 하니 제대로 손님을 접대할 수 있는 방법을 생각하라는 것이었다. 식사 위주가 아니라 좋은 술과 안주도 준비하고 서빙 직원들도 신경 써서 고급화하라는 주문이었다.

"실은 나도 접대를 할 때 여기 음식이나 분위기는 좋은데 보는 눈들이 너무 많아. 서빙도 이 사람 저 사람 마구 들락거리니까 귀한 손님을 모시고 오기가 거북하고. 내 말 무슨 뜻인지 알겠지? 그리하면 지금보다 수입도 훨씬 나아질 테고."

"스님, 우리 집 아니어도 주변에 그런 집들 많잖아요. 굳이 저까지 그럴 게 뭐여요? 그리고 저, 술장사 할 생각은 추호도 없어요!"

술은 먹지도 팔지도 말라는 보살의 계율 중 하나다. 술이 지혜의 종자를 끊게 되는 해악을 경계함이다.

"나로서는 도와주고 싶어서 하는 말이니 달리 오해는 말아. 정 싫다면 할 수 없는 일이고."

지선스님이 발을 빼는 소리를 했으나 사실 전에도 그런 요구를 하는 손님이 더러 있었다.

주방을 맡아 뜨거운 불 앞에서 종일 진을 빼는 연수한테서 어지럽다는 하소연이 늘어갔고, 정요 역시 대청마루와 방들을 동동거리며 오르내리고 나면 종아리가 붓고 자다가 쥐가 나는 바람에 한바탕씩 곤욕을 치르는 중이었다.

손님은 많았지만 인건비며 식자재 구입비와 이런저런 경비를 제외하고 나면 수입은 둘의 인건비보다 조금 나은 정도였다. 하지만 영업형태를 바꾸는 일 또한 그리 간단치만은 않았고 그렇게 되면 말이 식당이지 술집과 별반 다를 게 없을 터다. 여러 날을 고심 끝에 한 번 도전해 보기로 했다. 아쉬움만 갖느니 저질러보고 영 아니다 싶으면 다시 이전으로 돌아가면 그뿐이다.

오픈한 지 얼마 되지 않다 보니 식단을 바꾸고 단가를 올리는 일이 난감하기는 했다.

"벌써 돈 많이 벌었다 이거네. 우리 같은 서민은 상대 않겠다는 거야 뭐야. 쳇!"

"이 동네 식당이 이 집만 있는 것도 아니고. 그만 가세나."

식사를 하고 나가는 손님들이 한마디씩 툭툭 던질 때마다 미안하고 한편으론 서운했다. 이틀이 멀다고 들르던 고마운 단골들의 불평도 애써 외면했다.

점심 식대는 조금 올린 것으로 그쳤지만 저녁은 아예 예약 손님만 받았다.

젊은 미시들로 서빙직원을 교체하고 술과 안주가 기본이 되는 고가의 식단으로 바꾸었다. 메뉴를 바꾸고 식대를 곱절이나 올렸는데도 막상 그것을 시비하거나 불평하는 사람은 거의 없었다. 오히려 고가의 식대가 접대를 하는 쪽과 받는 쪽 모두를 만족시키는 눈치였다. 식대를 올린 뒤부터 산지에서 공수하는 삭힌 홍어와, 전복 같은 고급스런 해산물도 흔하게 사용할 수 있었다.

무엇보다 일이 훨씬 수월해졌다.

종아리가 붓도록 뛰어다니기보다 손님들이 권하는 술을 한두 잔 받아먹는 일이 늘었다. 전처럼 종종걸음을 치지 않고도 수입은 몇 배나 올랐다. 휴일이면 아이와 함께 공원이나 고궁에 나들이를 할 만큼 여유도 생겼지만 무엇보다 경제적인 풍요가 정요를 한없이 자유롭게 했다.

겨울에 들어서면서 더욱 바빠졌다.

점심시간에는 손님들이 알아서 줄을 서기도 했다. 주변의 다른 집에 비해 풍성한 밑반찬이나 서비스가 좋다는 평판도 한몫을 했지만 무엇보다 재치 있는 말솜씨와 활달한 정요의 손님 접대가 한몫을 했다.

미처 알아채지 못했던 그네의 수완이 물때를 만난 셈이다. 손님들의 기호를 파악하고 대화에 막힘이 없도록 틈틈이 신문을 챙겨보거나 서적을 탐독했고 날을 잡아 화랑이나 박물관을 다니며 안목도 키워갔다.

"윤 마담, 잘 계셨는가?"

단골 중 하나인 최 사장이 달포 만에 조은대를 찾았다. 제법 탄탄한 중견 기업체를 경영하는 사업가인 그는 남도의 작은 섬이 고향이라서 조은대 밥상을 받으면 어릴 적 바다가 보인다며 사흘이 멀다고 드나드는 사람이었다.

"어머, 그간 왜 그렇게 뜸하셨어요? 어디 좋은 데 다녀오셨나 봐."

"어디 좋은 데? 좋은 데는 바로 여기가 좋은 데 아니야? 출장 간 김에 관광도 좀 하고 공도 치고 왔는데 말이야, 외국에는 조은대 같은 밥집이 없단 말이지. 우리 윤 마담 같은 미인도 없고."

"아이고 사장님, 제발요. 제발 그 마담 소리 좀 빼줘요. 난 그 소리만 들으면 온몸에서 막 소름이 돋는단 말이야. 차라리 그냥 아줌마라고 불러요, 응?"

"아니 왜, 그 좋은 호칭을 싫다는 게야? 오늘 보니 제대로 마담인걸! 하하."

정요가 입은 검은 원피스와 붉은 동백꽃 칠보 브로치에 눈을 박은 채 놀려댔다. 벨벳의 찰랑한 옷감은 그네의 날렵한 몸매를 한결 우아하고 매혹적으로 드러내고 있었다.

"나도 몰라. 그대만 보면 나도 모르게 마담이란 소리가 툭 튀어나오는데 당최 이유를 모르겠단 말씀이야. 자네가 한번 생각해 보소, 나가 왜 그라는지….”

겨울 들어 정요는 차림새가 확연히 달라졌다. 처음 장사를 시작했을 때는 편한 바지나 티셔츠 차림이던 것이 어느 날부터인지 스커트와 블라우스로 바뀌더니 이제는 여성스러움이 물씬 풍기는 원피스나 근사한 개량한복을 주로 입었다. 손님들과 담소를 나누며 접대하는 시간이 많아지면서 직접 소매를 걷어붙이거나 뛰어다닐 일도 거의 없어서였다.

“늘 먹던 대로 주고, 오늘 귀한 손님을 모셨으니까 신경 좀 써줘요.”

“새로 온 아가씨가 있는데 엄청 미인이라 조심해야 할걸요.”

음식은 따로 신경 쓸 것 없으니 예쁜 아가씨로 시중을 들게 해달라는 주문에 정요는 처음부터 자영을 생각하고 있었다. 아가씨라고 했지만 사실 자영은 열 살짜리 아이를 둔 엄마였고, 나이도 정요보다 한 살밖에 적지 않은 서른이었다. 다행스럽게도 앳된 얼굴이나 가녀린 몸매가 애 엄마로 보이지 않아 그냥 처녀행세를 하기로 했다. 단번에 사람을 사로잡을 만큼 빼어난 미모는 아니었지만, 흔치않게 단정한 이목구비에다 맑고 처연한 분위기에 뜨거운 열정을 수줍게 감추는 듯 내려감는 눈빛에 흔들리지 않을 사내는 없었다.

같은 여자가 보아도 곱게 안아주고 싶은 자영이가 조은대로 찾아온 날은 첫눈이 흩날렸다. 그녀의 검은 머리와 어깨에 흰 나비 같은 눈송이가 내려앉았다.

“윤 사장, 서비스업은 처음이라 때도 묻지 않고 아주 참해. 좋은 집을 소개해 주고 싶은데 그래도 내가 믿을 수 있는 사람은 윤 사장이더라.”

전화기 너머 소개소 신 여사는 자영에 대한 칭찬을 아끼지 않았다. 시골에서 농사만 짓고 살아 촌티를 벗지 못하고 경험이 없어 서툴겠지만 진흙

속에 묻힌 진주 같아서 조금만 다듬으면 좋은 상품이 될 거라고, 믿고 맡길 사람은 정요밖에 없다고 몇 번이나 강조했다.

"자영아, 난실 방에 들어가 봐. 우리 집 단골이고 매너 좋은 분이야."

"알겠어요, 언니도 금방 들어오세요."

자영도 스스럼없이 정요를 따랐다. 조은대에서 일을 시작한지 일주일밖에 되지 않았는데 일부러 자영을 찾아오는 손님이 열 명도 더 되었다.

최 사장과는 오늘 첫 대면이다.

"안녕하세요? 임자영이어요."

"우와! 마담한테 듣던 대로 대단한 미인일세. 반가워요. 잘 지내봅시다."

매력적이면서도 순박한 아가씨의 수발을 최 사장은 횡재라도 한 것처럼 반겼다.

부드러운 흑임자죽으로 속을 달랜 후 샐러드와 해파리냉채, 버섯탕수 등의 안주에 칠곡주를 곁들였다. 칠곡주는 찹쌀 멥쌀 보리 수수 조 등의 곡물에 친정엄마가 직접 빚은 누룩을 넣고 뚱딴지와 당귀, 솔잎을 넣어 물맛 좋은 시골집 샘물로 빚은 술이다. 아버지는 생전에 칠곡주를 즐겼다. 과수원 울타리에 제멋대로 자라던 뚱딴지가 술맛을 부드럽고 시원하게 만드는 비결이었다. 톡 쏘면서도 부드럽게 감기는 목 넘김에 은근하고 알싸한 향까지 더한 맑고 깔끔한 술맛도 좋았지만 동동주가 남기는 길고 고약한 숙취 걱정이 없었다. 술맛이 달고 부드러워 여자들도 좋아했기 때문에 칠곡주는 인기가 좋았다. 달착지근하게 익어가는 술 향기와 작은 방울들이 터지듯 보글보글 술 괴는 소리로 유년의 골방을 채우던 칠곡주가 이제는 조은대의 트레이드마크로 굳어졌다. 술을 보낸다는 엄마의 전화를 받으면 고속버스터미널에 가서 찾아왔다.

곰삭은 홍어와 삼겹살 수육에 묵은 김치를 살짝 헹궈 내 짠맛을 빼면 홍어삼합이다. 톡 쏘는 진한 냄새에 숨이 턱 막히는 홍어는 최 사장이 즐기는 음식이지만 삭힌 홍어를 좋아하지 않는 정요는 호들갑을 떨며 방을 나와 버렸다.

"어휴, 야만인들, 이렇게 썩힌 음식을 어찌 먹는다!"

코를 감싸 쥐고 도망치는 정요 뒤로 웃음이 낭자했다. 그렇게 자리를 피해준다는 것을 모를 리 없는 최 사장이다. 충청도 시골 아가씨 자영의 어눌한 서울 말씨를 흉내 내기도 하면서 방안 분위기는 한껏 달아오르고 있었다.

후식을 들고 들어서는 정요를 보는 최 사장 일행의 눈빛에서 술자리의 여흥이 이대로 끝나는 것을 아쉬워하고 있다는 것이 한눈에 읽혔다.

"윤 사장, 오늘 기분도 좋고 우리 자영 씨 신고식 겸 노래방 어때?"

최 사장은 중요한 단골이지만 아직은 아니다. 지금의 아쉬움이 다음을 기약할 수 있도록 여운을 남겨두어야 한다.

"아이쿠 욕심쟁이! 성질도 급하셔라. 다음에요."

몇 번이나 보챘지만 통과의례는 어쩌지 못한다. 자영의 손에 수표를 한 장 쥐어주는 호기를 보이는 걸로 최 사장은 만족해야 했다.

맛깔스런 음식점으로 소문나면서 스님들도 많이 찾아오기 시작했다. 처음에는 몰랐는데 작은 골목 두 개만 지나면 곧바로 대한불교조계종 총무원이 있는 조계사였던 것이다.

지명이 조은대에 다니러 온 것은 이듬해 봄이 시작될 무렵이었다. 명연 스님과 함께 찾아온 지명은 다시 삭발을 하고 있었다. 비록 승복이 아닌 생활한복 차림이었지만 그에게서는 예전의 눈 푸른 승려의 기운이 되살아나 있었다. 눈빛은 맑았고 미소는 여유로웠다. 하지만 그 눈빛은 세상에서 얼마쯤 멀어진 사람의 것이다. 누가 보아도 바로 스님으로 볼 만큼 자연스럽고 당당한 모습이었다.

"이걸 어떻게 해요? 빈방이 하나도 없네."

빈방은커녕 거실에까지 손님이 꽉꽉 들어차 명연스님은 툇마루에 엉덩이를 내려놓아야 했다.

복지관의 인가 문제로 총무원에 가는 길에 들렀다고 했는데 몇 마디 안부가 끝나자 명연스님이 일어섰다.

"지명당은 며칠 쉬었다 오시라니까."

"아니야. 내가 여기 있으면 공연히 번거롭기만 할 테니 같이 내려갑시다."

지명이 누이의 집에 들려 아이를 보고 밤기차로 내려가겠다며 명연스님을 따라 나섰다.

"어허 참! 내 오늘 작정하고 지명당과 동행을 한 건데. 보살, 차 한잔 주시오. 전쟁터에 가는 사람도 물 한 사발은 마시고 가는 법이니."

명연스님이 다시 마루 끝에 걸터앉자 앞장서 가려던 지명도 궁둥이를 내려놓았다. 정요가 찻상을 내왔고, 툇마루를 통해 화장실에 가는 사람이 발끝을 조심해야 하는 옹색한 찻자리가 되었지만 명연스님의 마음 씀씀이가 고맙다. 눈여겨볼 사람도 없을 터인데 소란스런 손님들 탓인가? 차라도 대접할 수 있어 고맙다는 인사를 하고 나자 갑작스럽게 할 말이 궁해졌다.

"먹물옷 입은 스님들이 무슨 욕심이 그리 많은지, 원. 전에는 주지 안 하고 선방으로만 돌겠다는 스님들이 많았는데 이제는 작은 절 하나만 생겨도 서로 들어가겠다고 난리들이니. 저러다 싸움이라도 날까 봐 걱정인데, 만일 싸움이 일어난다면 발목 잡힐 일 없는 스님들이라 더 큰 일이야."

"네? 발목 잡힐 일 없어 더 큰 일이라고요? 스님들 발목은 또 누가 잡아요?"

손님 중에 스님들이 많은 것을 보고 문득 나온 소리겠지만, 아무려나 정요는 이렇게라도 이야깃거리가 있어 반갑다.

"스님들 발목이라, 듣고 보니 그러네."

자기가 먼저 말해 놓고 처음 듣는 것처럼 딴청인가? 명연스님은 또 뚱딴지같은 소리만 해댄다.

"보살, 의주에서 압록강을 건너려던 선조 임금이 왜 도강을 포기한 줄 아나?"

"그야, 선조가 아무리 책임감 없는 임금이라도 차마 나라 바깥으로는 도망갈 수가 없었겠죠. 나라를 버리고 도망간 임금이라고 두고두고 욕먹을 거잖아요."

"저 혼자 살겠다고 도망 다니는 사람이, 당장 목숨이 위태로운데 욕먹는 게 겁나겠어? 선조가 도망치지 않은 것은 다 스님들 덕분이야."

왜적이 쳐들어오자 계룡산 갑사 청련암에서 수행하던 기허당 박영규 스님이 승병 8백 명을 모아 중봉 조헌 선생의 의병과 함께, 왜적이 버티고 있던 청주성을 탈환했다는 소식이 전해졌기 때문이다. 고기를 먹기는커녕 하찮은 미물이라도 살생을 하지 않는 스님들이 스스로 일어나 왜적을 죽이고 성을 탈환하다니? 얼른 납득이 안 되는 소리였지만 명연스님의 설명을 듣다 보니 세상에 스님들만큼 무서운 사람들도 없었다. 억불숭유 정책으로 사람대접을 받지 못하는 사회에서 승려가 뭐가 그리 좋다고 부모형제까지 버리고 산으로 들어간 사람들이다. 먹여 살려야 할 처자식마저 없으니 나 하나 죽으면 그뿐이다. 모셔야 할 부모가 있거나 처자식이 있는 사람은 왜적의 총칼 앞에서 주저할 수가 있지만 부양해야 할 가족이 없는 사람은 홀가분해진 만큼 용감할 수가 있기 때문이다. 세상과 인연을 끊어 버리고, 약하디 약한 촛불에 손가락까지 연비(燃臂)를 해버린다는 독하기

짝이 없는 사람들이 죽음을 각오하고 나서면 세상에 그보다 더 무섭고 강한 전력(戰力)이 어디 있겠는가?

비변사의 장계가 의주에 전해진 것은 승병과 의병들이 금산 연곤평 전투에서 이미 순국한 뒤였지만, 조정에서는 묘향산에 있는 서산대사 휴정 스님에게 칙사를 보내 팔도도총섭(八道都摠攝)에 제수하며 전국 승려들이 모두 일어나 싸워주기를 청했고 그때부터 전국적으로 승병이 일어나 왜적과 싸웠던 것이다.

"저 혼자 죽으면 그뿐인 스님들이라 목숨을 내던지고 용맹을 떨쳤겠지만, 승병들의 진짜 무서운 힘은 따로 있었지. 영규대사의 승병들이 청주성을 공격했을 때 성을 지키던 왜군은 그날 밤 죽은 왜군들의 시체를 모아 불을 지르고 청주성에서 도망쳐 버렸어. 지금 칠백의총이 있는 연곤평 전투에서도 조헌 선생의 의병과 영규대사의 승병들을 몰살시켜 버렸으면서도 오히려 그날 밤 멀리멀리 도망치고 말았는데, 왜군들은 왜 그런 엉뚱한 짓을 하고 말았을까?"

글쎄다. 한번 생각해 본 적도 없는 정도가 아니라, 아예 처음 들어보는 소리이니 무어라 대꾸할 수가 없다. 명연스님이 식은 차를 마셨고 정요는 버릇처럼 커피포트의 뜨거운 물을 다관에 끼얹었다.

"당시 일본에서는 성주들끼리 전쟁을 벌일 때, 누가 이기거나 말거나 별 관심 없는 농민들은 높은 언덕 같은 곳에 올라가 구경이나 하다가 죽은 병사들의 무기나 주워서 수입을 올렸다는 글을 본 적이 있어. 그렇게 의병이 무엇인지도 몰랐던 왜군들이 일반 백성들은 물론 머리 깎고 먹물옷 입은 스님들까지 전쟁에 나선 것을 보고 자신들이 일으킨 전쟁의 정당성에 의문을 품지 않았을 까닭이 없지. 더구나 지금처럼 적을 보지 않고도 미사일을 날리는 전쟁터가 아니라 가까이서 칼을 휘두르거나 사정거리가 얼마 안 되는 조총으로 사격을 해야 하는데, 아무리 용맹한 왜군이라도 자신들이 떠받드는 스님들을 제 손으로 죽여 놓고도 그날 밤 다리를 뻗고 잠을 잘 수가 있었을까? 전리품을 챙긴답시고 귀와 코를 베어낼 때, 스님들의 신체를 훼손해 놓고도 마음 편할 왜군이 있었을까? 높은 놈들의 명령으로 전쟁터에 끌려 나와 목숨 걸고 싸우지만, 자신들이 부처님 제자들까지 살상하는 엄청난 죄를 짓고 있다는 죄의식 때문에 사기가 떨어질 수밖에 없지 않았겠어?"

평소 같으면 열심히 말을 거들었을 터인데, 처음 듣는 소리라 어디서 맞장구를 쳐야 하는지 모르겠다. 그저 듣기만 해야 해서 답답하던 차에 매실에서 손님들이 나오는 게 보였다.

"이제 저 방으로 들어가세요. 공양하셔야죠."

"아니야, 너무 오래 지체했어. 지섭이한테도 가봐야지."

"점심을 굶을 것도 아닌데, 여기서 들고 가지."

"그럼, 우리 주지스님은 여기서 들고 오시오. 나는 마음이 바빠서 이만."

사람도 참! 지명이 대문간으로 나가자 명연스님도 하릴없이 뒤쫓을 수밖에. 마침 점심 때인데 차만 마시고 바람처럼 훌훌 떠나는 지명을 보는 정요의 가슴이 무너져 내렸다.

"무심한 양반, 하룻밤 묵어가도 모자랄 판에!"

여수로 가기 전에도 그들은 각방을 썼다. 종일 보험영업에 지쳐 파김치가 되어 집에 오면 아이를 재우다가 쓰러져 잠이 드는 정요와 밤늦도록 책을 보거나 명상에 드는 그가 나란히 잠자리에 들 때가 없었다. 그렇게나 간절하고 뜨거웠던 마음들은 모두 어디로 사라진 걸까. 살아내는 일의 고단함에 애틋하던 마음도 구름처럼 가볍게 흩어져갔다. 무심하려 애써 보지만 무심히 떠나던 지명의 뒷모습이 새삼스럽게 사나운 바람이 되어 흔들어댄다.

"어때 내 말이 맞지?"

한동안 뜸했던 지선스님이 불쑥 나타났다. 무덥고 답답한 방 안에 갇혀 있다가 찬바람 속으로 나선 것처럼, 등신같이 서 있던 정요도 제정신이 돌아왔다.

"그래요, 스님 덕분이네요. 바꾸기를 잘했어요."

"그래서 어른 말을 잘 들으면 자다가도 떡이 생긴다고 했던 거야. 허허허."

승전보를 들고 달려온 병사처럼 의기양양한 그는 조은대가 누리는 호황에 놀랍고 반가운가 보았다.

조계사가 가까운 탓에 스님들이 많이 드나들기 시작했는데, 어느 때부터인지 조은대는 총무원에 드나드는 스님들이 거쳐 가야 하는 순례지가 되었고 지키고 보호해야 할 장소로까지 자리매김한 것인가 보았다.

"이전에 지리산 문중이던 스님의 보살이 운영하는 집이라네. 그 참 아까운 스님이었지."

"아, 지명당? 법난 때 다쳐서 제대로 사람 구실 어렵다던 그 스님 말인가?"

"법난에 말못할 고초를 겪었고 결국 환속했지요. 지금은 도반 절에서 휴양 중인데, 당시에 다 죽어가던 스님을 이 보살이 지극정성으로 살려냈대요."

"아, 그래요. 아이는, 아이는 없답니까?"

"아들이 하나 있다네. 보살이 장사를 하니까 친척이 돌보고 있다지 아마? 그 아이는 또 무슨 업보인지 참 딱한 일이야."

"아니, 그럼 저 주인 보살이 여기 혼자 사는 건가? 거 참! 쯧쯧쯧."

정요를 바라보는 스님들의 눈길은 애잔하고도 끈끈했다. 지명의 법난 후일담에 지대한 관심을 쏟은 것은 흉흉한 소문으로만 돌던 당사자의 실상을 목전에서 본다는 것도 있지만 젊은 안주인에 대한 호기심도 적지 않을 터였다.

식사를 마치고 나가던 스님들이 이따금 되돌아와서 따로 쥐어주는 돈도 그저 아이 과자값이라 하기는 액수가 너무 컸다. 산중 스님들에게 들이닥쳤던 정치군인들의 무지막지한 법난을 요행으로 피해 갔던 것에 대해 부채의식을 느껴온 스님들로서는 그렇게라도 상흔을 어루만져주고 싶은 모양이었다.

정요가 한껏 뻔뻔스러워진 것도 그래서였다. 미래의 총무원장 재목으로 꼽힐 만큼 장래가 촉망되던 스님이 법난으로 인해 망가지고 말았으니, 승가 공동체가 책임을 지는 것이 어쩌면 당연하다는 생각에서였다. 스님들이 후하게 쳐주는 밥값이나 아이 과자값을 사양치 않은 것도 지명이 받아야 할 보상을 대신 받는다는 자만 때문이었다.

손님이 많아진 것을 제일처럼 좋아하던 지선스님이었지만, 차츰 드나드는 스님들을 곱지 않은 시선으로 보더니 급기야 빈정대기까지 했다.

"축하해, 정요보살. 대성공이야, 대성공! 아주 좋아. 이제 대놓고 스님들 상대로 술장사를 하시겠다 이건가? 간판을 바꾸지. 조은대가 아니라 술 주(酒)자 주은대나 조계대(曹溪臺)로."

"말씀이 심하시네요. 제가 돈 좀 벌고 잘사는 게 스님은 그렇게 못마땅해? 혹시 제가 뭘 서운하게 했나요?"

"아니야, 정요보살 잘못이 뭐 있겠나? 내 탓이지, 다 내가 못난 탓이야."

"스님이 변했어요. 손님 많다고 좋아할 때는 언제고. 난 스님이 늘 오라버니처럼 고맙고 든든한데.”

“변한 건 보살이야. 많이 달라졌어. 예전에, 예전엔 말이야….”

지선스님이 자꾸 엇나가는 것은 조은대로 들어서면서 맞닥뜨린 일 때문이었다.

‘정말 열심히 사는구면. 그래야지 암, 지명당이나 아이를 봐서라도 보살이 힘을 내야지.’ 종단의 실력자로 알려진 한 스님이 정요의 어깨를 감싸고 다정하게 위로하는 장면을 목격했던 것이다. 사실 조은대를 드나드는 손님들이 스스럼없이 정요의 어깨를 감싸거나 가벼운 포옹 정도는 해오던 일이었다. 자연스러운 일로 치부하고 마음에 두지 않았던 것들이 어느 때부터인지 거북하게 느껴졌고 그럴 때마다 못 본 척 고개를 돌리고 말았었다. 장사하는 여자라고 함부로 대하는 손님들보다, 싫어하기는커녕 은근히 즐기는 것 같은 정요가 지선스님은 더 서운하고 야속했다.

“스님, 여자는 말이야 자기가 정말 좋아하는 사람한테는 쉽게 허락하지 않는 거야. 몸도 마음도 절대로 쉽게 열어주지 않는 법이라고요. 하긴 연애도 한 번 못해 본 지선스님이 그런 걸 알 턱이 있나?”

눈을 동그랗게 뜨고 항변하는 말에 위안을 삼아 보려고 해도 한 번 일어난 거스러미는 쉽게 다스려지지 않는다. 벌레 씹은 얼굴인 지선스님에게 바싹 다가간 정요가 아이처럼 두 팔을 벌려 목을 끌어안았다.

“이제 됐지요? 그만 화 풀어요. 응?”

“됐다 됐어, 그만해. 어허허, 누가 보면 어쩌려고?”

질겁해서 밀어내고 말았지만 얼떨결에 안아 본 비단결처럼 말랑말랑한 정요의 감촉이 화인(火印)처럼 온몸에 박히고 말았다.

정요가 점점 속물이 되어간다며 걱정하던 마침내 연수는 외항선 선원인

남편의 귀국에 맞춰 가게에서 손을 떼기로 했다. 1년 만에 돌아오는 남편과 함께 여행도 하며 휴가를 같이 보내야 한다는 것도 그럴듯한 핑계였다. 연수가 떠나자 정요는 서운함보다는 오히려 홀가분한 해방감을 느끼게 되었다.

사실 손님방에 들어갈 때마다 뒤통수에 박히는 그녀의 따가운 시선이 영 찜찜했다. 가끔 가게에 놀러 오던 친구들이 손님들과 어울리는 자리를 꺼린 것도 그래서였다. 남편 있는 친구들이 손님들과 식사를 하거나 술을 마시는 것에는 대놓고 경멸했다.

"무슨 유부녀들이 외간 남자들과 저렇게 스스럼없이 어울리는지 정말 이해가 안 돼!"

흉측한 벌레를 보듯 체머리까지 흔들며 비난을 해댔다.

'밥 한 끼 먹는 걸 가지고 뭘 그렇게 유난이야? 요조숙녀인 체 내숭 떠는 년들 정말 재수 없어!' 격앙된 목소리로 은영이가 뾰족하니 들고 일어섰고, '그래, 열녀 해라. 너 죽으면 혹시 홍살문이라도 세워줄 줄 아니?' 이죽거리는 지연이의 독설도 만만치 않았다.

정숙하지 못한 헤픈 여자로 싸잡아 비난하던 연수가 떠나자 마음 편하게 놀러오는 친구들이 늘어났다. 직원들의 서비스보다는 정요 친구들과 합석하는 걸 더 좋아하는 단골이 많았으므로 정요는 뻔질나게 전화기를 돌려야 했다.

단골들의 예약이 있는 날에 친구들을 불러들이는 것이 상례가 되어버렸다. 예술적인 감각과 지성미 있는 지연이나 유경 언니가 단연 인기였지만, 술 잘 마시고 유쾌한 대화를 즐기는 명화가 좋을 때도 있었다. 노래방이나 클럽 취향인 은영이도 심심치 않게 불러들였다.

안정된 생활과 다 자라서 더 이상 엄마의 품을 찾지 않은 아이들과 가정보다는 직장이 중요한 남편의 무심함에 여자들 가슴 속은 빈 둥지처럼 서늘한 바람이나 드나들기 마련이다. 무료하고 반복적인 일상에 지쳐가는 여인들과 새로운 자극에 목말라하는 사내들은 그렇게 합일점을 찾아냈다.

밤이 깊어 조은대가 정적에 싸이면 비로소 하루치 휴식이 허락되지만 달콤한 것만은 아니다. 조금 전에도 여수에 전화를 걸고 싶은 마음이 불쑥 일어났지만 블루마운틴 커피 한 잔으로 눌러버렸다. 어차피 쉽게 잠들지 못할 바에야 커피 핑계를 대는 게 훨씬 우아할 테니까. 둘 사이에 어떤 균열이 있는 것도 아니다. 다만 떨어져 지내는 시간이 길어질수록 애틋함의 강도가 줄어 든 것만은 분명했다. 그를 향한 마음의 지극함은 옅어졌지만 번민과 그리움마저 다 지워진 건 아닌가 보다. 어쩌다 사랑하는 이들을 그리워하며 서성이게 되었을까? 목마름 같은 이 갈애를 무엇으로 견뎌야 하나.

자신이 꿈꾸던 삶은 정녕 이런 모습이 아니었는데, 어느 바람에 휩쓸려 여기에 온 걸까.

세상사람 누구나 다 자기 그림자를 보면 외롭기 마찬가지겠지만 시장기 같은 외로움은 다른 날보다 절박했다. 자신의 삶을 돌이켜 반추해 보지만 그 무엇으로도 원하는 답은 찾아지지 않았다.

가시지 않은 숙취와 천근만근 무거운 눈꺼풀을 핑계로 언제까지 몽롱한 의식 속을 헤맬 수는 없는 일이다. 애써 일어나 거름망의 축축한 찌꺼기를 버리고 커피머신의 전원을 눌렀다. 뜨거운 김을 따라 향긋한 커피 내음이 서서히 방안을 채워간다.

부드러운 향미가 뛰어나 커피의 황제로도 불리는 '블루마운틴' 정요가 아끼는 커피다. 머나먼 미지의 땅일 수밖에 없지만 짙푸른 카리브 해의 맑은 해풍이 키워 낸 매혹적인 향취보다 '블루마운틴' 그 이름에 더 마음이

끌렸다. 정요의 기억 속 푸른 산이 언제나 지리산이라면, 아침 안개처럼 밀려오는 커피 향기에서 문득 떠오르는 청산은 푸른 섬 청산도였다.

산과 들, 그리고 바다까지도 온통 푸름 하나의 빛깔로 기억되었던 청산도. 그 작은 섬이 커피 향기를 타고 다가왔다. 행적이 묘연해진 지명스님을 찾아 헤매고 다녔던 봄날이었다. 구층암에서 만났던 정란이가 사는 완도에 갔다가 선착장에서 청산도란 이름을 보고 문득 떠올랐던 '나비야 청산 가자'라는 노랫말 때문에 무작정 배에 올라 찾았던 남해의 작은 섬이었다. 작은 학교에서 소꿉놀이하는 것처럼 예쁘게 살던 윤 선생 부부는 여전히 향기로운 블루마운틴 커피를 내리고 있을까. 블루마운틴 커피를 내릴 때마다 버릇처럼 소환되는 청산도, 언젠가 다시 가보면 두고 온 무언가가 있을 것만 같다. 오랜 세월 파도를 맞으며 기다리는 바위처럼.

지명이 여수로 내려간 지 한 해가 지났다.

지난 주 여수에 내려갔을 때 절에서는 복지관 마무리 공사가 한창이었다. 공사장 소음을 피해 절을 빠져나온 정요네는 한적한 바닷가에서 모처럼 망중한을 즐겼다. 오랜만에 아비를 만난 아이의 웃음소리가 자갈 위를 구르는 파도처럼 퍼져나갔다. 파도와 술래잡기하며 모래톱을 뛰어다니는 아이를 바라보며 지명이 의중을 물어왔다.

"많이 힘들지? 자네 혼자 고생하는 것도 마음에 걸리고 그쯤 해보았으니 이제 그만 여기로 내려오지. 지섭이도 저렇게 뛰놀게 하고, 좀 좋아?"

"그 얘기는 당분간 않기로 했잖아요. 고모 돈도 다 못 갚았고 우리 살 집도 장만해야 하고 아이 교육비며 산 넘어 산인데 당신은 참 한가하기도 하네요."

"이 사람아. 집은 여기 절에서 살면 되고, 우리가 여기서 살면 명연스님이 지섭이 학비 하나 못 대주겠어? 복지관을 운영하려면 자네나 내가 할 만한 일도 있을 테고.”

“아이를 아주 시골뜨기로 키울 작정이라면 내려보낼게요. 당신 소원대로 자연 속에서 키우고 아예 학교도 때려치우면 되겠네. 그러지 말고 이참에 다시 출가를 하실래요? 듣자 하니 아직 승적도 남아 있다던데…. 명연 스님도 쌍수를 들어 반길걸요.”

“이번 생에서 내 수행은 이 사바세계에서 어우러져 살아내는 일, 중노릇이야 다음 생에서 제대로 하겠지. 산문에 있을 때 나는 남보다 조금 더 수승하다고 해서 수행도 더 잘하는 것처럼 오만했었어. 세상에는 산문에 들어가지 않고 밥벌이를 해가며 수행하는 사람들도 많아.”

지명은 머리 깎고 먹물옷을 입은 스님들만 수행하는 것이 아니라고 했다.

정요 또한 남들처럼 평범하게 살 거란 생각으로 시작한 건 아니었다. 모든 걸 놓아버리고 여수로 내려와 살아볼까 하는 생각을 해본 적도 있었다. 아이가 자라고 도시의 삶이 힘겨워질수록 회의가 일기는 했지만 지명을 선택한 것을 후회한 적은 없었다. 그를 향하는 마음을 내려놓을 수는 없는 이유는 많았다.

가슴 밑바닥에 끈끈하게 달라붙은 그를 향한 열망이 다 사라진 것은 아니다.

단지 뜨거웠던 사랑의 기억이나 육신의 유열이 아니라 한없는 자유의지와 관용을 가진 그를 향한 연모는 변하지 않았다. 짧은 몇 순간, 행복의 광휘를 느끼게 한 지아비로서의 그를 욕망하면서도 현실적 괴리와 절망 사이에서 수시로 흔들릴 뿐이다.

지난날의 그는 하얀 찔레꽃 향기로 설레던 봄빛이었고 빛나는 태양이며 따뜻한 바다였다. 하지만 지금은 그 너그럽고 따뜻함마저 봄날의 무기력한 권태로 남겨졌다.

사랑과 평화는 한 가슴에 존재할 수 없는 것일까?

평화가 없는 사랑과 사랑 없는 평화 중 하나를 선택해야 한다면 어떨까? 평화보다 전쟁 같은 사랑을 선택한 것은 살아가는 일은 결국 사랑하는 일이기 때문이다. 끝내 그를 미워할 수도 지울 수도 없을 거란 걸 알기에 괜한 트집을 잡아 수시로 그의 속마음을 떠보는 것이리라.

여수는 더 이상 설렘의 도시가 아니었다. 지섭이는 아빠하고 살고 싶다고 조르지만 여수에 다녀오면 정요는 오히려 풀기 없이 처지고 말았다.

"여수에 무슨 귀신이 붙었나? 우리 언니는 여수만 갔다 오면 시든 상추같이 매가리가 없네."

"형부가 오동도 다리 밑에다 살림이라도 채렸나벼. 바보같이 당하지만 말고 언니도 바람펴 봐유."

여수에 있는 오동도는 동백꽃으로 유명한 섬이지만 다리가 아닌 방파제로 육지와 연결되어 있다. 손님 접대를 위해서라도 정확한 상식을 가르쳐주는 게 맞지만 이상하게도 그런 소리를 들을 때마다 맥이 풀려 정정해 줄 기운이 없다. 평소 쓰지 않던 사투리까지 써가며 기분을 바꿔주려 애쓰는 자영의 애교에도 웃어줄 수가 없다. 손가락 하나 까딱하기 싫었고 모든 것에 무기력해졌다.

만날 때마다 지명의 눈빛은 한걸음씩 더 멀어지고 있었다. 배웅 나온 기차역에서 인사치레로 잠깐 안아주는 것이 전부였을 뿐, 한 이불을 덮고 자면서도 혼자 코를 골았다.

그는 육체적인 욕망에서 진정 자유로워진 것인가? 여수에 다녀올 때마다, 스치는 바람 같은 잠깐의 만남만으로 다시 서울에서 살아갈 힘을 얻어야 한다는 두려움이 엄습했다.

여수로 내려가 살고 싶은 생각이 없는 것에는 또 다른 이유가 하나 더 있었다.

명연스님은 옛 도반을 더할 나위 없이 사려 깊게 대했지만 절에 드나드는 신도나 다른 사람들이 명연스님과 지명을 대하는 태도는 천지 차이였다. 스님과 처사의 반열이 다른 것은 단순히 호칭의 문제가 아니었다. 공양주 보살도 두 사람이 한때 가까운 도반이었음을 잘 알고 있었음에도 차려내는 밥상부터 달랐다.

"이건 주지스님 드셔야 하니까 처사님은 저거 갖다 잡수시오."

공양주는 지명을 당연히 주지스님의 아랫사람으로 자리매김하고 함부로 대했다.

한 번은 신도가 법당에 올리고 간 머스크멜론이 장난감 공처럼 보였던지 지섭이가 달라고 보채기 시작했다.

"안 돼! 부처님 전에 올린 거야. 나중에 줄게."

공양주 보살이 부처님 전에서 과일을 내려올 때까지 겨우겨우 달랜 뒤였다.

"안 돼! 주지스님 드실 거야!"

공양간으로 가져온 멜론을 아이 손에 들려주는데 공양주 보살이 정색을 하며 낚아챘다. 제 몫으로 챙기는 것도 버릇처럼 주지스님 핑계를 대는 공양주에게 뭐라 항변도 못하는 어미를 대신해서 아이가 큰 소리로 울음을 터뜨리고 말았다.

통곡소리에 달려온 명연스님이 그깟 걸로 아이를 울리느냐는 핀잔에 공양주는 오히려 정요를 향해서 잔뜩 눈을 흘기고 찬바람을 일으키며 자리를 떴다.

'맞아, 내 생각이 옳았어.' 지명의 한미한 처지가 눈에 보일 듯 그대로 읽혀졌다.

절집에서 스님이 아닌 처사로 살아내는 일이 녹록치 않을 것임을 알고는 있었지만 직접 눈으로 확인하니 더 가슴이 저렸다. 언제까지고 그를 도반 스님의 절에서 머물게 할 수는 없었다. 마음자락이 헐렁한 지명은 버릇처럼 괜찮다, 마음 쓰지 말라고 했지만 정요로서는 맘에 걸리는 게 한두 가지가 아니었다.

'그래. 조금만 더 고생하자.'

서울처럼 번잡한 곳이 아닌 작은 도시 근처 한적한 곳에 작은 집을 짓고 소박한 찻집을 열어서 지명이 마음껏 명상과 독서를 즐기며 탈속한 삶을 살게 해주고 싶었다. 아늑한 서재와 작은 텃밭이 있는 한가로운 보금자리에서 그 무엇에도 걸림이 없는 바람 같은 삶을 살게 하리라. 논어에 애지욕기생(愛之慾其生)이라는 구절이 있다. 누군가를 사랑한다는 것은 그 사람을 살게끔 하는 것이다. 지명과 함께하려는 정요의 꿈은 더디게 자라고 있지만 머지않은 날에, 숨겨둔 꿈의 꼭지를 잡아볼 수 있을 것이다.

백로가 지나자 조석으로 불어오는 바람에서도 가을 냄새가 났다. 낮이면 태양이 따갑게 내려쬐지만 그늘이 내리면 곧바로 서늘한 기운이 느껴졌다. 온몸으로 느껴지는 한기로 잠을 깬 정요는 차렵이불을 꺼내 아이의 작은 몸을 덮어주었다. 얇은 누비이불은 발밑에 내쳐졌고 아이는 잔뜩 오그린 채 잠들었다. 내일이 어미가 쉬는 날이라 데려온 것이니 일주일 만이다.

아이를 품에 안고 다시 잠을 청하는 정요의 팔에도 깨알 같은 소름이 돋았다. 품안 가득 아이의 향긋한 살냄새를 맡으며 잠에 빠지는 이 순간만큼은 그네의 삶에서 가장 충만하고 순일한 무욕의 시간이다.

어제는 정섭을 대동하고 가게에 온 시누이와 모처럼 저녁을 같이했다.

한동안 껄끄럽던 사이도 지난해 조은대 개업을 하면서 지섭을 맡긴 뒤 빠르게 회복되었으므로 이날의 분위기도 한껏 화기애애했다.

"내일 쉬는 날이지? 우리 여수 갈 건데 자네도 같이 가자."

"저희 다녀온 지 얼마 안 됐어요. 내일은 그냥 푹 쉬고 싶어요."

"짐이 있어서 정섭이가 차를 가지고 갈 거야. 좀 있으면 애비 생일도 돌아오고. 어찌 되었든 부부란 살을 맞대고 살아야 하는 거야."

"조만간 그이가 서울에 온다고 했어요."

여수까지 차를 끌고 내려가겠다는 것도 별스럽게 못마땅하고 자동차에 빈자리가 남으니 동행하라는 무언의 압력도 불편했다. 뭐든지 눈으로 보고 확인해야 직성이 풀리는 성격인 시누이는 한동안 여수에 내려가지 못해 안달을 했다. 명연스님께 식사 대접도 하고 이런저런 당부도 해야 하는데 못 가봐서 면목이 없다는 말을 여름내 입에 달고 살았었다. 어쩌면 자주 내려가지 않는 정요에 대한 불만을 에둘러 하는 말일 것이다. 젊은 내외가 너무 떨어져 살면 안 된다며 은근히 등을 떠민 적도 여러 번이었다.

선선해진 날씨 덕분에 꿀맛 같은 늦잠을 잤다. 실컷 게으름을 부리고 깨어날 때의 나른한 행복을 만끽하며 아이의 토실한 엉덩이를 두들기는 찰진 만족에 겹다. 기지개를 켜다 말고 다시 품을 파고드는 아이의 뺨에 입을 맞춘다. 가을새가 한입에 콕 물어다 떨어뜨린 것 같은 햇살이 마당 가득 눈부셨다. 기별 없이 불쑥 찾아드는 반가운 손님 같은 가을이다.

점심에는 아이의 김밥 타령에 정요의 손길이 분주해졌다. 윤기가 자르르 흐르는 김밥에 햇살은 오색 고명으로 피어났다. 어린 새의 부리 같은 붉은 입술로 아이는 어미가 넣어주는 김밥을 잘도 받아먹었다. 대문에 달린 종소리에 무심히 문을 열자 문간에 서 있는 이는 지선스님이었다.

"어머, 웬일이세요? 연락도 없이. 우리 오늘 쉬는 날인데."

　신도가 혼주인 근처 예식장에 인사차 왔지만 피로연까지 참석하는 일은 불편해서 빠져나왔다며 서슴없이 밥상 앞으로 다가앉았다.

　"점심을 먹는 거야? 혹시나 싶어 와봤는데 역시 잘 왔네. 야! 거 김밥 참 맛나 보인다. 지섭아, 스님이 한입 먹어도 되겠지?"

　아이가 마지못해 고개를 끄덕였고 지선스님은 김밥을 크게 한입 물었다.

　"보살 손맛은 여전하네. 근래 술을 자주 마시는 눈치라 혹 미각이 둔해질까 은근히 걱정을 했거든. 역시 내 기우였어."

　한동안 뜸했던 지선스님이 조롱과 걱정을 그렇게 섞었다.

　"스님도 많이 바빴나 봐요."

　"그랬나? 하기야 초파일 지나자마자 불사를 시작했잖아, 자잘한 행사도 많았고. 그보다 조은대가 너무 성황이라 내가 자주 오기가 좀 그랬지 뭐."

　눈빛에 가늠할 수 없는 쓸쓸함이 느껴지고 음성도 예전의 활달한 기운이나 장난기가 많이 줄어 있었다.

　"스님, 솔직히 말해 보세요. 뭔가 분위기가 달라졌어. 혹시 우리 스님 애인이라도 생겼나?"

　"에이, 무슨! 가을이라 그런가? 아니, 조은대를 자주 못 와서 그런가 봐."

　지선스님은 유복자로 태어났다. 아기가 젖을 떼자, 사리분별이 명석했던 시어미는 젊디젊은 며느리의 등을 떠밀어 개가시켰다. 아버지는 물론이고 어머니의 얼굴도 모르는 지선은 유별나게 외로움을 탔다. 거처가 마땅치 않은 노보살들이 지선스님의 절에 항상 기거하는 것도 그들을 곰살갑게 챙겼기 때문이다. 아이들을 끔찍이 예뻐하는 지선을 볼 때마다 환속해서 아들 하나 낳아보라 농담 삼아 권해 본 적도 있었다.

　외롭게 자란 사람이 수행생활의 고독에 더 강할 거라고 하지만, 오히려 외롭고 고단하게 살아온 사람일수록 자신의 결핍을 채우고 싶은 욕구가 더 강할지도 모른다. 정요가 오라비처럼 허물없이 대하게 된 것도 스님의 쓸쓸한 출생 이력과 성장 과정을 알고부터였다.

"어머니 생각이 언제 많이 나요?"

"딱히 기억이랄 게 있어야지. 한데 사춘기가 되면서 이상하게 그리움보다는 이유 없는 분노가 더 컸어. 물론 어머니의 처지를 이해하지 못하는 건 아닌데도 말이야."

조심스런 물음에 허공을 응시하며 힘없이 대꾸했다. 불심 돈독하던 할머니가 돌아가시자 망설임 없이 출가를 선택한 것이 오히려 자연스러웠다는 스님의 회색 법복에서는 늘 먹물 같은 외로움이 묻어났다.

"지섭이 덕분에 맛난 김밥도 얻어먹었고, 오늘 내가 한턱 내야겠다. 스님이 뭐 사줄까?"

"어린이대공원 가고 싶어요."

대공원 소풍은 그렇게 시작됐다.

전혀 어울려 보이지 않는, 급조된 한 가족의 짧은 반나절 동행이었지만, 그들은 제각기 다른 얼굴로 행복했다.

10장

장난감 집

"지섭아, 다음에 스님하고 또 놀러오자."

"해가 지려면 아직 멀었는데 조금 더 놀다 가지 그래? 아이도 이렇게 좋아하는데."

"제가 할 일이 좀 있어서요. 스님도 좀 도와주세요."

해가 두어 발이나 남아 있었지만 서둘러 대공원 소풍을 끝냈다. 여수에서 돌아온 고모에게 지섭을 맡긴 정요는 지선스님과 함께 조은대로 돌아왔다. 무슨 중요한 일이나 있는 것처럼 서둘렀지만 사실 스님에게 저녁 한 끼 대접하려는 것이었다. 사람들의 흘깃거리는 시선과 불편한 승복차림에도 불구하고 아이를 목말까지 태워준 고마움에 조금이라도 보답하고 싶어서였다. 쌀까지 새로 씻어 안치는 정요를 보고 스님이 말렸다.

"공연히 번거롭게 하는 거 아니야. 밖에 나가서 먹는 게 나을 거 같은데?"

"그런 말씀 마세요, 오늘은 꼭, 제 손으로 밥을 지어드리고 싶어요. 지섭이가 그렇게 좋아할 줄은 몰랐어요. 정말 고마워요, 스님."

입에 발린 말이 아니라 진심이었다.

시끄럽고 번잡한 장소를 싫어하는 유별난 아빠를 둔 탓에 가족이 다 함께 놀이공원에 가본 적이 없었다. 정요와 아이 둘이서 놀이기구 몇 개 타고 오는 게 고작이었다. 대공원 입구에서 아이를 목말 태우고 다니는 사람들을 보자 지선스님은 지섭이를 번쩍 들어 제 어깨에 얹었고, 처음에는 스님의 머리를 꼭 안고 무서워하던 아이도 이내 춤을 추듯 덩실덩실 양팔을 흔들고 신이 났다. 누가 보거나 말거나 승복차림인 지선스님 역시 아이의 동작에 온몸을 흔들어대며 장단을 맞췄다. 민망해진 정요가 말려보았지만 그럴수록 둘은 더 신바람을 냈다. 누가 보아도 신명 많은 부자의 정겨운 나들이였다.

정성껏 차려낸 밥상인데도 지선스님은 엄청 맛있다 정말 고맙다며 칭찬하는 소리만 요란했을 뿐 몇 숟갈 뜨지 않고 수저를 놓았다.

"찬이 좀 부실하지요? 내일 시장 가는 날이라서."

"아니 아니야, 그게 아니고 내가 오늘 너무 흥분했나 봐."

"많이 힘들었죠? 지섭이가 고집을 부리는 통에. 애가 좀 무거워야죠."

"무겁기는. 내 어깨 위에 소중한 생명이 있다고 생각하니 오히려 심장이 뛰던걸. 이런 감동은 처음이라 아직도 맘이 설레고 가슴이 먹먹해서 밥을 못 먹겠어."

"스님 힘드실까 봐 맘을 졸였는데. 아무튼 고생하셨어요."

"오늘 지섭이 목마를 태우고 다니는데 뭔지 목 안이 꽉 잠기고 가슴이 뜨뜻해지며 벅찼어. 이 느낌은 오래오래 잊히지 않을 거 같아. 가족이라는 게 이런 건가?"

꿈꾸듯 아련한 지선스님의 눈빛을 쫓던 정요도 덩달아 가슴이 먹먹해졌다.

그렇구나. 평범한 가족이 누리는 일상적인 하루도 어떤 사람에게는 가슴 저린 특별한 경험이 되겠구나.

"오늘 곡차 한잔 해도 되겠어?"

"그러세요."

칠곡주와 과일을 챙겨들고 나오다가 무엇을 찾으려는 듯 다시 주방에 다녀온 정요 손에 술잔 하나가 더 들려 있었다. 오늘 같은 날 지선스님 혼자 드시게 할 수는 없었다. 말보다 몇 갑절 더 절절함을 담은 간절한 눈빛 때문이었다.

"오늘 특별한 날이잖아요. 제 잔도 채워주세요."

온갖 핑계로 술자리를 피하던 정요가 먼저 술잔을 내밀자 지선은 놀랍고 반갑다.

"정요보살이 먼저 술을 청하다니? 앞으로 지섭이랑 자주 놀아야겠는걸!"

"자, 우리 인스턴트 가족의 감동적인 소풍에 건배할까요?"

"인스턴트 가족? 하하하, 그럼 나도 끼워주는 건가? 이거 영광인데."

"누가 봐도 오늘 우린 완벽한 가족이었죠. 예쁜 아이까지 있는."

"나 혼자 생각인 줄 알았는데, 그리 말해 주니 더 고맙네."

지선스님의 얼굴 가득 환한 미소가 번졌다. 인스턴트면 어떻고 일회용이면 어떠랴. 이들과 어울려 가족이 될 수 있다면 어떤 어려움도 감내할 것이다.

손님들과 한두 잔 주고받는 사이 정요의 주량도 제법 늘었다. 대화 사이마다 짧은 침묵이 흐르는 가운데 연거푸 술잔이 오갔다. 긴한 용무가 있는 술자리도 아니고, 애틋한 감정을 키워가는 남녀 사이도 아니다. 아무도 없는 집에서 단둘이 마시는 술자리가 어색해서인지 애꿎은 술잔만 바빴다.

"참, 스님은 지리산 토굴에 언제 들어갈 거예요? 거기 산수유 피면 아예 동네 전체가 꽃동네잖아요."

"글쎄, 언젠가 가겠지."

"그러니까 언제? 말 나온 김에 우리 내년 봄에 산수유 꽃피면 석산골 조은대로 꽃구경 가요. 예전처럼 다 같이 한번 뭉치면 어떨까? 친구들도 무척 좋아할 거야."

"것도 좋지."

"난 그곳이 제2의 고향이랄까? 아니 내 영혼의 고향이라고나 할까? 아무튼 꼭 다시 가고 싶은 그리운 곳이어요."

"그런가…."

침묵이 견디기 힘들어 대화를 이어가려고 애를 썼지만 지선스님은 심드렁했다. 정요도 차츰 입을 다물었고 늙은 강물처럼 시간이 흘렀다.

그 무딘 흐름이 답답해지려 할 때 말을 아끼던 지선스님이 말문을 열었다.

"정요보살, 요즘 많이 힘들지? 그동안 말은 못했지만 내 다 알고 있어. 정요보살이 얼마나 힘겹게 버티고 있는지 말이야."

위로 삼아 별 생각 없이 건넨 한마디가 생각지도 못했던 묵은 상처를 건드리고 말았다.

누구에게 하소연도 못하고 억눌러온 설움이 분수처럼 북받쳐 올랐다. 객쩍은 분위기를 모면해 보려고 연신 마셨던 술이 모두 눈물이 되었던가 보다.

참으로 난감한 일, 정요 옆으로 자리를 옮겨 앉은 지선스님이 가만가만 등을 다독이며 달랬다.

"울지 마, 울지 마! 내 술김에 괜한 소리를…. 미안해."

작은 어깨를 감싸안고 달래보아도 울음은 그쳐지지 않았다.

"아이고, 이 울보를 어찌한다? 자자, 그만, 그만 됐다. 됐어."

물결 따라 일렁이는 조각배처럼 조붓한 어깨를 들먹이며 눈물을 쏟아내는 모습이 안쓰러웠다. 어린 누이를 달래는 오라비처럼 자상하게 등을 다독이는 지선의 가슴에 정요가 무너지듯 안겨왔다. 얼떨결에 정요를 품에 안은 지선의 가슴에서 둥둥 북소리가 울렸다.

"정요… 정요야!"

지선의 숨소리가 온몸을 흔들었다.

'안 돼요, 안 돼. 이러지 마요' 하지만 말은 한 마디도 입 밖으로 나오지 못했다.

지선의 뜨거운 입술이 이미 그네를 덮어버렸다.

"아, 정요야!"

절규하듯 내뱉는 그 목소리에 정요는 거부하거나 저항할 의지를 상실했다. 밀려드는 파도에 몸을 맡기고 말았다.

술 탓만은 아닐 것이다.

마지막으로 지명과 잠자리를 한 지가 언제인지 기억조차 희미했다. 서울로 온 이후 부부의 잠자리가 조금씩 시들해지기 시작했다. 처음에는 바뀐 환경과 아기 때문이겠거니 대수롭지 않게 여겼다.

지명이 직장을 다닐 때는 매일이다시피 이어지는 늦은 귀가가 핑계가 되었지만 회사를 그만 두고도 이전처럼 회복되지 않았다. 어쩌다 잠자리를 해도 예전 석산골의 광기와도 같았던 뜨겁던 열정이나 유열(愉悅)을 기대할 수 없었다. 법난의 후유증이 도진 것인지 가끔 신음을 참아내는 걸 알고부터는 아이를 핑계로 다른 방을 쓰는 것이 외려 마음 편했고, 지명이 여수로 내려간 이후 그들의 부부관계는 더욱 소원해졌다.

곁에서 혼곤하게 잠들어 있는 지선스님을 보면서 지명을 떠올리는 제 모순이 씁쓸했다. 이른 새벽 조용히 방을 나가는 지선스님을 정요도 아는 체하지 않았다.

이른 아침 해가 떠오르기 전에 바라다보이는 먼 산은 초록이 아니라 검푸르다.

돌담을 환하게 밝히던 능소화의 기세가 잠시 누그러진 담장 위를 참새 두 마리가 부산하게 맴돌고 있었다. 매연에 찌든 날개를 파드득거리며 그래도 노래해야 할 무엇이 남아 있다는 듯 조잘대는 도시의 참새, 부지런한 그 부리가 슬프다. 도심에서 듣는 새들의 지저귐에는 바람과 자유가 아닌 치열한 생존이 있을 뿐이었다.

복지관 완공 이후 지명의 서울 나들이는 거의 없어졌다. 정요가 여수행 기차에 오르는 일도 뜸해졌다. 언제부턴가 가장의 부재가 쓸쓸하거나 허전하지 않고 오히려 자연스럽기까지 했다.

삼계를 벗어날 수 없는 사랑도 우주의 섭리인 생주이멸(生住異滅)의 범주를 벗어나지 못한다. 모든 것들이 변해가고 마음은 한정 없이 흘렀다. 아득한 과거로부터 영원한 미래에까지, 쉼 없는 흐름 속에서 생겨나 머물고 달라지다가 결국엔 사라져 갈 것이다. 어디에도 머물 수 없는 바람 같은 이가 있다면 그가 바로 지명이다.

지명의 부재로 마음이 가벼워진 듯 출입이 잦아진 지선스님은 강 부장과 함께 오는 날이 많았다. 고교동창이라는 친구 사이임에도 이름이나 별명이 아닌 강 부장이라는 호칭이 조금 부자연스러워 보였다.

친구를 앞에 두고도 거침이 없는 지선스님의 애정 표현에 정요는 난감했다.

"너무 자주 오지 마세요. 보는 눈들도 많은데….”

"그럼 내가 단골손님보다 못한 거야?”

"쉿! 제발 남들 앞에서는 유별나게 굴지 좀 마요.”

"내가 뭘 어쨌다고 그래?”

"우리 집에만 오면 스님 목소리가 얼마나 커지는지 모르죠?”

"정요만 보면 엔돌핀이 마구 솟구쳐서 주체할 수가 없어서 그래. 나도 어쩔 수가 없어.”

"아주 동네방네 나팔을 불고 다니세요.”

"정요는 내 여자라고, 아니 내 목숨보다 더 사랑하는 사람이라고 동네방네 외치고 싶은 걸 간신히 참는 거야. 어디 대숲이라도 찾아가 고함을 지르지 않으면 가슴이 터져 버릴지도 몰라.”

"아이고! 스님 나이가 얼만데 그런 열정이 남아 있다니, 오직 신기할 뿐이네. 이 객기 넘치는 양반 좀 말려줄 사람 어디 없을까?”

늦게 배운 도둑질에 밤새는 줄 모른다고 했던가. 불혹도 훌쩍 넘어 시작된 지선의 늦사랑은 감기몸살 같아서 숨길 수도 참을 수도 없었다. 앙상한 가지를 흔들어 놓고 바람처럼 떠나간 지명에 대한 반감이었던지 정요 역시 곰살궂은 지선의 애정 표현이 싫기는커녕 기대와 욕구가 슬그머니 커져 갔다. 사랑으로 인한 상처를 치유하는 것은 또 다른 사랑뿐이었다.

정요와 지선의 관계를 잘 아는 강 부장이 지나던 길이라며 혼자서도 조은대를 찾아와 차를 마시고 가는 일이 가끔 있었다.

"강 부장 참 이상해. 왜 자꾸 혼자 오는지 몰라요. 난 영 불편한데….”

"나이가 곧 서른이라며? 적당히 상대해서 보내면 될 일 가지고 뭘 그래?”

나이가 곧 서른이라는 말은 정요가 3년 전 건강식품을 하면서부터 입에 붙여두고 쓰는 소리.

"어째 놀리는 소리 같은데요?"

"어디 감히? 칭찬이야, 칭찬!"

"그 사람 뭐 하는 사람이야? 도대체 정체를 모르겠어요."

"나도 잘은 몰라. 국가기관에서 일한다는 것 말고는 아는 게 없어. 알고 싶지도 않고."

"암튼, 난 그 남자 어쩐지 찜찜해."

"걱정 마. 강 부장, 어렸을 때부터 무던한 친구야."

정요는 남자들 세계를 이해할 수 없을 때가 많았다. 바로 이런 경우다. 여자들끼리는 사소한 것까지도 다 알아야 친구가 된다. 남편과 아이는 물론 사는 형편까지 알아내는 데 몇 시간이면 충분했다. 남편의 사회적 지위뿐 아니라 그 집 아이의 성적까지 알아낸 다음 친구가 되는데 반해 남자들은 친구에 대해 아는 것보다 모르는 게 더 많았다.

"그 사람 부인은 있어요? 아이는?" 하고 물으면 남자들은 대개 남의 집 사정을 시시콜콜 알아야 할 이유가 무엇이냐고 되레 반문을 했다. 여자와 남자는 근원적으로 태어나는 별이 다르다는 글을 읽은 적 있었다. 처음엔 말장난이라고 콧방귀를 뀄지만 살아볼수록 그 말에 고개를 끄덕이게 된다. 별과 별 사이의 아득한 거리만큼이나 여자와 남자 사이에는 절대로 좁혀지지 않는 거리가 존재하는 것이 분명하다.

일찍 찾아온 첫추위 탓에 아홉 시가 지나자 손님이 모두 빠졌다.

자영이 마지막 손님방을 치우는 동안 결산을 했다. 근래 손님이 줄긴 했어도 평균치의 매출은 유지했다. 마감을 끝내고 코트를 집어 들고 일어서는데 출입문에 달린 종이 울렸다.

"벌써 영업 끝났어요?"

문단속을 하던 자영의 뒤에서 귀에 익은 남자 음성이 들려왔다.

"언니, 강 부장님 오셨는데 어떡할까요? 저 먼저 갈게요."

손님도 한 사람뿐인데 행여 붙잡힐세라 자영은 말로만 걱정을 하고는 퇴근해 버렸고 강 부장이 성큼 대청마루로 올라섰다.

"찬바람 부니까 따뜻한 차 한 잔 생각나서 왔는데 내가 너무 늦었나?"

전작이 있는지 말투에 술기운이 묻어났다.

"지금 막 퇴근하려던 참인데…."

"이거 미안하게 됐네요. 차 한 잔 마시고 금방 갈게요"

말치레뿐 미안한 기색은 전혀 없이 떡하니 자리를 잡고 앉았다.

정요도 전기포토의 전원을 누른 뒤 대청마루 구석을 지키고 있던 다탁을 끌어내 찻자리를 폈다. 허물없는 사이도 아니고 특별한 용건이 있는 것도 아닌 남녀가 마주앉은 늦은 밤 찻자리. 두 사람의 찻자리를 이객활승(二客日昇)이라며 수승하게 쳐 주지만 적어도 오늘 이 자리는 아니다.

"늦었는데 그만 일어설까요?"

세 번이나 우려내 마셨으면 되었지 싶었다.

"한 잔만 더 합시다. 실은 내가 좀 궁금한 게 있어서…."

"뭔데요, 강 부장님이 궁금한 게?"

"당연히 그대, 윤 사장이지."

역시나! 남자들의 엉큼한 속내라니!

"그런데 말이야, 윤 사장은 그 일을 다 알고도 태석이 그 친구를 용서한 거야?"

"그 일이란 대체 뭐고 용서는 또 뭐래요?"

"불심의 힘이란 게 그렇게 대단한 건가. 부부는 무촌이라 헤어지면 남만도 못하다지만 아직은 부부인 줄 아는데… 남편과 관련된 사람을 용서하고 것도 모자라 사랑까지 한다? 이건 성인의 경지라 우리 같은 범인은 감히 흉내도 못 낼 일이라서 말이야. 부처의 자비심, 아니 이건 순전히 윤 보살님의 대자대비심이라고 해야겠지. 아무튼 대단해!"

변죽을 울리는 강 부장의 말투가 얼핏 조롱하듯 보였지만 농담 같지도 않았다. 마디마다 옹골진 옹이를 박아 내뱉는 말뜻을 짐작조차 할 수 없었다. 도대체 저 작자가 무슨 말을 하고 싶은 건가?

태석은 지선스님의 속명이다. 지선과 함께 보낸 밤들이 떠올랐지만 그걸 말하는 것 같지는 않았다. 그가 궁금하다는 것이 정요와 지선의 관계가 아니라 그네가 모르는 뭔가가 있다는 암시 같았지만 전말을 유추해 내기는 어려웠다.

불심, 부부, 용서, 사랑, 자비… 이 단어들에 지명과 지선, 그리고 정요 자신까지 어떻게 연관되었다는 건지 도무지 가닥이 잡아지지 않았다.

"이봐요. 강 부장님! 그런 얼토당토 않는 궤변으로 떠보지 말고 차라리 욕을 하세요. 지선스님과 제 사이가 못마땅하다고!"

"그보다 윤 사장이 태석이 친구를 볼 때마다 어떤 심경일까, 그게 더 궁금했어."

"강 부장님이 왜 내 심경이 궁금할까? 설마, 질투는 아니겠죠?"

"아무리 윤 사장이 탐나도 명색이 내가 태석이 친구인데 그럴 리가. 질투가 아니라 내 짧은 소견으론 도무지 이해가 안 되는 일이라서. 사실 이건 좀 아니잖아?"

"무슨 말인지 알아듣게 좀 하세요!"

말이 길어질수록 점점 오리무중인 데다 뚫어질 듯 응시하는 강 부장의 눈빛이 불쾌했지만 표정에 웃음기는 없었다. 정요의 심장이 빠르게 고동쳤다.

"정말 아무것도 모르는 얼굴이네, 드나드는 스님도 많았고 윤 사장이 눈치 빠르고 영민해서 진즉에 알아챘을 거라 짐작했거든. 그래서 더 궁금했고… 정말 모르는 거야, 알면서도 모르는 척하는 거야?"

마침내 강 부장이 쏟아낸 이야기는 잊고 살았던 법난의 내막이었다. 갑작스런 폭우에 강물을 뒤집고 흐르는 흙탕물처럼 거침없이 쏟아지는 엄청난 소리에 정요는 한마디 반문도 할 수 없었다.

강 부장의 신분은 실체를 드러내지 않고 ◯◯기업이라는 상호를 가진 정보기관의 요원이었다.

그 가을, 법난을 일으킨 신군부의 지휘를 받아 실질적인 집행을 하던 그곳의 구성원들 중에는 불자 장교나 군 법사도 포함되었다. 무소불위의 권력을 가진 군부였지만 종교계를 함부로 손대기는 쉽지 않은 일, 내부의 도움을 받지 않고는 접근하기 어려웠고 무엇보다 스님들의 참여라는 명분이 필요했다.

불교계를 정화해야 한다는 명분은 넘치게 많았다. 성장을 거듭하던 경제 규모와 맞춰 사찰의 규모가 비대해지면서 청빈과 무소유의 본분을 지키는 청청한 승가를 찾기 힘들 정도로 부패했다. 거대한 사찰의 울긋불긋한 단청보다 스님들의 파행이나 일탈은 더 화려했다.

그러나 그것은 허울 좋은 핑계일 뿐이었다. 권력을 손에 쥔 신군부 세력은 국민들에게 본때를 보여주어야 했다. 수동적이고 조직적인 세력을 갖지 못한 불교계가 손쉬운 제물로 선택되었다. 강 부장이 도움을 청한 사람은 고교 동창인 승려 지선, 서태석이었다. 처음에는 도리머리를 흔들던 지선도 옛 친구의 집요한 설득에 마음을 열었다. 미온적 태도로 오래 망설이던 지선스님이었지만 한번 작정을 하고 나니 전혀 다른 사람이 되었다. 곪아 터지고 훼손된 교단이 다시 청청하고 바르게 설 기회라면 자신이 모든 오물을 뒤집어쓴다 해도 무서울 게 없다고 적극 협조하고 나섰다. 강 부장은 지리산에 머물던 지선스님을 서울로 올라오게 하고 기동력이 원활하도록 승용차도 구입해 주었다.

지선과 팀을 이룬 이 선생의 휘하가 작업한 곳은 경기지역 사찰이었다. 수집하는 정보의 내역은 승려들의 폭력이나 도박 같은 범법과 부패, 즉 축재와 은처(隱妻), 그리고 사찰 운영에 관한 금전의 유용과 남용에 관한 것이었다.

은밀하게 조사하고 수집한 정보는 우이동의 한 산장에서 문건으로 가공되었다. 문건의 내용은 핵심 요원들만 공유할 뿐 철통보안 속에 빠르게 진행되었다. 가을이 본격적으로 시작되고 일도 대충 마무리가 되어가던 어느 날, 강 부장의 사무실로 지선스님이 찾아왔다.

"저기 말이야, 우리 문중 기록을 한 번 볼 수 있겠나?"

"워낙에 극비이기도 하고 안 보는 게 좋아. 아무리 명분이 있다 해도 친한 스님이 들어 있으면 모른 척할 수도 없고 공연히 마음만 불편하지 않겠어?"

"명색이 큰일을 하는데, 내가 사사로운 정에 끄달리겠나? 그냥 잠깐 훑어만 볼게."

"아이고, 또 한 두엇 놓치겠네! 차 떼고 포 떼고 다 떼고 나면 우리는 뭐가 남아!"

강 부장은 엄살을 하면서도 서류를 열람하게 했다. 부정부패가 많은 사람이라도 한두 사람쯤 훈방하는 것 정도는 태석이한테 해줄 수 있는 선물인 셈이었다. 지리산에 위치한 사찰에 대한 보고서를 읽어 내려가던 지선이 예상대로 서류 몇 개를 뽑아 '훈방' 함으로 넘겼는데 뜻밖에도 '훈방' 함에 있던 보고서 하나를 '집중심의' 함으로 옮겨 넣었다.

집중 심의는 일종의 블랙리스트인 셈이라 태석이 돌아간 뒤 강 부장은 집중심의로 옮겨진 서류를 훑어보았다. '승려 — 화엄사 총무 지명'이라고 적혀 있었다. 부정부패에 노출되기 쉬운 주지나 재무라면 모를까 총무가 훈방조치되는 일은 드문 일이 아니다. 특이동향으로 인근의 젊은 지식인이나 대학생들과의 교류가 많다는 점이 지적되었지만 달리 구체적인 혐의로 볼 만한 것은 역시 없었다. 훈방되는 것이 마땅함에도 굳이 집중심의로 옮긴 게 이상하다는 생각이 들기는 했지만 돌림자가 같은 사형제 간에 조금 알력이 있나 보다 추측만 하고 그대로 지나쳤다. 여태까지 당시 상황과 화엄사 총무 지명이라는 이름을 또렷하게 기억해 낼 수 있었던 것도 그러한 연유에서였다.

45호 사업 즉, 법난이 끝나고 태석은 보림사 주지로 임명되었다. 굳이 논공행상의 의미는 아니라도 전임 주지가 사찰 운용자금의 비리로 파직된 후 공석이 된 곳이라 자연스러웠다.

승려와 속인의 경계를 넘은 두 사람은 그 뒤로도 자주 어울렸다. 태석은 환속한 사제의 안사람이 운영한다는 인사동의 한식집을 자주 찾았다. 환속했다는 사제는 보이지 않았고, 젊은 안주인 정요와 신도 사이를 넘어서는 친밀한 관계로 보였다. 조은대를 드나드는 횟수가 늘면서 자연스럽게 그 사제가 법난 때문에 환속했다는 것을 알게 된 강 부장은 어느 날 문득 오랫동안 잊고 있었던 이름 하나가 떠올랐다. 바로 화엄사 총무였던 '지명'이었다.

"그 일이 그렇게 엄청나게 커져 버릴 줄은 아무도 몰랐어. 태석이는 말할 것도 없고 나도 상상조차 못했어. 바로 석방하지 않고 며칠 더 붙잡아 두는 정도로 끝날 줄 알았지 그렇게까지 될 줄 누가 알았겠어."

강 부장 자신도 그 지명이라는 승려가 털어도 먼지가 날 사람이 아니었으므로 '니 죄를 니가 알렷다!'는 식의 옥박지름을 당하거나, 심하게 당한다고 해도 기껏 손찌검이나 한두 번 당하고 금방 풀려날 것으로 여겼기에 대수롭지 않게 넘겼던 것이라고 몇 번이나 강조했다.

정요로서는 너무도 충격적인 소리라 오히려 믿어지지가 않아서 한마디 부정도 질문도 없이 남의 일처럼 스쳐 들을 수밖에 없었다. 강 부장이 돌아가고 뒤에도 한동안 망부석처럼 멍하니 굳어 있던 정요한테서 조금씩 거친 숨소리가 흘러나오고 있었다.

아니야, 아니야.

아니야, 아니야.

그것이 무엇이건 그럴 수는 없는 일이었다. 믿을 수 없었고 믿어서도 안 되는 일, 있을 수도 있어서도 안 되는 일이었다. 그토록 믿고 의지했던 지선스님이 지명스님을 그렇게 만들 수도 없는 일이었고 그 일에 열정적으로 참여했던 정요 자신은 더더욱 그러했다.

그럴 리가 없어.

그럴 리가 없어, 거짓말이야.

그러나 부인하면 할수록 거센 파도처럼 덮쳐오는 진실, 온몸으로 겪을 수밖에 없는 무서운 현실이었다.

친오라비처럼 아니 더없이 애틋한 정인으로 지내온 지선이었다. 가슴에서 시작된 북소리가 이제는 온 몸을 흔들어댄다. 격랑 속에 휩쓸리는 가랑잎처럼 정신없이 흔들렸지만 어떻게든 한 가닥 의식만은 붙잡고 놓지 않아야 했다. 한시바삐 정신을 차리고 이리저리 흩어진 퍼즐 조각부터 하나씩 맞춰보아야 했다.

우이동 산장에서 불교 정화에 일조한다는 나름대로 사명감까지 갖고 정말 열심히 일했다. 그런데 일부 스님들의 범법과 비행, 일탈에 대해 정리한 문건들이 무지막지한 법난의 단초가 되었고, 아무 죄 없는 지명이 혹독한 고문을 당했고 폐인이나 마찬가지 신세가 되어버린 결과로 나타나고 말았다. 배신감과 분노, 그리고 자괴감으로 심장이 터질 듯 고동쳤다.

아무리 되짚어보아도 지선이 사제인 지명을 군부의 아가리에 던져 넣을 수는 없는 일이었다. 비록 정요를 두고 남모르는 삼각관계가 있었고 두 사람에게 얼마간 야속한 감정이 있었다고 하더라도 그렇게 해서는 안 되는 일이었다. 강 부장도 설마 그런 지경으로까지 일이 커질지 몰랐었노라고 몇 번이나 강조했지만 장난으로 던진 돌멩이에 맞아 폐인이 되어버린 지명은 어떻게 할 것인가. 총무원장 감으로까지 장래가 촉망되던 승려가 이제는 절집 언저리를 떠나지도 못하고 잡일을 하면서 구박받는 천객으로 살고 있음이다.

다음 날, 점심 장사를 끝낸 정요는 곧바로 조은대를 빠져 나왔다.

급히 다녀올 데라도 있는 사람처럼 서둘렀지만 막상 좁은 골목길을 지나 사람들이 북적이는 거리로 나서자 문득 발길이 멎어버렸다. 스물셋 그 젊은 나이에 무작정 뛰어내렸던 구례구역 플랫폼에서 멀어지는 기차의 꽁무니를 바라보던 때처럼 막막한 심경, 그때나 지금이나 갈 곳이 없다.

어디서부터, 어떻게 이 악연의 실마리를 풀어야 할까.

혼돈의 소용돌이를 빠져나갈 비상구는 보이지 않았다.

시간이 모든 상처를 치유할 거라 믿지 않지만 들끓는 증오와 분노를 다스릴 시간이 필요했다.

"형님, 저 며칠 어디 좀 다녀올게요. 지섭이 부탁드려요."

"아니, 갑자기 무슨 여행? 아, 여수 가려고…."

"예. 다녀올게요."

수화기 너머 시누이는 당연히 여수로 가는 걸로 치부했지만, 정요는 기차역에서 버릇처럼 여수행 기차를 타게 될까 봐 일부러 고속터미널로 방향을 잡았다.

머릿속 지도를 짚어가며 궁리를 해봐도 딱히 떠오르는 곳이 없다. 예전에 지명스님이 그랬던 것처럼 어디로 갈 거냐고 물어주는 사람이라도 있다면 이렇게 쓸쓸하지 않을 텐데…. 그 막막함을 헤집으며 막연히 떠오른 곳이 부석사였다.

오래 전, 가산사에서 하룻밤을 같이 보낸 지명스님이 바람처럼 사라져버렸을 때였다.

"확실치는 않은데, 아마 봉암사에 갔을 거야. 거기는 일반인 출입이 금지된 선방이라 찾아가 봐야 소용없어."

절대로 찾아가지 않겠다는 약조를 받고서야 소재를 말해 주었지만 정요는 명연스님과의 약속을 지키지 못했다. 몇 번씩 차를 갈아타고 어렵사리 달려갔지만 문경 봉암사 산문은 굳게 잠겨 있었다.

'스님들의 수행을 위해서 일반 참배객이나 관광객의 출입을 일체 제한합니다.'

지명스님이 이 절에서 수행 중인지 알고 싶다는 간청마저 일언지하에 거절당했다. 불친절한 안내에 절망하며 떨어지지 않는 발길을 돌리는 수밖에 없었다.

돌아서기는 했지만 구멍이 뚫려버려 찬바람이 계속 휘돌아나가는 가슴으로는 돌아올 수 없었다. 그렇게 풀려버린 다리를 간신히 버티며 시린 발길로 찾은 곳이 인근의 부석사였다. 하지만 부석사의 기억은 그때부터도 텅 빈 서랍처럼 비어 있다. 무량수전 배흘림기둥의 충만한 안정감은 물론 안타까운 사랑의 힘으로 중력을 거부한 채 푸른 이끼를 둘러쓰고 떠 있는 부석조차도 눈에 들어오지 않았다. 부석사를 돌아보면서도 그네의 마음은 오랫동안 봉암사 산문 언저리만 서성이고 있었으므로.

'언젠가 다시 오겠지.'

그렇게 서운한 마음 한자락만 남겨두고 온 부석사를 다시 찾기로 작정했지만 영주로 가는 버스는 한 시간 후에나 있었다. 낯선 사람들 틈에 섞여 기다리는 일보다도 어둠이 들어찼을 낯선 여행지에 내리는 일이 내키지 않았다. 그렇다고 다시 집으로 돌아갈 수도 없었다.

대전까지 두 시간도 안 걸려!

웅웅거리는 소음을 뚫고 나온 기억에 정요는 선뜻 대전으로 목적지를 정했다.

그래, 대전으로 가자.

대청호 호숫가에는 작은 찻집을 하며 사는 윤주가 있다.

지난 봄, 서울에 올라온 윤주를 만난 이후로는 서로 통화도 못 하고 지냈다.

"네, 호반입니다."

윤주의 목소리는 언제 들어도 마음을 편하게 하는 묘한 마력이 있다.

"윤주야, 나 정요. 잘 지내지?"

"아니 이게 누구야? 어쩐 일이니 이 시간에?"

"그냥, 갑자기 니 생각이 나서….."

"이 시간이면 한창 바쁠 사장님이 어쩐 일이야? 너 무슨 일 있지?"

단번에 정요의 속을 짚어내는 윤주는 태생적으로 예술적 재능과 끼가 넘치는 여자였다.

결핵을 앓다가 요양차 왔다는 윤주를 처음 만난 곳은 지장암이었다. 금정암에서 화엄사로 내려가는 길목에 있는 지장암의 나이 든 비구니스님이 윤주의 고모였다. 큰 절을 오가며 안면을 텄고 마침 동갑내기여서 가까워졌다. 구례 읍내에서 우연히 만나 불고기를 실컷 먹은 뒤로는 함께 지켜야 할 비밀도 갖게 되었다. 깐깐한 비구니스님들의 눈을 피해 불고기집 나들이가 반복되는 동안 친구가 되었다.

때로는 동료나 가족보다 오래된 친구가 더 가깝고 끈끈할 수도 있다. 오랜만에 듣는 목소리만으로도 속내를 바로 읽어낼 만치 섬세하고 사려 깊은 사람이라면야.

“아, 들켰다. 어떻게 하면 너처럼 더듬이가 예뻐질까. 실은 나 지금 터미널인데 갈 데가 마땅찮아서….”

“뭐야! 세상이 좁다고 활개를 치던 윤정요가 어떻게 된 거야? 아무튼 내가 마중 나갈 테니까 버스를 타고 대전에서 내리면 돼. 그리고 혹시 나를 보지 못하면 다시 전화해 봐. 전화를 받지 않으면 내가 가고 있다는 증거니까 꼼짝 말고 그 자리서 기다리고.”

어떤 복잡한 일이나 심각한 고민도 가볍고 별것 아닌 것처럼 만들어버리는 신통한 재주가 있는 사람이 있다면 윤주가 그 중의 하나였다.

대전행 버스는 바로 출발했다.

수원을 지나면서 창밖 풍경은 희미해지고 연극이 끝난 무대처럼 서서히 어둠의 장막이 내리기 시작했다. 해가 뉘엿뉘엿 지고 어스름 땅거미가 내리는 이런 시간이면, 어딘지 떠나야 할 것처럼 마음이 조급하게 설레던 날들이 있었고 그런 날은 어김없이 길을 나섰었다.

나는 왜 자꾸 떠나는 것일까? 스스로 몇 번씩이나 물었지만 한 번도 명쾌한 답을 찾지 못했다. 정체를 알 수 없는 상실감과 자신의 존재에 대한 불안과 고독이 이유가 되기도 했고, 앞을 막아서는 절망에서 도망치기 위한 적도 있었다. 차창에 비치는 자신의 모습을 보면서 밤새도록 기차를 타고 달리기도 했지만 이유 같은 건 없을 때가 더 많았다.

그래, 나는 전생에 유목민이었어!

아득히 먼 어느 한 생, 바람 가득한 초원을 떠돌던 유목 시절 심어진 전생의 흔적일 것이다. 세상에 존재하는 모든 것은 꼭 어떤 목적이나 이유가 있는 것은 아니다. 진정한 여행자는 오직 떠나기 위해서 떠날 뿐이라는 말에 고개를 주억거렸다.

차창 밖으로 잠시 따라오던 상현달이 사라지고 버스는 대전에 도착했다. 줄기차게 따라오던 어둠은 도시의 화려한 조명에 패한 패잔병처럼 좁고 후미진 골목으로 밀려나 있었다. 벨이 채 두 번도 울리기 전에 윤주는 전화를 받았다.

"대전으로 마중 나갔어야 했는데 손님들이 아직 버티고 있어서…. 터미널 앞 정류장에서 옥천 가는 시내버스를 타고 종점까지 와줄래? 절대 실망시키지 않을 테니까. 목소리를 들으니까 더 보고 싶다. 얼른 와라."

늦은 밤, 지방의 소읍으로 향하는 버스를 탄 사람들의 표정은 어딘지 서로 비슷했다. 하루의 일과를 끝낸 안도와 피곤으로 점철된 모습들이 박물관에 진열된 토우처럼 서로 다른 듯 닮아 보였다. 도시의 조명을 피해 온 어둠은 작은 읍을 끼고 웅크리고 앉은 산과 밭을 완강하게 점령했다. 시내버스가 옥천 종점에 도착하자, 차창 밖에서 윤주가 환한 얼굴로 손을 흔들었다.

"갑자기 어인 동남풍? 한양 귀인이 이 누추한 오지까지 다 행차를 하시고 말이야. 저녁 못 먹었지? 귀한 손님한테는 진수성찬으로 대접해야겠지만 일단 오늘은 우리 집으로 가자. 너무 작은 동네라 이 시간에는 손님을 받는 식당이 하나도 없으니까."

여전히 버릇대로 한 호흡에 하고픈 말을 다 마친다.

윤주가 대청호 호숫가에 찻집을 열었다는 소식을 듣고도 이런저런 핑계로 내려와 보지 못했던 미안함이 밀려왔다. 장난감 같은 윤주의 빨간 소형 차는 옥천 읍내를 금방 빠져나와 어둠 속을 가로질렀고 십여 분 만에 아담한 집 앞에서 차가 멈췄다.

“다 왔어.”

외등이 켜진 마당에 내려서자 미처 어둠에 익지 않은 눈에 파라솔 아래 드문드문 벤치가 놓인 정원은 낮은 생나무 울타리로 둘러져 있었다. 대청호가 코앞이라지만 앞을 막아선 먹빛 어둠에 가늠조차 어려웠다.

집안으로 들어서자 따뜻하고 아늑한 공간이 한눈에 들어왔다. 결 고운 갈색 목재로 마감한 내부는 부드럽고 편안해 보였다.

“참 좋다! 어떻게 이런 예쁜 집을 구한 거야?”

“감동하기는 아직 일러. 지금은 어두워서 아무것도 안 보이지만 낼 아침은 기대해도 좋아!”

아기자기한 소품과 적절한 여백이 깔끔하고 간결한 느낌을 주는 전원 카페였다.

삼십을 넘긴 지도 몇 해나 지났지만 아직 미혼인 윤주는 비혼이라 극구 우겨댄다. 하기야 시절도 변해 결혼이 필수였던 때에서 차츰 선택으로 바뀌고 있다. 무엇에도 걸림 없이 자신의 의지로 선택하고 결정하는 윤주의 무한 자유가 정요는 새삼 부러웠다. 혼자 결정하고 책임져야 하는 두려움과 고독에 대해 항변했지만 조금 고독하고 외로우면 어떠랴. 어차피 모든 생명들은 필연적으로 외로운 존재인 것을. 무릇 생명을 가진 존재들은 생사의 모든 굽이마다 마주치는 고통을 고스란히 혼자 치러내야 하는 절대 고독에서 자유로울 수가 없을 테니까.

언젠가 정요는 인사동에 갔다가 사주와 관상을 봐주는 노인에게 장난삼아 점을 본 적이 있었다.

"제비 같은 운세여, 사람과 한 지붕 아래 집을 짓고 살다가도 때가 되면 어김없이 떠나가 버리는 제비 말이여. 인정도 많고 은원도 확실하지만 역마살이 낀 것처럼 지 맘도 지가 모르고 떠날 때가 많을 것이여. 젊은 아가씨가 참 많이 힘들겠네."

망건을 쓴 후줄근한 행색으로 길가에 펴놓은 좌판이라 그다지 신뢰가 가지는 않았지만 얼핏 수긍이 가는 대목도 있었다.

"그럼 어떡해요? 결혼을 해야 하나요? 하지 말까요?"

흐릿한 돋보기를 콧등에 걸친 노인의 작은 눈이 돋보기 너머로 정요를 빤히 바라봤다.

"결혼을 하긴 하겠네. 허나 혼자 사는 것과 진배없어. 일주에 공방살이 꼈거든. 그래도 자식 운허고 말년 운은 좋으니께, 그냥 살아봐, 괜찮아."

어디까지 믿어야 할지 모를 모호한 답변에 가볍게 웃고 말았었다.

홀가분하게 자신의 길을 가는 윤주를 보다가 느닷없이 그 노인의 말이 떠올랐다. 안락함과 자유라는 대립되는 두 개의 가치 사이에서 부채 하나로 줄을 타는 어름사니처럼 윤주의 삶이 아름다워 보였다.

한동안 전화조차 뜸했던 두 사람이었지만 예전 화엄사 시절처럼 수다삼매에 빠졌다. 어둠과 고요로 깊게 가라앉은 밤 새벽 4시. 전 같으면 통금이 해제되는 시각이 되어서야 둘은 늦은 잠자리에 들었다.

부서져 내리는 계곡물 소리 같은 새 소리를 들었던 게 꿈은 아니었다. 머리맡까지 가까워지는 새 소리에 정요는 잠을 깼다. 윤주는 아직도 한밤중이다.

날은 진즉에 밝아졌지만 문을 열고 잔디마당으로 나서자 앞을 막아선 것은 아득한 안개. 안개 장막에 가려진 대청호가 어슴푸레 모습을 드러냈다. 산이 많은 동네라서 그런지 시야에 들어온 호수는 크고 맑은 호수라는 이름값을 못하고 있었지만 새벽의 맑고 찬 공기가 폐부 깊숙이 들어차자 답답했던 가슴속에서 '펑' 하고 맥주병 따는 소리가 나는 것 같았다.

천천히 베일을 벗어가는 호반을 지켜보던 정요는 제 눈을 의심했다.

호수 위에 떠 있는 집?

동화의 제목이 헨젤과 그레텔이었던가? 색색의 과자와 케이크로 만들어진 동화 속의 그 집이 안개를 뚫고 떠올랐다. 빨간 기와지붕과 크림색 벽, 아치 모양의 흰 창문과 굴뚝이 차츰 또렷해졌다. 마당 끝으로 나가 까치발을 하고 자세히 내려다보니 호수에 떠 있는 집이 아니라 물가에 잇대어 있었다. 동화 속 남매처럼 정요는 홀린 듯 빨간 지붕을 향해 걸음을 옮겼다.

거대한 가마솥처럼 무럭무럭 김이 나는 청회색 호수가 베일을 쓴 신부처럼 수줍게 몸을 사렸다. 햇살이 퍼지고 천천히 안개가 걷히면서 호수는 온전히 제 빛깔을 드러냈다. 청회색 호수는 가까이 다가갈수록 산빛이 녹아든 듯 초록빛으로 변해갔다.

호숫가 집 앞을 서성이며 헛기침을 하고 인기척을 냈다. 해가 중천인데도 사람의 기척이 느껴지지 않았다. 커다란 철 대문이 세워져 있었지만 비탈길을 따라 내려오는 자동차에게나 해당 사항이 있는 모양, 정요가 올라선 야트막한 언덕에는 담이나 울타리의 흔적조차 없었다. 멀찍이 서 있는 철 대문 말고는 어디까지가 집의 경계인지 구분할 필요가 없다는 모양, 조금은 마음 편하게 걸음을 옮길 수 있었다.

지은 지 얼마 안 되는 새 집처럼 보였는데 정원에 있는 감나무와 대추나무, 모과나무 같은 나무들이 크기는 작았지만 거의가 오랜 세월을 견뎌낸 고목이라서 커다란 분재처럼 느껴질 정도였다. 구새 먹은 둥치와 줄기가 한껏 정감을 자아내는 나무들 사이로 화살나무도 고운 가을빛으로 치장했다.

금방이라도 하얀 창문이 열리고 누군가 들어오라고 손짓을 할 것만 같았다.

보초를 서듯 현관 입구에서 휘감아 오르는 용의 형태로 자란 멋들어진 소나무 두 그루는 이 집 주인의 취향을 짐작하게 했다. 마당 한쪽에 미끄럼틀과 그네가 매어져 있는 것이 아이라도 있는 모양이다. 어린아이를 기르기엔 후미지고 외진 곳이다. 방학이나 주말에 놀러 오는 어린 손주를 위한 할아버지의 자상한 배려일 거라고 상상해 보지만 사람이 살고 있다는 흔적은 어디에서도 느껴지지 않았다. 이 아름답고 정겨운 집을 비워두고 모두들 어디로 간 걸까?

맑은 호수와 한껏 어우러지는 풍광과 격조 있는 별장을 이렇게 비워두다니! 너무 아깝다. 단 며칠 만이라도 좋을 것이다. 이런 집에서 사랑하는 이들이 모여 살 수만 있다면!

정요는 저도 모르게 아늑하고 달콤한 상상 속으로 빠져들었다. 밀짚모자를 눌러쓴 지명이 호스로 잔디밭에 물을 뿌리자 쏟아지는 물줄기 끝에서 오색 무지개가 피어올랐다. 함박꽃 같은 웃음을 터트리며 하얀 물줄기를 쫓아다니는 아이의 모습을 지켜보는 아비의 미소가 사월의 배꽃처럼 싱그럽다.

"지섭아, 조심해! 감기 걸릴라."

"아빠! 내가 더 빨리 달릴 수 있어요."

재미있는 물놀이를 즐기는 아이가 쏟아지는 물줄기를 쫓아다니고, 걱정이 된 아비는 그럴수록 더 바삐 물길을 바꾼다.

창문이 열리고 눈부시게 하얀 앞치마를 두른 정요가 다정한 부자를 불러들인다.

"식사 준비 됐어요. 어서 들어들 오세요."

"엄마!"

"지섭아, 엄마 나오기 전에 얼른 들어가자!"

두 부자가 마주 보고 흔드는 손가락 사이로 햇살이 부채처럼 환하게 펼쳐진다.

그래, 여기다. 이런 곳이라면 안심과 마음의 평화를 얻어 자유로울 것이다.

잔잔하던 호수가 푸른 바람에 잠시 일렁이고 백로 한 쌍이 낮게 날아올랐다. 문득 저를 부르는 소리에 몸을 돌려보니 저만치에 달려오는 윤주가 보였다. 꿈을 꾸듯 달콤한 상상에 빠져 있느라 윤주가 부르는 소리를 듣지 못했나 보다.

"어디 정신이 팔려서 그렇게 불러도 모르는 거야?"

"그랬나? 잠깐 산책하다 보니 여기까지 왔네."

"눈 뜨고 일어났는데 니가 안 보여서 얼마나 놀랐는지 몰라. 여기 있을 거라고는 생각 못 하고 주변을 다 찾아다녔단 말이야!"

발개진 얼굴, 가쁜 숨을 몰아쉬느라 윤주의 온몸이 들썩인다.

"왜, 내가 호수에 몸이라도 던졌을까 봐? 그러기에는 물이 너무 차갑지 않을까?"

"애는, 농담이라도 그러지 마라. 솔직히 나는 눈앞이 캄캄했어."

농담할 여유조차 없는 모양이다.

"갑작스레 내려온 것도 그렇고, 아무리 취중이라지만 어젯밤 니 말에 수상쩍은 게 한두 가지가 아닌 거야. 한시바삐 호수로 뛰어 가봐야겠는데 숨은 턱까지 차오르고, 다리는 후들후들 떨리는 게… 후유, 아무튼, 나 너 땜에 십 년은 감수했어."

결핵은 치유되었지만 후유증으로 만성 폐질환을 앓는 윤주의 거친 호흡은 쉬이 안정되지 못했다. 대전에 집을 두고도 여기 옥천에 살고 있는 것도 그래서였다.

마당 끝, 호수가 발이 잠길 듯 보이는 벤치에 나란히 앉았다. 호수에 은빛 비늘을 만드는 햇살이 어루만지는 대로 몸을 내맡겼다. 청량한 바람과 부드러운 햇살, 가슴에 묻었던 응어리도 스멀스멀 풀어져 내렸다.

"참 예쁘다! 이 집에 사는 사람은 어떤 사람들일까?"

신기한 장난감을 발견한 아이처럼 온통 집에 마음을 빼앗겨버린 정요.

"아서라. 행여 이 집에 눈길도 주지 마라. 이 집 흉가로 소문난 집이야. 집을 짓다가 사고로 사람이 죽었는데 그 뒤로 귀신이 나온대나 어쩐다나."

이 년 전 윤주가 처음 이사를 왔을 때도 빈 집이었다고 했다. 근처에 드나드는 사람조차 거의 없어서 설마 정요가 여기까지 들어와 있을 거라고는 상상도 못 했다는 것이다.

"정원을 이렇게나 아름답고 깔끔하게 관리하는데도 흉가라니?"

"집 지을 때 터주 신을 잘못 건드려서 그렇다는 소문도 있고, 사실 물가에 너무 가까이 사는 것도 안 좋다고 하잖니. 가끔 관리인이 드나든다는 것 말고는 아는 게 없어. 그러고 보니 어째 좀 으스스하다. 얼른 우리 집으로 가서 따뜻한 차라도 좀 마시자."

잠시 더 머물고 싶었지만 어깨를 움츠리며 자리를 털고 일어서는 윤주를 따라 일어설 수밖에 없었다.

말도 안 되는 억지소리를 터무니없다고 한다. 그것은 터에 아무런 무늬가 없다는 뜻이 아닐까? 아름다울 수도 조금 거칠 수도 있겠지만 터에 사연이 있다면 그 역시 무늬다. 터에 무늬가 새겨진 동화 같은 집!

푸르고 푸른 호숫가, 그림처럼 아름다운 집이라면 켜켜이 쌓인 아픔과 상처를 치유할 피안의 언덕이 되어 줄 수 있을 것이다.

재촉하는 윤주를 따라가면서도 정요는 몇 번이나 그 집을 돌아다보았다.

11장

어머니 같은 여자

카페 호반에서 하루를 보낸 정요는 다음 날 아침부터 부석사로 길을 잡았다. 동행하겠다는 윤주를 붙잡아 앉히고 혼자서 부석사를 찾은 건 한가하게 지난날의 추억이나 더듬어볼 요량이 아니었기 때문이다.

지선과의 악연을 이대로 내버려둘 수는 없었다. 가슴속에서 용암처럼 들끓는 분노, 온 세상을 태우고도 남을 성난 불꽃을 어떻게 다스리고 매듭지어야 할까.

십여 년 전 그날처럼 부석은 여전히 푸른 이끼를 덮어쓴 채 자리를 지키고 있었다.

저 이끼 낀 돌 속에, 무작정 의상스님을 따라 바다를 건넜던 선묘의 안타깝고 뜨겁던 혼이 아직도 서려 있으려나? 어느 날 문득 구름 따라 흘러가 버렸거나 천년을 스쳐가는 바람에 먼지로 흩어져 버렸을지도 모른다. 가을의 끝자락, 냉정한 햇살 아래 이끼 낀 오랜 돌이 전하는 건 무상이었다.

영원한 것은 투명한 햇살과 푸른 하늘뿐.

제 안에 들끓고 있는 번뇌를, 짐승처럼 울부짖게 하는 상처를 버릴 곳이 필요했지만 이 세상 어디에도 헤진 마음을 부려놓고 기댈 곳은 없었다. 곪아 터져 악취를 풍기는 상처와 외면하고 싶은 흉터를 끌어안고 살아갈밖에.

무모하리만치 뜨겁고 괴력을 가진 선묘의 사랑이라면 이 혼란의 굴레를 벗겨 자유롭게 할 수도 있으련만, 힘을 잃은 정요의 사랑은 속수무책 두 손을 놓고 있었다. 기억은 빛을 잃은 사랑보다 더 슬프게 다가왔다.

그날 이후, 강 부장의 이야기는 예리한 파편이 되어 집요하게 뇌리를 헤집고 다녔다. 법난에 대해 너무도 구체적이고 사실적인 정황을 샅샅이 알고 있는 강 부장의 이야기였으므로 모두가 사실이기 쉬웠다. 아무리 부정하고 싶어도 부정할 수가 없는 일, 갈수록 날카로워지는 파편들은 머릿속을 후벼 파는 통증일 뿐이었다. 밤새 악몽에 시달리다가 아침을 맞는 것처럼 모든 것을 잊고 새날을 맞을 수만 있다면 얼마나 좋을까. 그러나 믿고 싶지 않은 모든 것들은 이미 일어났던 것이어서 오늘의 참담한 현실로 그 결과가 명백하게 드러나 있지 않은가. 그렇다. 돌이킬 수 없는 일이라면 앞으로 나아가며 하나씩 정리해야 한다. 걷잡을 수 없이 얽히고 얽혀버린 지선과 지명 스리고 정요 자신과의 무참한 관계를 하나씩 풀어 내거나 잘라 내거나.

저녁 예불을 알리는 범종 소리가 울리고 있었지만, 법당 앞으로 가서 장엄한 예불 소리를 듣는 대신 갑자기 급한 일이라도 생긴 것처럼 정요는 서둘러 부석사를 벗어나고 있었다.

다음날, 영업시간도 되기 전에 지선의 전화가 걸려왔다.

"언제 온 거야? 이 사람아, 대체 무슨 일로 며칠씩이나 사라지는 거야!"

"그냥 좀 쉬고 싶었을 뿐이어요."

"무슨 말이 그래, 일언반구도 없이 갑자기 사라져 버리니 애간장이 타서 사람이 살 수가 있나."

"이제 지선스님이 내 보호자가 되었나? 아, 그걸 깜빡했네요."

"아무튼 꼼짝 말고 있어. 눈썹이 휘날리게 갈 테니까."

그의 음성에서 반가움과 걱정으로 애를 태운 마음이 고스란히 전해졌다.

화장대에 앉은 정요는 어느 때보다도 공들여 화장을 했다. 눈두덩에 새도를 펴 발라 그윽하고 부드러운 눈매를 만들고 눈썹도 초사흘 달처럼 그렸다. 옛 미인도에나 등장할 법한 고전적 여인네 얼굴이 지선의 취향이다.

"요즘 여자들은 여리고 아련한 맛이 없어. 자고로 여인네란 보드랍고 따뜻해야 하거늘, 근래 여자들은 눈썹을 매 눈처럼 사납게 치켜올리고 입술은 왜 그렇게 검붉게 칠하는지 통 여성미를 느낄 수가 없단 말이야. 이것도 세기말의 징조인가?"

"쳇! 컨셉이나 유행이 뭔지도 모르면서 스님이 무슨 여자를 안다고 그래요?"

핀잔에 덧붙여 시대가 전투적이고 강한 여자를 요구한 것이라는 정요 나름의 해석에 딴은 그럴 듯하다며 고개를 끄덕이지만 그냥 말대접일 뿐이다.

숨 가쁘게 달려온 지선을 정요는 화장대 거울 앞에 앉은 채로 맞았다. 어깨를 감싸안은 지선의 다급한 심장 박동이 등 뒤에서 전해졌다.

"아무 일 없는 거지? 얼마나 걱정했는지 몰라. 별별 상상을 다 했어. 이대로 영 못 보게 될지도 모른다고 생각하니 숨이 멎고 미칠 것 같았어."

자신의 목덜미에 얼굴을 묻은 지선을 정요는 눈자리가 나도록 바라보았다.

어느 것이 저이의 참모습인가?

이렇게나 정 많고 눈물 많은 사람이 그토록 가혹한 칼날을 들이밀 수 있었던 것일까. 다른 사람도 아니고 형제나 다름없는 지명에게.

"무슨 일이야? 어디 아픈 데 없고? 아니, 됐어. 아무것도 필요 없어. 이렇게 다시 볼 수 있으니까."

신음하듯 혼잣말처럼 내뱉지만 그 목소리는 감미로웠다. 언제라도 손 내밀어주던 사람. 억지투정에도 말없이 웃으며 고개를 끄덕여주고 제 편이 되어 주었던 사람. 이 사람의 품은 늘 이렇게 따뜻했다.

"그렇게 걱정을 했어요? 스님도 잘 알잖아요, 나 고질병이 도지면 대책 없는 거."

정요가 서울을 떠난 사흘 내내 지선은 조은대를 찾았다. 좌불안석, 불안한 마음에 아침저녁으로 하루 두 번이나 다녀가기도 했다.

"스님이 그렇게나 끔찍하게 생각하는 줄 몰랐어요. 앞으론 안 그럴게요."

애교를 섞어 한 번 더 지선의 마음을 다독였다. 아직은 날카로운 발톱을 깊이 감추어야 했기 때문이었지만 그래도 그 순간만큼은 정요도 진심이었다.

갑작스러웠던 정요의 여행 뒤, 지선의 출입이 더 잦아졌다.

문턱이 닳겠다고 핀잔하면서도 정요는 그를 밀어내거나 품에서 벗어나지 않았다. 늦은 저녁, 지선이 조은대에 나타나면 직원들도 퇴근을 서둘렀다. 직원들까지 그러는 게 쑥스럽고 민망하기도 했지만 어쨌거나 고마운 배려라고 생각하기로 했다.

"왜? 장사도 잘 되잖아?"

밑도 끝도 없이 장사를 그만두고 싶다는 소리에 지선은 어리둥절할밖에.

"장소를 옮겨보려고? 여기도 좋은데."

“아예 그만두고 싶다니까요. 내 자신이 소모품이 되어가는 거 같아. 하루하루 반복되는 일상, 욕망덩어리 군상들과 의미 없고 허접한 대화, 끝이 보이지 않는 미래에 대한 불안. 이것들이 야금야금 나를 갉아먹어 서서히 빈껍데기가 되어가는 느낌이라고나 할까요.”

“그래? 대체 무슨 말인지 통….”

느닷없는 소리에 따로 대꾸할 말이 떠오르지를 않는다.

함께 밤을 보내는 날이 부쩍 많아졌고 정요가 먼저 전화를 걸어오는 날도 적지 않았다. 겉으로는 씩씩하고 강한 척하지만 혼자서 짊어져야 하는 삶의 무게가 만만치 않은 나이.

“나도 나이가 곧 서른인데, 어딘가 안식할 자리를 찾고 싶어요.”

나이 먹기 싫어서 입에 붙은 말버릇, 서른이 넘은 지가 언제인데 아직도 ‘나이가 곧 서른’이라고 우겨댄다. 그런 애잔함으로 어미 품을 찾는 아기처럼 품속으로 더 깊게 파고드는 여자. 그럴 때면 보드랍고 따뜻한 몸이 별스럽게 작아진다. 자기 말을 귓등으로 흘려듣는다고 사내의 가슴을 주먹으로 퉁퉁 치는 투정도 오히려 귀엽기만 하다.

“내 말에는 관심도 없죠? 스님, 참 나쁜 사람이야.”

“허허 참, 자꾸 그러면 무안하잖아. 어떻게 하면 될까? 나도 나쁜 놈 노릇 싫은데.”

“언제쯤이면 내가 원하는 삶을 살 수 있을까요? 그런 날이 정녕 오기나 할까?”

도깨비 주문처럼 불쑥불쑥 외워대는 그녀의 꿈.

그것이 무언지 모를 리 없지만 정요의 뜨겁고 간절한 꿈 언저리에 지선의 자리도 있을 것인가.

가끔은 두려웠다. 세월이 간다고 해서 이런 상황이 뒤바뀔 수도 없고 묻혀질 수도 없는 것이다. 동기간 같던 사제의 아내다. 남의 아내를 품는 일탈은 어떤 이유로도 정당할 수가 없다. 그러나 품속을 파고드는 그네가 자신의 것이 될 수만 있다면 무슨 짓이라도 마다하지 못할 것이다.

"늦었는데 주무시고 가세요. 오랜만에 술도 한잔 하고 싶고, 오늘 같은 날은 정말 혼자이기 싫어요."

끈끈한 거미줄처럼 감겨오는 나긋나긋한 촉수에 지선은 속수무책 침 먹은 거미가 되고 만다.

차갑고 단단한 껍질 아래 여리디여린 속살을 품은 조가비 같은 여자.

의식하지 못하던 날부터 시작된 이래 끝날 거 같지 않던 자신의 그리움과 슬픔을 녹여내는 여자. 얼음장 같은 차가움 아래 뜨거운 불길을 숨긴 이 여자는 누구이며 나는 무엇인가.

그 봄날.

공유하거나 나눌 수도, 건널 수도 없는 넓고 깊은 강, 거기에 그네가 있었다.

낮부터 내리던 봄비가 그치고 희미하게 노을이 지고 있었다. 저녁 예불을 마치고 천불전을 나와 막 마루로 올라서려던 지선은 구층암으로 들어서는 정요를 처음으로 보았다. 등산객과 참배객들이 모두 떠난 텅 빈 절마당에 웬 처녀 하나가 객스님 뒤를 따라오고 있었다. 둥지를 떠나 낯선 곳에 내려앉아 두리번거리는 산새처럼 조심스런 품새나 코트 아래 받쳐 입은 연분홍 블라우스와 단정한 구두가 한눈에도 도시 아가씨 같았다. 길고 풍성한 머릿결 안으로 언뜻 드러난 희고 긴 목, 화사한 얼굴임에도 불구하고 나른해 보이는 표정에 지선은 쉽게 눈을 돌리지 못했다.

처녀는 천불보전으로 오르는 계단 앞에 서서 양쪽에 서 있는 모과나무에 시선을 빼앗기고 있었다. 한동안 모과나무를 살피던 처녀가 지선이 서 있는 마루 앞으로 다가왔다. 옹이를 고스란히 드러낸 채 처마를 받치고 선 기둥을 가만가만 쓰다듬던 처녀와 지선의 시선이 허공에서 마주쳤다.

"무슨 나무가 이렇게 제멋대로일까?"

"모과나무입니다."

"그럼 저 법당 앞에 분홍 꽃 핀 나무랑 같은 건가요?"

"이 암자가 지어진 지 사백 년쯤 되니까, 아마 저 모과나무의 3,4대조 할머니쯤 될 거요."

"어머, 정말요?"

처녀의 입에서도 감탄사가 나왔다. 모과나무 기둥의 사연에 놀라지 않은 사람은 아직 없었다. 나이 젊은 처녀들은 더더욱.

"어디서 오셨습니까?"

"서울에서 왔어요."

"이 시간에 어떻게….”

막차를 놓치지 않으려면 서둘러 나가야 한다.

"요 아래 큰 절에서 오늘 밤 묵는답니다. 자, 애기보살. 차 마시러 갑시다.”

곁에 있던 객스님의 대꾸에 무거운 바윗돌이라도 내려놓은 듯 안심이 되었다.

처녀가 작별을 고하듯 고개를 숙였다.

가늘고 흰 목이 자신을 향해 꺾이는 순간 지선은 저도 모르게 고개를 돌려 외면하고 말았다. 동백꽃 송이가 떨어지듯 가슴속에서 무언가 툭! 하고 떨어져 내렸다. 객스님 뒤를 따라 마당을 건너가는 처녀의 머릿결이 흔들릴 때마다 하프의 선율이 들려올 것만 같은 그 뒷모습을 향해 지선은 두 손을 모으고 합장하는 자세가 되었다.

때아닌 도량석이라도 하는 것처럼 지선은 몇 마당을 몇 바퀴나 돌았다.
객스님 방에서는 맑은 웃음소리가 분수처럼 터져 나오고 있었다. 방안에
들어와 앉았어도 신경 줄은 온통 바깥으로 향해 있었다.

어둠이 내린 뒤에도 처녀는 큰절로 내려갈 줄 몰랐다.

문득 발소리가 들리는가 싶더니 지선을 찾는 소리가 들렸다.

"원주스님, 여기 플래시 하나 빌려주시오."

"예, 스님. 아직 안 자고 있습니다."

자고 있느냐고 물어본 것도 아니다. 어찌 그리 바보 같은 소리가 나왔는
지 혼자서도 민망한 일이었다.

"여기 애기보살한테 플래시 하나 빌려주라고. 우리 원주스님이 아래 절
까지 데려다주면 더 좋고."

"밤길이 사나운데, 제가 바래다 주어야지요."

다시 방에 들어가 랜턴을 들고 나온 지선은 객스님이 고맙기까지 했다.
그러나 애기보살은 마다했다.

"아녜요, 스님. 랜턴만 주시면 저 혼자 갈게요."

"짐승들도 나오는데, 어쩌려고."

"사람이 무섭다면 몰라도, 짐승 따위 뭐가 무섭다고 그래요?"

내놓고 겁을 주었으나 처녀는 밤길이 전혀 무섭지가 않은 모양이었다.

"정말 괜찮아요. 이거면 충분해요. 저, 어린애 아니거든요."

어린애 아니거든요! 단호한 어감에서 성숙한 여인의 체취가 물씬 느껴
졌다.

큰절까지 그리 먼 거리는 아니지만 여자 혼자 내려가기엔 쉽지 않은 밤
길이다. 랜턴을 들었다 해도 초행길, 자칫 발길에 채는 돌부리나 나무뿌리
에 걸려 넘어지기 십상이다. 랜턴을 들고 앞장서서 밤길을 인도해 주는 것

이 열 번 옳은 일이다. 그러나 아직 덜 익은 수행자여서인가.

"그러면, 조심해서 가세요."

"고맙습니다, 스님. 내일 아침에 랜턴 가지고 올게요."

마음과 달리 따라나서지 못하고 조심해서 가라는 소리만 하고 말았다. 어린애라면 모를까 성숙한 처녀를 따라나설 명분이 없었다. 작은 불빛에 의지한 처녀의 모습이 요사채 모퉁이를 돌아가자, 순식간에 구층암은 막막한 어둠 속에 잠기고 말았다.

유복자로 태어난 지선은 어머니의 얼굴도 기억에 없었다. 첫돌이 지나 젖을 떼고 얼마 지나지 않아 개가를 했던 어머니의 나이는 고작 스물하나, 미처 다 피지 못한 꽃 같은 나이였다. 달랑 유복자 하나만 보고 살게 할 수는 없는 일, 정들기 전 떠나라는 할머니의 강권에 자식 없는 집에 재취로 간 것이다. 어머니에 대한 기억은 물론 사진 한 장도 없었다.

'그늘에서 자란 부용꽃 같았어야. 낯빛이 허옇고 학맨키로 모가지가 길어서 팔자가 그 모양이라.' 어머니의 기구한 운명이 긴 목 탓인 양 내뱉는 할머니 넋두리에서 그 모습을 상상하는 게 전부였다.

처녀의 희고 긴 목을 보는 순간 뜬금없이 어머니 생각이 났다.

막 첫돌이 지난 어린 나를 두고 떠나갔을 어머니도 저이 같았을까.

화엄사 요사에서 하룻밤 자고 떠날 줄 알았는데, 사제 지명스님 부탁으로 구층암에서도 방 하나를 그네에게 내줘야 했다. 구층암에서 열흘 정도 묵어가더니만 놀랍게도 금정암에 와서는 몇 달이나 살다가 갔고 그 후에도 그네는 화엄사로 가산사로 불쑥불쑥 찾아들었다.

북한산 채운사에서 우연히 만난 기회를 놓칠 수 없어 우이동 산장에서 작업을 하게 한 것도, 처음 만났던 날 밤 랜턴을 들고 풀잎처럼 흔들리며 걷던 그네 곁을 지켜주고 싶었던 그 마음 때문이었다. 그네가 보험 모집을 할 때에도 식당을 차렸을 때에도 그 마음이었는데, 생각지 못했던 목돈이 생기게 되었다.

할머니가 유산으로 물려준 전답이 있던 땅에 대규모 아파트 단지가 들어선다는 것이다. 지선이 태어날 때부터 당숙이 맡아 농사를 짓던 땅이다. 출가한 뒤에도 추수가 끝나면 소작료 명목으로 얼마씩 송금을 해오던 것이, 지선이 선방을 다니면서 연락이 끊어지고부터는 그마저도 흐지부지되고 말았다. 그 역시도 출가 사문으로 굳이 챙기고 싶지 않아서 얼마쯤은 잊어버리고 살았다.

도시가 확장되면서 그 땅도 개발될 거라는 풍문이 돌기는 했지만 이렇게 빠를 줄 몰랐다. 아파트가 들어설 거라며 토지 사용승낙서와 인감증명서를 받아간 뒤 상상치도 못했던 큰돈이 통장에 입금되었다. 통장에 찍혀 있는 동그라미를 몇 번이나 세어 보지만 그것이 얼마만 한 무게와 크기인지는 감이 잡히지 않았다.

그 돈이 갖는 위력을 가늠키 어려웠지만 승려에게 큰 재물은 화가 되기도 한다. 은사스님이 남긴 재물 때문에 사형제 간에 분란이 일어나는 것도 여럿 보아왔다.

승려의 신분으로 딱히 쓸 곳도 살 만한 것도 없었지만 꼭 한 가지, 이 돈이면 정요가 원하는 꿈을 이루어 줄 수 있을 것이다. 그러나 날개를 단 정요가 다른 세상으로 훨훨 날아가 버린다면? 나무꾼은 두레박을 타고 하늘에 올라가 선녀를 다시 만날 수가 있었지만 그런 기적까지 바랄 수는 없는 일이다. 막상 정요의 소원을 이루어줄 수 있다고 생각하니 오히려 불안한 마음이 먼저 자란다. '이래서 재물이 바로 요물이라고 한 게지! 우리 정요가 어떤 사람인데!' 하면서도 세상만사 서둘러 좋을 것이 없다는 생각만큼은 어떻게 할 수가 없다.

조은대로 들어서는 지선의 발걸음은 당당하고 거침없었다.

"오늘은 이 집에서 제일 좋은 요리 한 번 구경해 볼까?"

"스님, 큰 재가 들어왔나 봐요. 맞지요?"

"어! 여기까지 벌써 소문이 난 거야?"

호기로운 주문에 자영이 눈이 더욱 동그래졌다. 자영의 호들갑에도 정요는 말없이 미소만 지었다. 가끔 스님들이 큰 행사를 치르고 나면 통과의례 치르듯이 몰려와 회식을 하는 걸 보아온 터라 대수롭잖게 여겨서다.

아무리 큰 재가 들어왔다고 해봐야 거기서 거기다. 덩달아 호들갑을 떠는 대신 제가 좋아하는 와인을 들고 들어왔다. 직원들은 서둘러 퇴근을 하고 조은대에는 두 사람만 남았다. 손이 닿으면 변해 버리는 금단의 열매인 듯 조금은 위험하고 불순해서 더 감미롭고 안타까운 둘만의 자리.

"천도재 들어왔어요?"

"아니, 그런 일 없어."

"그럼, 무슨 좋은….'

"가게 그만두고 싶다는 생각, 아직도 여전한가?"

"할 수만 있다면요. 가을을 타는지 요즘엔 모든 게 권태롭고 시들해요."

"가게를 그만두면 당장 생활은 어떡하려고?"

"그러게요. 어디 조용한 시골에 집이나 한 채 장만해서 다모 노릇을 하면 좋지만 형편이 닿아야 말이죠."

정요의 보드랍고 따뜻한 몸피가 전해지자 지선의 팔에 힘이 모아졌다.

이 사람을 어찌해야 하나?

겉보기에 야무져 보이지만 품안에 들이고 보면 한없이 여리고 지쳐 보여서 가슴이 짠하다.

"그럼, 어디 생각해 놓은 곳이라도 있어?"

"옥천에 친구 있잖아요. 지난번 여행 때 윤주네 집에서 묵었는데 부근에 마음에 쏙 드는 집이 하나 있긴 했어요."

"그렇게 좋은 집이라면 누가 살고 있을 거 아냐?"

"무슨 사정인지 빈집이었어요. 대청호 호숫가 정취도 그만이고 건물이며 정원이 정말 근사했어요."

"빈집이라면 팔 수도 있겠네. 집주인을 만나 가격이라도 한 번 흥정해보지 그랬어?"

"집값이 엄청날 텐데, 제 형편에 언감생심 꿈도 못 꾸는 그림의 떡이지요. 하지만 언젠가…."

지선은 더 참지 못하고 정요의 입술을 덮었다.

손안에 든 따뜻한 작은 새가 훌쩍 날아가버릴 것 같아 두려웠다. 차라리 돈이 생기지 않았더라면 안 해도 될 걱정인데…. 큰돈이 생긴 것이 짐짓 원망스럽기까지 했다.

"동기간이 없다보니 지섭이가 많이 외로운가 봐요. 전에 없이 동생 타령을 해대는 게… 나도 우리 지섭이한테, 예쁜 여동생이라도 하나 있으면 싶어요."

품을 파고 들어온 정요의 손이 달콤한 밀담을 재촉하듯 가슴을 간질이고 있었으나 지선은 뭐라고 맞장구를 칠 수가 없었다.

뭘, 망설여? 아이까지 낳고 싶다고 하잖아. 평생을 함께하겠다는 소리를 듣고도 뭐가 부족해?

아이를 셋 낳을 때까지는 날개옷을 절대로 내주지 말아야 한다고 신신당부하던 사슴이 이제는 아이까지 낳아준다는데 뭐가 걱정이냐고, 감춰두었던 날개옷을 어서어서 내주라고 성화를 댄다.

"여행 가자."

"좋은 시절 다 지나서 갑자기 여행 타령이라뇨?"

"요즘 많이 우울해 보이는데 기분 전환도 좀 하고, 나도 고향에 잠깐 들러야 할 일도 있고. 저번에 자랑하던 옥천 호숫가에 있다는 집 구경도 할겸, 겸사겸사."

옥천 호숫가라는 말에 뛸 듯이 기뻤으나 정요는 입을 꾹 다물고 아무런 반응도 보이지 않았다. 기대했던 것과 달리 심드렁해하는 정요 때문에 오히려 지선의 마음이 바빠졌다.

"옥천은 전주 가는 길에 있는 셈이니까 같이 가자. 우리 여행한 지 오래됐잖아?"

딴은 그랬다. 대공원 소풍날 이후에는 종종 둘만의 은밀한 여행을 떠나곤 했다. 반복되는 일상이 따분하다고 정요가 몸을 뒤틀 때마다 양평이나 홍천의 호젓한 산장이나 휴양림에서 하룻밤을 지내고 돌아왔다. 저녁 장사를 대강 마무리하고 떠났다가 다음 날 점심 전 도착하면 아무도 모르게 감쪽같이 즐길 수 있는 여행이었다. 그러나 지선이 조은대에서 자고 가면서부터는 바깥으로 나갈 필요가 없어진 셈이었다.

"고향에 간다면서, 제가 동행하면 불편하지 않겠어요?"

"천만에! 집안 아저씨 집에 잠깐 들러서 얼굴만 보고 바로 나올 거야. 그동안 정요는 내 차에서 기다리면 되잖아."

"좋아요. 그럼 말 나온 김에 당장 내일 가요. 맘 변하기 전에."

"언제라도 하명만 하시면!"

십일월의 마지막 날, 둘은 깊어진 가을 속으로 떠났다.

점심 손님이 빠져나가기가 바쁘게 서울을 떠났는데도 대청호에 도착했을 때는 어느새 뉘엿뉘엿 해가 저물고 있었다.

동화 속 과자로 만든 장난감 같은 집이 내려다보이는 길가에 차를 세웠다.

느릿느릿 흐르던 강물은 먼 길을 돌고 돌아 마침내 호수에 이르러 무겁고 지친 몸을 풀어 놓고 안식에 들어간다. 짧은 가을 해가 지는가 싶더니 이내 노을이 밀려왔다. 노을에 물든 물결이 황금 비늘을 가진 물고기처럼 뒤척였다. 변덕 심한 여자처럼 호수는 시시각각 옷을 갈아입으며 유혹했다. 황금물결 위에 주홍물감을 푼 듯 흐뭇하던 호수가 점점 검푸르게 변해 갔다. 장난감같이 예쁜 집보다 현란하고 장엄한 빛의 마술에 넋을 잃었다.

"세상에! 세상에나, 가슴이 먹먹해요. 노을이 이렇게 황홀할 수 있다니…. 이 아름다운 풍경 앞에서 왜 바보같이 자꾸 눈물이 날까요?"

정요의 목소리가 젖어 있었다.

"그렇게 좋아? 그럼 여기서 살까?"

"약 올리지 마요. 안 그래도 지난번 본 후로 짝사랑이 깊어져 병이 날 지경인데. 아무런 흔적 없이 이 풍경 속에 녹아들 수 있다면 좋겠다. 한점 구름이나 바람이 되어도 좋고…."

"그 아픈 짝사랑, 이제 그만 끝내. 정요가 짝사랑하는 꼴, 내가 참을 수가 없어."

"세상에, 사람도 아닌 집을 두고 질투를 하다니!"

"집이 아니라 지게 작대기라도 정요 맘을 훔쳐 가는 놈은 용서 못해."

"아이쿠! 저 집하고 씨름이라도 한판 하실 요량이세요?"

"씨름이 아니라 아예 접수를 할 거야. 통째로."

순간 정요의 표정이 다양해졌다.

기대와 놀람, 환희와 절정 그리고 절망과 허탈감이 번개처럼 빠르게 스쳐갔다.

"스님, 정말 나쁜 사람이네. 나 놀리는 게 그렇게나 재밌어요?"

"허허. 자꾸 나쁜 사람 만들지 말라니까. 이제부터 집 구경을 제대로 해볼까? 내부는 볼 수 없다니까 바깥이라도 둘러보자. 참, 이따가 찻집에 가면 친구한테 이 집 주인 연락처 좀 알아보고 가능하면 열쇠도 받아놓으라고 해. 집 내부까지 꼼꼼하게 둘러볼 거니까."

"당장 살 것도 아닌데, 남의 집 열쇠를 달라는 건 무리여요."

"병이 날 만큼 이 집이 좋다며? 우리 이 집 사자."

"스님이 무슨 수로… 복권이라도 당첨됐나요?"

이미 지선의 능력을 믿고 있으면서도 자꾸 엇나가는 소리가 나온다. 누구의 기분을 맞춰주려는 것보다 정말 제가 좋아서다.

"걱정 마. 내게 다 생각이 있어. 동화 같은 이 집에서 우리 정요가 행복한 공주처럼 살았으면 좋겠다. 그거면 돼."

"정말 이 집을 스님이 살 거야?"

"언젠가 말한 적 있잖아. 고향에 유산으로 받은 땅이 있다고. 세월이 가니까 정말 강산이 변해서 거기에 신도시가 들어서고 아파트도 지을 거라네."

고향의 땅이 처분되고 큰돈이 생긴 것을 말해 주었다. 이번 고향길도 그 때문이란 것과 함께. 석양에 빛나던 호수처럼 환하게 일렁이던 정요가 지선의 품에 안겨왔다.

'그래, 내가 이루어줄게. 네 꿈 안에 손바닥만큼 작은 내 자리 하나만 가질 수 있다면.'

벌써부터 지선은 그녀가 없는 자신의 삶을 생각하기 어려웠다.

세상 사람들이 뭐라고 수군대건 상관없다. 정요와 지명의 사이도 명목상 부부일 뿐 오래전부터 잠자리도 하지 않았고 둘 사이의 왕래마저 거의 끊어진 눈치였다. 무엇보다 지선을 대하는 정요의 언행이 전에 없이 살가워졌다. 지선을 불편하게 만들었던 손님들과의 진한 농담이나 스킨십을 자제하는 것도 역력히 보였다. 여러모로 자신을 배려하며 마음 써주는 정요가 더없이 사랑스럽고 미더웠다.

"아이 때문에 이혼은 안 돼요. 대신 세월이 빨리빨리 갔으면 좋겠어. 남들은 가는 세월이, 스러지는 젊음이 안타깝고 한스럽다지만 난 아니야. 얼른얼른 늙고 싶어요. 그러면 섣부른 감정이나 열정 때문에 힘들어하지 않아도 될 테니까."

인생을 새롭게 시작해 보라고 넌지시 떠볼 때마다 녹음기처럼 대꾸하던 정요가 이렇게까지 달라진 것이다. 지선의 아이를 낳고 싶다는 뜻을 비치기까지 했다.

서울을 멀리 떠나온 때문인가 두 사람은 그 어느 때보다 뜨거운 밤을 보냈다. 다음날 전주에 다녀오는 길에 혹시나 해서 다시 윤주네 찻집에 들러보았는데 마침 관리인을 만나 집주인의 전화번호를 알아냈다고 한다.

한 시간도 안 되어 달려온 집주인은 별장으로 쓰다가 노년에 들어와 살 요량으로 맘먹고 지은 집을 사업이 어려워져 처분한다고 했다.

"그 개 같은 놈들이 내가 사업이 어려워지니께 베라벨 소문을 다 지어 낸겨. 억만금을 준대도 내가 그놈들한테는 절대 안 팔어."

헐값에 사려고 흉가라는 소문을 낸 자들이 누구누구인지 다 알고 있다고, 그래서 여태까지 매매가 되지 않았던 것이라고 했다.

외관 못지않게 내부도 깔끔하고 아기자기했다. 통유리 창으로 호수가 한눈에 들어오는 일층은 응접실과 주방으로만 꾸며져 있었다. 구조나 주방시설이 정요가 원하는 작은 찻집을 열기에도 무리가 없어 보였다. 게다가 필요하면 집안의 가구와 집기들을 그대로 사용해도 좋다고 한다. 이층

침실의 침대에 누우면 푸른 호수가 발꿈치를 간지럽힐 것처럼 찰랑이는 게 보였다.

"제일 크고 전망이 좋은 이 방은 집주인인 지선스님이 쓰세요."

"무슨 소리! 이 집 주인은 정요야. 나는 저 작은 방이면 충분해."

집주인의 등 뒤에서 소리죽여 나누는 밀담이라 그런지 더욱 달콤하다.

지선이 미리 계약금까지 준비해 왔던 터라 즉석에서 정요 이름으로 계약서 작성까지 일사천리로 끝냈다. 주인이 근저당 설정을 해지하는 대로 잔금을 치르고 명의를 이전하기로 했다.

오랜 숙원이 찰나에 꿈결처럼 이루어졌다. 서울로 올라오는 내내 정요는 수학여행 길에 나선 여학생처럼 쉼 없이 종알거렸다.

"일층엔 예쁜 찻집을 꾸미고 홍차랑 간단한 음료를 팔면 좋겠죠? 지선스님이 좋아하는 보이차도 좋은 걸로 준비해야지. 봄이 오면 텃밭에 상추랑 호박을 심고 울타리 아래 노란 수선화를 심어서 그 향기로운 나팔소리에 달콤한 잠을 깨는 거야! 이렇게 아름다운 곳에서 살 수 있다니, 정녕 꿈은 아니겠지요? 꿈이라면 깨지 말아야지. 나, 이대로 죽어도 좋을 거 같아요."

대청호반의 동화처럼 아름다운 집. 오늘 지선에게도 흡족한 토굴 하나가 생긴 셈이다. 언제라도 찾아와 쉴 수 있는 곳, 더구나 거기에는 언제고 그를 반겨줄 정요가 있다. 지선 역시도 깨고 싶지 않은 꿈이었다.

호숫가 집주인한테서는 임자를 만난 김에 팔아치우려는 듯 열흘도 안 되어 근저당을 해지했다는 연락을 해왔고, 학수고대하던 정요네도 잔금을 치르고 등기 이전까지 완벽하게 끝냈다. 세간까지 그대로 받기로 했으니 언제든지 이사만 가면 되는 것이다.

몇 군데 복덕방에 조은대를 내놓자 여기저기서 입질이 들어왔다. 부동산이 한창 상승세를 타고 있는데다 나름 장사가 잘 되기로 소문난 집이라서 연수 사촌언니한테서 인수했던 가격의 곱절이 넘는 금액을 받아낼 수 있었다.

이삿날을 꼭 열흘 남겨두고 정요는 북한산 채운사로 올라갔다.

"웬일이야, 연락도 없이?"

공양주를 겸하고 있는 사무장 수선화가 반색을 했다.

"갑자기 언니가 보고 싶어서."

"날 그리워하는 이가 다 있다니! 참, 조만간 이사한다며? 주변 경치가 아주 일품이라고 지선스님이 얼마나 자랑을 하던지. 나중에 꼭 초대해야 해."

"물론이죠! 푸른 호수에 마음을 적시고 싶은 날엔 대청호 호반 조은대로 오세요."

"호반 조은대? 또 조은대야? 이참에 나도 주문을 외워야 할까 봐. 정요넌 꿈을 이뤘잖아."

"무슨 주문?"

"좋은 인연 만나지이다!"

"아이고, 안목 높은 언니 서원을 이뤄주려면 부처님도 힘드시겠다."

"내가 뭘? 아무튼 축하해! 좀 멀어서 그렇지, 더 좋은 데에 조은대가 다시 생겼네."

처녀 시절 채운사에 드나들며 수선화와 알게 됐고 우이동 산장에서 한 달 남짓 함께 기거하면서 자매처럼 가까워졌었다. 지선을 돕는 은밀한 작업을 하면서 어쩐지 운명 공동 운명체 같은 느낌이 들었다. 스물을 갓 넘겨 시작된 수선화의 결혼생활은 일 년을 못 넘겨 파경을 맞았다. 술만 마시면 반복되는 남편의 주사와 폭력을 견뎌낼 재간이 없었다. 평소에는 더 할 나위 없이 다정하고 조용한 성격인 남자가 술에 취하면 돌변했다. 말도 안 되는 의심과 생트집으로 윽박지르다가 자신이 원하는 대답을 듣지 못 하면 주먹과 발길질이 날아왔고 수선화는 자신도 모르는 죄를 시인하고 용서를 빌어야 했다. 그럴 때면 남자의 눈빛과 말투가 평상시와 사뭇 달라 서 마치 또 다른 인격체처럼 보였다. 그것은 놀랍고 두려운 일이었다. 이 러다 목숨까지 위태롭겠다 싶어 수선화는 집을 뛰쳐나오고 말았다. 이모 인 광양보살의 소개로 채운사에 의탁하고 지냈는데 이태 후 날아온 남편 의 이혼 청구서가 오히려 반갑고 고마웠다. 딸린 아이가 없어 홀가분하게 절에 들어와 나름의 안식과 평화를 얻었다.

찬자리를 펴고 앉아 수다 삼매에 빠져들었다.

"언니, 지선스님 여기 자주 오셔?"

"아니, 비교도 안 되게 더 좋은 절로 가셨는데 뭐 하러. 그 스님 절에 괜 찮은 보살들이 많다는 소문도 자자하던데."

"그래서 그런데, 언니도 뭐 들은 얘기 있어요? 이상한 소문이 나돌던 데."

"왜, 지선스님한테 애인이라도 생겼다던?"

"그건 잘 모르겠고, 암튼 여자 문제인 건 맞아."

덥석 미끼를 물고 덤벼드는 수선화에게 지선이 나이 어린 처녀를 임신 시키고 무책임하게 관계를 정리하는 바람에 아가씨가 음독까지 했다는 소 문을 그럴 듯하게 꾸며댔다.

"정말? 지선스님이 그렇게 파렴치한 사람이란 걸 우리가 믿어야 해?"

"처음 사우나에서 그 말 들었을 때는 동명이인이겠거니 했어요. 법명이 같은 스님들이 한둘이 아니잖아. 한데 여자가 하는 말을 옆에서 가만히 들어보니까 우리가 아는 지선스님이 확실했어. 다른 이도 아닌 아가씨 사촌 언니가 설마 그런 엄청난 말을 지어 냈겠어요?”

“음독했다는 그 아가씨는?”

“다행히 생명에 지장은 없나봐. 그 사촌언니라는 이가 가만있지 않겠다고 벼르는 것이 조만간 지선스님한테 불똥이 튈 거 같던데… 실은 나 혼자 알고 있으려니 너무 힘이 들어서 언니랑 상의라도 할까 하고 왔어요.”

“어쩐다니! 함부로 발설할 수도 없고. 대체 이 일을 어쩌면 좋아!”

지선스님께 귀띔을 해서 대비책을 세워야 하는 게 아니냐고 수선화는 제 일처럼 걱정이 터졌다. 보림사로 옮겨가기 전에 채운사에 함께 살기도 했었지만 이모가 자식처럼 아끼며 뒷바라지해 온 지선스님이다.

채운사에서 내려온 정요는 곧바로 우체국에 들렀다. 그동안 분노와 고통 속에 작성해 두었던 투서 다섯 통을 총무원 여러 부서에 발송했다. 투서에는 법난이 일어나기 직전, 우이동 산장에서 있었던 45호 사업에 관한 일들을 기억할 수 있는 한 명확하고 상세하게 서술했다. 현재 보림사 주지인 지선스님이 법난을 일으킨 군부의 하수인으로 적극 참여했다는 것을 세세하게 밝힌 것이다. 스님들의 비리가 적힌 보고서 뭉치를 들고 와 타이핑시키던 상황과, 가끔씩 두둑한 간식비를 놓고 가던 이 선생이라는 사람과 지선스님이 주고받던 대화는 물론 산장에서 있었던 이런저런 사소한 것까지 시시콜콜 밝힘으로써 모두가 추측이나 억측이 아닌 사실이라는 것을 믿을 수 있도록 했다. 또한 청정비구로 장래가 촉망되던 사제를 굶주린 야수에게 먹이를 던지듯 무지막지한 군부에 넘겨 폐인으로 만들어버린 죄악상도 상세하게 적어 보냈다. 폐인이 되어 산문을 떠날 수밖에 없었던 지명스님의 실명을 거론한 것은 물론 지선스님이 지명(한진수)의 아내인 자

388

신(윤정요)을 유혹해 간통을 저지른 파렴치한 파계승이라는 것까지 다 밝혔다. 투서를 하는 본인도 재가불자의 한 사람으로서 이런 불미스러운 일이 바깥으로 새어나오기를 원치 않으나, 종단에서 수일 내에 적절한 조치를 취하지 않는다면 자신이 나서서 세상에 다 까발릴 것이며 그리되면 파계승을 감싸고도는 종단의 책임까지 함께 물을 수밖에 없을 것이라는 엄포도 빼놓지 않았다.

채운사를 다녀오고 일주일이 지났지만 지선의 기색은 달라진 것이 없었다. 전부터 이사준비를 핑계로 사흘이 멀다고 드나들었지만 한결같이 쾌활하고 다정했다.

사흘 후면 이곳 조은대를 비우고 대청호 호반에 있는 조은대로 이사를 한다. 새롭게 펼쳐질 전원생활에 대한 기대로 설레야겠지만 정요는 찜찜하기만 했다.

한걸음도 내딛지도 물러서지도 못하는 자신에게는 자괴감마저 사치일 뿐이다. 지명과 달리 현실적인 감각으로 정요의 작은 변화나 심기까지 용케 알아채고 다독여주는 지선과의 미래를 꿈꾸기도 했었다. 지선스님의 파렴치한 행위보다 더 견디기 어려운 건 바로 자기 자신이었다. 어쩌면 호반의 조은대는 꿈꾸던 이상향이 되지 못할지도 모른다. 물러설 곳도 더 나아갈 수도 없는 막다른 길목으로 스스로를 몰아넣는 결과를 가져올 수도 있다.

아직까지 아무런 반응이 없는 총무원을 상대로 전쟁을 치러야 하는가? 가십거리를 좋아하는 언론매체를 이용한다면 절대적 승산이 있는 싸움이 되겠지만, 그것은 정요 자신까지 발가벗은 몸으로 세상에 드러내는 꼴이 되고 만다. 까짓거, 얼마든지! 지선의 손장난 하나로 폐인이 되어버린 지명을 생각하면 벌거벗은 몸이 아니라 내 목숨까지도 아까울 것이 없다. 그러나 평생 수행자일 수밖에 없는 지명은 천객이 되어서도 절집을 떠나지 못하는 마당에, 파렴치한 파계승을 싸고도는 종단이 밉다고 해서 부처님이 계시는 절집에 대고 침을 뱉는 참담한 일까지 저지를 수는 없지 않은가.

싱숭생숭 넋을 놓고 앉은 정요 앞에 나타난 광양보살이 마당에 선 채로 고함을 질러댔다.

"이봐요. 무슨 억하심정으로 그런 해괴망측한 소문을 퍼트리는지 어디 이유나 좀 알자고!"

부리부리한 눈을 부릅뜨고 내뱉는 말투가 당장 결판을 낼 기세였다.

"진정하세요. 무슨 일로 그러시는지 모르지만 추운데 일단 안으로 들어오세요. 따뜻한 차 한 잔 드릴까요?"

"머? 진정하라고? 나가 시방, 자네하고 노닥거릴라고 온 것이 아니여! 어찌서 우리 주지스님을 못 잡아먹어 그 지랄염병을 떠는 것인지 바른 말을 듣기 전에는 한 발짝도 못 가."

저러다 숨이 넘어가지 싶게 씨근덕거리는 노보살의 호흡이 거칠었다.

구층암 공양주로 있다가 채운사를 거쳐 보림사까지 따라다닐 정도로 광양보살은 지선스님의 일이라면 물불을 가리지 않았다. 늙마에 얻은 외아들처럼 떠받들고 사는 지선스님이 불여시 같은 정요 집에 드나드는 것이 영 마뜩치 않았지만 대놓고 말릴 수도 없어 그저 속만 끓여오던 터였다.

"대체 왜 그러시는지 알아야 변명이든 해명이든 할 거 아녀요?"

"니렁거시 머시가니, 우리 주지스님을 모함허고 댕기는 것이여? 멀쩡한 스님네 하나 잡아먹었으면 되었지, 왜 죄 없는 우리 주지스님까지 잡아먹을라고 지랄염병을 허냐고."

지명스님을 유혹해서 환속까지 시켰던 요망한 계집이라 생각해 왔던 광양보살의 말투는 거침이 없었다.

"아! 난 또… 사우나에서 들은 얘기라고 수선화 언니에게 분명히 말했
는데….'

"감히 누굴 속여먹을라고? 수선화 그 멍청이는 몰라도 나는 아녀. 암만
생각해 봐도 그런 맹랑한 소문을 퍼뜨릴 사람은 너밖에 없어. 왜 우리 주
지스님을 모함허고 댕기는지 이실직고를 해봐. 대체 이유가 뭐여, 이유가!
돈 뜯어 낼라고 수작질허는 것이여?"

요망한 수작 부리지 말라는 경고가 담긴 도끼눈이 날아왔다.

득달같이 광양보살의 귀에 들어갈 것으로 예상하고 수선화를 찾아갔던
정요의 계산이 제대로 맞아떨어진 것이다.

"차근차근 설명할 테니까 일단 올라오세요. 그렇게 장승처럼 서 계시면
제가 무슨 말을 하겠어요."

보살이 마지못해 대청마루에 엉덩이를 걸쳤다.

"보살님이 지선스님을 끔찍이 여기는 거 알아요. 반면에 저를 싫어한다
는 것도 잘 알지만 전 보살님이 영 남 같지 않았어요. 지선스님을 아들처
럼 위하고 챙겨 주시는 게 늘 고맙고 감사했죠. 저를 욕해도 좋고 미워해
도 상관없어요. 단지 방법은 달라도 우리는 같은 사람을 아끼고 사랑했던
사이가 아닌가요?"

"그러니께 더 기맥히고 환장할 노릇이 아녀? 주지스님이 보살을 얼마
나 애끼는지 나도 잘 안다고. 우리 주지스님이 그런 망측한 이가 아닌 건
자네가 더 잘 알잖여? 어쩌자고 그런 말도 안 되는 소리를 허고 댕기는 거
여? 스님하고 싸웠어?"

"싸우기는 누가 싸워요. 차라리 싸우기나 했다면 좋겠어요. 저는 여태
까지 아무것도 모르고 사람들한테 속고만 살았어요. 보살님, 제가 왜 그런

소리를 했는지 그동안 있었던 일을 다 이야기해 줄 테니까, 제 말을 듣고도 화가 풀리지 않으면 뺨을 때리든지 제 머리카락을 다 뽑든지 맘대로 하세요. 화엄사 총무스님으로 있던 지명스님 잘 아시지요? 옛날 구층암에서 많이 보았을 테니까.”

“알지, 내가 왜 몰라? 근디, 인자는 스님이 아니라 자네 신랑이잖여! 아무 상관도 없는 양반을 뜬금없이 왜 들먹거려.”

“지명스님이 법난 때 군인들한테 끌려가서 폐인이 되었다는 것은 보살님도 잘 아시죠? 그래서 이제는 이것도 저것도 아닌 비승비속의 처사로 떠도는 것도 잘 아실 테고요.”

뭔 뚱딴지냐는 듯 광양보살은 대꾸 대신 뜨악한 눈으로 정요를 쏘아보았다.

“그런데 그게 누구 때문에, 누구 때문에 아무 죄 없는 지명스님이 군인들한테 그렇게 모질게 당했는지 보살님은 모르죠? 저도 몰랐어요. 그날 어디서 무슨 일이 있었는지 까맣게 모르고, 지명스님이 누구 때문에 그렇게 억울하게 당했는지 모르고 바보 멍청이같이 속아서만 살았어요. 하지만 대명천지 밝은 세상에 어떻게 끝까지 하늘을 속이고 부처님을 속여요? 언제고 진실은 만천하에 드러나기 마련이잖아요.”

부처님까지 들먹이며 울먹이는 소리로 옛일을 하나하나 들춰내자 광양보살의 얼굴은 침통하게 변해 갔다.

“그저 눈을 뜨고 숨이나 쉬는 산송장이 되어서, 태안사 스님들도 못 알아보던 지명스님이 오직 나 하나만 알아보고 웃으며 손을 내밀었어요. 그래서 태안사 주지스님도 ‘우리 지명당을 살려낼 사람은 정요보살밖에 없다’며 스님을 꼭 살려달라고 잘 부탁한다고 하시며, 아무도 모르는 깊은 산속에 거처를 마련해 주고 생활비는 물론 철철이 양식이며 몸보신할 약

재까지 다 사서 보내주셨던 거예요. 태안사 주지스님이 보살펴주지 않았더라면 제가 무슨 돈으로 병든 스님을 구완했겠어요.”

어머니의 패물까지 훔쳐냈던 사연은 모두 감추고, 오로지 태안사 주지스님의 간절한 부탁으로 지명스님 병구완에 나섰다는 거짓말이었지만, 속사정을 알 까닭이 없는 광양보살은 그저 고개를 끄덕이며 관세음보살을 외우기만 했다. 눈 푸른 납자로 장래 총무원장 감으로까지, 누구보다 촉망받던 지명스님이다. 광양보살의 오랜 기억 속에서도 지명스님이 군인들한테 잡혀가 오래도록 풀려나지 못했고, 풀려난 뒤에도 행방이 오리무중이었는데 폐인이 되어 태안사에 잠깐 나타났다가 사라졌다는 소문만 들었을 뿐이다.

“보신을 잘한 탓에 몸은 빨리 회복이 되었지만 스님의 정신은 온전치 못했고 제 배가 불러올 때에야 비로소 제대로 사리구별을 하게 되었어요. 그런데 온전한 정신으로 돌아오자 스님은 모두가 자신의 업보라며 재가불자로 살겠다고 환속을 하셨어요. 도반 스님들이 모두 나서서 말렸지만 지명스님의 고집을 누가 꺾어요? 다 제 불찰이어요. 온전치 못한 정신으로 생긴 아이이니 하루라도 빨리 임신중절을 해야 한다고 생각은 했지만, 그때는 저도 어린 나이라 갈피를 잡지 못했고 깊은 산 속에서 정신이 온전치 못한 스님을 혼자 놔두고 병원에 갈 수도 없었어요. 대자대비하신 부처님을 믿으며 살아온 제가, 아무 죄 없이 생겨나 제 뱃속에서 자라고 있는 생명을 지워야 한다는 것도 너무 무섭고…. 그렇게 어미의 축복도 받지 못하고 근심덩이로 불쌍하게 태어난 아이가 우리 지섭이에요.”

세월이 가며 몸도 마음도 온전하게 되었지만, 평생 수행만 해왔던 탓에 세상살이에 적응하지 못하고 다시 절집으로 돌아가 반거들충이로 푸대접 속에 살고 있는 지명을 생각하면 언제라도 가슴이 미어지고 눈물이 절로 흐른다. 크게 억울한 꼴을 당하고 와서 어미에게 이르는 어린아이처럼 눈물콧물 훌쩍거리며 지난날을 이어가자 후— 후— 불어내는 광양보살의 한숨도 깊어졌다.

"이 음식점도 사실 지선스님이 권해서 시작한 거예요. 아는 사람이 많으니까 손님 걱정은 하지 말라며 자금까지 대주었어요. 제가 무슨 돈이 있어서 이리 큰 장사를 할 수 있었겠어요. 지선스님 덕에 장사는 잘 되었지만, 스님이 밤늦게까지 곡주를 마시는 날에는 방도 많은데 여기서 주무시고 가야지 어쩌겠어요. 이제 와 생각해 보면 지선스님이 저를 자기 곁에다 붙잡아 두려고 이 음식점을 차려주었던 것인데… '중이 돈 쓸 데가 어디 있겠느냐, 조카 같아서 그런 것이니 아무 부담 갖지 말고 장사나 열심히 해라' 하는 말을 제가 어떻게 믿지 않을 수가 있겠어요. 보살님도 아시다시피 우리 지선스님은 평생 거짓말이라고는 해 본 적이 없는 사람이잖아요. 하지만, 지선스님도 결국 남잔데… 스님이라고, 나이 많은 어른이라고… 그동안 잘 해준 것만 보고 너무 쉽게 믿어버린 제가 정말 바보 멍청이였어요."

누구보다 지선스님을 잘 알고 믿어온 광양보살이었지만 정요의 눈물 섞인 하소연에 속절없이 넘어가고 말았다. 지선스님한테서 정요가 잘 사는 시누이한테 돈을 얻어 식당을 차린 모양이라는 소리도 들었었지만, 저리 눈물바람을 해대는 걸 보니 남몰래 지선스님이 차려주었는지도 모른다는 생각까지 들었다. 사내란 다 그런 것이니 여자가 알아서 몸조심을 했어야 하지 않느냐는 힐난도 정요의 눈물과 한숨 속에 파묻히고 말았다. 미처 말끝을 맺지 못하고 어깨를 들먹이는 정요의 등을 토닥거리기만 했다.

"그때 제가 태안사 주지스님 부탁을 냉정하게 거절했더라면 지명스님 파계시킨 년이라고 손가락질받을 일도 없었고, 이렇게 지선스님하고 엮일

일도 없었을 것인데… 세상 무서운 줄 모르고 남들이 시키는 대로만 살아온 제가 바보 멍청이, 미친년이지 누구를 탓하겠어요. 아무리 몰랐다지만 지명스님을 그 지경으로 만든 장본인을 사랑하고 함께 어울린 제가 죽일 년이지요. 이제 저는 어떻게 살아야 할지 모르겠어요, 보살님. 철천지원수를 아무것도 모르고 사랑해 버린 이 바보 멍청이를 어떻게 하면 좋아요? 죽일 년이어요, 제가 죽일 년이어요. 저 같은 게 더 살아서 뭘 하겠어요.”

“아녀, 자네 잘못이 아니여. 그런 말 못할 속사정이 있는 것도 모르고… 시상에… 시상에나! 아이고, 관세음보살. 부처님, 이 일을 어쩐대여!”

혹 때려다 혹 붙인 꼴이 되었다.

“비극이어요, 비극! 그런 짐승만도 못한 인간이 아직 살아있다는 것은 기적이 아니라 비극이라구요, 비극! 세상 모두가 경악할 20세기의 마지막 비극이라고요.”

광양보살이 비극이라는 말을 알아듣거나 말거나 멋진 욕설 하나를 쏟아낸 셈이다. 정요가 알아듣기 어려운 소리를 지껄이며 세상이 끝나기라도 한 것처럼 통곡을 해대자, 광양보살은 더 다독이지도 못하고 황망히 조은대를 떠났다.

12장

다시 만행 길에

십 년에 가까운 세월이다. 석산골 토굴 쪽으로 들어서자, 오래 가꾸지 않아 잡초만 무성했을 텃밭 저쪽에 빨간 열매로 덮인 작은 숲이 보였다. 거두지 않아 검붉게 말라붙은 열매가 주렁주렁 달린 산수유나무 숲이었다. 멀리서는 검붉은 열매만 보였는데 메주콩만 한 갈색 꽃자루마다 좁쌀보다 작은 노란 꽃망울을 서너 개씩 입에 물고 있었다. 머잖아 따뜻한 봄날에 꽃자루가 터지면 숲은 온통 노란 산수유꽃으로 뒤덮을 것이다.

법난 몇 해 뒤 다시 만났을 때, '아마 나중에 가보면 깜짝 놀랄 일이 벌어질 거니까 기대하세요.' 정요가 말한 그 깜짝 놀랄 일이라는 게 어느새 작은 숲을 이루고 있는 이 산수유를 두고 한 말이 분명했다.

집의 중앙일 수밖에 없는 부엌문 위에 鳥隱臺라는 자그마한 현판이 붙어 있었다. 정요는 인사동의 조은대가 석산골 조은대의 이름을 그대로 가져온 것이라고 했고, 새들이 깃드는 둥지처럼 아늑한 보금자리라는 뜻으로 지은 것이라고 했었다.

'모든 스님들이 능파각을 건너 피안으로 가지만, 능파각을 되돌아 건너

온 지명스님에게는 석산골 조은대가 피안이었어요.' 법난을 온몸으로 당해 심신이 극도로 피폐해졌던 지명스님은 태안사 능파각 앞에서 돌멩이처럼 앉아 정요를 기다렸고, 정요는 그런 지명스님을 업고 도망쳐 이 석산골 토굴에 와서 살았다고 했다.

나 또한 능파각을 건너야 할 것이다!

능파각을 건너 산문에 들어서는 것이 피안이지만 정작 이쪽인지 저쪽인지 모른다. 양쪽이 모두 서로에게 피안의 세계일 것이라면 내가 능파각을 건너가 닿는 그곳이 바로 피안의 세계인 것이다.

새들은 정성 들여 둥지를 짓지만 알을 낳고 새끼를 동안에만 둥지에 머물 뿐, 새끼들이 자라 이소를 하게 되면 더 이상 둥지를 찾지 않는다. 정요도 지명스님의 건강이 회복되자 정붙여 살던 조은대를 떠났고 나 또한 능파각을 건너기 전에 잠시 머물다 갈 뿐이다.

골짜기 가득 따스한 햇살이 쏟아지는 봄이었지만 방문에는 문종이가 모두 삭아버리고 문살만 남았다. 오랜 세월 주인인 자신마저 찾지 않았으니 누구도 돌보지 않은 것이다. 지선스님은 낙엽까지 수북하게 쌓인 툇마루부터 대충 쓸어내고 가져온 짐을 펼쳐 놓았다.

준비해 온 작업복으로 갈아입고 오랜 세월에 생겨난 쓰레기를 대충 치운 뒤에는 본격적으로 집 안팎을 손봐야 했다. 불이 켜지지 않는 전구는 물론 고장 난 냉장고도 새것으로 바꾸고 마을에서 전기를 끌어오는 전선도 새것으로 바꿨다. 아직은 아무 이상 없이 전기가 들어오고 있었지만 전봇대를 세우지 않고 나뭇가지를 이용하거나 그냥 수풀 사이로 늘어뜨린 전선이 십 년은 넘었을 것이기 때문이다.

"아직 십 년도 더 쓰겄는디… 어디 새는 디 있으면 거그나 손을 보시요."

온통 벌겋게 녹이 슨 양철지붕이라 걱정했는데 막상 벗겨보니 겉면과 달리 안쪽은 의외로 깨끗했다. 광택이야 오래전에 사라졌지만 못 자국에만 조금씩 붉은 녹이 슬었을 뿐이다.

"새는 데는 없지만 미리 갈아두고 싶어서요."

품삯을 받고 일하는 마을사람들은 굳이 양철을 새로 갈 필요가 없다고 했으나, 양철은 물론 양철을 고정시키고 있는 각목까지 모두 뜯어내고 더 굵고 튼실한 것으로 바꿨다.

지리산 자락에 산수유로 뒤덮인 마을 위쪽으로 올라가면 좋은 토굴이 하나 있는데, 여름부터는 누구든 들어가 살아도 좋다고 광고를 하고 왔지만 막상 언제 새 주인이 찾아올지 모른다. 바로 인연을 만나더라도 한두 철만 잠깐씩 살고 나갈 수도 있고, 그렇게 주인이 수시로 바뀔 수도 있는 일이다. 모두 새것으로 튼튼하게 지붕을 바꾼 뒤에는 쉽게 녹이 슬지 못하도록 파란 페인트로 칠까지 했다. 누가 드나들며 살 거나 말 거나 앞으로도 수십 년은 끄떡없이 버틸 것이다.

대엿새 지나면서부터 하나둘 꽃자루가 터지더니 며칠 새 모두 노란 얼굴을 내밀고 나왔다. 먼눈으로 보면 여러 개의 꽃이 모인 게 아니라 통째로 하나인 듯 작은 꽃이다. 가까이 가서 자세히 살펴야만 꽃잎과 꽃술을 구별할 수 있을 만큼 작은 꽃송이 하나하나가 모여 군집을 이룸으로써 함박눈 같은 꽃이 된다. 또렷하게 보이다가도 금세 초점이 흐려져 들여다볼수록 노란 눈송이 같은 꽃송이들. 산수유 숲에 들어서면 하늘 가득히 노란 함박눈이 내리는 것만 같다. 바쁘게 일하다가도 눈이 절로 가고 마음까지 환해진다.

밤새 눈이 내려온 세상이 하얗게 뒤덮이자, 하얀 눈을 뒤집어쓴 산수유 빨간 열매와 노란 꽃송이가 더욱 선명하고 그림처럼 예쁘다. 한참 화분을 할 시기인데 갑작스레 추워져서 어떡하나 하는 걱정보다 자연이 주는 신비로움에 감탄이 앞선다.

곁을 지나가거나 멀리서 일하다가도 산수유 쪽으로 눈이 가는 건 어쩔 수 없지만 자연을 즐기러 돌아온 것이 아니다. 미리 아침을 챙겨먹고 날이 밝기를 기다려 낫이나 톱을 들고 나섰고 저녁이면 밥을 먹기가 바쁘게 코를 골았다. 평생을 승려로 살아서 어디에 있건 새벽 세 시 반이면 저절로 눈이 떠졌는데, 여기서는 해가 높이 솟을 때까지 세상모르고 곯아떨어지기 일쑤였다. 예불이나 참선은 하지 못해도 밝으면 새들과 함께 바깥으로 나가 부지런을 떨어야겠기에 사발시계를 사다가 알람을 맞춰두고 살았다. 요란한 알람소리에 겨우겨우 몸을 일으키고 아직 한밤중인 부엌에 들어설 때마다, 처음 절에 들어가 행자 생활을 하던 때가 떠올랐다. 행자 때 그랬던 것처럼 아궁이에 불을 피울 때에는 부지깽이를 목탁 삼아 두드리며 염불을 외웠고 나뭇지게를 지고 험한 비탈길을 오르내릴 때에도 염불 외우기를 그치지 않았다.

일 자체가 힘들거나 고된 것은 아니었지만, 평소 쓰지 않던 근육을 쓰다 보니 몸살이라도 난 것처럼 온몸이 욱신거리고 아팠다. 집 주변의 나무를 모두 베어내는 일부터 시작했는데 나무에 톱질을 하다가 말고 그대로 드러눕는 일도 많았다. '모두가 약해빠진 탓이다. 세상살이 어려운 줄 모르고 거들먹거리며 살았기 때문이다.' 하고 자책하며 견뎌냈지만 몸과 마음은 늘 따로 놀았다.

토굴에 살면서 생긴 취미 하나가 커피를 마시는 것이었다.

구층암을 떠나 서울에서 바쁘게 돌아칠 때부터 은근슬쩍 입에 붙어버린 것이 커피였다. 사양하기 어려워 한 잔 두 잔 마시다 보니 가끔은 혼자서도 커피를 타서 마시게 되었다. 차분하게 찻자리를 펴고 앉아서 느긋하게 음미하는 것이 녹차라면, 바쁘게 일하다가도 잠깐 사이 홀짝 마시고 돌아설 수 있는 것이 커피의 최고 장점이다.

토굴에 들어오면서부터 아예 툇마루에 커피포트를 내어놓고 살았다. 툇마루에 걸터앉거나 커피잔을 들고 마당을 서성이는 것이 잠깐의 휴식이고 최고의 오락이었다. 거친 노동으로 잠깐 드는 시장기쯤이야 따뜻한 커피 한 잔으로 충분히 요기가 되었다. 작은 커피잔이 아니라 밥그릇에다 커피를 타서 마시기 때문이다. 진한 커피를 마시고 나면 갈증이 나는 것을 피하려고 연하게 마셔보았는데 뜻밖에 입에도 맞아 금방 버릇으로 굳어졌다.

집 안팎이 훤해지고 살림살이까지 다 갖춰지자 본격적으로 나무를 베어다 쌓기 시작했다. 앞쪽만 빼고 바람벽을 따라 처마까지 쌓아놓은 나무는 비를 맞지 않아 멀쩡했지만 손도 대지 않았다. 헛간도 아니고 밭 가운데 사람 사는 집만큼 크게 쌓는데다가 작은 나뭇가지는 물론 사이사이 마른풀까지 베어다 쌓는 것은 상식을 벗어난 일이었다. 어쩌다 산에 올라가는 길에 들러서 인사 삼아 묻는 마을 사람들에게도 지선의 대꾸는 한결같았다.

"제대로 농사를 지으려면 밭도 늘려야겠고, 나무 그늘 때문에 햇볕이 들지 않는 것도 막아야겠고 해서…."

밭에 햇볕이 잘 들도록 비탈이 심한 곳까지 말끔하게 나무와 풀을 베어낸다는 소리에 사람들은 고개를 끄덕일 수밖에 없었다.

베어낸 나무를 밭 가운데 쌓다가 잠시 땀을 들이는 사이에도 툭툭 터지는 산수유꽃으로 절로 눈이 간다. 아랫동네 월계는 이미 마을 전체가 온통 노란 산수유꽃 숲으로 변했다. 설중매라지만 한껏 게으른 석산골 매화는 아직 꽃망울이 팥알만큼씩 커졌을 뿐이다.

'초발심이라 했는데…'

문득 스치는 한줄기 바람에서도 회한이 일어난다.

도반인 지율스님을 따라 처음 석산골에 왔을 때 이 외지고 한적한 골짜기가 무척 마음에 들었었다. 세상과 동떨어져 물 소리 바람 소리에 산새 소리만 스쳐가는 이곳에 똬리를 틀고 앉으면 크게 한소식 할 성도 싶었다.

'준비할 것도 정리할 것도 없이 곧장 이곳에 들어왔어야 했다.'

발밑을 살피다 보면 길을 가지 못한다. 토굴을 넘겨받고 바로 이곳에 들어올 수도 있었는데 꼼꼼한 성격 탓에 이것저것 준비를 하고 정리를 하다가, 고교 동창생을 만나 불교정화라는 미명에 속아 한세월 헛되이 보내고 말았다. 아니, 헛된 정도가 아니라 누구보다 가까운 도반을 폐인으로 만들었고 가장 아끼고 사랑하고 싶었던 사람에게도 못할 짓을 하고 만 것이다.

광양보살이 떠나고 나흘째 되던 날 지선은 총무원 호법부에 들어오라는 전갈을 받았다. 시각에 맞추어 호법부 사무실로 들어섰을 때다.

"나 좀 보세."

"사숙님이 여기 계신 줄 몰랐습니다."

"다 사질 때문이지, 내가 여기 올 일이 무어 있겠나. 저리 나가서 이야기함세."

퉁명스런 말투였지만 사정이야 어떻든 문중 일을 조용히 처리하려는가 보았다. 두 사람은 총무원을 나가 찻집으로 들어가 자리를 잡았다. 남의 눈을 의식하지 않고 은밀한 이야기를 나누기에는 오히려 번잡하고 소란스러운 찻집이 안성맞춤이다.

"지선 사질 여자 문제가 복잡하다는 투서가 들어왔어. 나도 웬만큼 아는 조은대 윤 사장이 직접 보냈는데… 혹시, 지난 법난 때, 정치군인들이 갖고 있던 지명 사질에 대한 서류를 본 적이 있나? 우리 화엄사에 있다가 환속해서 윤 사장과 혼인하고, 지금은 여수 명연 사질한테서 처사로 살고 있는 그 지명 사질 말이야.”

엄숙한 낯빛에 질책하는 말투, 낮고 거역할 수 없는 목소리.

복잡한 여자 문제? 법난? 지명 사질 서류?

너무도 갑작스럽게 쏟아지는 소리에 한참 혼란스럽던 머리가 한꺼번에 정리되는가 싶은 순간 지선은 또다시 몽둥이를 맞은 것처럼 아득해졌다.

바로 이것이구나!

‘치매에 걸리건 똥오줌을 받아내건, 남한테 안 맡기고 내 손으로 다 할 터이니 오래오래 사시기나 하세요.’ 하면 ‘흉한 꼴 보이기 전에, 나가 먼저 양로원으로 들어가야지. 스님도, 그게 먼 소리다여?’ 하고 질겁하던 광양보살이 건강이 약해지기 전에 미리 양로원에 들어간 줄로만 알았는데 이런 사단이 날 줄 알고 말없이 떠난 것이다. 십여 년을 친아들처럼 헌신적으로 돌봐준 광양보살이 늙어 기운이 없어지면, 자신의 어머니한테 못 다한 효도를 대신할 생각이었는데.

“부끄럽습니다. 사숙님, 제가 못할 짓을 너무 많이 했습니다.”

“지선 사질, 자고로 투서는 침소봉대되기 마련이고 터무니없는 것들도 많아. 하나하나 해명하고 명확하게 해두어야 나중에도 뒤탈이 없어.”

선선하게 자신의 잘못을 시인하고 나서자, 사숙은 사질의 앞날에 대비책을 세워두려는가 보았다.

“아닙니다, 사숙님. 따로 듣지 않아도 투서 내용은 모두가 사실입니다. 종단에서 멸빈을 한다고 해도 달게 받겠습니다.”

“그 무슨 말도 안 되는 소리를. 우리 지선 사질을 내가 모르면 누가 알아? 쓸데없는 소리 하지 말고, 그냥 주지 직만 내려놓으면 돼.”

주지 직만 내려놓고 한동안 조용히 지내면 된다고 했지만 지선은 그날부터 주변 정리를 시작했다.

비록 스스로 청하지는 않았지만, 이미 자자가 시작된 것이다. 그를 아는 모든 대중이 나서서 지난날의 과오를 지적하고 있고, 그 또한 자신의 허물을 모르지 않았으니 이제는 한뉘를 두고 시줏밥을 축내온 비구가 대답할 차례이다.

새삼 돌이켜보니 아직까지도 법난은 멀리 지나온 과거가 아니었다. 아무리 고통스러워도 이미 돌이킬 수 없는 일, 내버려두어도 저절로 딱지가 생기고 아무는 것처럼 세월이 가면 잊혀지고 치유되는 상처로 치부하고 애써 덮어두었다. 그렇게 깊숙이 묻어두고 살았는데 도리어, 딱지 밑에서 아물기는커녕 온몸을 죽이는 암세포로 자라고 있었던 것이다.

처음에는 무언가 국민들에게 보여줄 명분이 필요했던 신군부에 협조하는 것에 대한 회의도 있었지만, 결국 누군가는 어지러운 승가를 바로 세워야 했다. 스스로 자정할 수 있는 길을 버리고 군부의 힘을 빌림으로써, 수많은 승려들의 원한을 사고 비난과 손가락질을 받아야 하는 그 어려운 일에 어쩌면 자신이 적임자일지도 모른다는 생각에 선뜻 응했고 주저 없이 그 길을 걸어갔다. 고름을 짜내고 썩은 환부를 도려내는 심정이었고, 그 일이야말로 온갖 파행으로 얼룩지고 난잡해진 승가를 바르게 세워 올곧은 종단으로 거듭나게 하는 일이라고 굳게 믿었다.

또 하나, 서류함에서 지명의 서류를 옮겨 놓을 때만 해도 그렇게까지 일이 커질 것으로는 상상조차 못했었다. 자신보다 출중했던 사제 지명에게 무슨 악감정이 있어서가 아니라, 어쩌면 지선의 곁에서 일을 하면서도 정요가 말끝마다 지명을 입에 올렸던 것이 화근이었다.

"눈 푸른 납자, 우리 지명스님처럼 청청하고 올곧은 분은 종단을 통틀어도 몇 되지 않을 거죠?"

"그럼, 요즘 세상에 정말 찾아보기 힘든 스님이지."

"노스님들이 총무원장 감이라고 말씀하는 것도 그냥 해보는 덕담은 아니지요?"

"측량할 수 없는 학식에 여타 능력도 출중하고… 내 사제지만 존경스런 맘이 들 때도 있어."

"정말요? 지선스님도 그렇게 생각하시죠? 하지만 지선스님도 제가 정말 존경하는 스님이세요."

이건 뭐, 엎드려 절 받기도 아니다. 씨암탉을 잡아 대접하고 손님 덕분에 자신도 잘 먹었노라고 공치사해야 하는 처지, 언제부터인가 자신도 모르게 가슴 깊숙이 정요의 모습이 자리하고 있었던 지선에게는 참으로 난처하고 고통스러운 순간들이었다.

"지명스님도 이거 참 좋아하는데…."

색다른 간식이나 일상에서 일어나는 사소한 것들도 정요의 시선은 언제나 지명을 향해 있었다. 무심코 내뱉는 한마디 한마디가 가슴에 박히는 못이 되었지만, 말리기는커녕 오히려 맞장구를 쳐야 하는 지선으로서는 정요가 무심코 내뱉는 그 말들이 가슴을 후벼 파내는 칼날이었다.

뼛조각 하나까지도 남기지 않을 수 있다면 더욱 좋은 일이다. 텃밭 한가운데 자리를 잡았지만 거센 불길에는 저절로 큰 바람이 일어나기 마련이다. 밭을 일구는 것처럼 땅을 뒤집어놓고도 성을 쌓는 것처럼 두렁을 만들어 어떤 경우에도 불길이 번져나가지 않게 했다. 늘 장갑을 끼고 일했는데도 손바닥에 물집이 잡혔다. 밤마다 바늘로 따내지만 다음날이면 또 그 자리에 그만한 물집이 볼록하게 올라왔다. 바늘로 찌를 때보다 손톱으로 눌러 짜낼 때마다 작은 통증이 느껴진다. 문득 밭 가운데 둥그렇게 쌓아올리고 있는 나뭇단이 떠오른다. 다비를 위한 것이니 다비단(茶毘壇)이 맞겠지만 이번 생(今生)에서 다음 생(來生)으로 건너가는 다비단에 그럴 듯한 이름 하나쯤 붙여도 좋을 것 같다.

능파대(凌波臺)!

태안사 산문으로 들어서는 누각다리를 능파각이라고 한다. 불태워질 나뭇단에 멋진 이름을 붙이는 것은 끝내 이판(理判)이 아니라 사판(事判)일 수밖에 없는 자의 버릇이겠지만 스스로 혼자서 누릴 수밖에 없는 호사라면 그리 나쁠 것도 없을 것이다.

오늘도 요란한 알람소리를 들으며 잠자리에서 일어났다. 평소보다 한 시간이나 늦은 시각이었으나 서둘러 부엌으로 들어가는 대신 찻자리를 펴고 커피포트에 물을 끓였다. 그리고 보니 이곳 석산골에 들어온 뒤 처음으로 찻자리를 펴고 앉은 것이다. 하루 한 시간도 게으르지 않았던 것은 좋으나 차 한 잔 마실 여유도 없이 무어 그리 바쁘게 살아야 했던가.

요란하게 물 끓는 소리에 숨이 가쁘고 물이 적당히 식는 동안에는 함께 적요해진다. 다관을 데웠던 물을 수구로 옮겨 식히고, 식힌 물을 다시 다관에 넣어 차를 넣어 우려낸다. 우려낸 찻물을 모두 수구로 옮긴 뒤 조금씩 찻잔에 따라 마신다. 구수한 녹차향이 입안에 가득 차고 머리가 맑아진다. 세 번째 찻물을 우려 마시는데 산새들의 지저귐이 시작되었다. 산새들 소리가 요란하지만 아직 날이 밝으려면 한참 더 기다려야 한다. 핑계 김에 다관에 새 차를 넣는 호사를 부리고 찻자리를 이어간다.

방문을 열어젖히자 싸늘한 한기와 함께 매화 향기가 왈칵 몰려들었다.

408

오늘도 날이 밝기가 바쁘게 코를 벌름거리며 바깥으로 나선다. 그동안 깔끔히 치우고 정리했다고 생각했는데 눈에 띄는 것마다 어찌 손 볼 것이 많은지 한낮이 지나서야 정리를 마쳤다. 일을 다 끝냈다고 생각하자 땀투성이 몸이 갑작스럽게 더워지고 갈증이 심해진다.

샘 가장자리의 돌들에는 새파란 이끼가 봄볕으로 더욱 싱싱하고 맑은 물에는 연분홍 매화 꽃잎이 점점이 떠 있어 새삼 그림처럼 아름답다. 매번 그렇지만 오늘도 시원한 샘물은 꿀처럼 달고 향기롭다.

그래, 돌 틈에 숨는 공룡보다는 발 달린 미꾸라지가 나을 것이다!

문득 인간이 득세하기 전에 지구를 지배했던 거대한 공룡들의 못난 후손이 도롱뇽으로 살아남아 이렇게 목숨을 부지하고 있는 것이 아닐까 하는 생각이 들었다. 뱀 그림에 다리를 그리면 사족이라고 비웃지만, 천 년을 묵은 뱀이 하늘에 올라가 용이 되면 다리도 생겨나고 발가락으로 등급이 정해지기도 한다.

용이 되는 것은 나뭇가지를 타고 다니는 뱀뿐만이 아니다. 물속에 사는 잉어도 용이 되고 붕어도 용이 되는데 하필 미꾸라지라고 용이 못될 까닭은 없지 않은가? 옷을 적시며 뿌옇게 시야를 가리던 천덕꾸러기 안개도 산으로 올라가 떠오르면 두둥실 하늘을 떠다니는 하얀 뭉게구름이 된다.

초원을 포효하며 누비던 꿈을 잊지 못해 도로 공룡이 되기를 기다리며 물속 돌 틈에 숨어 사는 못난 공룡이 아니라, 처음부터 하늘에 올라가 풍운지화를 부르는 용이 되려고 도를 닦는 미꾸라지가 바로 발 달린 미꾸라지일지도 모른다는 생각이 들었다. 발 달린 미꾸라지 일부가 벌써부터 갑갑한 물속을 벗어나 숲속을 누비며 살기도 하는 것이 그 증거일 수도 있다. 그렇다면 이름 또한 도로 공룡이 되려는 '도롱뇽'이 아니라, 무식한 도시 촌놈들의 입에서 튀어나온 '발 달린 미꾸라지'가 제대로 된 이름이 된다.

어디서고 도롱뇽을 볼 때마다 떠오르는 정요는 저절로 미소 짓게 만드는 그리움이었다. 그러나 홀로 돌아와 하루에도 몇 번씩 만나는 발 달린 미꾸라지는 그때마다 시린 가슴에 통증을 부르는 아픔이 되었다. 어쨌거나 이제는 발 달린 미꾸라지들과도 안녕을 고해야 한다.

달고 시원한 샘물로 땀에 전 몸뚱이를 씻고 작업복도 깨끗이 빨아 매화나무 사이에 매어둔 빨랫줄에 널었다. 빨래를 잘 말려서 마른 옷을 방안에 들여놓아야 했지만 이제는 지체할 시간이 없다. 거친 작업으로 여러 군데 찢기고 구멍 난 옷이지만 누군가 인연이 닿는 사람한테는 나름대로 쓰임이 있을 것이다. 실오라기 하나 걸치지 않은 벌거숭이로 걸어가니 온몸에 닿는 햇볕이 다사롭고 산들바람 또한 시원하다.

석산골에 들어오던 날부터 내내 횃대만 지키고 있던 승복으로 갈아입자 풀 먹인 승복에서 서걱서걱 소리가 난다. 문득 '큰스님들은 옷에서도 법력이 티가 나는 법이여'를 입에 달고 살던 광양보살 모습이 떠오른다. 풀 먹여 뻣뻣해진 옷이 오히려 까칠까칠해서 싫다고 하면 '아, 스님네 법복이 후줄근하면 그게 바로 공양주 욕멕이는 것이랑게. 스님은 지를 그렇게 욕멕이고 잡소?' 하고 윽박지르던 광양보살. 구층암에서부터 십여 년 세월을 어미가 자식 돌보듯 지극정성으로 수발해 주었다. 그 보살이 지난겨울 갑작스레 광양에 다녀오겠다며 여행을 떠났다.

'자꾸 고향 생각이 나서 못 살겠어요.'

채운사에 있는 조카 수선화와 함께 떠난 광양보살 방에는 이불 몇 채만 남아 있었을 뿐 먼지 하나 없이 정갈하게 치워져 있었다. 그렇게 광양보살이 떠나고 나흘 뒤, 지선스님은 총무원 호법부로 호출을 받았고 그를 아끼는 사숙한테서 정요가 보낸 투서에 대한 이야기를 들었다.

석산골에 오기 전 이것저것 정리를 하면서 채운사를 찾았을 때, 수선화는 이모를 광양 백운산에 있는 한 암자에 모셔다 주고 온 뒤 곧바로 연락이 끊겨버렸다며 마뜩찮아했지만 지선은 광양보살 명의로 된 통장 하나를 떠맡기고 왔다. '주머니가 비면 기운도 없어지는 법이랑게.' 월급도 없이 무보수로 봉사하면서도 어쩌다 받는 보시도 액수가 좀 크다 싶으면 불전함에도 넣지 않고 지선에게 직접 돌려주어야 직성이 풀리는 성격이라서, 광양보살 이름으로 기회가 닿을 때마다 저금해 두던 통장이었다.

"참으로 고맙습니다. 우리 보살님 정성 덕분에 내가 이렇게 정갈한 차림으로 다시 만행을 떠나게 되었습니다."

주마등처럼 스쳐가는 추억과 함께 부처님을 대하듯 합장을 하고 말투도 존댓말로 바뀌었다. 툭하면 우리 큰스님 금란가사를 입으셔야 한다던 광양보살, 그때마다 입막음을 했으나 보림사로 옮겨온 뒤 석 달도 안 되어 여신도 하나가 금란가사를 해왔고, 지선은 광양보살에게 '차라리 나가시오!' 하는 막말까지 내뱉고 말았었다.

서걱서걱 소리가 나는 승복으로 갈아입고 바깥으로 나서니 모든 것이 다시 한 번 새롭다. 답답한 방안에서 길고 긴 밤을 보낸 뒤 소나무 숲길에 들어서며 맞는 아침처럼, 문득문득 바람에 실려오는 달콤한 꽃향기처럼 모든 것이 싱그럽고 맑은 기운이 샘솟는다. 따사로운 햇살 아래 노란 산수유도 분홍빛 매화도 흐드러지게 피었고, 파란 싹이 움트는 숲 그늘에서는 분홍빛 진달래도 환하게 피었다.

능파대에 이르자 가스라이터를 켜들고 돌아가며 군데군데 자리한 섶나무에 불을 붙였다. 산들바람에 후욱후욱 벌겋게 달아오르는 불길이 벙긋벌어지는 노란 수선화 꽃송이처럼 붉은 튤립처럼 예쁘다. 환하게 웃는 정요 얼굴이 버릇처럼 뒤따랐지만, 예쁜 것을 보거나 무엇을 생각할 때마다 함께 떠오르는 모습에 잠겨 있을 때가 아니다.

지선아, 불 들어간다.

지선아, 불 들어간다.

시방삼세 제망찰해 온통 불바다가 될 게다.

누구도 꺼뜨릴 수 없는 불

온 세상 강물과 바닷물을 모두 끌어다 부어도 꺼지지 않는 불

살과 뼈를 태우고 혼백마저 태워버리는 뜨거운 불길

그 뜨거운 불길을 만드는 것은 나무도 석탄도 아니다.

땅속에서, 바다 밑에서 나온 검은 기름도 아니고

가슴속 깊은 곳에서 흘러나온 짜디짠 눈물이다.

활활 타오르는 것은 장작불이 아니다.

니가 쌓아올린 업보가 우우 소리를 내며 불타는 것이다.

니가 사랑했던 사람들

너를 믿었던 사람들이 평생을 두고 흘린 눈물이

소금보다 진한 기름으로 꺼지지 않는 지옥불이 된 것이다.

그들의 갈빗대 밑으로 숨죽여 흐르던 눈물과 탄식이

거대한 함성으로 뜨거운 불덩이로 세상을 태우는 것이다.

눈물이 불기름으로 타는 것이기에

세상 그 무엇으로도 꺼뜨릴 수가 없는 것이다.

가슴 깊이 켜켜이 쌓였던 눈물덩이가 타는 것이기에

끝내 마르지 않고 강물처럼 흘러드는 것이다.

모진 추위 이겨내고 찬바람 속에 피어난 산수유야.

아름다운 너의 꽃그늘에서 그 사람은 무슨 꿈을 꾸었을까.

안식을 찾았을까, 많은 위로 받았을까.

알고 짓는 죄보다 모르고 짓는 죄가 훨씬 더 크다고 했네.

눈먼 질투가 내 사랑하는 이들을 모두 파멸로 밀어 넣었지만

그래도 그를 향한 내 마음만은

사랑으로 꿈꾸었던 것들만큼은 죄가 아니었기를 바라네.

백 년을 두고 천년을 두고 빌고 싶지만

엎드려 참회조차 할 수 없이 무거운 중죄

한 마디 변명도, 흐느껴 울 수도 없는 냉가슴

세차게 타오르는 불길이 조금은 식혀줄까.

타고 남은 재 바람에 날리어 가고 못난 그림자

빗물에 씻기워 가면, 씻기워 가면

납덩이 가슴도 조금은 가벼워질까.

지선아, 불 들어간다.

지선아, 불 들어간다.

촛불처럼 온몸을 태워 피워내는 아름다운 불꽃이다.

물기 없이 마른 것들, 차갑게 식은 것들

모두모두 뜨겁게 살려내는 생명의 불꽃이다.

온몸 구석구석 땅 끝

하늘 끝까지 퍼져가는 환희의 불꽃이다.

불길에 녹지 않고 태어나는 쇳덩이가 어디 있더냐.

뜨거운 불길 속에 담금질하지 않은 낫이나 호미, 괭이가 어디 있더냐.

논두렁 밭두렁에 불을 붙인다.

겨울 끝자리를 태우고 새봄을 맞는 환희의 불꽃이다.

활활 타오르는 불길에 들판이 정화되고

푸른 잎 갉아먹던 해충도 찰진 거름이 된다.

봄을 맞는 들판처럼 이곳에 불을 놓는다.

몇 생을 거듭해도 만나기 어려운 소중한 기회

욕망덩어리 허물을 말끔히 태워 내거라.

넋마저 혼마저 태워 내거라.

불길 지나간 검은 들판에 비가 내리면

소곤소곤 속삭이며 온날, 온밤을 봄비가 적셔주면

푸른 새싹 돋아나고 노랑 파랑 하양 빨강 온갖 꽃 피어난다

나 떠난 빈자리에 이슬 같은 눈물 한 방울

봄비 같은, 봄비 같은 눈물 한 방울 남아 있을까.

온밤을 반짝이며 소곤대던 별이 스러지면

해맑은 세상 깨워내는 새들의 노랫소리

찬란한 아침햇살에 반짝이는 이슬들

온 누리 뒤덮은 영롱한 아침이슬 속에

뜨거운 눈물, 눈물 한 방울 맺혀 있을까.

지선아, 불 들어간다.

지선아, 불 들어간다.

연기가 피어오르는 능파대 위로 올라온 뒤, 사다리를 밀어내리던 손길이 문득 멈추고 헤식은 웃음이 절로 나온다. 어차피 내려갈 일은 없지만 밀어버리지 않고 그대로 걸쳐두는 사다리는 오름을 위한 것이다. 못난 그림자야 내가 가져가지만, 이 순간에도 어쩔 수 없는 한 가닥 미련이야 끝내 남거나 말거나 지가 알아서 할 일이다.

몸에 익은 대로 가부좌를 틀고 앉았지만 두 손은 가슴 앞에 모으지 않고 참선하는 자세로 단전 앞에 포개 놓는다. 불제자가 스스로 만든 능파대에 불을 붙이고 올라앉았지만 부처님께 바치는 소신공양이 아니다. 그저 여태껏 의지처로 삼아왔던 육신 하나를 태워 보내는 다비일 뿐이다. 다시 떠나는 만행 길, 이곳에 돌아올 때 가사장삼을 챙기지 않은 것도 자신의 다비를 가던 길을 잠시 멈췄다가 다시 떠나는 만행 길이라 여겼기 때문이다.

보는 이 없어도 저들끼리 흐드러진 산수유, 매화 숲이 보이고 말끔하게 단장한 토굴 모습에도 만족한 웃음이 나온다. 만복대 쪽에서 독수리보다 커다란 날개를 가진 까마귀가 하나 둘 셋 날아왔다. 상승기류를 타고 나는 것처럼 날갯짓도 하지 않고 날아와 유유히 하늘을 맴돌더니 노란 산수유 숲에 차례로 내려앉았다. 씨앗이 독해서 새들도 먹지 않는 빨간 산수유.

나무가 타며 연기가 오르고 향긋한 송진 냄새가 함께 올라온다. 산속에서 일어나는 일을 어떻게 벌써 알아챘는지 마을 사람들이 두런거리는 소리가 다가왔다. 그러나 막상 희부연 연기 사이로 모습을 드러낸 것은 명연스님과 지명스님, 정요와 정요의 친구들이었다. 반가운 사람들의 갑작스런 등장에 지선스님의 얼굴에 미소가 번진다. 스님들은 토굴이 정말 마음에 든다며 좋아하는데 샘 가에 모인 처녀애들은 못생긴 도마뱀이니 발 달린 미꾸라지니 해가며 아웅다웅이다. 못생긴 도마뱀에 발 달린 미꾸라지라니, 절로 웃음이 나온다.

후두둑 투두둑!

활짝 핀 꽃들의 무게를 감당하지 못하고 나뭇가지 부러지는 소리가 들려온다. 산수유뿐이 아니라 매화도 가지가 부러지게 잔뜩 피었나보다. 어둑한 소나무 숲에 햇살이 들자 무리지어 피어난 진달래로 세상이 온통 환해진다.

지심귀명례 삼계도사 사생자부 시아본사 석가모니불

지심귀명례 시방삼세 제망찰해 상주일체 불타야중

지심귀명례 시방삼세 제망찰해 상주일체 달마야중

꽃구경에 정신이 팔린 사이 갑작스럽게 예불 시간이다. 타르륵타르륵 둔탁한 목탁 소리에 맞춰 큰 소리로 합창하듯 또랑또랑 예불문을 독송하는 화엄사 대중스님들의 목소리가 우렁우렁 한껏 장엄하다. 하나의 염원을 올릴 때마다 엎드려 절하고 일어서는 것까지 모두가 하나인 듯 일사불란한 동작이다. 흐트러지지 않는 꼿꼿한 자세로 무릎을 꿇고 궁둥이는 물론 이마와 코가 바닥에 닿도록 납작 엎드려 큰절을 올리고, 잔뜩 굽혔던 몸을 하나씩 펴며 반듯하게 일어서는 동작에 따라 저절로 거칠어지는 숨소리까지도 온몸으로 노래하는 간절한 염원이 된다.

상단예불을 올릴 때마다 외우는 예불문이지만 새삼 가슴이 벅차고 숙연해진다. 지-심-귀-명-례-, 지극정성으로 온몸의 뼈를 떨어 울리는 염불소리가 법당을 채우고 하늘 가득 우주 저편으로 퍼져나간다.

가사장삼을 두르고 대중스님들 맨 앞줄에 선 지선스님은 아직 이마가 벌겋게 여드름이 남아 있는 앳된 모습이다. 바로 어제 몇몇 도반들과 함께 구족계를 받은 비구가 되어 오늘 처음으로 올리는 예불. 글자 하나하나를 온몸에 새기고 삭혀가며 간절한 염원으로 한 마디 한 마디 토해낸다.

지심귀명례 대지문수사리보살 대행보현보살

대비관세음보살 대원본존지장보살 마하살

지심귀명례 영산당시 수불부촉 십대제자 십육성 오백성

독수성 내지 천이백제대아라한 무량자비성중

대중스님들은 물론 함께 계를 받았던 도반스님들까지 모두 예불을 마치고 나갔는지, 어느새 법당에는 지선스님 혼자뿐이다. 끝없이 절을 올리며 낭랑한 목소리로 목청껏 염불을 외우는 지선은 이제 거센 파도에 몸을 맡긴 조각배처럼 무아지경이다.

지심귀명례 서건동진 급아해동 역대전등 제대조사
천하종사 일체미진수 제대선지식
지심귀명례 시방삼세 제망찰해 상주일체 승가야중
유원 무진삼보 대자대비 수아정례 명훈가피력…

"스님, 빨리 나와 보세요!"
"이렇게 햇볕이 좋은데 갑갑한 법당에서 뭐 하세요?"
등산복 차림의 사람들이 우르르 몰려와 예불 중인 지선스님을 법당에서 끌어낸다. 바깥으로 나서니 울긋불긋 선남선녀들이 가득 들어찬 가산사 마당이다. 한가롭게 농사나 지으며 지대방처럼 스님네들이 편히 쉬어가던 가산사, 어떻게 어느 사이에 가산사로 왔는지 생각할 겨를도 없이 처녀들의 나긋나긋한 손길에 끌려 대중들 속에 휩쓸린다.
"진작부터 사형님 나오기만 기다렸는데, 우리 지선 사형님 궁둥이 무겁기가 코끼리 궁둥짝이라니까."
단내를 훅훅 뿜어내는 명연스님과 지명스님의 얼굴이 벌써부터 발갛게 물들었다. 복장도 여느 때처럼 편한 운동복이나 작업복 차림이다. 사형들이 억지로 권해도 그저 입에 대는 시늉만 하고 잔을 내려놓던 사제들이 언제 저렇게 술꾼이 되었나?
"목이 쩌르르르 한데요."

다짜고짜 하얀 사발을 쥐여준 지명스님이 술동이를 번쩍 들어 콸콸 넘치게 술을 따르고, 넘치는 술이 아까워 지선스님도 벌컥벌컥 독한 화주를 들이켠다. 숨이 막힐 듯 강렬한 술 냄새. 곧바로 목이 타는 듯 독한 술기운이 온몸으로 퍼져나간다. 부르르 몸을 떠는 지선스님을 보며 까르르 처녀들의 웃음소리가 터져 나온다. 독한 술기운은 목을 넘어가면서부터 뜨거운 불길이 되어 손끝까지 발끝까지 퍼져나가고 온몸이 나른해진다.

"우리 지선 사형님, 하라는 수행은 안 하고 한평생 여기 숨어서 술만 빚고 있었는개벼. 뒤꼍에는 온통 술독아지 천지여."

구수한 남도 사투리로 너스레를 떨어가며 명연스님이 다시 승복차림으로 술동이를 안고 나오는 곳은 석산골 토굴이다. 그러고 보니 어느 틈에 노란 산수유꽃, 연분홍 매화꽃이 천지를 덮었고 정다운 얼굴들이 모두모두 모였다. 반가운 얼굴들이 한 잔 한 잔 권하는 대로 마시다 보니 온몸이 불덩이처럼 뜨거워지고 구름처럼 둥둥 허공으로 떠오른다.

어제서야 비로소 구족계를 받아 비구가 되었고 오늘 새벽, 대중스님들과 함께 예불을 올리던 중이었는데… 어느새 여기 석산골 토굴에까지 왔던가?

허나, 미처 생각할 겨를도 없이 모두들 와그르르 박장대소를 하고 너울너울 춤판이 벌어졌다. 누구랄 것 없이 잡아끄는 손길에 끌려 지선스님도 덩실덩실 정신없이 춤을 추며 돌아간다.

들에서 숲에서 연초록 새싹이 돋아나고 울긋불긋 온갖 꽃들이 피어난 화창한 봄날, 눈부시게 밝은 햇살 아래 선남선녀들의 질펀한 소풍놀이가 벌어지고 있었다.

좋다!

참으로 좋다!

긴 겨울 끝에 맞는 봄날,

온 누리 가득 눈부시게 쏟아지는 햇살이 이렇게 숨 막히게 좋다!

소설 '능파각'은 고추장 없는 비빔밥

밝은 햇살이나 적당한 바람과 비 없이도 많은 식물들이 약간의 습기만 있다면 깊은 숲속 그늘 속에서도 타고난 본성대로 꽃을 피우고 열매를 맺는다. 친구 따라 커피숍에 가듯 별다른 동기 없이 출가를 하고, 멋진 말씀 한마디나 그럴듯한 모습 하나도 보여주지 못하고 그저 아침저녁으로 예불이나 올리며 사는 지극히 평범한 스님이라고 해서 부처를 이루지 못하지는 않을 것이다.

출가사문에게는 이미 먹고 마시고 잠자는 일상 모두가 그대로 수행이고 구도의 삶이다. 뜬눈으로 밤을 지새우고, 몇 주씩 단식을 하거나 몇 년씩 자리에 편히 눕지 않고 앉은 자세로 잠드는 것도 수행의 한 방편일 뿐 그게 목적일 수는 없다. 자꾸 덧나기만 하는 상처를 치료해야 하는 오랜 세월 속에서 끝까지 한마음일 수가 없다면, 몇날 며칠 죽기 살기로 작은 촛불에 손가락 하나를 다 태워버리는 고행도 그리 큰 도움이 되지 못할 것이다.

안으로 쌓인 법력이 없으니 겉으로 보여줄 능력이 필요했던 스님들이 너도나도 건물을 때려짓고 야외에도 돈벌이용 불상을 설치해서, 이제는 어지간히 발품을 팔아도 그윽한 정취를 자아내던 옛 사찰의 모습은 찾아보기가 어렵게 되었다. 땅값 비싼 도시 안에도 숨 쉴 공원이 있는데 깊은 산속 사찰에는 오히려 빼곡하게 건물이 들어차고 거대한 불상이 버티고 있어서 눈 돌릴 데가 없게 되어버린 것이다.

사찰 체험이 많아지면서 불자들도 늘어나고 있다는 소식이지만 막상 출가하려는 승려들은 가물에 콩 나듯 줄어들어서 출가승들의 종단은 그 존폐까지 걱정해야 할 정도라고 한다. 먼 나중이 아니라 지금 당장에도 사찰을 관리할 스님들이 태부족인데 건물들만 대책 없이 늘어나고, 하루에 단한 번도 예불을 올리지 않고 사는 스님들조차 순박한 신도들의 불심을 이용해 재주껏 불상을 만들어 세우는 것이다. 스님들이 지대방처럼 쉬어가던 곡성 가산사도 누추한 꼴을 두고 볼 수 없었던 스님의 각고분투로 이제는 여느 사찰과 똑같은 모습으로 탈바꿈해 버렸다(실제 이름은 따로 있지만, 혹시라도 그곳 스님이 -치열하게 살아야 하는 수행자로서 부끄러울 수도 있는 나태한- 과거를 지우고 싶어 할지도 모른다는 기우에서 가산사로 이름을 바꾼 것이다.)

불교는 깨달음의 종교라고 알려져 있다. 너와 나, 우리 모두가 부처이고 심지어 개에게조차 불성이 있다고 한다. 깨달음은 이미 수천 년 전부터 상식이었음에도 많은 불자들이 그 간단한 상식조차 이해를 못 해서, 고행에 가까운 수행을 하거나 밤낮으로 염불을 외우며 부처님의 가피를 빌어 성불하고자 하겠는가? 한국 불교가 기복신앙으로 전락했다고 비난하는 사람도 많지만, 석가모니 부처님이 깨달은 것(그냥 '석가모니가 본 것'이라고 했다간 맞아죽을지도 모르니까)은 신들의 세계[神界]였다고 한다. 신들의 높은 세계를 아무리 설명해도 알아듣지 못하던 제자들이 두 단계나 낮은 '화엄세계'를 말했을 때에야 비로소 감을 잡는 듯한 표정을 보고 그에 맞춰 설법을 했다는 이야기도 있다.

불교는 먼저 부처를 이룬 석가모니 부처님의 말씀을 등불로 삼아 수행하는 종교이다. 사람들이 모여 '바위야, 떠올라라!' 하고 외친다고 해서 물에 빠진 바위가 떠오르겠느냐는 비유로 망자를 위해 재를 올리는 행위를 마뜩찮아 하면서도, 석가모니 부처님의 설법이 육도윤회(六道輪廻)의 인연법에 닿아 있었다는 것을 잊으면 안 된다. 참선이나 고행 같은 수행만으로도 상당한 경지에는 오를 수 있겠지만 신들의 높은 세계에까지 도달하기는 어려울 것이다.

우리 주위에 수많은 전파가 흐르고 있지만 막상 어느 누구도 눈으로 보거나 몸으로 느끼지는 못 한다. TV나 핸드폰 등의 기기가 없었다면 전파라는 것의 가치는 물론 존재조차도 믿을 사람이 거의 없을 것이다.

스님들이 '색즉시공 공즉시색'을 염하고 가르치지만 '눈에 보이는 것이라고 다 있는 것이 아니며 눈에 보이지 않는 것이라고 해서 없는 것도 아니다'라는 것을, 전파의 존재처럼 관념적으로 이해하는 것일 뿐이다. '색즉시공 공즉시색'의 경지를 자신이 직접 체험해 본 스님은 그리 많지 않을 것이다.

눈에 보이지도 않고 바람처럼 몸으로 느낄 수도 없는 신의 영역은 처음부터 타고나거나 나중에라도 그쪽에 닿는 인연 없이는 들여다볼 수가 없다. 석가모니 부처님 이래 관세음보살이나 문수보살 등 많은 불보살이 나타나 이런저런 이적을 보여주고 있다지만 그저 전설일 뿐 그런 행운을 잡아본 사람이 있다는 소문조차 듣기가 어렵다.

벽돌을 높이 쌓을 수는 있지만 벽돌만으로 건물을 짓거나 조형물을 만들 수가 없으므로 크고 견고한 건물을 지으려면 시멘트 같은 접착제가 반드시 필요하다. 자기들끼리 접착력이 강한 시멘트는 반드시 필요한 재료이지만 벽돌이나 철근이 없이는 어떤 형태를 이루기도 오래 견디기도 어렵다. (물을 만난 시멘트는 곧 굳어지지만 그리 단단하지는 못하기 때문이다. 모래와 자갈, 철근 등이 적정 비율로 혼합되었을 때에야 비로소 견고한 콘크리트 건축물로 완성되는 것이다.)

철학적 사유에서 얻어지는 것들은 벽돌이나 돌덩이 같아서 그 생김새를 눈으로 하나하나 확인할 수가 있고 높이 쌓이면 먼발치에서도 누구나 쉽게 알아볼 수가 있다. 신계(神界)는 시멘트처럼 꼭 필요한 영역이지만 보통 사람들로서는 눈으로 볼 수도 없고 추위나 더위처럼 몸으로 느낄 수도 없다.

만일 석가모니 부처님이 이적을 보여주거나 신계를 말하지 않고 철학적 가르침만 내렸다면 오늘날까지 불교가 성행할 수는 없었을 것이다. 불경마저 내려놓고 돌아앉아 참선만으로 '한소식'하려는 스님들은 기복 신앙을 멀리하면서 작법승(作法僧)을 형편없는 무당쯤으로 치부하는 것이 자랑인줄 알지만, 자신들이 '21세기 과학문명시대에 무슨 미신이냐?'는 기독교인처럼 커다란 모순에 함몰된 줄 모르기 때문이다.

많은 스님들이 아침저녁으로 예불을 올릴 때마다 부처님의 가피로 성불하기 원한다고 염불하면서도, 막상 신의 영역에 대해서는 '삿된[邪] 것!'이라며 무시하고 참선이나 철학적 사유만으로 신들의 높은 세계에 도달(성불 : 부처를 이루다)하려는 것도 어쩌면 당연한 것일 수도 있다. 존재조차 불분명한 신의 영역은 미신으로 비난받을 수 있지만, 명상이나 철학적 사유에서 나오는 말씀이나 기행은 누구나 쉽게 알 수 있는 깨달음의 척도로 사용되고 선지식(善知識)이나 큰스님으로 대접받는 언행이 되기 때문이다.

***

빈틈을 허용하지 않는 서양화에 익숙한 사람들에게는 동양화의 여백이 형편없는 미완성 그림으로 비쳐지겠지만 여백이 없는 동양화는 이미 숨이 막혀 죽어버린 그림일 뿐이다.

고추장과 참기름은 단순 재료나 첨가물을 넘어 비빔밥의 맛을 결정짓는 중요한 열쇠이다. 고추장이 없는 비빔밥은 상상하기 어려운 일이지만, 더러는 나물의 맛을 죽일 수 없다며 고추장도 참기름도 넣지 않고 그대로 비벼 먹는 사람도 있다.

'능파각'은 여백이 많은 동양화처럼 고추장 없는 비빔밥처럼 그려낸 소설이다. 작가는 구도소설(求道보다는 救援으로 써야겠지만 기독교의 구원으로 오해받을 수 있으므로)이라고 우기지만 등장인물 누구도 선지식을 찾아다니며 한말씀 듣거나 이런저런 선문답(禪問答)으로 독자를 즐겁게 해주지 않는다. 또한 소설 어디에서도 치열한 구도의 모습은커녕 비스름한 모습조차 찾아볼 수가 없다. 건강이 회복된 지명스님이 사문으로 돌아가지 않고 승도 속도 아닌 삶을 살고 있지만 그것 또한 사내로서의 책임감일 뿐 독자들이 원하는(또는 그렇게 알고 있는) 구도자의 모습을 보여주는 대목은 어디에도 없다.

치열한 구도나 고행은커녕 선문답 하나 없이 맹탕인 소설, 몇몇 파계승들의 삼각관계로 그려낸 삼류 연애소설이라고 비난받을 수도 있을 것이다. 평소처럼 산길을 걷던 정요가 잠깐 사이에 대여섯 시간이나 흘러가 버리는 경험을 하는 장면도(仙界나 氣의 세계를 조금이라도 경험해 보지 못하고) 눈에 보이는 것만 믿을 수밖에 없는 거의 모든 독자들에게는 그저 황당한 설정일 뿐이다. 더구나 그 경험이 정요에게 어떤 각성을 주거나 생활의 변화를 주지도 않으며, 더 이상 아무런 진전도 없이 그저 스스로도 믿어지지 않는 한순간의 백일몽으로 끝나고 만다.

소설이 끝날 무렵에야 '다시 만행길에'라는 소제목을 기억하며 지명스님이 아닌 지선스님에게 무게중심이 있었을지 모른다는 생각을 하게 되더라도, 처음부터 다시 뒤져보아도 지선스님은 그저 '기억에도 없는 어머니의 모습을 투영하며 정요를 가까이 하고픈 나이 많은 속물근성 아저씨'에 가깝고 정요의 복수극에 목숨까지 선뜻 내어주는 단순한 사람일 뿐이다.

＊＊＊

소설의 마지막 장면은 다시 만행길에 나서기 위해 다비를 하던 지선스님이 자신도 모르게 차안(此岸)에서 피안(彼岸)으로 건너가 버리는 모습을 그린 것이다.(십자가에 매달린 예수님에게 '하나님의 아들임을 믿는다'는 한마디로 예수님과 함께 천국으로 갈 수 있었던 어떤 사형수 이야기를 하면 너무 생뚱맞은 소리가 될지도 모르겠지만.)

손수 나무를 베어다 다비단(茶毘壇: 사전에 등록되지 않은 말. 능파대凌波臺)을 쌓고, 연기가 피어오르는 다비단 위로 올라가 좌정하는 스님도 그리 멋진 장면을 연출하지는 못한다. 생을 마감하는 자리에서도 그럴듯한 말씀 하나도 남기지 못하고 그저 (정요네가 심었을) 노란 산수유 숲을 보면서 지난날이나 추억할 뿐이다.

미혹의 세상인 이쪽을 차안이라 하고 깨달음의 세계인 저쪽을 피안이라고 하는데, 번뇌를 벗어나 열반(涅槃: 불어서 끈다는 뜻으로 불어 끈 상태, 곧 타오르는 번뇌의 불을 멸진滅盡해서 깨달음의 지혜인 보리菩提를 완성한 경지)의 세계에 도달하는 일이나 그 경지 또한 피안이라고 한다. 번뇌 해탈에는 여러 방편이 있겠으나 일체유심조(一切唯心造)라 했으니 그 마음이 먼저인 것이다.

이쪽과 저쪽 언덕이라는 낱말 그대로, 소설에서 그려내는 피안도 차안과 크게 다를 것이 없다. 다비단의 연기 속에서 벌어지는 흥겨운 소풍놀이에, 처음 소풍놀이에는 없었던 지명스님(지선스님이 평생 죄의식을 가질 수밖에 없는)이 밝은 모습으로 함께하고 술을 입에 대지 못하던 골샌님 같은 사제들(지명스님과 명연스님)도 잔뜩 취해서 함께 춤을 추는 정도이다. 거센 불길에 휩싸인 다비단 속에서 온몸이 함께 타들어 가는데도, 벌컥벌컥 들이마신 독한 술기운에 취한 것처럼 선남선녀들의 무리에 섞여 정신없이 춤추며 돌아가는 지선스님은 화창한 봄날의 소풍놀이가 그저 숨이 막히도록 좋을 뿐이다.

사족처럼 덧붙이는 예불 장면 하나는

唯願 無盡三寶 大慈大悲 受我頂禮
유원 무진삼보 대자대비 수아정례
(오직 원하옵나니, 무궁무진한 삼보님께서는 대자대비로 우리의 예배를
받으시고)

冥熏加被力 願共法界諸衆生 自他一時 成佛道
명훈가피력 원공법계제중생 자타일시 성불도
(그윽하신 가피로써 세상 모든 중생들이 다 함께 성불하게 하옵소서)

이지만 '원공법계제중생 자타일시 성불도'를 말줄임표[……]로 처리한 것은 지극정성으로 계속되는 행동(염불 또는 비원)을 그려내기 위한 장치였지만, 또 하나는 '명훈가피력 원공법계제중생 자타일시 성불도'가 '지심귀명례'와 함께 이 염불의 핵심이기 때문이었다.

＊＊＊

당나라 때의 선사(仙師)인 여동빈(呂洞賓)을 알고 있는 사람도 많지만 요즘 많은 사람들이 하고 있는 명상은 거의가 인도에서 온 것들이다. 그들이 사용하는 언어에도 우리가 쉽게 알아들을 수 있는 말은 거의 없다. 사람들은 명상을 보다 높은 차원의 철학적 사유로 인식하고 있으며 구도여행지로 인도를 선호하지만 아시다시피 인도는 신들의 나라이다.

명상으로 경험하게 되는 것들도 과학적 설명이 어려운 믿거나 말거나 식이 될 수밖에 없지만 웬일인지 '신의 영역'과는 무관한 것으로 인식되고 있다.

＊＊＊

4356년(서기 2023년) 11월 29일 밤. 대한불교조계종 전 총무원장이었던 자승스님이 사찰 화재로 입적했다(이 소설은 출간이 늦어졌을 뿐, 이미 오륙년 전에 완성되었다).

당시는 물론 지금까지도 갖가지 추측이 난무하고 나름대로 일정한 근거가 있겠지만 많은 사람들이 모르거나 간과(看過)하는 절집 풍습(風習) 하나가 있다. 승려들이 나돌아다니지 않고 선방에서 한철을 나는 안거(安居)가 끝나는 날 대중스님들이 모여 하는 의식을 자자(自恣. 또는 수의隨意라고도 한다)라 한다. 자자는 본래 하안거의 마지막 날에, 모인 스님들이 안거 중에 보고 듣고 생각하는 3가지 일-견·문·의(見聞疑)-에 있어 (자신도 모르게) 범했을지도 모르는 죄과(罪過)를 대중스님들에게 묻고 참회하는 일이다. 예를 들어 '자자에 참석한 스님들께서 안거기간 동안 보고, 듣고,

428

의문 나는 일에 대해서 저의 과실을 알고 있다면 자비로운 마음으로 가르침을 주시기 바랍니다. 저의 허물을 알게 되면 참회하겠습니다.' 하는 말로 대중스님들이 자신의 잘못에 대해 지적해 주기를 요청하는 것이다.

11월 30일 자정. 정수인은 꽃들이 사는 비닐하우스에서 온돌 아궁이에 불을 때는 사이사이 휴대폰을 만지작거리다가, 안성 칠장사 화재로 조계종 전 총무원장 자승스님이 입적했다는 소식을 접했다. 그때부터 불을 때는 세 시간 동안에는 물론 잠을 청하기 전에도 아침에 잠에서 깨어난 뒤에도, 자자 끝에 스스로 다비한 것이기를 빌고 또 빌었다.

자승스님과 도반이었던 옥천 가산사 전 주지 지승스님은 역사에 묻혀버린 영규대사와 8백 의승병을 위한 충혼탑을 세우고 기려야 한다는 주장을 펼쳐왔고, 대한불교조계종 중앙종회에서도 '임란 당시 청주성을 탈환하고 의승병의 기폭제가 되었던 영규대사와 8백 의승병에 대한 기념탑을 세울 것'을 의결했지만, 막상 총무원장으로 올라간 자승스님이 전과 다르게 모르쇠로 일관하고 있다고 비난하며 둘의 관계가 차츰 멀어지고 말았다. 이후 들려오는 소식은 귀를 막고 싶게 참담한 것들뿐이었다. (4350년, 서기 2017년 추석 직전에 문화재청 직원들을 대동하고 옥천 가산사를 방문했던 이낙연 국무총리의 깊은 관심으로, 현재 가산사 경내에는 기허당 영규대사의 8백 의승병과 중봉 조헌선생의 천 6백 의병을 함께 기리는 '2천4백 순국충혼 위령탑'과 호국문화체험관이 건립되어 있다.)

그날 CC-TV 영상에 자승스님의 여러 모습이 포착되어 있고 손수 남긴 글까지 남아 있더라도 어째서 그런 일들이 일어났는지를 짐작하는 것은 사람마다 다를 수밖에 없다. 그러나 어떤 추리를 하더라도 간과할 수 없는 것이 자승스님의 승려라는 신분이다. 승려들은 자신을 '한평생 시줏밥이나 축내고 있다'라고 표현한다. 자승스님 또한 시줏밥의 무게를 모르지 않는 승려였으므로 어느 날 문득, 머리털을 밀고 산문에 들어서던 초발심으로 돌아가 스스로 자자를 하고 참회한 것으로 받아들이는 것이 옳을 것이다. (시줏밥: 승려는 반드시 밥을 얻어먹어야 하는 사람들이다. 밥을 얻어먹기에 밥값을 해야 하고 수행에 게을러질 수도 없다. 밥을 빌어먹지 않고 자기 능력으로 벌어먹는다고 자만하는 순간 수행과는 아득하게 멀어질 수밖에 없다.)

＊＊＊

　제목부터 정해놓고 소설을 쓰는 경우도 있지만 탈고를 하고 나서도 끝내 결정하기 어려운 것이 소설 제목일 수도 있다. 이 소설을 처음부터 끝까지 함께 써온 윤옥길은 소설 제목을 '능파(凌波)'로 하는 게 좋다고 주장한다. 그러나 필자는 '좋은 뜻도 중요하지만 사람들은 눈으로 직접 확인할 수 있는 것을 선호한다며 능파각(凌波閣) 아니면 능파대(凌波臺)로 하는 게 낫다'고 우겼다. 다비는 누구나 알고 있지만 막상 다비를 위해 쌓은 나뭇단을 따로 이르는 명칭이 없기 때문에, 곡성 태안사의 능파각처럼 '능파대'라는 아름다운 이름을 갖게 해주는 것도 좋은 일이라는 것이 그 이유에서다(강원도 고성군 죽왕면 문암진리 백도해변에 있는 바위도 '능파대'라는 이름을 갖고 있지만).

4359년 정월

가산사 골짜기에서

정수인 합장

정수인 장편소설

능파각

초판 1쇄 발행 2026년 3월 1일

지은이 정수인

펴낸이 임현경　　**디자인** 김선민

펴낸곳 곰곰나루
출판등록 제2019-000052호 (2019년 9월 24일)
주소 서울특별시 양천구 목동서로 221 굿모닝탑 201동 605호 (목동)
전화 02-2649-0609
팩스 02-798-1131
전자우편 merdian6304@naver.com
유튜브채널 곰곰나루

ISBN 979-11-92621-26-5 (03810)

책값 19,800원